KB024946

시골에서
책 읽는
즐거움

시골에서 책을 고르고 · 읽고 · 쓴다는 것

시골에서 책 읽는 즐거움

최종규 지음

스토리닷

차례

여는 말: 아이들한테 물려줄 만한 살림을 그리며 읽는 책 • 8

가 시골도서관 풀내음 • 13

시골에서 흙을 읽으며 살기 | 함께 살아가는 즐거움을 | 우리는 모두 밥 먹는 이웃 | 풀을 생각하는 마음 | 사광이풀과 며느리배꼽 | 집에서 먹는 무화과 | 논도랑 반딧불이는 어디로 | 시골에서 이웃 되기 | 씨앗 한 톨이 나무로 자라 | 여덟 살 어린이 배움터 | 내 손에서 쑥내음 | 숲에서 태어난 말 | 시골길을 걸어서 바다로 | 고갯마루 넘는 자전거 | 보금자리를 살피는 손길 | 구백 살 나무와 함께 살고자 | 스스로 자라는 나무처럼 | 손으로 짓고 가꾸는 살림 | 마당을 누리는 집에서 | 겨울에는 겨울다운 시골놀이 | 학교 아닌 시골집에서 배우기 | 봄을 기다리는 빗물놀이 | 두 손에 담는 냄새 | 나무 곁 풀밭에 누우며 | 풀내음 맡는 흙에서 배우기 | 오늘 하루도 춤추고 노래하기를 | 시원시원하게 놀자

나 내 삶에 한 줄로 스미는 노래 • 126

사랑스레 읽던 책 | 즐거이 읽는 책 | 웃으며 읽는 책 | 예쁘게 읽는 책 | 반갑게 읽는 책 | 해맑게 읽는 책 | 살며시 읽는 책 | 춤추며 읽는 책 | 새롭게 읽는 책 | 꿈꾸며 읽는 책 | 기다리며 읽는 책 | 아름답게 읽는 책 | 재미나게 읽는 책 | 오순도순 읽는 책

다 시골에서 책을 읽는 맛 · 192

스스로 생각하는 책읽기 | 시외버스 TV 뉴스 | 직업과 책읽기 | '인문학'이라는 책읽기 | 밥하는 책읽기 | 넌 돈으로 책을 사니? | 시외버스에서 읽다 만 책을 집에서 | 마음을 기울이기에 읽는 책 | 날짜하고 요일을 잊는다 | 즐겁게 읽는 책 | 꽃을 달고 달리다 |

라 책을 장만하는 마음 111 · 256

커다란 나무 같은 사람 | 해질녘에 아픈 사람 | 있잖아, 꼭 말을 해야 돼? | 하늘을 날고 싶었던 따오기 | 까만 크레파스와 괴물 소동 | 벌거숭이 왕자 덜신 | 서울 염소 | 사진으로 쓴 남편 이야기 | 선생님 요즘은 어떠하십니까 | 수남아, 여행 가자 | 아르슬란 전기 | 선생님과 함께 일기 쓰기 | 이호테우 | 동사의 맛 | 해티와 거친 파도 | 목소리의 형태 | 밥은 묵고 가야제! | 소소책방 책방일지 | 농부로 사는 즐거움 | 양자우연성 | 인문학이 인권에 답하다 | 저녁 풍경이 말을 건네신다 | 집에 가자 | 힘내라! 내 동생 | 여성, 목소리들 | 창씨개명된 우리 풀꽃 | 백 년의 시간 천 개의 꽃송이 | 와일드 보이 | 작은 책방, 우리 책 쫌 팝니다! | 클래식 400년의 산책 | 모든 동물은 평등하다 | 가족의 시골 | 콩 풋콩 콩나물 | 10대와 통하는 환경과 생태 이야

기 | 그들이 사는 마을 | 세 나라는 늘 싸우기만 했을까 | 나는 국가로부터 배당받을 권리가 있다 | 메이지의 문화 | 바다맛 기행 | 고대 그리스사 | 신을 찾아서 | 해방공간, 일상을 바꾼 여성들의 역사 | 주인공이 무어, 따로 있나 | 용과 함께 | 10대와 통하는 일하는 청소년의 권리 이야기 | 그녀는 왜 돼지 세 마리를 키워서 고기로 먹었나 | 길을 가는 메뚜기 | 예스터데이, 추억의 1970년대 | 우물에서 하늘 보기 | 시가 뭐고? | 동물과 식물 이름에 이런 뜻이?! | 손손손! | 우주 산책 | 소년원의 봄 | 경제학은 과학적일 것이라는 환상 | 진짜 진짜 갖고 싶어 | 우리는 형제 | 내 인생의 알파벳 | 외교관 엄마의 떠돌이 육아 | 바퀴를 보면 굴리고 싶다 | 방랑 소년 | 은빛 숟가락 | 한국사 상식 바로잡기 | 나뭇잎 손님과 애벌레 미용사 | 파이어스톤 도서관에서 길을 잃다 | 사진하는 태도가 틀렸어요 | 백만장자의 눈 | 새, 풍경이 되다 | 하루 10분 아빠 육아 | 한국언어지도 | 달을 먹은 아기 고양이 | 작은 배추 | 작은 산 | 진정성이라는 거짓말 | 학교는 입이 크다 | 디지털 디스커넥트 | 성노동자, 권리를 외치다 | 생각을 열어 주는 사회가치사전 | 아이를 읽는다는 것 | 미스터 초밥왕 | 바무와 게로의 일요일 | 분단 이후 | 나도 잘 찍고 싶은 마음 간절하다 | 나무수업 | 영국에 영어는 없었다 | 세상을 움직이는 수학 개념 | 푸르게 물드는 눈 | 유리말 | 파리의 열두 풍경 | 헛디디며 헛짚으며 | 우물밖 여고생 | 비 고인 하늘을 밟고 가는 일 | 책 읽기 금지! | 여행하는 채소 가게 | 좋은 인생 실험실 | 화살표 곤충 도감 | 눈송이의 비밀 | 그리고, 또 그리고 | 기쁨의 정원 | 분수의 비밀 | 반쪽달걀에서 나온 수탉 | 비를 피할 때는 미끄럼틀 아래서 | 넌 동생이라 좋겠다 | 체브라시카의 첫 여행 | 오키나와 노트 | 10대와 통하는 문화로 읽는 한국 현대사 | 꼬마 도깨비 오니타 | 태일이 | 우산 씌워 줄게요 | 미카코 | 율곡이이 평전 | 농농 할멈과 나

마 푸른 넋으로 읽다 100 • 347

너를 부른다 | 닮지 않는 손 | 마법에 걸린 전화기 | 하급반 교과서 | 집은 아직 따뜻하다 | 달을 가리키던 손가락 | 그 아저씨네 간이 휴게실 아래 | 꽃사과 꽃이 피었다 | 감자꽃 | 그러니 그대 사라지지 말아라 | 모비 딕 | 인간의 벽 | 빌리 엘리어트 | 케스, 매와 소년 | 혼불 | 공선옥 마흔살 고백 | 아빠에게 말을 걸다 | 내 아이가 사랑한 학교 | 내 날개옷은 어디 갔지 | 몽실 언니 | 수경이 | 안 뜨려는 배 | 노랑 가방 | 로빙화 | 마디타 | 내 친구 비차 | 커피우유와 소보로빵 | 진짜 도둑 | 미스 히코리 | 뚝딱뚝딱 인권짓기 | 비천무 | 내 어머니 이야기 | 재일동포 리정애의 서울 체류기 | 저 하늘에도 슬픔이 | 불새 | 블랙 잭 | 나츠코의 술 | 닥터 노구찌 | 퐁퐁 | 펠레의 새 옷 | 노라의 장미 | 오키나와의 목소리 | 난 자전거를 탈 수 있어 | 스미레 할머니의 비밀 | 이웃에 온 아이 | 무지개 욕심 괴물 | 위층 할머니, 아래층 할머니 | 똑똑하게 사는 법 | 미스 럼피우스 | 녹색세계사 | 모래 군의 열두 달 | 소로우의 강 | 회색곰 왑의 삶 | 동네 숲은 깊다 | 돼지가 있는 교실 | 체르노빌의 아이들 | 블루백 | 사과가 가르쳐 준 것 | 한국 식물 생태 보감 1-2 | 반세기의 신화 | 10대와 통하는 한국 전쟁 이야기 | 바보 만들기 | 야누슈 코르착의 아이들 | 꿈의 학교, 헬레네 랑에 | 내 이름은 욤비 | 수화가 꽃피는 마을 | 일본군 위안부가 된 소녀들 | 지구를 구하는 경제책 | 9월이여 오라 | 무엇을 어떻게 쓸까 | 숲에서 살려낸 우리말 | 박정희 할머니의 행복한 육아일기 | 아나스타시아 | 아이들은 놀이가 밥이다 | 잃어버린 육아의 원형을 찾아서 | 흙에서 자라는 아이들 | 수작사계 | 처음 손바느질 | 희망을 여행하라

닫는 말: 숲에서 노래하는 책 • 356

사진 • 358

여는 말

아이들한테 물려줄 만한 살림을 그리며 읽는 책

저는 시골에서 살며 책을 읽습니다. 제가 읽는 책은 몇 가지로 나누어 볼 수 있으니, 먼저 종이로 된 책이 있습니다. 다음으로 숲이라는 책이 있습니다. 여기에 마음이라는 책이 있어요. 덧붙여 이야기라는 책이 있습니다.

종이로 된 책은 출판사에서 종이에 찍어서 내놓는 책입니다. 숲이라는 책은 나무와 풀과 꽃과 바람과 하늘과 냇물과 들과 바다와 구름과 비와 눈과 벌레와 새와 짐승 같은 숨결입니다. 마음이라는 책은 아이들이나 곁님이 가만히 그리는 마음밭이나 마음결이나 마음자리입니다. 이야기라는 책은 서로 도란도란 나누는 생각이 드러나는 말입니다.

저는 시골에서 살며 책을 읽을 적에 '인문책'이나 '어린이책'이나 '사진책'이나 '그림책'이나 '만화책'이라는 갈래보다는, 이처럼 '종이책 · 숲책 · 마음책 · 이야기책'이라는 얼거리로 책을 바라봅니다. 우리는 누구나 저마다 책을 늘 읽는다고 느끼고, 우리는 서로서로 스스로 사랑하는 보금자리에서 다 다른 책을 읽는다고 느껴요. '책을 안 읽는' 사람은 없어요. 그저 '종이책을 멀리하는' 사람만 더러 있을 뿐이라고 느껴요.

제가 읽는 책은 저 혼자 읽는 책일 수 있으나, 우리 아이들한테 물려줄 만한 책이 되도록 하자고 마음을 기울입니다. 한 번 읽고 그칠 책보다는 두고두고 건사하면서 즐겁게 손을 뻗을 만한 책을 장만하자고 생각합니다. 어버이로서 시골에서 고운 삶터를 지을 수 있으면 이 삶터를 아이들한테 물려줄 만해요. 더 많은 돈이나 더 넓은 땅을 물려줄 까닭은 없어요. 사랑으로 지은 즐거운 보금자리라면 얼마든지 물려줄 만해요. 즐겁게 입은 옷을 물려주고 물려입듯이 즐겁게 가꾼 삶터를 서로서로 물려주고 물려받을 만하다고 생각해요.

시골에서 읽는 책은 시골지기 눈으로 읽는 책입니다. 시골에서 읽는 책은 시골살림을 가꾸는 손길로 읽는 책입니다. 시골에서 읽는 책은 시골사람도 도시사람하고 이웃이라고 느끼며 읽는 책입니다. 오늘날에 나오는 수많은 책을 살피면 거의 다 '도시 독자'만 헤아리는 책이기 일쑤예요. '시골 독자'는 좀처럼 안 헤아리더군요. 그래서 저는 우리 식구가 깃든 시골을 곰곰이 헤아리면서 제 나름대로 '시골이웃'하고 '도시이웃'이 서로 어깨동무하면서 즐길 만한 책을 더 눈을 밝혀서 찾아보자고 생각해 보았습니다. 이러한 이야기를 갈무리해서 경기문화재단 사외보에 몇 해 동안 '시골에서 읽는 책' 이야기를 쓸 수 있었고, 전남 광주에서 나오는 문화잡지 〈전라도닷컴〉에도 몇 해 동안 '시골에서 아이들하고 읽는 책' 이야기를 쓸 수 있었어요.

비평가나 서평가라는 눈길이 아닌 '시골 아저씨' 눈으로 책을 읽어 봅니다. 전문가나 독서가나 애서가라는 눈길이 아닌 '아이 돌보고 집안일 도맡는 아저씨' 눈으로 책을 읽어 봅니다. 시골에서 '도서관학교'를 꾸리고, 아이들하고 자전거를 달려 멧골을 넘으며, 호미 한 자루로 소꿉밭을 일구고, 손으로 빨래하는 재미를 누리며, 나무랑 풀하고 노래하는 하루를 지으려 하는 눈길로 책을 읽어 봅니다.

지식을 쌓으려는 뜻이 아니라 살림을 지으려는 길에 동무로 삼을 책을 살펴서 읽습니다. 장서를 갖추려는 뜻이 아니라 사랑을 가꾸려는 마음에 벗님으로 여길 책을 헤아려서 읽습니다. 넋, 삶, 숲, 말, 책, 이렇게 다섯 가지 낱말을 가만히 그리면서 책을 읽습니다. 제가 읽는 책은 언제나 '숲책'이면서 '시골책'이 되고 '마음책'이나 '사랑책'이 될 수 있기를 꿈꿉니다. 낮에는 해를 보고 밤에는 별을 보면서 마음 한켠에 고요히 등불을 밝힐 책 한 권을 곁에 둡니다.

전남 고흥군 도화면 동백마을

'도서관학교 숲노래'에서,

최종규 올림

시골도서관 풀내음

시골에서
흙을 읽으며 살기

전남 고흥 도화면 동백마을에서 '도서관학교 숲노래'를 꾸립니다. '도서관학교'란 도서관이면서 학교가 되기를 바란다는 뜻입니다. 공공도서관이나 작은도서관은 아니지만, 우리 집 서재를 폐교 건물에 두면서 시골마을 도서관(시골도서관)으로 꾸밉니다. 이곳에서 아이들하고 숲살림을 함께 가르치고 배우려고 하니 학교가 되기도 해요. 우리 집 서재를 도서관으로 삼던 첫무렵인 2007년에는 인천에서 '사진책도서관'으로만 꾸렸으나 이제 시골에서 아이들하고 고요히 살면서 어느새 '도서관학교'로 거듭납니다.

2011년부터 고흥에서 보금자리를 마련하여 살아갑니다. 네 식구가 함께 살아갈 사랑스럽고 아름다운 시골을 살피며 고흥으로 왔습니다. 이곳에 아는 이웃은 없습니다. 마구잡이로 파헤치거나 때려짓는 문화와 문명이 아닌, 풀내음과 나무꽃과 숲바람과 냇물을 먹고 싶은 마음으로 삶터를 옮겼습니다.

5톤 짐차로 넉 대에 그득그득 책과 책꽂이를 싣고 서둘렀습니다. 서두른 탓에 땅과 흙을 깊이 살피지 못했습니다. 낡은 시멘트집을 허문 뒤 시멘트 쓰레기를 어떻게 치워야 하는가를 다스리지 못했고, 빈집을 고칠 적에 중천장을 어떻게 해야 하는가를 깨닫지 못했습니다. 즐겁게 살아가기를 바라면 즐겁게 차근차근 일을 할 때에 노래가 샘솟는데, 처음 자리를 틀 적에 여러 대목을 크게 놓쳤습니다.

마을 옆에 문을 닫은 초등학교가 있어 이곳에 책과 책꽂이를 두었습니다. 이장님이 다리를 놓아 학교 건물 반쪽을 도서관으로 씁니다. 문을 닫은 초등학교는 먼저 빌린 사람이 있어 이곳에 도서관을 꾸미면서도 여섯 해 동안 아무런 간판을 세우지 못했고, 풀숲으로 우거진 어귀를 건드리지 못했습니다. 이러다가 2016년 9월에 드디어 이 폐교를 교육청하고 계약을 할 수 있어서 2016년 한가을부터 낫을 들고 풀을 베면서 둘레를 처음으로 손질합니다. 날마다 낫질로 등허리가 결리지만 참으로 신나요. 여섯 해 만에 '우리 도서관 학교'가 되었으니까요.

아무튼 처음 열 달쯤 책꾸러미를 풀고 묵은 먼지를 닦아내면서 갈무리를 하니 도서관 티가 났어요. 어설픈 집살림과 책살림 때문에 곁님한테서 늘 꾸지람을 듣습니다. 아이들은 시골집에서 거리낌없이 노래하고 뛰놉니다. 집안에서건 마당에서건 고샅에서건 도서관에서건, 목청껏 노래하고 이마에 땀이 흐르도록 달립니다. 아이들이 노는 모습을 지켜보면, 어른도 이렇게 신나게 일하고 어울려 놀 수 있을 때에 아름다우면서 사랑스러울겠다고 느낍니다. 술을 먹어야 잔치가 아니고, 즐겁게 노래해야 잔치입니다.

이웃 일본에서는 '기적의 사과'를 맺은 기무라 아키노리 님이 있습니다. 맛있으면서 싱그럽고 좋은 능금 한 알을 얻는 길은 비료도 농약도 아닌 '사랑스러운 손길로 풀을 보듬어 흙을 가꾸는' 데에 있는 줄 몸으로 느껴 여러 가지 책을 썼고, 《자연재배》와 《기적의 사과》 같은 책이 한국말로 나왔습니다. 미국에서 오래도록 생물학을 살핀 조지프 코캐너 님은 1950년에 《잡초의 재발견Weeds: Guardians of the Soil》이라는 책을 썼고, 이 책은 2003년과 2013년에 한국말로 나옵니다. 생물학 교수가 쓴 책을 읽으면 '풀(잡초)'을 함부로 베거나 뽑거나 밀어서 없애면 흙이 제 기운을 잃어 못 쓴다고 합니다. 논이든 밭이든 숲이든 풀(잡초)이 스스로 씨앗을 퍼뜨려 자랄 수 있을 때에 흙이 기운을 북돋울 뿐 아니라, 사람들이 심어서 키우는 남새도 한결 알이 굵고 좋다고 과학으로 밝힙니다.

시골에서 지내며 이웃을 바라봅니다. 우리 식구한테는 아직 땅이 없어 우리가 일구는 논이나 밭은 없습니다. 우리 식구는 집 둘레에서 저절로 돋는 풀을 뜯어서 먹습니다. 십이월부터 이월까지 유채잎을 뜯어서 먹고, 이월부터 갈퀴덩굴을 뜯어서 먹으며, 삼월부터 봄까지꽃 · 코딱지나물 · 곰밤부리 · 갓잎을 뜯으며, 사월부터 민들레 · 꽃마리 · 돌나물 · 솔(부추) · 쑥 · 제비꽃 · 쇠별꽃 · 돌미나리 · 소리쟁이를 뜯습니다. 요즈음에는 살갈퀴도 뜯습니다. 모두 맛나며 싱그러운 풀입니다. 지난해에는 여름부터 십일월 끝물까지 고들빼기잎과 까마중잎이랑 까마중알을 실컷 먹었어요.

2014년 여름에 겪은 일을 돌아봅니다. 그즈음 우리 마을에서 '항공방제'를 한다면서 조그마한 무인헬리콥터로 논마다 '친환경농약'

을 뿌렸습니다. 무인헬리콥터는 마을 한복판 논에도 농약을 뿌리면서 우리 집 대문 위로 넘어왔고, 아이들이 마당에서 놀다가 농약을 뒤집어썼습니다. 마당에 넌 이불과 옷이 모두 농약을 맞았습니다. 농협 일꾼은 '사람이 맞아도 유해하지 않다'고 말할 뿐이었지만, 항공방제를 하는 날이면 '창문을 모두 닫고 장독 뚜껑을 닫으며 벌통을 치우라'고 알립니다. 사람 몸에 나쁘지 않다면 이렇게 할 까닭은 없겠지요.

항공방제를 하기 앞서는 개구리 노랫소리가 온 마을에 가득하고, 제비들이 집집마다 처마 밑에서 멋진 춤사위를 선보였습니다. 항공방제를 하고 난 뒤 온 마을은 죽은듯이 고요합니다. 개구리가 거의 모두 죽고, 제비까지 죽어서 사라집니다. 우리 집 제비 네 마리는 항공방제 뒤로 자취를 감추었고, 이웃집 제비조차 다시 찾아보지 못했습니다.

도서관학교를 도시 아닌 시골에서 하면 손님이 얼마나 오겠느냐고 묻는 분들이 많습니다. 우리 도서관학교는 '사진책도서관'이면서 '한국말사전 배움터'이기도 합니다. 아무래도 시골 할매와 할배는 '사진책'을 읽는다거나 '그림책'을 살핀다거나 '어린이책'을 들여다보거나 '한국말사전 공부'를 하기 어려울 만합니다. 텔레비전 연속극이 반가우실 수 있고 술자리 같은 마을잔치가 즐거우실 수 있어요. 시골에서 살겠다고 도시를 떠난 이웃이 있고, 고향을 찾아 도시에서 돌아온 이웃이 있습니다. 저마다 씩씩하고 야무지게 살림을 꾸립니다. 이분들한테도 책읽기는 그리 쉽지 않으리라 느끼곤 해요. 유기농이든 자연농이든 농업으로 살림을 꾸리자면 다들 바쁘기 마런입니다. 농약을 쓰는 이웃도 농약을 안 쓰는 이웃도 책을 못 읽습니다. 무엇보다, 농약을 쓰거나 안 쓰거나 흙이 어떤 빛깔이거나 냄새인지 깨닫지 않습니다.

우리 집과 맞닿은 고구마밭을 일구는 이웃 할배는 '몸이 덜 힘들 적에 비료를 뿌려' 고구마를 거두었을 적에는 이녁 고구마인데에도 맛이 없다 말씀합니다. 몸이 너무 힘들어 비료도 거름도 못하고 거두는 고구마는 참 맛이 있다 말씀합니다. 이분들 고구마밭 흙빛은 다른 이웃 밭흙 빛깔하고 다릅니다. 살짝 거무스름해요. 숲흙과 같은 빛깔은 아니지만 허여멀겋거나 시뻘겋지 않습니다. 풀뽑기를 거의 못하시다 보니 '풀이 흙을 살립'니다.

모과꽃을 바라보고, 쑥무침구이를 먹으며, 평상에서 널놀이를 즐기는 아이를 지켜보면서 생각합니다. 마당에 이불을 널어 해바라기를 시키다가 생각합니다. 자전거에 두 아이 태워 마실을 다니며 생각합니다. 시골은 어떤 곳일까요. 시골살림은 어떠한가요. 시골에서 읽는 책은 우리 삶을 어떻게 가꾸어 줄까요.

함께 살아가는 즐거움을

저녁에 빨래를 하면서 생각합니다. 우리 집에 빨래기계가 들어온 지 이태째인데, 이불을 빨 적을 빼고는 거의 안 씁니다. 으레 손으로 모든 빨래를 합니다. 나는 스무 살 때부터 마흔 살인 오늘날까지 손빨래로 살아갑니다. 손으로 하지 말고 기계로 하면 품을 아끼거나 다른 일을 할 수 있으리라 여기는 분이 많지만, 손으로 빨래를 하더라도 품과 겨를을 얼마든지 누립니다. 왜냐하면, 빨래는 밥하기와 청소처럼 집살림 가운데 하나이기 때문이에요.

조물조물 옷가지를 주무르면서 네 식구가 오늘 하루 어떻게 보냈는지 돌아봅니다. 쭉쭉 물을 짜면서 네 식구가 새로 맞이할 하루를 그립니다. 물짜기까지 마친 옷가지를 마당에 널면서 내 마음을 얼마나 말끔하게 갈무리했는지 헤아립니다.

아버지가 날마다 손빨래를 하니, 마을 어귀 샘터에서 옷을 다 벗고 물놀이를 하는 아이들은 빨래놀이를 합니다. 저희 옷가지를 샘터

옆 빨래터 바닥에 놓고 비비기도 하고, 물이 흐르는 곳에 담가서 헹구는 시늉을 합니다. 큰아이는 세 살 적부터 설거지를 흉내내고 싶어 애쓴 끝에 곧잘 설거지를 도와줍니다. 이 아이는 갓난쟁이일 적에 단추 꿰기를 스스로 하고 싶다면서 날마다 단추에 매달리더니 돌이 될 무렵 혼자서 단추를 꿰거나 풀 수 있었어요.

아이 곁에서 어버이가 호미질을 한다면 아이들은 어릴 적부터 호미를 장난감으로 삼아서 땅을 쪼면서 놉니다. 아이 곁에서 어버이가 베틀을 밟거나 물레를 자으면, 아이들도 베틀과 물레를 놀잇감으로 여기면서 실짜기와 천짜기를 퍽 일찍부터 익힐 수 있습니다. 그래서 오늘날 적잖은 어버이는 아이들이 서너 살밖에 안 되었어도 골프를 시키거나 영어를 가르치거나 테니스를 물려주거나 바이올린을 켜도록 이끌어요. 그렇지요. 어릴 적부터 익숙하면 나중에 한결 잘 할 테니까요.

어릴 적부터 손전화를 갖고 노는 아이는 손전화를 일찍부터 빈틈없이 다룹니다. 어릴 적부터 자동차를 으레 타고 다니던 아이는 누구보다 자동차를 일찍 살피고 헤아리면서 몰 수 있어요. 예전에도 그랬어요. 시골에서 나고 자라면서 경운기를 늘 바라보던 아이들은 열 살 언저리에도 경운기를 씩씩하게 몰 수 있습니다. 더 먼 옛날에 시골에서 나고 자라던 아이들은 열 살 언저리에도 혼자 멧골로 들어가서 나무를 하고는 지게로 장작을 날랐지요.

유월 한복판이 되니 온 나라에서 세계축구대회 이야기로 들썩입니다. 시골에서 축구 이야기를 하는 이웃은 없지만, 셈틀을 켜면 인터넷에는 온통 축구 이야기입니다. 밀양에서 송전탑 때문에 시름시를 앓거나 고단한 사람들 이야기는 찾아보기 몹시 어렵고, 바닷물에 잠긴 가녀린 아이들을 걱정하는 이야기도 뚝 끊어집니다.

무슨 소리인가 하면, 축구를 좋아한다면 세계축구대회를 얼마든지 즐길 만하지만, 어른으로서 아이와 함께 무엇을 보고 누리며 사랑할 때에 아름다울까를 생각할 수 있어야지 싶어요. 브라질에서는 세계축구대회를 열려고 '경기장 지을 터'를 둘러싼 마을에서 살던 사람을 20만이나 쫓아냈다고 합니다. 아주 작은 토막소식으로 이런 이야기가 나오는데, 철거민 20만을 억누르려고 경찰과 군인을 20만이나 들인다고도 해요. 오늘날 브라질을 떠나, 우리 한국을 되새겨 봅니다. 한국에서 1988년에 올림픽을 치른다면서 얼마나 많은 사람들이 보금자리를 빼앗겼던가요. 올림픽에 앞서 전국체전을 벌일 적마다 얼마나 많은 사람들이 삶터를 잃어야 했던가요. 댐을 짓는다거나 고속도로를 놓는다거나 발전소나 공장을 들인다면서 얼마나 많은 사람들이 고향을 떠나야 했던가요.

전북 진안에서 '공동체박물관 계남정미소'를 꾸리던 김지연 님이 엮은 《용담 위로 나는 새》(아카이브북스, 2010)라는 책이 있습니다. 이 책은 진안 조림초등학교 교장이던 전형무 님이 용담댐 때문에 사라지는 마을을 샅샅이 돌면서 찍은 사진과 남긴 글을 바탕으로 새로 엮었습니다. 그런데, 아파야 하거나 떠나야 하던 사람들 이야기를 담거나 들려주는 책이 참 없어요. 이러한 책이 나와도 찬찬히 살피거나 즐겁게 읽는 이웃이 몹시 드물어요. 지구별에서 까마득히 먼 데에서 터지는 이야기가 아닌 바로 우리 곁에서 생기는 슬픈 이야기를 담아 《밀양을 살다》(오월의봄, 2014) 같은 책이 나오기도 하는데, 이러한 책을 우리들은 얼마나 읽고 얼마나 새기면서 스스로 삶을 고칠는지 궁금해요.

오월에 들딸기를 훑으면서 생각합니다. 유월 어귀에 감꽃을 주으면서, 또 유월에 오디를 따면서 생각합니다. 들딸기는 오뉴월에 실컷 즐기는 선물과 같다고 할 수 있는데, 우리 식구가 아이들 이를 고치려고 큰도시에 있는 치과를 다녀오느라 며칠 도서관을 비운 사이, 누군가 우리 도서관 들딸기를 모조리 훑었습니다. 참 얄궂은 이웃입니다. 예전에는 한가위에 여러 날 시골집을 비우고 아이들과 할머니 할아버지 찾아뵈러 다녀온 사이에 우리 집 무화과나무를 모조리 베어 죽인 이웃이 있었어요. 이와 같은 이웃은 참 어떤 넋일까 아리송해요. 왜 이웃나무를 죽일까요.

풀을 뜯습니다. 우리 집 마당과 옆밭과 뒤꼍에서 풀을 뜯고, 도서관 둘레에서 풀을 뜯습니다. 그동안 그러려니 여기던 풀 가운데 멸나물(어성초)이 있는 줄 올해에 처음으로 깨닫습니다. 우리 식구는 모시잎도 뜯고, 젓가락나물과 갯기름나물도 뜯습니다. 방가지똥과 고들빼기도 뜯으며, 이름을 아직 모르는 여러 가지 풀도 뜯습니다. 아이들은 내 곁에 달라붙어 "어떤 풀 뜯어?" 하고 묻다가 저희도 풀을 같이 뜯고, 내가 풀잎을 입에 넣으면 "나도 줘." 하면서 손을 내밉니다. 함께 풀을 먹고, 함께 바람을 마십니다. 함께 햇볕을 쬐고, 함께 노래를 부릅니다. 서로 가슴을 토닥이다가 밤에 잠들고, 서로 이불깃 여미면서 밤마다 개구리 노래잔치를 누리면서 꿈나라로 갑니다. 하루는 언제나 새롭게 즐겁습니다.

우리는 모두
밥 먹는 이웃

작은아이가 문득 한 마디 합니다. “아버지, 밖에서 새소리가 들려요.” “그래, 새소리가 들리는구나. 새소리인 줄 알겠니?” “응.”

처마 밑에 있는 제비집은 요즈음 쓸쓸합니다. 새끼 제비 네 마리가 모두 날갯짓을 하느라 새벽같이 둥지를 비운 뒤, 저녁 늦게 돌아오기 때문입니다. 그러나 제비는 이렇게 씩씩한 어른 제비로 자라나야 여름이 저무는 팔월 끝자락에 이웃 제비들하고 무리를 지어 태평양 너른 바다를 가로지를 수 있어요.

우리 집 마당은 멧새 놀이터가 되곤 합니다. 지난겨울에는 빈 제비집에 딱새 두 마리하고 참새 두 마리가 깃들기도 했어요. 처마 밑에 제비집이 셋 있기에, 이 가운데 두 군데를 딱새와 참새가 나누어서 썼습니다. 마당에서 크게 자라는 후박나무에 온갖 새들이 내려앉아서 놀고, 옆에 있는 초피나무에도 갖은 새들이 내려앉아서 놉니다. 새들은 후박알을 따먹고 초피알을 훑습니다. 초피나무에 알을

까는 범나비 애벌레를 잡아서 먹기도 합니다. 마을 이웃 할배와 할매 가운데에는 '나비가 있으면 알을 까서 애벌레가 잎을 갉아먹는다'며 농약이나 살충제를 휘휘 뿌리는 분도 있지만, 제비와 직박구리와 딱새와 참새와 어치 같은 새들이 쉴새없이 찾아들어 바지런히 애벌레를 잡아서 먹곤 합니다.

글을 익히는 아이는 책을 스스로 읽고 싶습니다. 글을 익히기 때문에 남이 읽어 줄 때보다 스스로 읽을 때에 한결 재미있습니다. 따사로운 목소리로 읽어 줄 때에도 즐겁지만, 새롭게 맞아들일 이야기를 스스로 알아내면서 더욱 즐겁습니다. 흙바닥에 나뭇가지로 글을 씁니다. 어버이한테서 배운 글을 척척 쓰면서 동생을 불러 이 글은 무엇이고 저 글은 무엇이라며 알려줍니다. 큰아이는 작은아이한테 스승이요 동무입니다.

동생한테 글을 찬찬히 보여주며 물려주는 아이들입니다. 언니 오빠한테서 무엇이든 지켜보면서 물려받는 아이들입니다. 학교에 들어가야 배우는 아이들이 아닙니다. 언제 어디에서나 늘 배웁니다. 언제 어디에서나 늘 둘레 모든 것을 지켜보거나 바라보면서 배웁니다. 아이들은 들과 숲과 멧골과 바다를 바라보면서 배울 수 있습니다. 아이들은 아파트와 고속도로와 핵발전소와 군부대를 바라보면서 배울 수 있습니다. 툭하면 총을 들고 싸우는 어른들이 둘레에 있으면, 아이들은 툭하면 싸움놀이, 이른바 전쟁놀이를 합니다. 싸움놀이, 그러니까 전쟁놀이를 하면서 자란 아이들 마음에는 싸움과 전쟁이라는 생각이 크게 자리합니다. 동무를 아끼고 동생을 돌보면서 놀던 아이들 마음에는 따순 손길과 눈길이 넓게 자리하겠지요.

〈뉴스타파〉라는 매체를 세운 최승호 님이 살아가는 이야기를 담은 《정권이 아닌 약자의 편에 서라》(철수와영희 펴냄, 2014)라는 책을 읽어 봅니다. 신문기자나 방송피디로 일하는 사람은 정치권력이 아닌 '여린 이', 그러니까 '수수한 사람들' 곁에 서야 한다고 말합니다. 수수한 사람들이란 누구일까요. 정치권력이 아닌 여린 이는 누구일까요. 신문이나 방송은 어떤 사람들 이야기를 다루어야 할까요.

학교에 집어넣기만 하면 끝나는 가르침(교육)이 아닙니다. 집과 마을에서 어떻게 살아가느냐에 따라 아이들 앞날이 달라집니다. 어버이는 밥을 어떻게 지을까요. 어버이는 밥을 어떻게 마련할까요. 어버이는 자전거를 탈까요, 아니면 자가용을 탈까요, 아니면 두 다리로 걸을까요. 어버이는 텔레비전만 보나요, 책을 가까이하나요, 거친 말을 일삼는가요, 보드라우면서 사랑스러운 말을 나누는가요.

우리 집에는 텔레비전이 없으니 방송을 안 봅니다. 이웃에 나들이를 가면 가끔 텔레비전을 구경합니다. 시외버스를 탈 적에도 더러 텔레비전을 구경합니다. 켜진 텔레비전을 문득 들여다보면 온통 사건·사고요, 연예인과 운동경기요, 정치권력하고 가까운 사람들 모습입니다. 굵직굵직하다는 일이라서 방송에 나와야 할는지 모르는데, 저 방송에서 '팔월에 뙤약볕 받으면서 풀을 뜯는 이야기'를 다룰 수 있으면 어떠할까 궁금합니다. '잡초가 아닌 풀을 뜯어서 나물로 먹는 이야기'를 다룰 수 있으면 어떠할까 싶습니다. '학교에 붙들려 꼼짝없이 걸상에 앉아서 지내는 아이들이 아닌, 팔월 한여름에 시원한 골짜기로 놀러가서 물놀이를 하는 아이들 모습을 한 시간이나 두 시간쯤 그대로' 보여주면 어떠할까 하고 생각합니다.

씨앗을 심는 어버이 곁에서 씨앗을 심는 아이들이 자랍니다. 자가용 손잡이를 붙잡는 어버이 곁에서 자동차를 빠르게 익히고 받아들이는 아이들이 자랍니다. 손으로 옷가지를 복복 비벼 빨래하는 어버이 곁에서 손빨래 살림을 살피는 아이들이 자랍니다. 아무 곳에나 쓰레기를 버리는 어버이 곁에서 과자봉지를 아무 데나 버리는 아이들이 자랍니다.

달포쯤 되었지 싶은데, 두 아이를 자전거에 태우고 면소재지 우체국으로 가는 길이었는데, 면소재지에 있는 고등학교를 다니는 머스마 넷이 나란히 걷다가 빈 음료수 깡통을 하늘로 높이 던지며 버려요. 이 아이들 뒤에서 자전거를 세운 뒤 "얘들아, 여기는 너희들이 사는 마을이고 너희들 고향이야. 너희가 이곳을 함부로 다루면 어떡하니." 하고 얘기했습니다. 깡통을 버린 아이는 어기적거리며 주웠지만, 우리가 지나간 뒤 다시 아무 데에나 깡통을 집어던집니다. 읍내에서도 초등학교 아이들이 곧잘 과자봉지를 길바닥에 휙 던집니다. 이 아이를 붙잡고 주워서 가져가라고 얘기하면 마지못해 줍고는 몸을 돌리고 몇 걸음 가다가 다시 휙 던집니다.

엊그제부터 상추씨를 얻습니다. 노란 상추꽃이 지면서 작은 씨앗을 맺습니다. 아이들 가슴마다 작은 씨앗이 있을 텐데, 시골 아이들은 어떤 어른들 곁에서 무엇을 보면서 어떤 씨앗을 키울까요. 고등학교만 마치면 얼른 떠나야 할 시골일까요. 언제나 즐겁게 두레를 하며 지낼 시골일까요. 푸른 바람을 마시고 푸른 노래를 부르며 훨훨 날아오르듯이 뛰노는 맑은 아이들을 그립니다.

풀을 생각하는 마음

1991년에 나온 사진책《草家》(열화당 펴냄)를 보면, 이제 한국에서 거의 모조리 사라진 '풀로 지붕을 인 집'을 잔뜩 만날 수 있습니다. 이 사진책을 들여다볼 때마다 어쩐지 마음이 푸근합니다. 오늘날과 대면 없을 만한 것이 있고, 있을 만한 것이 없기 때문입니다.

풀로 지붕을 인 집이 마을에 가득하던 때에는 무엇이 없었을까요? 바로 쓰레기가 없습니다. 비닐이 없고 농약과 비료가 없어요. 텔레비전이 없고 자동차가 거의 없습니다. 풀로 지붕을 인 집이 마을에 하나도 없다시피 한 오늘날에는 무엇이 있을까요? 바로 쓰레기가 있습니다. 비닐이 있고 농약과 비료가 있어요. 텔레비전에 자동차에 에어컨까지 있습니다. 웬만한 집마다 경운기가 있으며, 트랙터나 콤바인이나 짐차까지 두루 있습니다.

풀로 지붕을 인 집이 마을마다 가득하던 때에는 무엇이 있었을까요? 바로 개똥벌레가 있습니다. 뱀과 개구리가 득시글거리고, 제비와 박쥐가 있습니다. 꾀꼬리와 뜸부기가 있으며, 사슴벌레·하늘소·풍뎅이가 흔하게 있습니다. 징검다리가 있고 지게가 있으며 무지개가 있어요. 우물과 냇물과 도랑이 있고 미꾸라지와 버들치가 있으며 미리내가 있습니다. 무엇보다 아이들이 있습니다. 풀로 지붕을 인 집이 마을에 하나도 없다 할 만한 오늘날에는 무엇이 없을까요? 바로 예전에 있던 거의 모든 것이 없습니다. 무엇보다 아이들이 없습니다. 노래가 없고 춤이 없습니다. 이야기가 없고 꿈이 없습니다.

옛날이 오늘날보다 낫다고 생각하지 않습니다. 옛날은 옛날대로 즐거운 삶이고, 오늘날은 오늘날대로 기쁜 삶이라고 생각합니다. 다만, 옛날과 오늘날이 서로 어떻게 다른지 제대로 바라보고 느끼면서 알아야지 싶어요. 쓰레기와 비닐과 농약과 비료가 어느 시골에나 그득그득 있는 오늘날에는 참말 아이들이 없습니다. 아이들이 없는 시골에는 노래가 흐르지 않아요. 텔레비전에서 대중노래가 흐르기는 하지만, 시골사람 스스로 일노래와 놀이노래를 부르지 않습니다. 기계가 모를 심고 기계가 나락을 거두니, 모심기노래도 나락베기노래도 없습니다. 기계로 풀 모가지를 자르기만 하니 풀베기노래조차 없습니다. 아이들이 없으니 먼먼 옛날부터 입에서 입으로 아이들한테 물려주던 이야기가 없습니다. 아이들이 없으니 고샅길을 모조리 시멘트로 덮습니다. 아이들이 없으니 들딸기나 멧딸기가 돋아도 잡풀로 여겨 그냥 걷어치웁니다. 아이들이 없으니 버들피리를 불 일마저 없어 버드나무를 뭉텅뭉텅 베어 없앱니다. 아이들이 없으니 마을에 큰나무나 숲정이를 두지 않습니다. 아이들이 없으니 논이고 밭이고 농약만 잔뜩 뿌려서 도랑물에 발을 담글 수 없고, 논

흙바닥에서 미꾸라지가 살 수 없으며, 다슬기도 없으니 개똥벌레가 살 수 없습니다.

도시에는 아이들이 아주 많습니다. 시골을 떠난 아이들은 모조리 도시에 있습니다. 그런데 도시에도 아이들이 스스로 노래를 짓지 않고, 어른들도 스스로 노래를 부르지 않습니다. 틀림없이 도시에는 아이도 어른도 많으나, 쳇바퀴를 돌듯이 회사를 다녀서 돈을 버느라 바빠서, 노래를 생각할 겨를이 없습니다. 아이들은 학원을 뺑뺑이치듯이 돌고 대학입시에 주눅이 들면서 스스로 놀지 않고 서로 어울려 놀 줄 모르며 다 같이 어깨동무하면서 부르던 노래가 싹둑 끊깁니다.

유월과 칠월과 팔월 내내, 우리 고흥집에서 가까운 천등산 골짜기로 자전거를 달려 나들이를 다녔습니다. 두 아이를 자전거에 태우고 천등산을 세 시간 넘게 기어올라가 꼭대기에 닿기도 했습니다. 두 아이는 골짜기에서 거리낌없이 온몸을 골짝물에 담그며 놉니다. 샛자전거에 앉는 큰아이는 작은 사진기를 한손에 쥐면서 파란 하늘을 찍으며 놀기도 합니다.

이웃 참깨밭 옆을 지나다가 "냄새가 좋아!" 하면서 참깨꽃에 얼굴을 박습니다. 골짜기에서 갖고 노는 바람이(튜브)를 몸에 끼고 마당을 달리면서 좋다고 웃습니다. 그저 걷기만 해도 즐거운 나날입니다. 풀빛은 푸르니 즐겁고, 하늘빛은 파라니 곱습니다. 다만, 이 멋진 골짜기와 참깨꽃과 숲과 들과 하늘과 풀을 함께 누릴 동무가 거의 없습니다.

도시로 떠난 어른과 아이는 그곳에서 무엇을 누릴까 궁금합니다.

사진책《草家》를 들여다보면 1970-80년대까지 마을마다 바글바글 넘치던 아이들이 곳곳에 나타납니다. 지붕을 풀로 이었으니, 말 그대로 '풀집'이요, 고샅은 흙길입니다. 마당도 흙마당입니다. 흙마당에 흙길인 시골에서는 아이들이 뛰놀다가 넘어져도 무릎이 안 깨지고 이마가 안 터져요. 아스팔트와 시멘트로 가득한 도시에서는 아이들이 걷다가 넘어져도 무릎이 깨져요. 오늘날 시골에 흙고샅은 거의 없어요. 오늘날 시골에 그대로 머물며 노는 아이가 있어도 시멘트길에서 뛰놀다 넘어지면 으앙 하고 울음을 터뜨릴 만합니다.

풀을 뜯어서 먹고, 풀잎을 꼬아서 바구니를 엮으며, 풀줄기에서 실을 자아내어 옷을 짓고, 풀피리를 부르면서 놀며, 언제나 풀과 얼크러져 살던 지난날 시골사람은 누구나 '풀집·풀밥·풀옷'입니다. 예전에는 집도 밥도 옷도 다 '풀'입니다. 시골살이란 풀살이예요.

요즈음 시골은 풀을 끔찍하게 싫어합니다. 풀 한 포기만 돋아도 징그럽게 여기거나 지저분하다고 생각하기 일쑤입니다. 시골에서 풀꽃놀이를 하는 아이나 어른이 죄 사라집니다. 시골에서도 도시에서도 풀반지와 풀목걸이와 풀머리띠를 하며 노는 풀아이가 없습니다. 사진책《草家》를 덮습니다. 우리 도서관 책꽂이에 곱게 꽂습니다. 학자님은 학자답게 한자를 빌어 '草家'라 적습니다. 사진은 멋스럽게 흑백입니다. 이런 놀라운 사진책이 '풀집'이라는 이름을 쓰고, 풀빛이 얼마나 아리따운가를 드러내도록 무지개빛으로 사진을 찍었다면, 예나 이제나 시골빛은 푸르게 해맑은 빛깔인 줄 보여줄 수 있다면, 푸르게 물드는 마음이 사랑스러운 줄 이야기 나눌 수 있으면, 하고 꿈을 꿉니다.

사광이풀과 며느리배꼽

해마다 봄이 되면 시골에서나 도시에서나 아주 일찍 꽃망울을 터뜨리는 조그마한 들꽃이 있습니다. 시골에서는 들꽃이요, 도시에서는 골목꽃이라 할 만한데, 이 작은 꽃송이를 놓고 두 가지 이름이 있어요. 하나는 일본 학자가 붙인 일본 풀이름을 일제강점기에 한국 학자가 받아들여서 쓰는 이름이고, 다른 하나는 한겨레가 스스로 붙인 이름입니다. 일본 학자는 일본에서 '개불알풀꽃'이라는 이름을 붙여서 꽃송이를 마주합니다. 한겨레는 '봄까지꽃'이라는 이름을 나긋나긋 읊으며 꽃송이를 바라봅니다.

해마다 여름이 지나 가을로 접어들 무렵 아주 흔하게 볼 수 있는 들꽃을 놓고도 두 가지 이름이 있습니다. 일본 학자가 붙인 풀이름을 일제강점기부터 한국 학자가 받아들인 이름은 '며느리배꼽'과 '며느리밑씻개'입니다. 한겨레가 예부터 스스로 붙여서 가리키는 이름은 '사광이풀'과 '사광이아재비'입니다. 김종원 님이 엮은 《한국

식물 생태 보감》(자연과생태 펴냄, 2013) 1권을 보면 '사광이아재비'와 '며느리밑씻개'라는 이름에 얽힌 이야기가 잘 나옵니다.

한국사람은 한국에서 살면서 정작 한겨레 꽃이름이나 풀이름을 제대로 모르기 일쑤입니다. 학자가 꽃이나 풀에 이름을 붙이기 앞서, 어느 고장에서든 시골사람 스스로 꽃이름과 풀이름을 지어서 가리켰는데, 고장말을 잊고 마을말을 잃습니다.

곰곰이 돌아본다면, 학자들이 이 나라 골골샅샅 두루 다니면서 꽃이름과 풀이름뿐 아니라 나무이름과 벌레이름과 짐승이름까지 낱낱이 여쭈어서 적어야 올바릅니다. 일본 학자가 일본말로 붙인 이름을 한국말로 옮기지 말고, 한겨레가 수천 수만 수십만 수백만 해에 걸쳐 스스로 바라보고 가리키면서 주고받던 이름을 헤아릴 수 있어야 합니다.

고장마다 대학교가 있어요. 그러니 경기도 언저리에서는 경기도 언저리 대학교에서 시골마을을 두루 돌면서 이름을 여쭐 노릇입니다. 경상도 대학교는 경상도에서, 전라도 대학교에서는 전라도에서 고장말을 여쭈어야 할 테지요. 고장마다 있는 대학교는 '고장말 사전'과 '고장말 도감'을 꾸준히 선보일 수 있어야 해요. 이렇게 할 때에 학문이고, 이렇게 책을 엮어서 나눌 수 있어야 사회가 발돋움합니다.

아이들과 도서관으로 갑니다. 도서관 어귀에 탱자나무가 있습니다. 나는 아이들한테 '탱자나무'라는 이름을 알려주지만 아이들은 늘 이 이름을 잊습니다. 가을마다 노란 탱자알을 얻어서 갖고 놀지만, 겨울이 지나고 봄이 되면 까맣게 이름을 잊어요. 다시 여름이 되고 가을이 찾아와서 아버지가 이름을 알려주어야 “‘탱자’? 탱자가 뭐야?” 하고 묻습니다. 도서관 어귀에 우람하게 자란 ‘아왜나무’는 이름을 말하기 어려운지 이 나무도 이름을 잊는데 ‘불 끄는 나무’라는 이름으로 떠올립니다. ‘단풍나무’는 ‘빨간나무’로 알아듣고, ‘자작나무’는 ‘하얀나무’로 알아봅니다. 하기는. 그렇겠지요. 아이들은 아이들 나름대로 바라보면서 이름을 떠올립니다. 아마 수천 수만 해 앞서 한겨레가 ‘쑥’이나 ‘마늘’ 같은 이름을 처음 지을 적에도 그때 그곳에서 문득 떠오른 느낌 그대로 가리켰으리라 생각해요. ‘갓’이나 ‘여뀌’나 ‘강아지풀’이라는 풀이름도, 모두 그때 그곳에서 떠오른 느낌이나 이야기에 따라 새 이름이 태어났겠지요.

우리 집 마당을 차근차근 치워 놀이터로 삼습니다. 놀이기구가 따로 있지 않으나, 모두 다 놀잇감이 됩니다. 나뭇가지와 풀꽃이 놀잇감이 됩니다. 고무대야에 물을 받아 물놀이를 즐깁니다. 물을 갖고 노니까 그대로 ‘물놀이’입니다. 제자리에서 폴짝폴짝 뛰면서 놀면 ‘뜀놀이’나 ‘뜀뛰기놀이’입니다. 마당을 그저 빙글빙글 거닐면서 놀면 ‘걷기놀이’가 돼요.

아이들이 노는 모습을 물끄러미 바라봅니다. 풀과 노는 아이는 풀놀이를 즐기기에, 이 아이한테는 ‘풀순이’라는 이름을 붙입니다. 꽃을 꺾어 노는 아이는 꽃놀이를 누리기에, 이 아이한테는 ‘꽃순이’라는 이름을 붙입니다. 언제나 즐겁게 노는 아이들이니, ‘놀이순이’요 ‘놀이돌이’라는 이름을 붙입니다. 동생을 옆에 앉히고 책을 읽어주는 누나한테는 ‘책순이’라는 이름을 붙입니다.

드넓게 열린 파란 하늘을 올려다봅니다. 파랗디파란 하늘이 곱습니다. 높은 건물이 없으니 하늘이 더 넓습니다. 시골에서는 멧자락이 높아도 하늘을 가린다는 느낌이 들지 않아요. 이와 달리 도시로 나들이를 가면, 조금만 높은 건물이 있어도 하늘을 가리는구나 하고 느껴요. 가을이 무르익는 날, 손을 잡고 걷거나 앞서거니 뒤서거니 달리면서 노는 아이들은 하늘빛을 먹습니다. 이런 날은 '하늘아이'라는 이름을 붙입니다.

시골에서 살기에 '시골아이'입니다. '시골순이'요 '시골돌이'입니다. 시골사람한테는 순이나 돌이라는 이름이 잘 어울립니다. 그런데 도시사람한테 '도시아이'라든지 '도시순이·도시돌이' 같은 이름을 붙이려 하면, 어쩐지 안 어울립니다. 오늘날 우리 사회에서는 '도시아이'라기보다 '시티 키드' 같은 이름이 어울리리라 느껴요.

인터넷이 발돋움한 만큼, 이름이 궁금한 꽃이나 풀이나 나무가 있으면 인터넷을 켜서 여쭈면 1분이 채 지나지 않아 누군가 이름을 알려줍니다. 인터넷은 사전이나 도감 구실을 톡톡히 합니다. 그런데 말이에요, 이제는 이름을 짓는 사람이 없어요. 스스로 이름을 지을 줄 아는 사람이 없어요. 시골말은 차츰 사라지거나 잊힙니다. 고장말은 천천히 자취를 감춥니다. 텔레비전과 라디오와 신문과 책뿐 아니라, 학교에서 쓰는 표준 서울말 교과서는 시골아이 말씨와 말투를 모두 빼앗습니다. 처음 마주하는 꽃이나 풀이나 나무를 앞에 두고, 이 꽃과 풀과 나무가 어떤 숨결인가를 찬찬히 헤아리거나 살피거나 짚으면서, 스스로 새롭게 이름을 짓던 사람은 모두 어디로 갔을까요.

집에서 먹는 무화과

시골과 도시는 어떻게 다를까 하고 가만히 헤아립니다. 나와 곁님은 도시에서 태어나 시골에서 지냅니다. 첫째 아이는 도시에서 태어나 네 살 적부터 시골에서 살고, 둘째 아이는 시골에서 태어났으며, 셋째 아이는 이듬해에 시골에서 태어납니다(그러나 셋째는 바람처럼 살짝 머물다가 떠났습니다). 나와 곁님은 도시에서 살던 지난날을 그릴 수 있을 테지만, 우리 집 아이들은 도시살이를 그리기 어려우리라 느낍니다. 첫째 아이만 하더라도 도시에서 태어나 지낸 이야기를 얼마 못 떠올립니다.

시골에서는 한 해 두 해 흐르는 결을 날마다 새롭게 느낍니다. 마당에서 자라는 나무를 느끼고, 밭자락에서 돋는 풀(나물)을 새롭게 만나며, 해마다 봄에 찾아오는 제비를 새삼스레 마주합니다. 해마다 똑같은 씨앗을 논밭에 심더라도 해마다 다른 기운을 느껴요. 철마다 다른 기운을 느끼고, 달마다 다른 기운을 느껴요.

도시에서는 한집에서 열 해나 스무 해를 살기에 만만하지 않습니다. 삯을 치르며 지내는 집이라면, 다달이 치를 삯이나 해마다 오르는 전세에 살림이 기우뚱합니다. 도시에서는 한집에서 다섯 해나 열 해나 스무 해를 살더라도 '달라지는 결이나 흐름'을 잡아채기 어려워요. 한집에서 서른 해나 마흔 해를 살 수 있는 도시이기도 하지만, 도시에서 이쯤 살면 재개발 소리가 튀어나오면서 집이고 나무이고 몽땅 갈아엎습니다. 이른바 '고향'을 누릴 수 없는 도시입니다.

고향이 없는 도시와 고향이 있는 시골은 무엇이 다를까요. 무엇보다 살림이 다릅니다. 고향이 있는 시골이란, 언제나 아늑한 보금자리입니다. 고향이 없는 도시란, 언제 어디로 떠나거나 옮겨야 할는지 까마득한 나그네입니다. 도시에서는 늘 '새로운 집으로 옮긴다'고 말하지만, 새로운 집이란 도시에 없어요. 모두 똑같은 집일 뿐입니다. 왜냐하면, 건물 모습으로는 새로움을 말하지 않기 때문입니다. 이야기를 낳지 않거나 이야기를 짓는 터전이 아니라면 하나도 새롭지 않습니다.

나그네는 이곳저곳 두루 돌아다니면서 구경하기에는 좋겠지요. 그런데 나그네는 먹고 입고 자는 살림을 스스로 건사할 수 없습니다. 이곳저곳 떠돌기 때문입니다. 한집을 아늑한 보금자리로 삼아서 지내는 시골사람은 어느새 '토박이'가 됩니다. 토박이는 먹고 입고 자는 살림을 스스로 건사합니다. 토박이는 이곳저곳 돌아다니지 않는 사람입니다. 왜냐하면, 제 보금자리를 아름답게 일구기 때문에 굳이 다른 곳으로 가지 않습니다. 스스로 새로운 이야기를 제 보금자리에서 길어올리고, 언제나 새로운 노래를 제 삶터에서 부릅니다.

올가을에 우리 집에서 '우리 뒤꼍 무화과나무' 열매를 기쁘게 얻습니다. 무화과나무 곁에 있는 모과나무도 아이들 머리통만 한 굵고 단단한 알을 베풉니다. 차고 매서운 바람이 불기까지 '우리 집 무화과'를 즐깁니다. '우리 집 감'도 즐깁니다. 아이들을 불러 무화과알을 받거나 모과알을 받거나 감알을 받도록 합니다. 아이들이 키가 더 자라면 손을 뻗어 무화과를 딸 테고, 팔다리에 힘이 붙으면 나무를 타서 감을 따리라 생각해요.

구월에서 시월로 넘어선 바람은 꽤 선선하고, 시월에서 십일월로 넘어서는 바람은 퍽 쌀쌀한데, 아침에 해가 떠서 한낮이 되면 볕이 퍽 포근합니다. 설렁설렁 겨울이 다가오는구나 싶은 이즈음, 마당과 뒤꼍과 옆밭에 새로운 싹이 오릅니다. 해마다 봄이 되면 돋는 봄풀이요 봄나물입니다. 봄풀이니까 가을풀도 될는지 모릅니다. 여름이 저물어 겨울이 다가오는 들과 숲은 우리한테 푸른 숨결을 나누어 주고 싶어 가을나물을 베푸는지 모릅니다. 봄까지꽃을 훑고 갈퀴덩굴을 똑똑 따며 민들레잎을 살짝살짝 끊습니다. 보들보들 보드라운 가을풀을 뜯어 비빔밥을 합니다.

냠냠 맛있게 밥 한 그릇 비운 뒤, 익산에서 조촐히 살림을 가꾸는 문영이 님이 쓴 《내 뜰 가득 숨탄것들》(지식산업사 펴냄, 2014)이라는 책을 읽습니다. 시골아이였고, 아이들 어머니였다가, 이제 정갈한 살림과 겨레말을 보듬고 싶은 넋을 가꾸는 작은 할머니 문영이 님은 "온누리는 보이지 않는 제 씨앗 사랑으로 꽉 짜여 있어, 그 힘으로 모든 숨탄것들이 살아가지만, 식물이나 동물에게서 애틋한 그 속내가 보일 때, 마음대로 심고 마음대로 쳐대는 사람이란 교만도 고개 숙는다(41쪽)." 같은 이야기를 적습니다. 살림 꾸리던 이야기, 아이들 돌보던 이야기, 밭 가꾸는 이야기, 나물과 꽃이랑 얽힌 이야기를 알뜰살뜰 여밉니다.

할머니 한 분이 쓴 책은 할머니 이야기입니다. 학자가 들려주는 전문 지식이 아닙니다. 할머니 한 사람이 쓴 책은 할머니 삶입니다. 작가가 들려주는 문학이나 예술이 아닙니다.

아이들하고 들길을 걸으며, 이 들길을 자전거로 달리며, 이러다가 가을꽃을 똑똑 끊어서 머리에 꽂으며, 두 손에 꽃을 들고 바람을 가르는 아이들을 바라보며 생각합니다. '시골 아이와 시골 어른 마음자리에 들내음이 고루 스밀 수 있기를, 시골내기와 도시내기 마음밭에 들노래가 찬찬히 퍼질 수 있기를, 온누리에 고운 이야기꽃이 가득 필 수 있기를.'

슬기로운 할머니는 언제부터 슬기로울까 궁금합니다. 슬기로운 할머니는 아이들한테 어떤 이야기를 물려줄까 궁금합니다. 나는 머잖아 할아버지가 되어 우리 아이들과 새로운 아이들한테 어떤 슬기나 이야기를 물려줄까 하고 곰곰이 헤아립니다.

아이와 함께 나무를 심는 사람이 어버이일까요. 아이와 함께 씨앗을 심는 사람이 어버이일까요. 아이와 함께 보금자리를 가꾸는 사람이 어버이일까요. 그러면, 어른이란 어떤 사람일까요. 아이와 함께 나무를 노래하고, 아이와 함께 씨앗을 사랑하며, 아이와 함께 숲집을 돌볼 줄 알 때에 어른이 되리라 느낍니다. 어디에서나 누구나 '우리 집 나무'와 '우리 집 열매'를 누린다면 생각을 아름답게 지어서 하루를 알차게 사랑하리라 봅니다.

논도랑 반딧불이는 어디로

태평양과 맞닿은 남녘은 겨울로 접어들어도 제법 포근합니다. 한겨울에도 별이 여러 날 포근하면 동백나무는 꽃봉오리를 가만히 터뜨립니다. 전라북도나 충청도에서는 생각할 수 없는 일일 테고, 경기도나 서울이나 강원도에서는 꿈꿀 수조차 없는 일일 테지요.

찬바람이 불면서 논둑이나 빈들에 유채풀과 갓풀이 돋습니다. 찬바람이 싱싱 불어도 무화과나무와 모과나무는 아직 잎을 떨구지 않습니다. 유자나무는 매서운 바람이 불어도 노란 열매를 주렁주렁 답니다. 일찌감치 익은 노란 알은 십일월 문턱에 따고, 느즈막히 익는 노란 알은 십이월이 되어서야 땁니다.

날씨가 폭한 곳이니, 서리가 내리는 날에도 까마중은 하얀 꽃을 피우고 까만 열매를 내놓습니다. 주전부리 삼아 찬찬히 훑습니다. 살살 달달한 까마중을 훑는 동안 아이들은 손에 얼어도 씩씩하게 참고 기다립니다. 입에 들어올 맛난 것을 바라보기만 합니다.

다른 고장에서는 눈이 내리기도 하고 얼음이 얼기도 하지만, 우리 시골에서는 아직 가늘게 풀벌레 소리를 살몃살몃 듣습니다. 거의 모든 풀벌레가 흙으로 돌아가거나 겨울잠을 자는데, 아직 흙으로 돌아가지 않을 뿐 아니라 겨울잠조차 미루는 풀벌레가 있어요. 부전나비와 노랑나비는 십일월 한복판에도 깨어나 팔랑팔랑 날아다닙니다. 겨울 코앞에 새로 돋는 들풀을 살피면, 또 마당 한쪽에서 돋는 갓풀과 괭이밥풀을 살피면, 풀벌레나 애벌레가 야금야금 갉은 자국을 볼 수 있습니다. 어떤 벌레일까요. 어떤 벌레는 겨울에도 푸른 잎사귀를 먹으면서 푸른 숨결을 이을까요.

씩씩한 '겨울벌레'가 있기에, 따스한 남녘 고장에서 텃새로 지내는 멧새와 들새는 바지런히 날아다니면서 먹이를 얻을 만하리라 느낍니다. 그리고 차츰 바람이 차갑게 불면서 딱새와 참새가 우리 집 처마로 조용히 찾아와서 가만히 깃듭니다. 봄부터 여름까지 제비가 지내던 제비집에 딱새와 참새가 사이좋게 나누어 깃듭니다. 한쪽 둥지에는 딱새 두 마리, 다른 한쪽 둥지에는 참새 두 마리, 이렇게 새로운 이웃이 들어옵니다.

아침저녁으로 늦가을 들풀을 뜯어서 밥에 얹어 먹습니다. 일찍 해가 떨어지면 깜깜한 하늘에 별이 돋는 모습을 살피다가 슬그머니 마실을 나갑니다. 조용한 들판을 걷습니다. 캄캄한 들길을 걷습니다. 이제 겨울로 접어들기에 반딧불이를 찾아보기 어렵다 할 텐데, 해가 갈수록 반딧불이 작은 꽁지불은 차츰 사라집니다. 올해에는 고작 두어 마리만 어렵사리 만났습니다.

반딧불이는 시골에서도 자취를 감춥니다. 아마 골짜기에서도 자취를 감추리라 느낍니다. 왜냐하면, 시골 논도랑이 흙도랑이 아닌 '시멘트도랑'으로 바뀌기 때문입니다. 군청과 도청에서 목돈을 들여 '시멘트 들이붓는 토목사업'을 일삼기 때문입니다. 시골 할매와 할배도 '시멘트도랑'을 문화사업이나 복지사업으로 여기기 때문입니다.

《4대강 사업과 토건 마피아》(철수와영희 펴냄, 2014)라는 책을 읽습니다. 이제 어느 신문에서나 4대강 사업을 나무랍니다. 한때 4대강 사업을 아주 우러르거나 섬기던 신문과 지식인조차, 이 토목사업 때문에 22조 원에 이르는 나랏돈을 흘려버렸다고 아우성입니다. 돈을 쏟아부어 시멘트를 들이부을 적에는 손뼉을 치면서 부추기더니, 왜 뒤늦게 나무라는 목소리를 내는지 아리송합니다. 게다가 이런 짓 때문에 누가 눈먼 돈을 거두어들였고, 누가 밥그릇을 챙겼는지 올바로 따지는 목소리는 찾아보기 어렵습니다.

우리 식구가 지내는 시골마을에서도 4대강 사업 끄트머리인 '시멘트 토목사업'을 손쉽게 찾아볼 수 있습니다. 마을 뒷산 골짜기 바닥을 갑작스레 뒤집어엎으면서 시멘트를 붓습니다. 바닷가를 따라 시멘트둑을 쌓습니다. 조그마한 골짜기일 뿐인데 마냥 시멘트를 붓습니다. 골짜기를 타고 오르는 조그마한 멧길에도 시멘트를 부어서 관광도로를 낸다는데, 이러한 토목사업을 벌써 다섯 해째 하지만 언제 끝날는지 알 수 없습니다. 숲에서 흐르는 물줄기를 마시고 논밭에 물을 대는 시골마을에까지 '댐에 가둔 물로 수돗물을 잇겠다'는 토목사업을 여러 해째 하는데, 이 토목사업도 언제 끝날는지 모릅니다. 툭하면 고샅과 큰길을 뒤엎으면서 뭔가 붓고 파내는 일만 되풀이합니다. 해마다 흙도랑이 사라지고 시멘트도랑이 늘 뿐 아니라, 찻길이 더 늘고, 묵은 밭은 바닥을 시멘트로 다지고 쇠기둥을 박아 창고를 세우기 일쑤입니다. "콘크리트 구조물들 사이에서 오염된 공기를 마시는 우리는 정말 자연을 정복한 걸까요? 오히려 현대인들은 자연을 그리워하잖아요. 인식을 바꿔야 합니다. 인간과 자연이 어우러질 수 있는 환경을 만들어야 해요. 자연을 파괴하면 인간도 죽습니다. 그동안 우리의 상식에 탐욕에 가려져 온 거예요. 어렵지 않습니다(86쪽)." 같은 이야기를 함께 생각할 시골 이웃을 그립니다. 아주 마땅하지만, 논이나 밭을 시멘트로 덮으면 아무 씨앗을 못 심어요. 시멘트 길바닥을 비집고 솟는 들풀이 있지만, 나락도 남새도 시멘트땅에는 심지 못합니다. 논도랑을 시멘트로 바꾸면 미꾸라지와 다슬기와 가재와 개구리는 모조리 죽습니다. 게아재비도 물방개도 시멘트덩이 논에서는 삶자리를 못 찾습니다.

도시로 떠난 어린이와 젊은이를 시골로 다시 부르려면, 시골에 맑은 물이 졸졸 흐르면서 가재와 미꾸라지와 냇물고기를 잡을 수 있어야 하고, 반딧불이를 만나고 다슬기를 주울 수 있어야 합니다. 시골에서 사람들이 오순도순 아름답게 살자면 서로 흙을 만지고 북돋우면서 풀과 나무를 사랑할 수 있어야 합니다. 벌나비와 제비와 잠자리와 반딧불이와 사슴벌레와 소쩍새와 뜸부기와 매와 너구리와 멧토끼가 함께 어우러지는 시골이라면, 참말 너나없이 살고 싶다고 여기리라 생각합니다.

시골에서
이웃 되기

마을에 문을 걸어 잠그는 집은 거의 없거나 아예 없습니다. 시골에서 훔칠 것이라면 쌀이나 고구마나 배추쯤 될 텐데, 집집마다 이런 풀열매나 푸성귀는 다 있으니 굳이 훔칠 일이 없습니다. 마을사람끼리 오간다면 시골마을에서 '다른 사람 것을 바보스레 노리는 짓'은 일어나지 않습니다. 그러나 자가용이나 짐차를 몰고 마을에 들어오는 낯선 사람이라든지, 사진기를 어깨에 건 사람이라든지, 종교를 퍼뜨리려는 사람이 얼씬거린다면 얘기가 달라집니다.

마을사람 사이에서만 '서리'입니다. 마을사람이 아니면 '서리'가 아닙니다. 관광객은 시골마을을 이웃으로 여길까요. 여행객은 시골마을을 동무로 삼을까요. 관광을 앞세워 시골숲을 파헤칩니다. 여행 뒤끝에는 쓰레기가 뒹굽니다. 도시에 생활·문화공간을 늘리면서 위해시설은 줄이려 하니, 커다란 발전소나 폐기물 처리장을 시골에 짓고 송전탑을 박습니다.

한겨레는 예부터 '대문'을 두지 않았습니다. '大門'이라는 낱말부터 한국말이 아닙니다. 기와를 얹은 집에다가 담을 빙 두른 양반과 권력자와 부자 몇몇 사람 집에만 한자로 지은 낱말 '大門'을 두었습니다. 먼 옛날부터 한겨레 여느 마을 수수한 시골집에는 울타리조차 따로 없고 바깥 큰문이란 처음부터 없습니다. 한겨레 살림집에는 '미닫이'와 '여닫이'만 있습니다. 바람을 가리려고 돌담을 쌓기는 하되, 큰 숲짐승을 가리려고 탱자나무나 찔레나무로 울타리를 두르기는 하되, 이웃과 동무가 거리끼지 않고 드나드는 집이었어요.

도시에서 집집마다 자물쇠를 단단히 걸어 잠그는 까닭은 '이웃'이 없기 때문입니다. 도시에서 집집마다 담이나 울을 높게 쌓고, 건물마다 문지기를 두는 까닭은 '동무'가 없기 때문입니다. 이웃이나 동무가 아닌 훨씬 많은 사람이 무섭거나 두렵기 때문입니다.

한겨울에 마을 샘터와 빨래터에 아이들과 함께 가서 물이끼를 걷어냅니다. 두 아이는 빨래터 담에 걸터앉아서 "아버지, 힘내라!" 하고 노래해요. 한겨울이니 옷을 적시면서 물놀이를 하지는 말라 했더니, 큰아이는 연필과 종이를 챙겨 그림놀이를 합니다. 마을 할배가 이 옆을 지나가다가 "이 추운데 뭐 하요?" 하시면서 "이녁 집에 떡 갖다 놨으니 아(아이)들이랑 자쇼." 하고 덧붙입니다. 한겨울이어도 한낮에는 볕이 포근해서 빨래터에 맨발로 들어가서 물이끼를 걷을 만합니다. 마을 할매는 우리가 빨래터에 있느라 우리 집에서 아무 소리가 안 나더라도 대청마루에 떡을 놓고 가셔요. 이웃이니까 스스럼없습니다. 그리고 우리도 서로 이웃이면서 마을에서 막내이니, 한겨울에 빨래터를 치우는 몫을 기쁘게 맡습니다.

아이들과 노래를 부르면서 고샅길을 걸어 집으로 돌아갑니다. 아이들은 제삿떡을 먹고, 나는 '영국에 있는 이웃'이 선물로 보낸 책 《아이들의 이름은 오늘입니다》(포이에마, 2014)를 읽습니다. 영국 브루더후프 공동체에서 아이와 어른이 함께 삶을 배우는 이야기를 담은 책이라고 합니다. "정부가 요구하는 학업 프로그램 탓에 아이들은 놀며 배울 기회를 점점 더 빼앗기고 교사들은 과도한 서류 작업에 짓눌리고 있다(37쪽)." 같은 글줄을 읽으며 밑줄을 살며시 긋습니다. 참말 아이들은 도시에서나 시골에서나 못 놉니다. 시골에 있는 학교라 하더라도 몇 군데 학교를 빼고는 '운동장에서 맨몸으로 뒹굴며 노는 아이'를 만나기는 어렵습니다. 그나마 운동장에서 맨몸으로 뒹굴며 노는 아이는 손가락으로 꼽을 만합니다. 도시뿐 아니라 시골에서도 아이들은 스마트폰에 눈길과 마음을 빼앗겼습니다. 마을 어귀를 지나가는 군내버스를 타고 읍내를 다녀오다가 '면소재지 초등학생'이나 '읍내 중·고등학생'을 만나면, 열이면 아홉은 두 손에 스마트폰을 들고 게임을 하거나 '쪽글 수다'를 떠느라 부산합니다.

도시에 있는 아이들은 숲이 없어서 숲을 못 봅니다. 시골에 있는 아이들은 숲이 있어도 '보기 싫어'서 숲을 안 봅니다. 도시에 있는 아이들은 책으로 숲을 봅니다. 시골에 있는 아이들은 '지겨워'서 숲을 눈으로도 책으로도 안 보려 하면서 고개를 돌립니다. 도시에 있는 대학교나 공장이나 기업에 가지 않고, 시골에 뿌리를 내리면서 숲을 가꾸고 들을 돌보겠노라 하고 씩씩하게 말할 줄 아는 시골아이는 언제 만날 수 있을는지 궁금합니다. 이제 시골에서 '농고'를 찾기 어려운 만큼, 시골 초·중·고등학교에서조차 시골아이한테 '시골일'을 제대로 가르치거나 보여주거나 알리는 일도 못 하겠구나 싶지만, '농작물 산업(농업)'이 아닌 '시골살이'와 '숲살림'을 꿈꿀 줄 아는 어린이와 푸름이는 왜 못 태어날까요.

"아이들에게 평생 남는 것은 물질이 아니라 부모가 주는 사랑이다(92쪽)." 같은 글줄을 읽다가 밑줄을 천천히 긋습니다. 학교는 아이한테 입시지식이 아닌 춤과 노래를 가르칠 수 있기를 빕니다. 집에서는 아이를 학교나 학원에 보낼 생각은 부디 그치고 웃음과 사랑으로 이야기꽃을 피울 수 있기를 빕니다. 도시에서든 시골에서든 우리가 물려주거나 물려받을 것은 오직 사랑일 테니까요.

2015년이 되면 우리 집 큰아이는 여덟 살입니다. 여덟 살이 될 큰아이하고 새해에는 '우리 집 학교'를 열자고 생각합니다. 우리 집을 학교로 삼고, 우리가 꾸리는 사진책도서관을 '도서관 학교'로 삼으려 합니다. 오직 한 아이를 생각하는 학교입니다. 오직 한 아이를 생각하고 가르치면서 어버이도 함께 배우는 곳입니다. 곁님과 나는 어버이요 교사가 되면서 아이한테서 새롭게 이야기를 배우는 동무요 학생이 됩니다.

'우리 집 학교' 이름을 셋이서 함께 지을 생각입니다. '우리 집 학교' 이름을 지으면 간판도 셋이서 짤 생각입니다. 작은아이는 옆에서 이 모습을 고스란히 지켜볼 테지요. 밥과 옷과 집을 손수 다루고, 불과 나무와 흙과 풀을 몸소 건사하며, 하늘과 해와 별과 바람과 비를 오롯이 마주할 때에, 즐겁게 놀면서 배울 보금자리가 되리라 생각합니다. '우리 집 학교'를 씩씩하게 가꾸면, 우리 집 네 사람이 시골마을 '젊은 이웃'이 되어 새로운 다른 이웃을 부를 수 있을 테지요.

씨앗 한 톨이 나무로 자라

씨앗 한 톨을 심어서 열매를 거두려면 적어도 석 달을 기다립니다. 남새 씨앗이라면 석 달 뒤에 얻을 만한데, 나무 씨앗이라면 싹이 터서 줄기를 올리기까지 여러 해를 기다립니다. 능금이나 배나 포도를 얻으려면 더 오래 지켜보아야 합니다. 손수 씨앗을 심어서 돌보고 거둔 사람은 밥알 하나를 남길 일이 없고, 능금 한 조각을 흘릴 일이 없습니다. 왜냐하면 손수 심고 가꾸면서 깊고 넓게 사랑을 담았으니까요. 손수 씨앗을 심은 아이한테는 "밥알 흘리지 말고 먹으렴" 하고 가르치지 않아도 됩니다. 아이가 먼저 몸으로 알고 마음으로 헤아립니다.

학교에서는 교과서 한 권으로 한 학기나 한 해를 가르칩니다. 모든 과목을 놓고 한 학기나 한 해에 걸쳐서 천천히 가르치지요. 그런데 학교에서는 교과서는 쓰지만, 아이와 어른이 함께 씨앗을 심어서 거두는 일은 매우 드뭅니다. 학교 운동장 한켠에 주차장이나 강당이나 체육관이나 기숙사를 두는 곳은 많지만, 학교 운동장 한쪽에 텃밭이나 논을 두는 곳은 아주 드무니까요. 햇볕이 잘 드는 창가에 우유팩 꽃그릇을 두어 콩씨 한 톨을 심어서 아이가 손수 돌보면서 가꾸도록 이끈다든지, 학교 둘레를 꽃밭과 나무숲으로 가꾸면 참 고우리라 봅니다.

밥 한 그릇을 얻으려면 볍씨를 심어서 돌보아야 합니다. 콩밥 한 그릇을 얻으려면 볍씨와 함께 콩씨를 심어야 합니다. 팥죽을 얻으려면 팥씨를 심어야 하고, 새알심으로 쓸 쌀가루나 수숫가루를 얻자면 수수씨를 심어야지요. 그리고, 볍씨를 심어서 거두었으면 겨를 벗겨야 할 테고, 쌀가루를 쓰자면 쌀알을 곱게 빻아야 합니다.

아이를 낳은 어버이가 아이를 돌보면서 가르치자면 꽤 긴 나날을 보냅니다. 예부터 아이를 낳으면 '아이가 잘 크기를 빌'면서 나무를 한 그루씩 심었어요. 가만히 보면, 나무는 아이와 함께 자랍니다. 아이가 태어날 적에 심은 나무에서 열매를 얻으려면, 아이가 제법 철이 들 무렵이 되어야 합니다. 그러니까 아이한테 삶을 가르치고 보여주면서 사랑을 물려주어 아이가 손수 꿈을 생각할 만한 즈음에 나무 열매를 얻는 셈입니다.

얀 리고 님이 쓴《바다가 아파요》(두레아이들, 2015)라는 어린이책을 읽다가 "소비자의 수요가 늘자 농산물 생산도 늘어났는데, 이와 함께 비료 사용도 늘어났어요. 그래서 많은 질산염이 빗물에 씻겨 하천으로 흘러들었는데(99쪽)" 같은 대목을 봅니다. 도시에서는 '농산물'이라든지 '수요'나 '생산' 같은 말을 씁니다. 도시에서는 볍씨도 능금씨도 손수 심어서 거두지 않으니까요. 돈으로 사고판다고 여기고 경제성장을 헤아리니 '농산물 거래'와 '수지 타산'을 따집니다. 아무튼 도시에서는 사람이 늘어납니다. 밥 먹을 사람이 무척 많습니다. 그러나 도시에는 논밭이 없을 뿐 아니라, 소금밭이나 뻘밭도 없어요. 도시에서는 물고기를 낚지 못하고, 소나 돼지나 닭을 치지 못합니다. 들이나 숲이 없기 때문이지요. 이와 달리 시골에는 사람이 크게 줄어드는데, 도시로 내다 팔아야 하는 곡식과 열매는 외려 더 늘어납니다. 얼마 안 되는 시골지기가 아주 많은 도시내기를 먹여살립니다. 비료를 많이 쓰고, 농약을 자꾸 치며, 기계를 더 부릴 밖에 없습니다. 들과 숲에 널린 나물을 캘 틈이 없습니다. 지난날에는 다 같이 흙을 밟고 만지면서 노래하고 춤추며 들일을 했지만, 오늘날에는 입을 꾹 다문 채(농약이 입에 들어가니까요) 귀는 꽉 막은 채(기곗소리가 시끄러우니까요) 일거리가 많고 넘쳐서 바쁩니다.

《바다가 아파요》를 더 읽습니다. "바다 양식에서는 주로 포식 물고기를 길러요. 그래서 다른 야생 물고기를 많이 잡아 먹이로 공급해야 하는데, 이것은 남획 문제를 더 악화시키는 결과를 가져와요. 게다가 양식장에서 새어 나온 배설물과 병균, 화학물질, 항생제 등이 주변 바다로 흘러들죠(130쪽)." 문득 우리 집 큰아이가 떠오릅니다. 마당 한쪽에 탱자나무를 옮겨심고 나서 아이와 그림을 그렸습니다. 시골에서는 그림을 그릴 모습이 둘레에 가득합니다. 여름에는 마루문을 열고 대청마루에 앉아서 멧새를 지켜보면서 그림을 그립니다. 겨울에는 마당에 서서 나무와 들빛을 살펴보면서 그림을 그립니다. 눈이 와서 살짝 쌓이면 눈밭에서 놀다가 하얗게 바뀐 마을을 그림으로 그립니다. 동생과 함께 세발자전거로 비탈을 오르내리며 놀고 나서 이 모습을 가만히 떠올리며 그림을 그립니다. 어린 복숭아나무를 쓰다듬으며 인사한 뒤 손끝으로 닿는 느낌을 헤아리며 그림을 그립니다. 여름에는 개구리 노랫소리를 그림으로 담고, 가을에는 풀벌레 노랫소리를 그림으로 담습니다. 겨울에는 찬바람 노랫소리를 그림으로 담고, 봄에는 새봄맞이 작은 꽃송이 노래를 그림으로 담습니다.

학교에서 아이들이 콩 한 톨을 심고 나서 콩꽃이 피고 콩알이 새로 맺을 때까지 날마다 그림을 그릴 수 있으면 '산 목숨'과 '밥 이야기'를 새롭게 배울 만하리라 느낍니다. 손수 심은 콩 한 톨로 얻은 수북한 콩알로 밥을 지을 수 있고, 콩알을 가루로 내어 다른 먹을거리를 빚을 수 있습니다. 손수 심고 거두며 손질한 모든 이야기를 스스로 글로 쓰면, 이러한 글이 바로 '문학'입니다.

씨앗 한 톨이 나무로 자라서 숲을 이룹니다. 숲을 이루기까지 꽤 오랜 나날이 걸려, 어쩌면 사람들은 작은 씨앗 한 톨로 이룬 숲을 못 볼는지 모르지만, 어릴 적부터 씨앗을 꾸준히 심고 돌보면, 할머니나 할아버지 나이가 될 무렵에 멋진 숲을 지어서 새로운 아이들한테 물려줄 수 있어요.

아기가 태어나 어른이 되는 동안 철이 듭니다. 아기가 걸음마를 하고 달리기를 하다가 조잘조잘 말문을 트고 씩씩하게 도끼질이나 톱질을 하기까지 꽤 오랜 나날을 기다려야 할 테지만, 철이 들어 둘레를 사랑스레 보듬을 수 있는 아이는 집과 마을과 이 땅을 새롭게 짓습니다. 작은 씨앗이 집과 마을을 살리고, 작은 아이가 보금자리와 지구를 살립니다.

공해와 환경 이야기를 책으로 가르칠 수 있고, 책으로 가르치는 인문지식도 뜻이 있습니다. 그렇지만 공해와 환경이 무엇인지 따로 안 가르치더라도 씨앗심기를 보여준다면, 씨앗을 함께 심는다면, 풀과 꽃과 나무를 함께 돌본다면, 손수 심은 씨앗을 함께 거둔다면, 손수 심고 거둔 씨앗으로 함께 밥을 지어 먹는다면, 아이와 어른은 삶과 사랑과 꿈을 서로 가르치고 배우면서 환하게 웃으리라 느껴요.

여덟 살 어린이 배움터

우리 집 두 아이한테 시골집은 보금자리이면서 배움터입니다. 여기에 우리 도서관은 책터 구실을 합니다. 두 어버이가 이룬 시골집과 도서관은 아이들한테 보금자리와 배움터와 책터와 놀이터 몫을 톡톡히 합니다. 왜냐하면 나와 곁님은 우리 네 식구가 아름답게 숲집을 가꾸어 푸르고 파란 바람을 마시려 하기 때문입니다.

둘레에서는 여덟 살 큰아이를 보면서 '이제 학교에 가겠네' 하고 말합니다. 면소재지 초등학교에 넣지 않고 집에서 함께 배우며 가르친다고 얘기하면, '그래도 의무교육 아니냐' 하고 묻는 분이 많습니다. '학교에서 가르칠 수 있는 것'이 따로 있다고 하십니다. 이러한 말이 틀리지는 않다고 느낍니다. 그런데 틀리지는 않을 뿐, 아름답거나 사랑스럽지는 않습니다. 오늘날 '학교에서 가르칠 수 있는 것'은 거의 모두 시험공부이고 대학입시이니까요.

시골에 있는 학교는 아이들을 모두 도시로 보내요. 도시에 있는 대학교나 공장이나 회사에 넣으려고 하는 시골학교입니다. 시골에 그대로 뿌리를 내려서 흙을 짓거나 삶을 가꾸도록 북돋우려는 시골학교는 찾아볼 수 없습니다. 도시에 있는 대학교에 붙으면 마을마다 걸개천을 큼지막하게 붙입니다. 자랑할 만할 테니까요. 7급 공무원이 되어도 마을에 걸개천이 커다랗게 붙습니다. 박사나 석사 학위를 땄어도 읍내에까지 걸개천이 크게 붙어요. 이와 달리, 시골에서 시골지기가 되는 아이가 있다든지, 바닷가에서 고기잡이가 되는 아이가 있으면, 둘레 어른은 이 아이한테 내내 손가락질을 합니다. '뭐 할 것이 없어서 시골에 남느냐' 하고 다그쳐요.

아이는 도시로 나가서 대학생이 될 수 있고, 도시에서 돈 잘 버는 일자리를 얻을 수 있습니다. 그리고 아이는 시골에 뿌리를 내리면서 숲집을 가꾸는 푸른 넋이 될 수 있습니다. 어느 길을 가든 아이가 스스로 씩씩하고 즐겁게 걸어갈 수 있으면 됩니다. 나는 곁님과 함께 우리 아이들한테 이러한 길을 밝히려고 시골에서 도서관을 지키면서 책과 삶을 짓습니다.

《은여우》(학산문화사 펴냄)라는 만화책을 아이와 함께 읽습니다. 새로 나오거나 예전에 나온 만화책은 무척 많지만, 막상 아이와 함께 읽을 만한 만화책을 찾자면 쉽지 않습니다. 사회와 정치에서 어두운 구석을 보여주려 한다면서 전쟁과 폭력과 살곶이를 지나치게 크거나 많이 드러내는 만화책이 있고, '학교와 학원을 다니는 겪는' 이야기만 되풀이하는 만화책이 있으며, '가시내는 이쁘장하게 꾸미고 사내는 주먹힘을 뽐내는' 얼거리에 그치는 만화책이 있습니다. 삶을 사랑하면서 아름다운 숨결로 나아가려는 이야기를 그리는 만화책은 생각보다 퍽 드뭅니다. 따지고 보면, 동화책이나 소설책이나 시집에서도 '삶을 사랑하고 아름다운 숨결을 노래하려는 이야기'는 꽤 드물지 싶어요.

만화책《은여우》넷째 권을 보면, '일본 신사에서 태어난 가시내'가 '집안일 잇기'를 꿈꾸는 이야기가 흐릅니다. 만화책에 나오는 아이는 "여자라서 처음에는 남편에게 신사를 맡기고, 저는 무녀를 하려고 했는데, 그것보다는 제 스스로 신직이 되어 신사를 잇고 싶어요(4권 138쪽)." 하고 말합니다. 한국 사회로 친다면 '사내한테만 물려주는 집안일'을 '사내 아닌 가시내'인 아이가 씩씩하게 물려받아서 새롭게 가꾸려 한다는 꿈입니다.

2015년에 여덟 살이 된 큰아이는 시골버스(군내버스)를 탈 적에 따로 찻삯을 냅니다. 읍내마실을 마치고 집으로 돌아가는 길에 으레 '어린이 버스표'를 두 장 끊습니다. 여덟 살 큰아이가 스스로 '신호 동백 어린이'라 말하도록 이릅니다. 큰아이는 처음에는 몹시 쑥스러워 했지만, 이제는 다부진 목소리로 말합니다. 한 번 하고 두 번 하고 세 번 하면 차츰 익숙할 테지요. 어엿하게 제자리를 찾고 바라보면서 생각할 테지요.

시골버스를 타고 읍내로 마실을 갔다가 집으로 돌아오는 길에는 으레 두 아이가 까무룩 곯아떨어집니다. 작은아이는 아버지한테 기댔다가 어느새 누나한테 기댑니다. 큰아이는 창가에 기댔다가 어느새 서로 기댑니다. 두 아이는 서로 아끼고 보살피는 손길을 천천히 온몸으로 느껴서 배웁니다. 우리 마을 어귀에 닿아 버스에서 내릴 즈음 큰아이는 살그마니 눈을 뜨고 혼자서 내립니다. 작은아이는 아버지 어깨에 안겨 잡니다. 큰아이는 가볍거나 작은 짐이라면 하나 거들겠다고 가져갑니다. 대문을 열어 주겠다면서 앞질러 걷습니다.

한겨울에도 물총놀이를 하겠다면서 마당에 놓은 고무그릇에 물을 받아 달라고 조릅니다. 날씨가 폭하고 볕이 좋은 날이면 물을 받아 주고, 두 아이는 손이 빨갛게 얼어도 신나게 물놀이를 누립니다. 곧 이 겨울이 저물고 새로운 봄이 찾아오면 손이 덜 얼면서 신나게 물놀이를 하겠지요. 새봄이 무르익고 온 들과 숲에 푸른 물이 들면, 빨래터에서 함께 빨래를 하면서 놀 테고, 골짜기로 자전거를 몰아 골짝물에서 헤엄치며 놀 테지요.

여덟 살 어린이 배움터를 '학교'라고 하는 아주 조그마한 곳에 가둘 마음이 없습니다. 학교는 아이가 삶을 배우는 너른 터전 가운데 아주 작은 곳 가운데 하나라고 느낍니다. 예부터 보금자리가 맨 먼저 배움터이고, 마을이 이 다음 배움터이며, 들과 숲과 바다와 시내와 골짜기가 그 다음 배움터입니다. 보금자리와 마을과 숲을 배움터 자리에서 치우고 오직 학교 한 곳만 배움터 자리에 둔다면, 아이들은 무엇을 보거나 배울 만할까요. 아이들이 학교를 다니더라도 집에서 사랑과 살림을 늘 지켜보면서 배울 수 있기를 바라요. 아이들이 학교를 오가더라도 마을에서 놀고 숲바람과 바닷내음을 마실 수 있기를 바라요. 온누리 모든 아이가 손수 나무 한 그루 심을 땅을 누리면서 삶내음을 맡는 삶꽃을 피울 수 있기를 바라요. 올봄에 아이들과 심을 씨앗과 나무를 가만히 생각합니다.

내 손에서 쑥내음

지난 십이월부터 마당과 뒤꼍에서 갓을 뜯어서 먹었습니다. 우리 집 마당과 뒤꼍에는 퍽 먼 옛날부터 이곳에 날아와서 뿌리를 내렸을 갓풀이 겨울마다 천천히 싹이 트고 잎이 오릅니다. 마을 곳곳에도 갓이 올라와요. 갓과 함께 유채도 올라오고, 아기자기한 봄까지꽃이나 곰밤부리나 코딱지나물도 함께 올라옵니다. 이 풀은 흔히 일월 끝자락이나 이월 첫무렵에 많이 올라오지만, 볕이 잘 드는 자리에서는 한겨울부터 천천히 싹이 틉니다.

조그마한 민들레싹이 돋는 모습을 지켜보면서 이월 한복판부터 쑥을 뜯습니다. 삼월로 접어드니 쑥은 뒤꼍을 촘촘히 덮으려 하고, 사월에도 날마다 쑥국을 끓이고 쑥부침개를 할 만큼 쑥을 얻겠구나 싶습니다. 때로는 혼자 쑥을 뜯지만, 때로는 아이를 불러서 함께 뜯으며, 때로는 아이한테 쑥뜯기를 도맡아서 해 달라고 이야기합니다. 그릇에 소담스레 쑥을 뜯은 아이가 문득 나를 부릅니다. "아버지, 아버지, 냄새 맡아 봐요. 내 손에서 쑥 냄새가 나요. 쑥 냄새가 내 손에 잔뜩 뱄어요."

쑥을 뜯으니 손에 쑥내음이 뱁니다. 손뿐 아니라 몸과 옷에도 쑥내음이 배어요. 바닷가 모래밭에 가서 모래알을 만지면서 놀면 모래내음이 손과 몸과 옷에 뱁니다. 불을 피우면 연기가 손과 몸과 옷에 밸 테고, 봄에 하얀 꽃을 피우는 매화나무 곁에 서면 매화꽃내음이 손과 몸과 옷에 뱁니다.

아이와 함께 뜯은 쑥을 물에 살짝 헹구어 흙을 떨굽니다. 물기를 턴 다음 부침개를 합니다. 불판을 달구어 쑥반죽을 부으면 자글자글 익으면서 쑥내음이 더 짙게 퍼집니다. 아이들은 "아, 맛있는 냄새 난다!" 하고 외치면서 두근두근 기다립니다. 쑥부침개는 쑥만 넣어서 부치기도 하고, 갓잎을 썰어서 함께 섞은 뒤 부치기도 합니다. 버섯을 저며서 올리기도 하고, 고구마를 썰어서 얹기도 합니다. 이제 우리는 냉이국에 이어 쑥국을 누리는데, 철마다 다른 국을 밥상에 올릴 수 있고, 철마다 새로운 냄새를 맡을 수 있으며, 철마다 재미난 한 끼니를 즐길 수 있습니다.

《나와 작은 새와 방울과》(소화, 2006)라는 조그마한 시집이 있습니다. 1903년에 태어나 1930년에 숨을 거둔 어느 일본사람이 남긴 동시를 엮었다고 합니다. 이리 보아도 바다요 저리 보아도 바다인 작은 마을에서 살며 쓴 글을 실은 책입니다. "엄마 모르는 / 풀의 아기들. / 몇천만의 / 풀의 아기들. / 땅은 혼자서 / 기른답니다(땅과 풀)" 같은 글을 가만히 읽다가 가락을 입혀 노래를 불러 봅니다. 곰곰이 살피면, 우리가 읽거나 쓰는 시는 '시'라는 낱말로는 뜻과 느낌을 제대로 담아내기 어렵구나 싶습니다. 그래서 나는 우리 아이들하고 '시'라는 낱말을 쓰지 않습니다. 큰아이가 더 어릴 적에는 그냥 '노래'라 했고, 요즈음은 '삶노래'라는 말을 씁니다. 삶을 노래로 빚어서 함께 누리려고 쓰는 글이 '시'라고 느껴, '삶노래' 같은 낱말을 지어 보았어요.

"나는 좋아하고 싶어 / 무엇이나 어떤 것이나 모두 // 파도, 토마토도, 생선도, / 남김없이 좋아하고 싶어. // 우리 집 반찬은 모두 / 어머니가 만드신 것(모두를 좋아하고 싶어)." 같은 삶노래를 읽다가 빙그레 웃음이 납니다. 무엇이든 좋아하고 싶다는 마음이라면, 무엇이든 사랑하고 싶다는 마음으로 이어집니다. 무엇이든 노래하고 싶다는 마음으로 이어지고, 무엇이든 아끼면서 넉넉히 어루만지거나 껴안고 싶다는 마음으로 이어져요.

이웃집 할아버지가 쪽파를 열 꾸러미 선물해 줍니다. 열 꾸러미에 이르는 쪽파를 한꺼번에 먹을 수 없으니, 이 쪽파를 마당 한쪽에 옮겨심기로 합니다. 하룻밤은 마당 한쪽에서 고이 쉬도록 합니다. 이튿날 아침에 봄볕을 물씬 느끼면서 꽃삽으로 땅을 쫍니다. 두 아이는 내 곁에 쪼그려앉아서 조잘조잘 떠듭니다. "뭐 심어?" "쪽파." "쪽파 심어?" "응." "왜 심어?" "한꺼번에 다 못 먹으니까." "아, 이렇게 심으면 파 살아?" "응, 잘 살지." "파는 흙 좋아해? 파는 흙 좋아해서 흙에 심으면 잘 살아?" 작은아이는 끝없이 묻고 다시 묻습니다. 옮겨심으면서 쪽파를 조금 다듬습니다. 꺾인 잎은 톡톡 끊습니다. 끊은 잎을 작은아이한테 건네니, 작은아이는 아버지한테서 건네받은 쪽파를 냉큼 입에 넣습니다. 얘야, 너 쪽파를 그냥 먹어도 안 맵고 괜찮니? "아, 맛있다!" 하면서 쪽파를 자꾸 먹고 또 먹습니다. 먹고 먹다가 쪽파를 한손에 움켜쥐고 마당을 이리저리 달립니다. 후박나무 앞에 서서 쪽파를 보여주고, 마당 한쪽에 친 천막한테 다가가서 쪽파를 보여주며, 새봄에 핀 제비꽃과 봄까지꽃 앞에 쪼그려앉아서 쪽파를 보여줍니다.

큰아이는 무당벌레 한 마리를 지켜봅니다. 시든 풀줄기에 작은 무당벌레를 옮겨 앉도록 한 다음, 이 무당벌레를 들고서 "여기, 무당벌레 보셔요." 하면서 내밉니다. "무당벌레 등에 있는 점을 세려고 하는데, 무당벌레가 자꾸 움직여서 못 세겠어." 무당벌레도 산 목숨이니 가만 있지를 않지. "아, 이제 무당벌레를 흙에 내려 주어야겠다." 풀밭으로 돌아가서 무당벌레를 내려놓습니다. "무당벌레야, 여기서 잘 놀아. 다음에 또 같이 놀자."

봄볕이 곱고 좋아 마당에서 맨발이 됩니다. 만화책을 들고 섬돌 옆에 앉아서 펼칩니다. 해바라기를 하면서 만화책에 사로잡힙니다. 그러고 보면, 봄에는 일을 할 적이든 마실을 할 적이든 자전거를 탈 적이든 책을 읽을 적이든, 이렇게 해바라기를 하면서 하면 무엇이든 즐겁고 신납니다. 숲이 도서관이고, 들이 놀이터입니다. 숲이 일터이고, 들이 놀이터입니다. 숲이 삶터이고, 들이 이야기터입니다.

'마당이 있는 집'이란, 햇볕이 곱게 들어오는 집입니다. 마당이 좋은 집이란, 햇볕과 함께 나무가 우람히 서서 바람노래를 들려주고 까만그늘을 시원하게 베푸는 집입니다. 우리 이웃 누구나 마당을 누리고, 나뭇그늘을 누리며, 햇볕을 함께 누릴 수 있기를 빕니다.

숲에서
태어난 말

우리 집 큰아이는 집에서 신나게 뛰놉니다. 이 아이는 학교에 안 갑니다. 이 아이는 시골마을에서 시골아이로 살면서 날마다 놉니다. 새벽 일찍 일어나서 놀고, 낮에는 스스로 “아, (노느라) 힘들다. 이제 좀 누워서 쉬어야겠다!” 하고 말하면서 한 시간쯤 느긋하게 낮잠을 잡니다. 낮잠에서 깨어난 뒤 저녁까지 놀고, 별빛이 초롱초롱 온 마을을 비출 무렵 ‘더 놀지 못해 아쉬운’ 몸짓으로 비로소 이부자리에 듭니다.

아이한테는 놀이가 밥입니다. 아이와 하루 내내 붙어 지내면서 느끼는 생각입니다. 아이한테 놀이를 빼앗거나 막으면, 아이 얼굴에는 웃음이 곧바로 사라질 뿐 아니라, 입을 굳게 다뭅니다. 아이한테 놀이라는 밥을 건네면, 아이 얼굴에는 웃음이 곧바로 나타나면서 신나는 노래가 맑은 춤사위와 함께 솟아납니다.

시험성적을 잘 받아야 하는 아이가 아닙니다. 중학교에서 높은 성적을 거두어 고등학교에서도 이 성적을 지킨 뒤 '서울에 있는 이름난 대학교'에 척하고 붙어야 하는 아이가 아닙니다. 대학교 졸업장을 거머쥐고서 '서울에 있는 연봉 높은 회사'에 척하고 들어가야 하는 아이가 아닙니다. 대학교를 가는 일은 나쁘지 않고, 연봉 많이 받는 일도 나쁘지 않습니다. 그러나 대학교와 높은 연봉이 '이 땅에 태어나 살아가는 뜻'은 아니라고 느낍니다.

페트라 켈리 님이 쓴《희망은 있다》(달팽이, 2004)라는 책을 읽으면, "사회의 모든 영역에서 사랑이 우위에 놓인다면 인간은 더 이상 미움과 경멸에 사로잡혀 사물과 사람을 변화시키려는 시도를 하지 않게 될 것이다(178쪽)." 같은 이야기가 넌지시 흐릅니다. 독일에서 '녹색당'을 함께 연 사람들 가운데 하나인 페트라 켈리 님은 정치운동과 환경운동과 평화운동 어느 곳에서나 늘 '사랑'을 힘주어 말했습니다. 모든 운동과 정치와 교육에서 '사랑'이 있어야 한다고 말했습니다.

사내와 가시내가 살을 섞거나 짝을 짓는 몸짓이 아닌, 사람과 사람이 서로 아끼고 보살필 줄 아는 숨결이 '사랑'입니다. 어버이가 아이를 사랑하고, 아이가 어버이를 사랑합니다. 사람이 풀과 나무를 사랑하고, 꽃과 나비가 사람을 사랑해요.

요즈막에 '초등학교 교과서 한자 병기'가 정부 입김에서 불거집니다. 우리 집 아이들은 초등학교조차 안 다니기 때문에, 이런 일이 불거지건 말건 대수롭지 않습니다. 그러나 우리 아이들 이웃과 동무는 초등학교에 다녀요. 이웃 아이와 동무한테는 참으로 버거운 짐입니다.

나라(중앙정부와 지방정부)에서는 언제나 정책을 세우거나 내놓습니다. 그런데 나라에서는 언제나 '사랑'은 안 살핍니다. 복지나 문화나 경제 같은 이름은 씌우지만, 서로 아끼면서 보살피는 '사랑'으로 정책을 꾸리는 일은 찾아보기 어렵습니다. 어린이를 사랑하는 어른이라면 교과서에 한자를 함께 쓰겠다고 밝힐 수 있을까 궁금해요. 어린이를 사랑하는 어른이라면 오늘날 중·고등학교를 입시지옥으로 삼을 수 있을까 궁금해요. 푸름이와 젊은이를 사랑하는 어른이라면 오늘날 대학교를 취업지옥으로 뒤틀 수 있을까 궁금해요.

한자를 배우려면 제대로 배워야 합니다. 영어를 배우려면 제대로 배워야겠지요. 그리고 우리는 한국에서 한국사람으로 살기에, 무엇보다 한국말을 제대로 배워야 합니다. 한국말을 제대로 안 배웠으면, 수학이나 과학도 제대로 못 배웁니다. 어떤 말로 배우겠어요? 못 배우지요. 한국말을 제대로 배워야 영어나 한자도 비로소 제대로 배울 수 있어요.

나라에서는 초등학교 교과서에 한자를 넣느니 마느니 하고 다툼을 일으켜서는 안 되지요. 초등학교 교과서를 '한국말로 슬기롭고 아름다우면서 사랑스럽게 가꾸는 일'을 해야지요. 시험공부만 시키는 교과서가 아니라 삶을 사랑스레 배울 수 있도록 돕는 책이 되어야 할 교과서입니다.

우리 도서관 어귀에 나무 한 그루를 옮겨심었습니다. 우리 마을 어귀에 군청에서 정자를 하나 세워 주면서 예전 자리에 있던 나무를 뽑아서 버렸어요. 제법 큰 나무는 뿌리가 뽑힌 채 열흘 남짓 길바닥에서 굴렀습니다. 나무가 안쓰러워서 이 나무를 수레에 실어

도서관으로 옮긴 뒤 혼자 낑낑거리며 옮겨심었는데, 달포쯤 지나자 비로소 움이 트고 새잎이 돋습니다. 아이들과 도서관 나들이를 할 적마다 나무한테 인사하면서 기쁘게 웃습니다.

마당 한쪽에서 자라는 나물을 훑어서 즐겁게 먹습니다. 아이들은 두부에 나물을 콕 박으면서 "나무 심었다!" 하며 좋아합니다. 마당 한쪽에 있는 동백나무가 커다란 꽃송이를 툭툭 떨구면 두 아이가 쓰레받기와 빗자루를 들고 쓸어서 나무 둘레로 던져 줍니다. 일본사람이 붙인 '개불알풀'이 아닌 한국에서 시골지기가 붙인 '봄까지꽃'이 흐드러지던 때에 아이들은 코를 '들꽃밭'에 박으며 냄새를 맡습니다. 마당에서 뜯은 솔잎(부추잎)을 입에 물고 놉니다. 군청에서 '경관사업'으로 심은 유채가 노란 꽃을 가득 피우는 들길을 거닐면서 함께 춤춥니다.

우리한테는 우리를 둘러싼 마을과 숲과 들과 하늘이 교과서요 책이며 학교입니다. 겨울을 나고 새봄에 씩씩하게 돋는 잎사귀가 교과서요, 나물을 훑는 손길이 책입니다. 꽃내음을 알아차리고, 흙을 두 발로 밟으면서 두 손으로 어루만지는 하루가 온통 학교입니다.

아이들과 '입으로 말할' 적에는 '내 말'이 한자로 어떻게 적는가를 밝힐 일이 없습니다. 아이들이 곧바로 알아들을 수 있도록 가장 쉬운 말을 가리고, 이 쉬운 말을 아름답게 가다듬으며, 다시 사랑스레 들려줍니다. 교과서뿐 아니라 신문과 책과 인터넷과 방송 어디에서나 쉽고 아름다우며 사랑스러운 '숲말'이 넘실거릴 수 있기를 꿈꿉니다. 먼먼 옛날부터 숲에서 손수 삶을 지은 사람들이 기쁘게 지어서 주고받은 '숲노래'를 가슴에 품으면서 새로운 꿈을 짓습니다.

시골길을 걸어서 바다로

아이들하고 들길을 걷습니다. 때로는 자전거를 셋이 함께 타고, 때로는 두 다리로 셋이나 넷이 함께 걷습니다. 우리는 들길이나 논둑길을 걷습니다. 들길이나 논둑길이 끊어지면 찻길을 걷고, 찻길을 걷더라도 자동차가 거의 안 다니는 호젓한 길을 걷습니다.

시골길을 걸어가면 시골에서 사람하고 이웃이나 동무가 되는 모든 목숨붙이가 노래를 들려줍니다. 맨 먼저 바람이 노래합니다. 바람은 하늘을 가르면서 온갖 소리를 내다가는, 풀잎과 나뭇잎을 간질이면서 갖가지 소리를 내요. 이 다음으로 멧새와 들새가 노래합니다. 한 해 내내 시골에서 뿌리를 내리는 새가 노래를 하고, 철 따라 한국을 드나드는 새가 노래를 합니다. 여기에 개구리가 노래를 합니다. 풀벌레는 제법 깨어났지만 그윽한 노래를 들려주는 풀벌레는 아직 조용합니다. 논갈이를 마친 자리마다 개구리가 우렁차게 노래하고, 왜가리와 고니가 개구리를 찾아 무논에 내려앉습니다.

두 아이는 앞서거니 뒤서거니 걷고 달립니다. 두 아이는 한두 시간쯤 가볍게 걷고 달립니다. 큰아이도 작은아이도 저만치 앞서서 걷거나 달립니다. 자동차가 드나들지 않는 길을 다니니 아이들은 거리끼지 않고 춤추면서 걸을 수 있습니다. 새와 개구리가 바람과 햇볕하고 춤추듯이 어우러지는 길을 달리다가 폴짝폴짝 달릴 수 있고, 얼마든지 목청껏 노래를 부릅니다.

우리는 두 다리로 걸어서 바다로 갑니다. 아직 많이 차갑지만, 기쁘게 바닷물에 뛰어듭니다. 물결이 찰랑일 적마다 힘껏 뛰어오르면서 놉니다. 아이들 스스로 가방에 챙긴 장난감 자동차와 인형을 꺼내어 모래밭에 내려놓기도 하고, 바닷물에 함께 뛰어들기도 합니다. 장난감하고 인형은 아이들이 손수 짊어진 가방에 곱게 앉아서 마실길을 누립니다. 바닷바람을 함께 쐬고, 바닷노래를 같이 즐깁니다.

바닷가 모래밭에 앉아서 해바라기를 하며 마루야마 겐지라는 일본사람이 쓴《그렇지 않다면 석양이 이토록 아름다울 리 없다》(바다출판사, 2015)라는 책을 몇 쪽 읽습니다. 시골에서 조용히 살며 꽃밭을 가꾼다는 마루야마 겐지 님은 "땅을 일구고 돌을 나르고 좋아하는 초목을 심어 기르는 등의 생활을 체험했다면 살아가는 의미 등의 복잡하고 까다로운 문제에 대해 그토록 고민하지 않아도 되지 않았을까. 현세의 생명체에 대해 어떠한 의혹도 끼어들 여지가 없지 않았을까(126쪽)." 하고 이야기합니다. 밑줄을 긋고 읽다가 책을 내려놓습니다. 아이들하고 바닷가 모래밭을 걷고, 달립니다. 모래밭에 그림을 그리고 나서 손발을 씻고 도시락을 먹습니다.

바다까지 씩씩하게 걸어온 아이들은 집으로 가는 길도 씩씩하게 걸어갑니다. 그래도 아직 퍽 어린 아이들이니, 집으로 돌아가는 길에 한 아이는 어머니한테 업히고, 한 아이는 아버지한테 업힙니다. 얼마쯤 업힌 뒤 내려서 다시 걷고 달립니다.

이튿날에 또 걷습니다. 어제 그렇게 걸었어도 아이들은 하룻밤 달게 자고 나면 기운이 새로 솟습니다. 그래, 너희만 기운이 새로 솟느냐? 어른도 기운이 새로 솟아야지. 큰아이는 집에서 접은 종이비행기를 챙깁니다. 오늘은 면소재지에 있는 놀이터로 가기로 합니다. 우리 아이들은 학교를 안 다니지만, 주말에는 면소재지에 있는 학교 놀이터에 갑니다. 오늘은 학교 운동장에서 종이비행기를 날리며 놀 생각입니다.

집에서 면소재지로 가는 길에 이웃마을 할매와 할배한테 인사합니다. 논에서 일하시던 할매와 할배는 아이들 웃음소리를 듣고는 "어데서 이런 귀한 소리가 들리는가?" 하면서 허리를 펴십니다. 우리는 새소리와 바람소리를 노래처럼 듣고, 마을 할매와 할배는 아이들 목소리를 노래처럼 듣습니다.

놀이터에서 함께 시소를 타고 놀다가 책 몇 쪽을 살짝 읽습니다. 노정임·안경자 두 분이 빚은 그림책《우리 입맛을 사로잡은 양념, 고추》(철수와영희, 2015)를 펼칩니다. "최근에 김장으로 담그는 김치 가운데 배추김치가 대표처럼 보이지만 배추김치를 먹은 것은 그리 오래되지 않았어요. 우리 나라 사람들이 김치를 담근 역사는 1000년쯤 된다고 하지요. 반면, 배추를 주로 김장 김치로 먹은 것은 약 100년쯤 되었어요(33쪽)." 같은 이야기를 읽으며 생각을 기울입니다. 예전에는 배추김치보다 무김치를 즐겨먹었다고 하는데, 김치를 먹기 앞서는 날푸성귀를 먹었을 테며, 겨우내 시래기국을 먹었을 테지요. 그런데 겨울에도 풀은 새로 돋습니다. 추운 겨울에도 갓과 유채가 새로 돋고, 늦겨울과 이른봄에 돋는 풀도 한겨울에 추위가 누그러지면 어느새 고개를 내밉니다. 입맛을 살리는 김치도 맛있지만, 겨울에 찬바람을 뚫고 돋는 들풀도 맛있습니다.

천 해 앞서 이 땅에서 살던 사람이 먹던 들풀을 가만히 그립니다. 이천 해 앞서 이 땅에서 살던 사람이 누렸을 들밥을 곰곰이 헤아립니다. 삼천 해나 사천 해 앞서 이 땅에서 보금자리를 일구던 사람은 어떤 밥살림으로 즐겁게 하루를 누렸을까 하고 돌아봅니다. 단군 옛이야기에 쑥이랑 마늘이 나오는데, 오천 해나 만 해쯤 앞서 살던 사람은 어떤 풀밥으로 몸을 살찌우고 마음을 가꾸었을까 궁금합니다.

옛날 옛적에는 버리는 풀이 없었으리라 느낍니다. 옛날 옛적에는 모든 풀을 밥이나 약으로 삼았으리라 느낍니다. 우리 마을을 살피면, 논둑에 소리쟁이나 돌나물이 돋아도 농약을 들이부어서 죽이거나 기계로 베어서 죽입니다. 소리쟁이잎을 바르면 아토피에도 좋지만, 막상 소리쟁이잎을 건사하는 손길을 찾아보기는 어렵습니다. 어쩌면, 풀 한 포기를 다루거나 나무 한 그루를 아끼던 슬기가 그만 지난 백 해 사이에 가뭇없이 짓밟히거나 잊혀졌는지 모릅니다. 시골 들길을 걷는 사람이 없어지고 들바람을 쐬면서 노는 아이도 어른도 사라진 자리에는 기계가 울리는 소리만 가득할 뿐, 들일꾼이 부르는 들노래는 없습니다. 집집마다 텔레비전을 두면서 대중노래를 듣지만, 마을이 어우러져서 부르는 마을노래와 일노래와 놀이노래는 자취를 감춥니다. 아이들은 머리통이 굵으면 면소재지를 거치고 읍내를 지나 도시로 빠져나가기 바쁩니다.

시골길을 걸어서 바다를 다녀오고, 면소재지 놀이터를 다녀옵니다. 집에 닿은 아이들을 씻기고 저녁을 먹이니 이내 곯아떨어집니다. 오늘 하루도 즐겁게 저뭅니다.

고갯마루 넘는 자전거

언제나처럼 두 아이를 자전거에 태우며 마실을 다니다가 문득 돌아봅니다. 나는 왜 이렇게 자전거를 좋아하는가 하고. 자동차가 길을 누비면 배기가스도 나오고, 자동차를 만들기까지 그야말로 어마어마한 자원을 쓰기 때문이라고만 할 수 없습니다.

내 어릴 적 일을 떠올립니다. 자동차가 멀쩡한 빈터에 설 적에 놀이터를 빼앗깁니다. 동무들하고 공놀이를 하다가 공이 자동차에 맞으면, 마을에서 '자동차 임자인 아저씨'나 '아저씨네 아주머니'가 어느새 고개를 빼꼼 내밀고는 주먹을 흔들면서 소리를 지릅니다. 우리는 꽁지가 빠져라 내뺍니다. 자동차가 골목을 지나가면 모든 놀이를 멈추어야 합니다. 자동차를 모는 어른은 '아이들이 골목에서 놀이를 마칠 때'까지 기다렸다가 지나가지 않습니다. 아이들이 노는 골목을 에둘러서 큰길로 가는 어른도 없습니다. 아이들이 골목에서 홀가분하게 놀도록 자동차는 '주차장이나 큰길'에 대고 걸어서 골목을 지나가려는 어른도 매우 드뭅니다.

두 아이를 자전거에 태워서 우리 마을 뒷산인 천등산(553미터)을 넘기로 하면서 가만히 헤아립니다. 나는 왜 이렇게 자전거를 몰면서 아이들하고 마실을 다니는가 하고.

자동차를 장만해서 몰면 한결 멀리 다닐 만합니다. 자동차가 있으면 아이들은 차에서 새근새근 잠들 수 있습니다. 자전거를 몰면, 작은아이는 수레에서 잠들 수 있으나, 큰아이는 샛자전거를 함께 밟아야 하니 쉬거나 잠들지 못합니다. 내 젊은 날을 떠올리면, 신문을 돌리려고 새벽 두 시부터 골목을 누비면서 집집마다 돌며 바람을 가르던 맛이 몹시 싱그러웠습니다. 겨울에는 손발이랑 샅이 꽁꽁 얼어붙어 눈물바람으로 신문을 돌리고, 장마철에는 몇 시간이고 비에 젖으면서 신문을 돌립니다. 그래도 철마다 새롭게 밝는 하늘을 보면서 즐거웠고, 일을 마치고 자전거를 가볍게 밟을 적에 새벽동을 바라보는 일이 기뻤습니다.

마저리 키난 롤링즈 님이 쓴 《아기 사슴 플랙》(시공주니어, 1998)이라는 오래된 동화책이 있습니다. 오늘날 한국에서는 '아기 사슴'이나 '아기 고슴도치'나 '아기 여우'를 만날 만한 시골아이도 도시아이도 없으리라 느낍니다. 이제 한국에서는 이런 동화책을 쓸 만한 사람도 없으리라 느낍니다. 미국에서는 어떠할까요? 아무튼 "바다가 비롯하는 곳이 바로 이곳이라고 생각하니, 가슴이 두근거렸다. 물론 바다가 이곳에서만 비롯하는 것은 아니었다. 그러나 이곳은 조디만이 알고 있었다. 야생 동물들과 목마른 새들을 빼놓고는 아무도 이곳에 온 사람이 없다고 생각하자 조디는 가슴이 뿌듯해졌다(13-14쪽).” 같은 대목을 읽으며 밑줄을 긋습니다. 깊은 숲에서 사는 아이 조디는 밭일을 하다가 어머니 몰래 일손을 놓고 냇물이 흐르는 곳으로 놀러간대요. 조그마한 샘가에 엎드려서 숲짐승하고 저하고만 아는 이 멋진 곳을 생각하면서 기쁘게 웃는대요.

마을 뒷산을 자전거로 넘으며 생각합니다. 봄에도 여름에도 가을에도 겨울에도, 이 숲길이나 고갯길을 자전거로 넘는 사람을 보기란 아주 어렵습니다. 이곳을 두 다리로 걸어서 지나가는 사람을 만나기도 참 어렵습니다. 우리 고장에서 나고 자라는 아이들 가운데 이 숲길이나 고갯길을 오르내리면서 노는 기쁨을 누리는 숨결은 몇이나 될까요? 내가 모르는 아이들이 있을 수 있고, 어쩌면 우리 아이들을 빼고는 아무도 이 길을 밟는 일이 없을 수 있습니다.

‘세계를 읽다’ 가운데 한 권으로 나왔다고 하는 《이탈리아》(가지, 2015)라는 책을 읽습니다. 이탈리아에 나들이를 가고 싶어서 읽지는 않습니다. ‘세계를 읽다’라고 하니, 이탈리아를 읽으면서 내가 사는 이 고장을 새롭게 읽는 눈썰미를 밝힐 수 있을까 하고 생각하면서 읽습니다. “그다지 추천하고 싶지는 않지만 패스트푸드 체인점도 많이 들어왔다. 하지만 빅맥을 먹으러 이탈리아까지 간 것은 아니지 않은가(23쪽)?” 같은 대목을 읽다가 하하 웃습니다. 그러게요. 이탈리아이든 크로아티아이든 일본이든 대만이든, 우리가 다른 나라로 나들이를 간다면, 그 나라에 있는 패스트푸드 가게에 들르러 가지는 않아요. 패스트푸드 가게라는 곳은 지구별 어디에 있어도 똑같은 먹을거리를 내놓습니다. 이탈리아에서 마시는 콜라는 남다른 맛이라 할는지 모르나, 콜라는 어디에서나 그저 콜라입니다.

아침에 마당에서 모시잎을 훑어서 밥을 짓습니다. 모시잎으로 떡을 찌어 먹기도 할 뿐 아니라, 밥을 지을 적에 살포시 얹어서 먹기도 한다는 얘기를 들었습니다. 그래서 밥이 어느 만큼 익을 무렵 밥솥뚜껑을 열고 모시잎을 얹어 보았습니다. 모시잎을 얹어서 밥을 지으니, 여느 때에는 볼 수 없던 반지르르한 기운이 밥알에 돕니다. 모시잎을 말려서 가루로 빻은 뒤 처음부터 밥물에 타서 밥을 지으면 밥알빛이 매우 새로우면서 구수하다고 해요.

아이들하고 모시밥을 먹고 새삼스레 기운을 냅니다. 시골마을에서 시골밥을 먹으며 시골사람답게 시골마실을 다닙니다. 두 아이를 이끌고 숲이며 골짜기이며 누비느라, 우리 집 자전거는 바퀴가 빨리 닳고 안장이 부러지기도 합니다. 우리 집 자전거는 성한 데가 없습니다. 그렇지만 씩씩하게 골골샅샅 달립니다. 오르막에서 땀을 뻘뻘 흘리고, 내리막에서 신나게 바람을 가릅니다. 고갯마루에서 한숨을 돌리면서 다리를 쉬는 동안 온갖 새가 베푸는 노래하고, 바람이 나뭇가지를 흔드는 상큼한 노래를 듣습니다.

깊은 골짜기에 깃들면 냇물이 흐르는 냇바닥에 들어가서 드러눕습니다. 풀밭에도 드러눕고, 커다란 돌에도 드러눕습니다. 나무가 우거져서 한낮에도 어둑어둑한 곳에서 조용히 노래를 부르기도 하고 춤도 춥니다. 아이들은 아이들대로 놀고, 어른은 어른대로 놉니다. 마음껏 놀아요. 아름답고 짙푸른 한여름에 고갯마루를 넘어 숲으로 자전거를 달리면, 자전거는 힘들다며 끼익끼익 소리를 내지만, 숲 한쪽에 가만히 눕히면 자전거도 나란히 숲바람을 쐬면서 좋구마하고 단잠에 빠집니다.

보금자리를
살피는 손길

한여름을 맞이한 시골마을에서 두 아이는 날마다 물놀이를 하고 싶습니다. 씻는방에서 대야에 물을 가득 받고는 장난감하고 인형을 씻기기도 하고, 마당에서 물총으로 놀기도 하며, 마을 빨래터에서 물이끼를 걷으면서 온통 물범벅이 되기도 합니다. 무더운 여름에는 자전거를 몰아 바다에도 가지만, 시골 바닷가는 여름 휴가철을 맞이해서 도시 손님이 넘칩니다. 여느 때에 호젓하면서 조용히 온 바다를 누리던 아이들은 한여름에는 바닷가를 마음껏 누리지 못합니다. 여름 휴가철에는 깊은 숲속 골짜기까지 도시 손님이 들어오지만, 도시 손님은 잘 모르고 우리만 아는 숲속 골짜기로 자전거를 몰아서 마실을 갑니다.

자전거에 두 아이를 태우고 가파른 고갯길을 오르자면 숨이 턱에 닿습니다. 그렇지만 이 길을 자전거를 몰아서 찾아가기에 조용히 숲바람을 쐴 수 있습니다. 온몸이 땀으로 흠뻑 젖지만, 멧새가 숲에서 노래하는 소리를 들으면서 기운을 냅니다. 아이들도 뒤에서 "아버지 힘내라!" 하고 노래해 줍니다.

바야흐로 깊은 숲에 깃들어 자전거를 세워 놓습니다. 우렁찬 소리를 내며 시원한 물이 흐르는 골짜기로 들어섭니다. 깊은 숲 골짜기에는 나무가 우거져서 햇볕이 스미지 않습니다. 아무리 무더운 여름이라 하더라도 골짜기에서는 시원한 한낮입니다.

이 골짜기에서 아이들하고 드센 물살을 온몸으로 받으면서 노래합니다. 온갖 노래를 부르면서 물속에서 춤을 춥니다. 그런데 두멧시골 골짜기 가운데에도 삽차가 다녀간 곳이 있어요. 관광객이 찾아와서 물놀이를 하라면서 골짜기 바닥을 파헤치고는 시멘트를 들이부은 곳이 있습니다. 군청에서는 도시 관광객을 끌어들이려고 깊은 숲길을 넓히면서 시멘트나 아스팔트로 새롭게 까는 공사를 벌이기도 합니다.

땡볕이 내리쬐는 여름철 한낮에 아이들하고 날마다 두 시간씩 골짝마실을 하면서 가만히 생각에 잠깁니다. 《밀양 큰할매》(철수와영희, 2015)라는 그림책을 곰곰이 떠올립니다. 경남 밀양에서는 송전탑을 둘러싸고 마을사람과 한국전력 사이에 여러 해째 실랑이를 벌입니다. 시골 할매는 고향 마을을 빼앗기고 싶지 않습니다. 한국전력 공무원은 핵발전소에서 뽑은 전기를 도시로 보내야 한다고 말합니다.

밀양 시골마을 사람들 이야기는 옳습니다. 나고 자란 고향 마을을 빼앗길 수 없는 노릇입니다. 맨손으로 일구고 가꾸면서 아름답게 지은 논밭을 하루아침에 빼앗길 수 없는 일입니다. 한국전력 공무원 이야기는 틀리지 않습니다. 도시에서 전기를 많이 써야 하니까 핵발전소도 짓고, 송전탑도 세워야 합니다.

나는 아이들하고 시골에서 보금자리를 가꾸는 어버이로서 송전탑과 핵발전소를 바라봅니다. 남새를 가꿀 만한 밭자락을 얻기까지 한두 해로는 어림이 없습니다. 나락을 심을 만한 논배미를 일구기까지 한두 해로는 턱도 없습니다. 씨앗을 심어서 일굴 만한 땅이 되기까지는 열 해나 스무 해 손길뿐 아니라 백 해나 이백 해에 걸친 땀방울이 스며야 합니다. 밀양 시골마을 할매와 할배는 이녁 고향을 앞으로도 아름답게 지키고 싶은 마음입니다.

한 번 박은 송전탑은 앞으로 백 해나 이백 해가 흘러도 그 자리에 있어야 할 테지요. 한 번 핵발전소가 서면 그곳 둘레는 방사능으로 더럽혀져서 숲하고 바다하고 흙이 제자리를 찾자면 대단히 오랜 나날이 흘러야 할 테지요. 전기를 얻으려고 발전소를 짓는 일은 틀리지 않으나, 왜 화력발전소와 핵발전소만 지으려 하는가를 돌아보아야 해요. 예전에 지은 화력발전소와 핵발전소를 모두 닫은 뒤, 깨끗하며 고운 전기를 얻을 수 있는 발전소로 달라지도록 과학기술을 모아야지 싶어요. 도시하고 동떨어진 조용한 시골에 발전소와 송전탑을 때려박으려는 폭력은 이제 멈추고, 도시에서 스스로 전기를 빚어서 쓸 수 있는 '홀로서기(전기 자립)'를 살펴야지 싶어요.

도시는 시골에서 거둔 곡식과 남새와 열매를 먹고 버팁니다. 도시는 시골에서 뽑아낸 자원을 쓰면서 살을 찌웁니다. 도시는 시골에서 받아들인 먹을것과 자원을 쓴 뒤 어마어마하게 많은 쓰레기를 내놓는데, 이 쓰레기는 으레 도시 바깥 시골에 매립지를 마련해서 파묻습니다. 도시사람은 시골사람이 거둔 것을 먹어야 목숨을 잇는데, 발전소와 송전탑과 매립지와 공장은 으레 시골에 짓습니다. 그러면, 앞으로 시골에서 거둘 곡식과 남새와 열매는 '얼마나 싱싱하거나 튼튼할'까요?

아파트 옆에 핵발전소나 송전탑을 때려박지 않듯이, 논밭과 숲과 바다 옆에도 핵발전소나 송전탑을 때려박아서는 안 되는 줄 알아차려야 합니다. 학교와 놀이터 옆에 쓰레기매립지를 마련하지 않듯이, 시골마을과 들과 멧골에 쓰레기매립지를 마련해서는 안 되는 줄 알아차려야 합니다.

우리 집 아이들이 골짜기에서 놀 수 있는 까닭은 골짝물이 맑고 싱그럽기 때문입니다. 우리 집 아이들이 마을 어귀 빨래터에서 물이끼를 걷으면서 놀 수 있는 까닭은 맑고 시원한 샘물이 늘 흐르기 때문입니다. 골짝마실을 하다가 버섯을 땁니다. 골짝물에 두 손을 담가서 예쁜 돌을 주워서 놀다가 다시 조약돌을 물속에 던져 놓습니다. 시골사람이 시골마을에서 시골스럽게 일하고 놀 수 있을 때에, 도시사람도 휴가철을 맞이해서 시골로 기쁘게 나들이를 해서 아름다운 숲바람을 함께 느끼면서 사랑스러운 삶을 되새길 수 있습니다.

핵발전소나 송전탑이 '안전'하다면, 도시 한복판에 핵발전소하고 송전탑을 짓겠지요. 굳이 '도시하고 아주 멀리 떨어진 시골'에 핵발전소하고 송전탑을 지은 뒤에 보상금을 주려 하지 않겠지요. 이제라도 '안전하고 깨끗한 전기'를 얻는 길을 똑똑한 과학자와 지식인이 함께 찾아나서면서 시골과 도시 모두 사랑스레 가꿀 수 있기를 빌어요. 아이들은 아무 걱정을 하지 않고 도서관 낮은 책상에 엎드려서 만화책을 펼치면서 놉니다.

구백 살 나무와 함께 살고자

전남 고흥 읍내에는 머잖아 구백 살이 될 느티나무가 있습니다. 우리 아이들이 무럭무럭 자라서 아이를 새로 낳고, 다시 한 번 아이를 낳을 무렵에는 천 살이 되겠구나 싶은 느티나무입니다. 이 나무한테는 천연기념물 같은 이름이 붙지 않습니다. 우람한 느티나무 둘레에서 이런저런 공사를 벌일 적마다 굵고 커다란 줄기는 아프게 잘립니다. 가게를 가린다든지 큰 짐차가 지나갈 때에 걸리적거린다고 여기지 싶습니다. 지난해부터 이 느티나무 바로 옆에 정자가 생기면서 대낮부터 나무 옆에서 술판이 벌어지기 일쑤입니다.

우리 집 아이들은 아기 적부터 우람한 느티나무한테 찾아가서 나무를 안거나 타면서 놉니다. 읍내에 볼일이 있어 찾아갈 적에 으레 들러서 나무한테 절을 합니다.

나무가 있는 곳하고 나무가 없는 곳은 바람이 다릅니다. 나무가 있기에 한결 짙푸른 바람이 붑니다. 나무가 없기에 더욱 땡볕이 따가우면서 메마른 바람이 흐릅니다. 나무가 우거진 길에는 새와 풀벌레가 찾아들어 싱그러운 노래를 베풉니다. 나무가 없는 길에는 자동차가 일으키는 먼지바람만 가득하고 시끄럽습니다.

정부희 님이 쓴 《곤충들의 수다》(상상의숲, 2015)라는 책을 읽으니, "겨울이 오기 전 초가지붕의 볏짚을 갈았습니다. 썩은 볏짚을 걷어낼 때마다 헌 지붕 속에 있던 엄지손가락만 한 굼벵이가 지붕 아래로 뚝뚝 떨어졌지요. 그러면 어른들은 그 굼벵이를 집어들어 산 채로 입에 넣고 꿀꺽 삼키셨습니다. 볏짚만 먹고 자라 몸에 좋고 생고구마 맛이 난다며 맛있게 먹는 모습을 보고(261쪽)" 몹시 놀랐다고 하는 이야기가 흐릅니다. 어린 날 굼벵이한테 놀란 어린 가시내는 딱정벌레와 풀벌레를 귀엽게 돌보면서 살피는 학자가 되었다고 합니다. 가만히 보면, 이제 볏짚으로 지붕을 이는 시골집은 아예 없다시피 합니다. 이제 시골에서는 볏짚이 굵고 길며 튼튼한 나락을 심지 않아요. 짜리몽땅한 볏짚만 나오는 나락을 심습니다. 새마을운동은 슬레트지붕을 올리게 했고, 요즈막에는 슬레트가 '석면'인 줄 알아차려서 군청에서 목돈을 들여 철거를 해 줍니다.

지난날 시골사람 시골집은 언제나 정갈하면서 싱그러운 나무와 흙과 돌로 지었습니다. 지난날 시골집을 손질하거나 고치거나 뜯을 적에는, 이 집에서 나오는 나무와 흙과 돌을 얼마든지 되쓸 수 있었어요. 지붕을 잇던 낡거나 묵은 짚은 새로운 거름이 되어 새로운 흙으로 돌아갔어요. 이와 달리 오늘날 집은 시골이나 도시 모두 시멘트나 슬레트나 쇠붙이나 스티로폼이나 플라스틱을 아주 많이 씁니다. 오늘날 집은 조금만 손질하거나 고치더라도 쓰레기가 나오고,

오늘날 집에서 나오는 시멘트나 석면은 되쓸 수 없는 끔찍한 말썽거리가 될 뿐입니다.

“생명은 다 같은 것. 사람이나 벌레나 새나 개구리나 모두 살아 숨을 쉰다는 건 아름다운 것입니다(114쪽).” 같은 생각을 가슴속에 품으면서 산다면, 우리는 어떤 집을 지으면서 살까요? 앞으로 쓰레기가 될 말썽거리를 벽이나 지붕에 올리면서 살까요, 아니면 앞으로 새로운 흙이 될 숨결로 집을 감싸면서 살까요?

냇물이 맑게 흐르니 냇물을 길어다가 마시고, 냇물에서 빨래를 해요. 냇물이 맑게 흐르니 다슬기와 가재와 미꾸라지가 살고, 다슬기와 가재와 미꾸라지가 사는 냇물 둘레에서 개똥벌레가 깨어나서 춤을 춥니다. 그런데 맑은 냇물은 흙하고 자갈로 바닥을 이룬 곳에서 흐릅니다. 시멘트로 바닥을 댄 자리에서는 맑은 물이 안 흘러요. 흙하고 자갈은 물살에 쓸려 바다로도 흘러가면서 바다를 기름지게 가꾸기도 하지요. 이리하여 숲이 튼튼하고 아름다울 적에 바다도 튼튼하고 아름다우면서 깨끗하기에, 바다에 온갖 물고기가 많이 삽니다. 숲이 무너지거나 온통 시멘트투성이에 석면투성이라면, 바다까지 망가지면서 온갖 물고기는 그만 숨을 거두어요.

오늘 나는 이곳에서 구백 살 가까운 나무와 이웃이 되어 지냅니다. 우리 아이들하고, 또 이 아이들이 낳을 아이들은 앞으로 천 살 가까운 나무와 이웃이 되어 지내기를 바랍니다. 새로운 아이들이 다시 태어나고 거듭 태어날 무렵에는 천 살을 웃돌고 이천 살로 나아갈 나무하고 이웃이 되어 지내기를 꿈꿉니다.

제비는 아무 곳으로나 돌아오지 않습니다. 먹이가 넉넉하고 숲과 들이 아름다우며 사람들이 따스한 마음으로 어우러지는 마을로 돌아옵니다. 아이들은 아무 곳에서나 놀지 않습니다. 맨발로 뛰놀 수 있고 자동차 걱정을 하지 않으면서 마음껏 노래하며 웃을 수 있는 곳에서 놉니다.

구백 살 가까운 느티나무는 굳이 천연기념물이 되어야 하지 않습니다. 이 나무 둘레에서 막걸리이든 소주이든 얼마든지 즐길 수 있습니다. 다만, 나무가 왜 우리 곁에 있을 때에 삶이 아름다운가를 알아야 합니다. 나무 한 그루만 천연기념물로 삼을 노릇이 아니라, 온누리 골골샅샅 온갖 나무가 우거지면서 어디에서나 나무 그늘을 누리고 나무가 베푸는 짙푸른 바람을 마실 수 있어야 해요. 어른들끼리 술판만 벌이지 말고, 우람한 나무 둘레에서 모든 아이들이 까르르 웃고 떠들면서 맨발과 맨손으로 나무를 타며 놀 수 있어야지요.

아이들이 맨발로 놀지 못하는 곳이라면 어른들도 맨발로 일하지 못할 뿐 아니라, 마음 놓고 드러나워 하늘바라기를 하며 일손을 쉬지 못합니다. 아이들이 싱그러이 노래하지 못하거나 개구지게 뛰놀지 못하는 곳이라면 어른들도 오순도순 모여서 두레나 품앗이를 하기 어려울 뿐 아니라, 마음 가득 기쁜 사랑을 길어올리면서 노래잔치나 밥잔치나 마을잔치를 하지 못합니다.

도서관 한쪽에 커다란 상자를 놓으니, 두 아이가 커다란 상자에 들어가서 저마다 새로운 놀이를 찾아서 놉니다. 자동차 없는 길을 걸어가면서 만화책을 손에 쥡니다. 여름이 저물며 우리 집을 떠나는 제비를 마지막으로 지켜봅니다. 그저 신나게 논둑길을 달립니다. 어느덧 조용히 가을입니다.

스스로 자라는 나무처럼

나무는 해마다 자라며 줄기와 가지가 굵습니다. 차츰 커지는 품으로 그늘을 한결 넓게 베풉니다. 나무가 크는 만큼 드센 바람을 막고, 멧새는 더 많이 찾아듭니다.

만화영화 '빨간머리 앤'을 보면, 능금꽃이 하얗게 핀 흙길을 마차가 지나가요. 능금나무는 키가 매우 커서 능금나무가 우거진 사잇길을 마차가 넉넉하게 달립니다. 능금 따는 철에는 누구나 사다리를 능금나무에 대고 올라가서 가지가 다치지 않도록 열매만 알뜰히 땁니다.

한국에 있는 능금밭에서는 어떤 모습을 볼 수 있을까요? 무럭무럭 자라는 능금나무 가지를 휘거나 꺾지 않는 능금밭은 얼마나 될까요? 나무가 자라는 결에 맞추어 사다리를 받치고 올라가서 열매를 따려는 능금밭 일꾼은 몇이나 될까요?

무화과밭은 무시무시하기까지 합니다. 무화과나무는 해마다 가지를 뭉텅뭉텅 쳐야 더 굵은 알이 맺는다고 하면서 굵은 쇠줄로 나무를 땅바닥에 바싹 닿도록 꽁꽁 묶기도 합니다. 그리 높지 않은 비닐집에 무화과나무를 앉은뱅이처럼 가두고 이리저리 묶고 당겨서 더 자라지 못하도록 하기 일쑤입니다. 그런데 이런 감옥 같은 무화과밭이나 능금밭에 '체험학습'을 하러 가는 아이들이 많습니다. 어른들도 나무 한 그루가 어디에서 어떻게 자라야 비로소 '나무'인 줄 모릅니다. 나무에서 얻는 열매에 담긴 '성분과 효능'만 따질 뿐, 시달리거나 들볶인 나무에서 맺는 열매가 참말 사람한테도 이바지할 수 있는지 없는지를 헤아리지 못합니다.

우리 집에서 자라는 무화과나무나 감나무나 모과나무는 그저 그대로 자랍니다. 따로 가지치기를 안 합니다. 우리 집 나무는 모두 하늘을 바라보면서 가지가 굵습니다. 올해에는 지난해보다 무화과알이 더 많이 맺는데, 울타리를 타고 올라가거나 걸상이나 사다리를 받쳐서 열매를 땁니다. 아이들이 손수 열매를 따고 싶다고 하면 걸상을 받쳐서 올라가도록 합니다.

우리 집은 아직 '땅갈이'를 하지 않습니다. 우리 식구가 깃든 집은 꽤 오래 빈집이었지만, 무척 오랫동안 쓰레기가 파묻힌 땅이었습니다. 그래서 쓰레기를 파낸 뒤 이 땅을 여러 해 묵힙니다. 따로 아무것도 안 심고 갈지도 않으면서 가끔 풀을 베어 눕혀 주기만 합니다. 그런데 갈지 않았어도 땅이 제법 폭신합니다.

일본에서 마흔 해 즈음 자연농을 했다는 가와구치 요시카즈 님이 들려주는 이야기를 담은《자연농, 느림과 기다림의 철학》(눌민, 2015)이라는 책을 읽어 봅니다. 일본 시골지기는 "논두렁길은 풀뿌리 때문에 무너지지 않을 뿐 아니라 딱딱하지도 않습니다. 풀을 없애버리면 풀뿌리가 없어지기 때문에 무너져버립니다. 땅을 갈지 않으면 흙은 부드러워진 곳과 만나게 되므로 '아, 역시 그랬었구나!' 하고 깨닫게 되었습니다(71쪽)." 하고 이야기합니다. 여기에 덧붙여 "다양한 풀들과 작은 동물이 동시에 살아야 서로 도움을 줄 수 있습니다. 많은 것들이 반년 안에 죽고 그 시체가 다음 생명의 무대가 되는 것입니다. 봄에 싹을 낸 풀이 자라 꽃을 피우고 씨앗을 맺고 어미가 죽으면, 지금까지 없었던 다른 성분을 만들어 더욱 풍요로워지는 것입니다(79쪽)." 하고도 이야기합니다.

문득 생각해 보아도 이 나라 거의 모든 논밭은 땅이 딱딱합니다. 밭일을 하는 분들은 해마다 기계를 써서 밭을 갈아엎습니다. 기계가 아니고는 밭일을 못하는데 밭은 해마다 더 딱딱해지지 싶어요. 사막처럼 된다고 할까요. 논도 물이 빠지면 이내 딱딱해집니다. 가을걷이를 마친 논은 아무 풀도 돋지 않으면서 겨우내 딱딱해져요. 봄이 되어 딱딱한 논은 들풀이 돋으면 이때부터 흙이 보들보들 풀립니다. 이와 달리 어느 누구도 비료나 농약조차 안 주는 숲은 흙이 늘 아주 폭신합니다. 아무도 숲을 갈지 않아요. 아무도 숲에 기계를 들이밀지 않아요. 그러나 '땅갈이'를 하지 않는 숲은 흙이 까무잡잡할 뿐 아니라 폭신합니다. 게다가 어떤 나무이든 숲에서 아주 잘 자라요. 우리 집에서도 땅갈이를 안 하고 풀만 가끔 벨 뿐 그대로 두는 자리는 흙이 까무잡잡하면서 구수한 냄새가 나고 폭신합니다. 우리 집에서 묵히는 땅에 있는 흙은 어떤 나무이든 잘 자라도록 할 만큼 기름지다고 느낍니다.

아이들하고 우리 집 무화과를 따고 감을 따면서 생각합니다. 제 결대로 자라면서 해마다 키가 무럭무럭 자라는 나무를 살살 쓰다듬으면서 생각합니다. 기계가 들어가고 비료와 농약을 맞아야 하는 땅은 까무잡잡한 기운이 사라지면서 누렇거나 허옇게 바뀝니다. 비닐로 덮어씌우면 흙은 더욱 누르스름해지다가 허연 기운이 퍼집니다. 햇볕을 쬐고 비바람을 맞으면서 갖은 들풀이 자라는 흙은 언제나 까무잡잡하면서 폭신하고 구수합니다.

나무는 비닐집에서 못 자라요. 가지치기에 시달리는 나무는 제대로 못 자라면서 일찍 죽어요. 들을 숲처럼 가꾸지 않는다면 남새도 나무도 모두 들볶이다가 일찌감치 죽을 테고, 숲하고 동떨어진 데에서 산다면 사람도 모두 끙끙 앓다가 제 결을 잃는구나 싶어요.

해마다 자라는 나무를 이러한 결대로 바라볼 수 없다면, 사람은 무엇을 얻거나 배우거나 누릴는지 잘 모르겠습니다. 나무뿐 아니라 아이와 어른도 해마다 꾸준히 자랄 텐데, 슬기롭게 자라면서 아름답게 철드는 사람이 아니라 '가지치기'를 받아야 하는 나무처럼 '틀에 박힌 굴레'에 갇힌다면, 우리는 무엇을 할 만할까요?

화학농은 농약과 화학비료를 먹이는데, 비닐집에서 하거나 나무를 들볶는 유기농이라면 화학농보다 무엇이 얼마나 나을는지 궁금합니다. 시골은 시골스러우면서 숲내음이 날 때에 비로소 시골이요, 시골밥은 숲내음이 퍼지는 곡식이랑 남새랑 열매일 때에 싱그러운 숨결로 아름다울 텐데 하고 생각합니다. 하늘숨을 마신 무화과알을 날마다 몇 알씩 따서 아이들하고 노래하면서 먹습니다. 나무 열매를 얻을 적마다 나무한테 고맙다고 절을 하며 나뭇줄기를 어루만집니다.

손으로
짓고 가꾸는 살림

작은 반짇고리를 둘 장만합니다. 두 아이가 곁에 두며 놀 수 있도록 할 생각입니다. 작은아이는 바느질을 할 생각이 없지만, 큰아이는 바느질을 배우고 싶습니다.

여덟 살 큰아이는 혼자서 무엇이든 꿰매려 합니다. 어깨너머로 들여다본 눈썰미로 바늘귀에 실을 꿰고, 어깨너머로 살펴본 눈길로 천에 바늘을 콕 찌릅니다. 오늘 아침에도 무엇이든 꿰매고 싶다 합니다. “그럼 네 구멍난 잠옷 바지를 기우면 어때?” “좋아요.” 아이한테 잠옷 바지를 건넵니다. “구멍을 메우려면 천이 있어야 하는데?” “어디 보자, 여기 있네.” 작은아이한테도 작아서 못 입는 바지를 찾습니다. 큰아이는 가위로 천 조각을 알맞게 오려서 구멍에 댑니다. 그러나 구멍을 메우는 바느질은 잘 안 됩니다.

밥물을 올린 뒤라서 찬찬히 도와주기는 어렵지만, “조금 거들어 줄게.” 하고 말하고는 동그란 판이 자리를 잡도록 몇 땀을 기웁니다.

냄비가 보글보글 끓는 소리가 들으면서 "이제부터 할 수 있겠니?" 하고 말하며 건넵니다. 아침을 짓는 동안 큰아이는 구멍 기우기를 마칩니다. "자, 다 했어요!" 하면서 웃습니다.

서울에서 골목길을 오래도록 사진으로 찍은 김기찬이라는 분이 있습니다. 이분이 낸 사진책으로 《골목안 풍경》과 《잃어버린 풍경》과 《역전 풍경》과 《개가 있는 따뜻한 골목》이 있습니다. 사진책에 '풍경'이라는 이름을 붙였지만, '구경하는 풍경' 사진은 아닙니다. 그럼 무슨 사진인가 하면 '사람이 살아가는 이야기'를 담은 사진입니다. 김기찬 님은 이녁이 서울 골목길에서 마주한 사람들한테서 얻거나 누린 이야기를 '풍경'이라는 말을 빌어서 나타냈을 뿐입니다. "내가 이 돌담 마을에 애정을 갖는 것은 우선 돌담은 성벽보다 소박하고 예쁘기 때문이다. 성벽은 우람하지만 강제로 쌓여졌고 돌담은 우직한 농부들이 밭을 일구다 주워 놓은 돌로 내 집, 내 터 둘레에 바람을 막고 오붓한 내 살림을 꾸미기 위해서 쌓았기 때문이다. 봄이 무르익으면 이름 모를 잡초들이 돌담 사이로 삐죽거리고, 하얗고 노란 꽃이 봄바람에 하늘거리고 있는 것을 보고 있으면, 어느새 나는 고향을 사랑하는 시인이 된다(93쪽/김기찬)." 같은 글을 가만히 곱씹습니다. 이른바 '멋진' 사진이나 '잘 찍은' 사진이나 '놀라운' 사진을 찍지 않은 김기찬 님인데, 이분은 '수수한 이웃'이 그야말로 수수하게 삶을 짓고 살림을 지으며 사랑을 짓는 모습을 꾸밈없이 바라보면서 따사롭게 사진으로 담았습니다. 그렇기에 이분은 성벽이나 문화재나 고궁이나 절집조차 사진으로는 담을 마음이 없이 시골집 돌담을 사랑하면서 서울에서 골목동네 이야기를 그렸어요.

가을걷이가 한창인 시골입니다. 샛노랗게 물결치는 들녘은 하나 둘 사라지면서 볏포기 꽁댕이만 남은 누런 땅으로 바뀝니다. 다만, 요즘은 손에 낫을 쥐고 가실(벼베기)을 하는 시골지기는 드뭅니다. 늙은 시골지기도 젊은 시골지기도 그냥 손쉽게 기계를 부릅니다. 기계는 짜리몽땅한 벼를 빠르게 베어서 볏줄기를 빠르게 잘라냅니다. 사람은 길가나 논둑에 멀거니 서서 이 모두를 지켜봅니다. 논배미 하나쯤 기계 몇 대로 말끔히 비웁니다.

기계가 하는 가실에는 기곗소리만 있습니다. 두레도 품앗이도 아닌 기계질이기 때문에 우렁창 기곗소리가 마을마다 가득합니다. 손으로 낫을 쥐어 가실을 한다면, 한쪽에서는 노래하는 소리가 있고, 다른 한쪽에서는 일꾼을 북돋우는 소리가 있을 테며, 또 한쪽에서는 아이들이 뛰노는 소리가 있겠지요.

빨래를 해 주는 기계는 손품을 덜어 줍니다. 밥을 지어 주는 기계도 손품을 덜어 줍니다. 짐을 싣고 빠르게 달려 주는 기계는 다리품을 덜어 줍니다. 컴퓨터도 손전화도 모두 우리 품을 덜어 줍니다. 그리고 손품이랑 다리품이랑 몸품을 줄이는 만큼 우리한테 널널한 겨를이나 말미가 생길 듯하지만, 품을 들이지 않는 사람들은 외려 더 바쁩니다. 말 한 마디를 섞거나 이야기꽃을 피울 겨를을 못 냅니다. 가실을 일찍 마치지만 드높은 하늘이랑 너른 들녘을 찬찬히 보면서 가을노래를 부를 말미를 못 냅니다.

아이를 낳고 기를 적에 손으로 기저귀를 빨고, 손으로 씻기고, 손으로 안거나 업고, 손으로 머리카락을 쓸어넘기고, 손으로 이불깃을 여미고, 손으로 글씨를 써서 함께 글놀이랑 그림놀이를 하고, 손에 손을 잡고 천천히 들길이나 숲길을 거닐면, 늘 이야기잔치입니다. 아침저녁으로 날마다 마주하는 밥상맡에서도 아이들은 쉬잖고 입을 놀립니다. 종알종알 종달새 노래 같습니다.

마을 어귀 빨래터에 가서 빨래를 하면 아이들은 까르르 놀면서 노래를 부릅니다. 자전거를 달려 면소재지를 다녀올라치면 아버지 뒤에 탄 아이들은 늘 수다를 떨다가 노래를 부릅니다.

손에 호미를 쥐어 밭을 갈 적에는 흙 쪼는 소리 말고는 귀를 거슬리는 소리가 없습니다. 풀벌레하고 새가 노래하는 소리를 듣고, 바람이 나뭇가지를 흔드는 소리를 듣다가, 서로 도란도란 이야기를 주고받아요. 맨발로 마당에서 뛰놀며 맨손으로 노는 아이들도 서로 깔깔거리면서 이야기를 나눕니다.

단추를 눌러 텔레비전을 켜거나 손전화를 열면 온갖 정보와 영상이 넘칩니다. 그렇지만 텔레비전이나 손전화를 앞에 두고서 '말'을 하는 사람은 없습니다. 마음 깊은 곳에서 사랑으로 살가이 샘솟는 '말'은 서로 손으로 아끼고 보듬는 살림살이에서 비로소 흐를 수 있습니다. 도시 이웃은 엄청난 문명과 기계와 건물과 정보에 휩싸여서 '말'을 잊습니다. 시골지기도 온갖 기계를 곁에 두고 이 일도 저 일도 기계에 맡기는 사이 어느새 '말'을 잃어요. 이제는 어디에서나 누구도 노래를 부르지 않습니다. 유행노래 아닌 삶에서 사랑으로 지은 구성진 꿈을 노래하려고 오늘도 아이들 손을 잡고 샛노란 가을길을 천천히 걷습니다.

마당을 누리는 집에서

겨울을 앞둔 늦가을에 뒤꼍에서 유자를 땁니다. 가시가 많은 유자나무 곁에 걸상을 받치고 서서 한 알씩 찬찬히 따서 큰아이한테 건네면, 큰아이는 곧 작은아이한테 건넵니다. 작은아이는 누나가 건네준 유자알을 한손에 하나씩 받은 뒤 신나게 콩콩 뛰면서 마당으로 내려갑니다. 뒤꼍에서 해를 잘 받으며 자라는 유자나무는 봄이면 하얀 꽃을 피우고 가을이면 노란 열매를 맺어요. 우리는 유자나무를 비롯해서 모든 나무를 아침저녁으로 바라보면서 '우리 집 사랑스러운 나무야, 잘 잤니?' 하고 물은 뒤 '우리 집 예쁜 나무야, 잘 자렴!' 하고 절을 합니다.

마당에서 우람하게 자라는 후박나무를 보고는 '네 그늘이 참으로 멋지구나!' 하고 노래합니다. 겨울에는 그늘이 안 달갑다고도 할 만하지만, 겨울에는 해가 길게 눕기 때문에 그리 그늘지지 않습니다. 마당에 나무 한 그루가 우람하게 서면, 한여름에는 뙤약볕을 가려주고 한겨울에는 세찬 바람을 막아 줍니다. 예부터 집 둘레에 나무를 알맞게 심는 까닭은 볕과 바람을 고루 누리려는 뜻이지 싶습니다. 나무가 있어서 볕이랑 그늘을 함께 맞이하고, 나무가 있기에 싱그러운 바람이 불 뿐 아니라 세찬 바람을 가려 줍니다.

아이들하고《나의 사과나무》(키즈엠, 2015)라는 그림책을 보면서 나무 한 그루란 얼마나 대단한가 하고 새삼스레 떠올립니다. 버려진 능금나무를 아이가 손수 살뜰히 돌보면서 되살리는 이야기가 흐르는 그림책에는 '되살아난 능금나무가 능금 열매를 잔뜩 베푸는 모습'이 나옵니다. 되살아난 능금나무에는 새가 다시 찾아오고, 벌레도 꼬물꼬물 기어요.

그림책에 나오는 아이는 벌레를 함부로 잡지 않습니다. 왜냐하면 벌레는 새한테 먹이가 되니까요. 벌레는 때때로 능금알을 뚫고 파먹을 테지만, 몇 알쯤 파먹어도 괜찮아요. 벌레가 어느 만큼 있어야 새도 벌레잡이를 하면서 새끼 새를 돌보거든요. 나무 한 그루는 새도 받아들이고 벌레도 받아들이며, 무엇보다 저를 아끼고 돌보아 주는 따순 손길과 마음과 사랑인 사람들도 받아들입니다.

그나저나 마당을 누릴 수 있어야 나무를 심어서 건사합니다. 마당이 제법 넓어야 나무 밑에 평상이나 걸상을 두면서 그늘을 누립니다. 마당이 아주 넓지 않더라도 나무를 심고 텃밭을 가꾼다면, 한 해 내내 즐거운 살림을 북돋울 만합니다. 아이들은 마당에서 맨발로 마음껏 뛰놀고, 어른들은 아이들이 뛰노는 곁에서 요모조모 살림을 짓지요. 아이들은 어른들이 일하는 곁에서 어깨너머로 살림을 배웁니다.

듬직하고 알찬 《모둠도둠 산꽃도감》(자연과생태, 2013)을 아이들하고 함께 넘기면서 다시금 생각에 잠깁니다. 《모둠모둠 산꽃도감》은 멧골에서 흔히 피는 온갖 꽃을 한 자리에 알맞게 갈래를 지어서 '비슷한 생김새'가 어떻게 다르거나 같은가를 알려줍니다. 어수리와 참당귀와 궁궁이와 강활과 구릿대와 고본과 바디나물이 어떻게 다른가를 나란히 알려주고, 양지꽃과 세잎양지꽃과 돌양지꽃과 물양지꽃과 딱지꽃과 가락지나물을 어떻게 가르는가를 찬찬히 보여줍니다. 뻐꾹채와 엉겅퀴와 큰엉겅퀴와 바늘엉겅퀴 들을 어떻게 살피면 되는가를 쉽게 밝힙니다.

멧꽃을 모둠으로 묶어서 보여주기까지 무척 오랫동안 멧꽃을 지켜보고 살펴보고 들여다보고 마주보았겠구나 하고 느낍니다. 멧꽃처럼 들꽃도 오래도록 사랑으로 지켜보거나 살펴볼 적에 꽃마다 어떻게 다르면서 새롭고 아름다운가를 기쁘게 알아차릴 수 있으리라 느낍니다.

그리고 꽃이 저마다 다르듯이 마을도 저마다 다릅니다. 시골에 있기에 다 같은 마을이 아니라, 볕과 바람과 비와 흙이 저마다 살짝살짝 다른 마을입니다. 마을에서 나고 자라는 사람도 저마다 다르고, 이렇게 다른 사람들은 저마다 기쁜 사랑을 마음에 고이 품으면서 저마다 새로운 꿈을 차근차근 이루려 합니다.

마당 생김새도 집집마다 다르지요. 마당에 놓는 살림도 집집마다 다르고요. 마당을 가꾸는 손길도 집집마다 다를 수밖에 없고, 마당 한쪽에 심는 나무도 집집마다 다르기 마련입니다.

겨울이 되어도 마당에서 맨발로 뛰놀기를 좋아하는 아이들이 '망가진 세발자전거'를 갖고 새로운 놀이를 짓습니다. 작은아이는 망가진 앞쪽 손잡이를 들고 놀다가, 큰아이가 끌어 주는 뒤쪽 걸상을 붙잡고 '손으로 끄는 자전거' 놀이를 새삼스레 즐깁니다.

아버지가 자전거에 두 아이를 태워서 마을 뒤쪽 천등산 골짜기로 나들이를 가면, 작은아이는 먼저 앞장서서 숲길을 헤치고 싶습니다. 큰아이는 골짜기로 들어서기 앞서 빨갛거나 노랗게 물든 잎을 뜯어서 '가랑잎놀이'를 하고 싶습니다. 마을 한 바퀴를 그냥 달리면서 도는 놀이를 할 적에, 아이들이 붙인 이름으로는 '마을 한 바퀴 놀이'인데, 두 아이는 앞서거니 뒤서거니 두 팔을 활짝 벌리고 하늘을 날듯이 통통통 달립니다. 따로 장난감이 없이, 언제나 스스로 장난감이 되면서 기쁘게 하루를 짓습니다.

아이들은 제 어버이를 장난감으로 삼기 일쑤입니다. 목말을 태워 달라는 둥, 엎드려서 말이 되어 달라는 둥, 드러누워서 배가 되어 달라는 둥, 어버이는 아이들 놀잇감이나 장난감이 됩니다. 그러면 어버이로서 이 아이들을 장난감으로 삼아 봅니다. 아이들 손이나 발을 잡고 마당에서 빙글빙글 돕니다. 아이들은 어버이가 마당에서 깔깔깔 웃으면서 놀도록 북돋우는 놀잇감이 되고, 어버이는 다시 아이들이 타고 안기고 업히면서 노래하는 놀잇감이 됩니다.

마당에서 함께 뛰고, 마당에서 함께 일하며, 마당에서 함께 빨래를 널고 걷습니다. 마당에서 함께 숨바꼭질을 하고, 마당에서 함께 술래잡기를 하며, 마당에서 긴줄을 살살 돌리며 줄넘기놀이를 할 수 있습니다. 마당에 선 나무는 우리를 포근히 굽어보면서 겨울바람을 막아 주고 솨락솨락 겨울노래를 들려줍니다.

겨울에는 겨울다운 시골놀이

겨울에 시외버스를 타고 서울 쪽으로 마실을 가노라면, 고흥을 벗어나 벌교로 접어들 무렵 처음으로 눈밭을 봅니다. 벌교를 지나고 구례로 접어들면 지리산 둘레에서 더 하얀 눈밭을 보고, 임실이나 진안 옆으로 지날 무렵에는 더 두껍게 깔린 눈밭을 봅니다. 겨울에 고흥에서 서울 쪽으로 가면 추운 길입니다. 이와 달리 서울에서 고흥 쪽으로 오면 포근한 길입니다. 논산에서 익산으로 건너오면 한결 포근하고, 다시 임실하고 남원을 지나면 훨씬 포근하며, 곡성을 지나고 벌교 즈음 되면 시외버스에서도 옷을 한 꺼풀 벗을 만합니다.

전라도에서도 남도하고 북도 사이에는 추위가 퍽 갈립니다. 남도에서도 곡성 구례 보성 고흥 사이에서 추위가 제법 갈립니다. 고흥에서도 동강 과역 읍내 도화 이렇게 읍이나 면 사이를 오르내리는 길에서도 추위가 살며시 갈려요.

시골에서 일철이 끝나고 긴긴 겨울이 되면 마을이 조용합니다.

들이나 밭에 나와서 일하는 분도 없고, 나물을 한다거나 풀을 베는 손길도 없습니다. 그렇지만 시골돌이하고 시골순이는 봄이나 여름이나 가을이나 겨울이나 매한가지입니다. 얼마든지 마당에서 놀고, 얼마든지 들길을 달리며, 얼마든지 자전거를 타고, 얼마든지 마을 어귀 빨래터에서 물장난을 칩니다. 무엇보다 겨울에도 맨발로 마당을 밟으면서 놀고 싶습니다.

이 시골아이는 맨발이나 맨손인 채 혀를 낼름낼름 내밀며 눈을 받아먹다가 어느새 "귀가 차가워!"라든지 "손이 차가워!" 하고 덜덜 떱니다. 그러게, 처음부터 양말도 꿰고 신도 꿰어야지. 손에 장갑도 끼고 머리에 모자도 써야지. 그렇게 해야 더 오래 신나게 놀 수 있으니까. 옷부터 제대로 챙겨 입고 다시 놀자.

내리기 무섭게 조금도 안 쌓이고 바로 녹는 고흥 시골마을 눈을 깔깔거리며 받아먹는 아이들을 지켜보다가 이시무레 미치코 님이 쓴《신들의 바다》(녹색평론사, 2015)라는 책을 헤아립니다. 일본 미나마타 바닷가에서 살던 사람들 목소리가 짙게 밴 책입니다. 미나마타 바닷마을 시골 할매는 "내는 암것두 몰러. 내가 미나마타병이라는 것밖에는 몰러(81쪽)." 하고 말씀해요. 그리고, "누에콩밭에 꽃이 필 무렵이면 새끼 여우들이 부모와 함께 해변까지 내려와서는, 밀물 드는 해변에 나비가 팔랑팔랑하는 것을 고양이 새끼들처럼 손을 뻗어 좇아다니니까, 부모가 조마조마하며 말리는 것도 보였답니다. 얼마나 보기 좋던지(317쪽)." 하고도 말씀해요.

겨울에도 포근한 고장에서 뛰노는 아이들은 어릴 적부터 겨울에도 새로 돋는 풀을 봅니다. 한겨울에도 새로 돋는 갓잎이랑 유채잎을 뜯어서 먹습니다. 한겨울에도 갈퀴덩굴을 훑어서 먹습니다. 냉이가 푸릇푸릇 올라오고, 쑥도 살곰살곰 고개를 내밉니다. 아주까리는 한겨울에도 푸른 잎사귀를 떨구지 않고 늘푸른나무처럼 우뚝 서서 바람 따라 한들거립니다.

일본에서는 그리 멀지 않은 지난날까지 바닷가에서 어미 여우가 새끼 여우를 데리고 바닷가에서 얼크러진 모습을 보았다면, 한국에서는 그리 멀지 않은 지난날까지 포근한 시골이나 추운 시골에서 저마다 어떤 모습을 보았을까요? 어릴 적에 범이나 여우나 늑대를 본 일을 떠올리는 할매나 할배는 몇 분쯤 계실까요? 멧토끼가 뛰고 노루가 달리는 눈밭에서 눈사람을 굴리고 얼음을 지치던 일을 떠올리는 어르신은 얼마쯤 계실까요? 무엇보다 이러한 삶을, 이러한 숲이웃을, 이러한 시골살이를 가만히 가슴에 아로새기면서 무럭무럭 자라는 요즘 시골아이는 얼마나 될까요?

크레이그 팜랜즈 님하고 마가렛 체임벌린 님이 함께 빚은 그림책 《뜨개질하는 소년》(책과콩나무, 2015)을 재미나게 읽습니다. 머스마가 공을 안 차고 뜨개질을 좋아한다기에 학교에서 놀림을 받는다는데, 이 아이는 어머니한테 "엄마? 내가 이상하고 특이한 거예요? 나는 왜 노래하고, 그림 그리고, 뜨개질하는 걸 좋아할까요? 엄마는 내가, 여자애 같아요?" 하고 여쭈지요. 이때 어머니는 머스마한테 무어라고 대꾸할 만할까요. 그래 너는 가시내 같으니 뜨개질 따위는 싸게싸게 그만두라고 외칠는지요. 아니면, 그래 너는 언제나 너답게 사랑스러우니 뜨개질도 즐기고 네가 스스로 하고픈 대로 싸목싸목 하면서 마음껏 놀라고 속삭일는지요.

뜨개질을 하면서 어머니랑 아버지한테 뜨개옷을 선물할 수 있는 아이는 모두 사랑스럽습니다. 뜨개질이나 바느질은 '사람'이라면 누구나 익힐 솜씨 가운데 하나예요. 왜냐하면 사람은 누구나 옷을 입으니까요. 여기에 밥을 짓는 솜씨도, 집을 가꾸거나 손질하는 솜씨도, '사람'이라면 누구나 갖출 솜씨 가운데 하나이고요.

십이월에도 가만히 고개를 내미는 우리 집 마당 제비꽃을 쓰다듬습니다. 한겨울에도 막대솔을 들고 마을 어귀 빨래터에 가서 물이끼를 걷는데, 빨랫돌 귀퉁이 조그마한 틈에서 제비꽃이 빙긋 고개를 내밉니다. 이 겨울에도 볕이 포근하니까 빨래터 물놀이를 할 만합니다만, 씽씽 차갑게 바람이 불어도 그야말로 씩씩합니다. 찬바람을 실컷 마시면서 들길을 달립니다. 찬바람을 기쁘게 마주하면서 자전거를 달립니다. 처마 밑에 사다리를 놓으면 사다리를 타고 올라가서 줄자로 낚시놀이를 하고, 겨울이라 길게 눕는 해가 대청마루로 스미니, 마루에서 뒹굴며 만화책을 넘기다가, 후박나무 밑에서 볕을 누리며 책내음을 맡기도 합니다.

겨울에는 겨울다운 삶을 이루면서 겨울놀이를 누립니다. 마당에서도 마을에서도 집에서도 새롭게 웃으며 뜀박질이 꽃송이처럼 날리는 겨울놀이입니다. 곧 동백꽃이 송이송이 터질 테고, 새빨간 동백꽃에 흰눈이 살그마니 내려앉으면 시골순이랑 시골돌이는 동백꽃송이에 내려앉은 눈송이를 혀를 날름 내밀면서 핥아먹으려 하겠지요. 동백꽃송이에 얹힌 눈송이는 참말 나도 아이들 곁에서 함께 혀를 날름 내밀면서 핥아먹고 싶습니다. 새삼스러운 겨울맛으로 온몸에 짜르르 스며들리라 봅니다.

학교 아닌
시골집에서 배우기

마당이 있는 집이 얼마나 재미있는가를 알려면 마당이 있는 집에서 살아야지 싶습니다. 마당이 없는 집에서 살 적에는 마당이 얼마나 재미있는가를 알 수 없구나 싶어요. 아파트나 다세대주택처럼 층을 이룬 집에서는 춤을 추고 싶어도 막상 제대로 춤을 추지 못해요. 발을 구르면서 뛰고 싶어도 발을 못 구르고 뛰지도 못하지요. 달리기를 어디에서 할까요? 종이비행기는 어디에서 날릴까요? 이 겨울에 연을 날리면서 놀려면 어떤 집에서 살아야 할까요? 높은 건물이 빼곡하거나 전봇대랑 전깃줄이 어지러운 데에서는, 게다가 자동차가 쉴새없이 드나드는 곳에서는 아무런 놀이를 못 즐기기 마련입니다.

아침에 이불을 마당에서 털고 방바닥을 치우는데 큰아이하고 작은아이가 다툽니다. 작은아이가 아무렇게나 어질러서 굴러다니는 빛깔펜을 큰아이가 치우는데, 작은아이가 다른 장난감을 치울 듯 말 듯하다가 누나 곁에 달라붙어서 저도 함께 하겠다고 나서기 때문입니다. 작은아이는 아직 잠옷을 안 갈아입었고 추운 겨울에 양말도 안 꿰었습니다. 툭탁거리는 두 아이는 마루에서까지 아옹다옹합니다. 두 아이가 얼마나 더 신나게 툭탁거리는가를 지켜보다가 큰아이더러 마당으로 내려서라고 이릅니다. 그렇지만 큰아이는 마당으로 내려서려 하지 않아요. 한참 기다리다가 아버지가 혼자 대문을 열고 고샅으로 나오니 그제서야 앙앙거리며 따라옵니다.

마당이 없는 집에서 살았으면 툭탁거리는 두 아이를 한동안 못 떨어뜨리겠지요. 툭탁거리느라 잔뜩 골이 난 두 아이더러 차가운 바깥바람을 쐬면서 머리를 식히고 구름이랑 해랑 바라보자고 하지 못하겠지요. 셋이 마당에 서서 하늘바라기를 하는데 물까치 예닐곱 마리가 우리 집 마당으로 날아와서 초피나무에 앉습니다. 물까치도 아이들 툭탁질이 궁금해서 날아왔을까요? 큰아이한테는 '동생이 어지른 것을 안 치우다가 누나가 치울 적에 달라붙으면 저리 가라고만 하지 말고 차분히 알려주렴' 하고 말합니다. 작은아이한테는 '네가 안 치운 것을 누나가 치워 주니 누나하고 함께 치우고 싶으면 누나한테 함께 해도 되느냐 하고 부드러이 먼저 물은 뒤에 누나가 좋다고 할 때까지 기다리렴' 하고 말합니다.

동시집 《도둑괭이 앞발 권법》(실천문학사, 2015)을 읽습니다. 충남 보령에서 나고 자란 뒤 이 고장에서 그대로 아이들하고 글놀이를 한다는 박경희 님이 빚은 노래잔치입니다. 책을 조용히 펼칩니다. 정갈한 동시집에 흐르는 노래에 귀를 기울입니다.

"봄볕 가득 받은 마늘을 깐다 / 껍데기 벗길 때부터 맵다. (마늘)"

"우리 학교 학생 수 / 다 합쳐봐야 / 열다섯 명 // 우리 새엄마도 /

다른 나라 사람이다 / 근데 난 한국 사람이다. (그냥 우리 동네 사람)"

참말로 마늘은 가을볕이랑 겨울볕이랑 봄볕을 가득 받고서 자랍니다. 마늘뿐 아니라 마늘쫑에도 가을부터 봄까지 흐른 고운 볕살이 가득 깃들어요. 비닐이나 랩에 담겨 가게에 놓인 상품인 마늘이나 마늘쫑이 아니라, 볕을 먹고 비를 마시며 바람을 머금은 마늘이나 마늘쫑이지요. 우리가 마늘을 먹을 적에는 마늘에 깃든 볕을 함께 먹고, 밥 한 그릇을 먹을 적에도 쌀알에 담긴 바람하고 빗물을 함께 먹어요.

일본 홋가이도에서 축산 일을 하는 집안에서 태어나 만화를 그린다는 아라카와 히로무라는 분이 빚은 만화책《은수저》(학산문화사)는 한국말로 13권까지 나왔습니다. 이 만화책은 '농업고'를 다니는 아이가 주인공으로 나와요. 한국에서는 시골에서 농업고가 사라져요. 농업중은 거의 찾아볼 길이 없어요. 초등학교를 '농업초'로 새로 바꾸려 하는 곳은 아마 없으리라 느껴요. 숲유치원은 있지만 숲초등학교나 숲중학교나 숲고등학교, 나아가 숲대학교로 배움자리를 새로 보듬으려고 하는 손길도 아직 거의 없어요.

만화책《은수저》2권을 보면 이런 이야기가 나옵니다.

"이 소는 왠지 친근하게 구네." "늙은 소들뿐이라 사람을 잘 따라." "늙은 소?" "엄마가 하나하나 개성을 파악해서 귀여워하며 기르니까, 웬만한 일로는 소를 처분하지 않거든." (116쪽)

오늘날 한국에서 '소 농장'을 하는데 웬만한 일로는 소를 잡지 않는 집은 얼마나 있을까요? 소 한 마리 한 마리를 살뜰히 여기면서 돌보는 손길로 소젖을 얻으려는 집은 얼마나 될까요?

크게 짓는 농사가 나쁘다고는 여기지 않아요. 그러나 크게 짓는 농사가 되면 하나하나 살뜰히 아끼거나 돌보기 어렵습니다. 학교라는 곳도 커다란 학교가 되면 교사가 모든 아이를 하나하나 알뜰히 사랑하거나 보살피기 어렵지요.

우리 식구가 사는 고흥이라는 고장을 보면, 고흥읍에 있는 큰 초등학교에는 천 아이가 넘게 다녀요. 작은 면에는 스무 아이가 다니거나 백 아이가 다니는 초등학교가 있고요. 천 아이가 넘게 다니는 초등학교에서는 아이들이 서로 얼마나 가까이 지낼 만하거나 교사와 아이 사이에 얼마나 따사로운 손길이 흐를 만할까요.

올해로 우리 집 큰아이는 이태째 초등학교에 안 가고 집에서 함께 배우고 가르치는 삶을 누립니다. 때때로 동생하고 툭탁거리지만, 툭탁거리고 나서 으레 둘이 살가이 안고 달래면서 토닥여요. 툭탁질을 그치고 손이랑 낯을 씻은 뒤 밥상맡에 나란히 앉으면 언제 툭탁거렸느냐는 듯이 깔깔거려요. 방에서 함께 배우고 놀다가 마루에서 달리고, 이내 마당으로 뛰쳐나와서 이 겨울에도 "아, 덥다!" 하고 외칩니다. "언제 여름이 와? 빨리 여름이 와서 골짜기 가고 바다 가면 좋겠다!" 하고 더 외쳐요. 이 아이들을 바라보며 큰 학교를 새삼스레 돌아봅니다. 읍내 큰 학교가 학생을 많이 끌어모으면 나라에서 지원비를 많이 준다는데, 지원비로 강당이나 기숙사나 체육관을 지을 돈은 얻더라도 뭔가 큰 것을 잃지 않는가 하고.

봄을 기다리는 빗물놀이

겨울이 저물고 봄이 찾아오려는 문턱입니다. 한겨울에도 맨발차림으로 놀고팠던 아이들은 날마다 아침저녁으로 자꾸 "이제 곧 봄이야?" 하고 물어요. 그러면 나는 아이들한테 되물어요. "너희가 보기에 봄이 언제 올 듯하니? 나무한테 물어보고, 바람한테 물어보렴. 봄이 얼른 오기를 바라면 해님한테도 얘기해 봐."

집에 텔레비전을 놓지 않으니 우리는 텔레비전을 안 보며 삽니다. 텔레비전을 안 보니 사건이나 사고 이야기를 안 보고, 날씨 이야기도 안 봐요. 우리가 보는 곳은 마당이요 뒤꼍이며 나무이고 하늘이며 땅이고 도랑물하고 냇물입니다. 서로서로 얼굴을 바라봅니다.

바야흐로 따스하구나 싶은 바람이 새삼스레 찾아오는 때를 맞이하여 이불빨래를 신나게 합니다. 한겨울에 이불을 빨면 제대로 마르지 않아 눅눅해요. 가을에 빨래한 뒤 겨우내 덮던 이불은 봄을 앞두고 발로 힘차게 꾹꾹 밟으면서 빨아요. 마당 한복판에 아침에 널면 해질녘이면 보송보송하게 마릅니다. 이렇게 포근한 날씨가 되니 아이들은 저희한테 가장 재미나다는 흙놀이를 즐깁니다. 두 손으로 흙을 뭉쳐서 흙만두를 빚습니다. 흙빵을 구우며, 흙밥을 짓습니다. 한겨울에도 맨손으로 흙놀이를 하던 아이들은 봄맞이 흙놀이를 새롭게 합니다. 땅이 보들보들하게 녹으면 이 아이들하고 함께 괭이를 쥐고 뒷밭을 갈면서 일놀이를 할 만하겠네 싶습니다.

그런데 포근해졌다가 갑자기 쌀쌀해지면서 잎샘바람이 불고 눈발이 날리면, 혀를 내밀면서 눈을 받아먹으며 놀지요. 모처럼 마을길에 눈이 쌓이면 함께 빗자루를 들고 고샅을 쓸다가 눈을 뭉치다가 슬그머니 눈덩이를 먹습니다. "눈 맛있니? 겨울맛이지? 이제 겨울이 가면 한동안 구경할 수 없는 새미난 맛이야."

잎을 시샘하고 꽃을 시샘하던 추위가 다시 꺾이고 봄더러 어서 오라며 비가 옵니다. 눈이 오면 눈을 맞으며 놀던 아이들은 비가 오면 비를 맞으며 놉니다. "아버지, 우산 안 쓰고 비놀이 해도 돼요?" 하고 빙글빙글 웃으며 묻는 아이를 바라봅니다. "네가 놀고 싶으면 얼마든지 놀아야지." 추위도 더위도 벗님이고, 바람도 햇볕도 이웃님입니다. 눈님도 비님도 동무님이에요. 모두 우리 곁에 있는 살가운 숨결이면서 놀이벗이자 놀이이웃이고 놀이동무입니다.

웬델 베리 님이 쓴 《소농, 문명의 뿌리》(한티재, 2016)를 읽어 봅니다. "내 소년 시절 이 지역은 그냥 시골이 아니라 농사를 짓는 시골이었다. 농장 규모는 보통 다 작았다. 이런 농장들에서 농사를 짓는 사람들에게 농장은 단순히 생계 수단일 뿐 아니라 주거의 장소이자 삶의 원천이었다(93쪽)."

우리는 먹고살려는 뜻으로 땅을 부칩니다. 돈을 벌려는 뜻이 아니라 '먹고' '살려고' 땅을 부쳐요. 오래된 한국말인 '먹고살다'인데, 한국말사전에서는 이 낱말을 "생계를 유지하다"로만 풀이하지만, 먼 옛날부터 '먹고살다'라 말할 적에는 "생계 유지"를 넘어서, 삶을 짓는 '밥(먹다)'하고 기쁨을 짓는 '살림(삶·살다)'을 함께 나타냈다고 느껴요. 예부터 시골사람은 누구나 '먹고살려'는 뜻에서 땅을 부쳤어요. 전쟁을 하려는 뜻이 아니고, 정치권력을 드높이거나 종교 목적으로 땅을 부치지 않아요. 경제발전이나 사회발전 때문에 땅을 부치지 않습니다. 몸을 살찌우는 밥을 얻으려고 땅을 부쳐요. 마음을 가꾸는 슬기로운 살림을 사랑스레 지으려고 땅을 부쳐요.

바쁜 일철에는 부지깽이도 일손을 거들고, 한갓진 '쉼철'에는 나그네도 한집붙이가 되어 나란히 밥상을 받으면서 넉넉하게 잔치를 벌입니다. 함께 짓는 살림이면서 서로 북돋우는 삶이에요.

고형렬 님이 쓴 《은빛 물고기》(최측의농간, 2016)라는 책도 읽어 봅니다. "치어들의 어미 연어는 사라지고 그 대신 자연이 아이들을 길러내는 것은 연어 생명이 의지하고 진화해 온 오묘한 은혜다(65쪽)."

사람뿐 아니라 물고기도 어미 혼자 새끼를 기르지 않습니다. 새도 벌레도 어미 혼자 새끼를 돌보지 않습니다. 들짐승도 이와 같아요. 온누리 모든 어버이(어미)는 아이(새끼)가 슬기로우면서 사랑스레 자라도록 온힘을 쏟습니다만, 어버이 사랑이나 손길로만 아이들이 자라지 않아요. 아이 하나가 오롯이 자라는 데에는 온마을 어른이 모든 슬기와 사랑을 모은다고 했듯이, 어버이를 비롯해서 온마을 어른이 따스히 아낄 뿐 아니라, 바람도 해도 별도 비도 눈도 흙도 나무도 풀도 나비도 벌레도 짐승도 벌도 꽃도 '돌봄이' 구실을 해 줍니다. 숲에서 난 것을 먹는 삶이고, 숲에서 난 것으로 옷을 짓는 살림이며, 숲에서 난 것이 집을 짓는 바탕이 되는 사랑이라고 할 수 있어요. 누구나 숲살림이고 숲살이요 숲사람이자 숲넋이랄까요.

시골에는 학원이 적고, 놀이시설이나 문화시설도 적으며, 읍내 도서관도 작아요. 시골에서 나고 자란 어린이와 푸름이는 도시 아이들처럼 학원 열 군데를 다니기 어려울 뿐 아니라, 학원 서너 군데조차 다니기 어렵습니다. 학원이 워낙 적고 읍내에만 있으니까요. 그렇지만 우리 시골에서 나고 자라는 어린이와 푸름이한테는 더없이 고운 바람이 있고 해하고 별하고 달이 있어요. 밤마다 별잔치를 누리고, 낮에는 따사로운 햇볕에다가 싱그러운 바람을 타고 흐르는 구름을 지켜볼 수 있어요. 텔레비전에 기대지 않아도 하늘을 보며 날씨를 읽는 눈썰미를 배우지요. 대학교를 안 다녀도 흙을 손수 만지고 일구면서 흙살림을 익히고요.

봄을 기쁘게 기다리며 빗물놀이를 합니다. 봄을 꿈꾸며 흙놀이를 합니다. 봄을 마음에 고이 품으며 살림놀이를 합니다. 시골아이는 소꿉놀이를 즐기면서 새로운 삶과 살림과 사랑을 이 땅에 짓는 작은 손길을 스스로 북돋웁니다. 어머니한테서 뜨개질을 배우고, 아버지한테서 말을 배웁니다. 이제 함께 밭자락을 새로 가꿀 기쁜 봄입니다.

두 손에
담는 냄새

봄철에 마을 할머님은 쑥 캐고 나물 캐느라 바쁘십니다. 우리 집도 새봄에 바쁩니다. 집살림도 손질하면서 새롭게 치우고, 도서관학교도 손질하면서 새롭게 가꿉니다. 아침에는 집에서 뚝딱거리다가 아이들한테 밥을 차려서 먹인 뒤에는 도서관학교로 가서 뚝딱거립니다. 아이들이 배가 고플 즈음 다시 집으로 돌아와서 밥을 차린 뒤에는 집안을 새롭게 꾸미려고 힘을 씁니다. 이러면서 나도 두 아이하고 소쿠리를 들고 뒤꼍에 나가 쑥을 뜯습니다. 큰아이는 가만가만 쑥뜯기를 하면서 두 손에 쑥내음을 담습니다. 작은아이는 조금 거들다가 이내 꽃삽을 들고 땅을 파면서 흙놀이에 빠져듭니다. 작은아이는 쑥내음보다는 흙내음을 한결 사랑하는구나 하고 느낍니다.

마당 한쪽에 선 동백나무에서 동백꽃이 커다란 송이째 툭 소리를 내면서 떨어지면 모두 이 소리를 알아채고는 그리로 고개를 돌립니다. “와! 꽃 떨어졌다! 소리 되게 커!” 큰아이는 꽃순이가 되고, 작은아이는 꽃돌이가 됩니다. 맨발로 통통통 동백나무 밑으로 달려가서 커다란 꽃송이를 줍고 두 손에 품습니다.

저녁을 먹는 자리에서는 개구리가 노래하는 소리를 듣습니다. 아직 개구리가 많이 깨어나지는 않습니다. 겨울잠에서 깨어난 개구리 노랫소리입니다. 가깝고 먼 논에서 드문드문 들리는 노랫소리인데 아이들이 저녁을 먹다가 "어라? 개구리 소리잖아! 나 들었어!" "나도, 나도!" 하고 앞서거니 뒤서거니 외칩니다. 수저질을 멈추고 가만히 귀를 기울입니다.

아직 바쁜 일철은 아니라지만 새봄은 참으로 부산합니다. 겨우내 미룬 일을 건사하고, 겨우내 마음속으로 꿈꾸던 일을 하나씩 풀어놓으니까요. 더욱이 이곳을 보아도 꽃이요 저곳을 보아도 꽃이에요. 그리고, 이곳을 보아도 나물이요 저곳을 보아도 나물입니다. 우리는 쑥뿐 아니라 갈퀴덩굴하고 살갈퀴하고 코딱지나물하고 곰밤부리도 실컷 뜯어서 나물무침을 합니다. 매화나무에서 매화꽃잎이 흩날리면 조금 주워서 밥에 살짝 얹어 봅니다.

하치카이 미미 님이 글을 쓰고, 미야하라 요코 님이 그림을 넣은 어린이문학《느릿느릿 양과 빨랑빨랑 양》(파란자전거, 2011)을 읽습니다. 마음결이 사뭇 다른 두 양이 한마을에서 서로 이웃으로 지내면서 차츰차츰 새롭게 거듭나는 모습을 그리는 책입니다. "비가 와서 밭일을 할 수 없는 날, 느릿느릿 양은 그림을 그립니다. 밖에 나가지 않고 집에서 멋진 그림을 그립니다. 빗소리를 들으며 물감을 묻힌 붓으로 천천히, 아주 천천히 그립니다(35쪽)."

느릿느릿 양은 일부러 느리게 살려 하지 않지만 빨랑빨랑 양을 좇아가지 못합니다. 빨랑빨랑 양은 부러 빠르게 하려 하지 않으나 느릿느릿 양하고 걸음을 맞추지 못합니다. 그러나 처음에는 이러할 뿐입니다. 서로 아끼고 헤아리는 마음으로 지내는 이웃이기에 느릿느릿 양은 빨랑빨랑 양이 어떤 마음인가를 느끼면서 반깁니다. 빨랑빨랑 양도 어느새 느릿느릿 양하고 걸음을 맞출 수 있을 뿐 아니라, '빨리'가 아닌 '즐거운 살림'을 짓는 손길을 배워요.

어른하고 아이는 서로 어떤 사이일까 하고 돌아봅니다. 어른은 아이보다 몸이 크고 다리가 길어요. 어른은 짐을 많이 나르고 밥도 지으며 달리기도 잘 합니다. 아이는 아직 혼자 밥짓기를 못하고, 빨래나 옷짓기나 집짓기도 못 하지요. 그러나 어른은 아이를 돌보면서 아이가 어떤 숨결인가를 읽고 아이하고 걸음을 맞춥니다. 아이는 어른하고 함께 지내면서 몸이 무럭무럭 자라요. 어느덧 어른하고 발걸음을 맞출 만큼 다부지게 큽니다. 일손을 어깨너머로 익히고, 심부름을 손수 하면서 새로운 길을 엽니다.

고미 타로 님이 쓴 《어른 노릇 아이 노릇》(미래인, 2016)이라는 책을 읽습니다. 어른이 어른답지 않다고 느끼면서 풀어놓는 이야기가 흐르는 책입니다. "학교에 가고 싶어 하는 아이는 거의 없습니다. 휴일이라면 만세를 외칩니다. 친구를 만나기 위해, 수영장에 가기 위해, 도서관에 가기 위해 학교에 간다는 아이는 적지 않지만, 그냥 학교에 가고 싶어 한다는 아이는 거의 찾아보기 어렵습니다(69쪽)."

생각해 보니, 참으로 많은 아이들이 '학교 재미있어!' 하고 외치면서 학교에 가지 않는구나 싶습니다. '학원 신나!' 하고 외치면서 학원에 가는 아이는 몇이나 될까요. 사회살이를 걱정하는 어버이가 아이를 학교와 학원에 넣고, 입시공부를 시키는 얼거리예요. 즐겁게 놀이하듯이 살림을 가꾸는 삶이 되지 못해요.

도서관학교하고 집 사이를 오가면서 봄일을 합니다. 저녁에 밥을 지어서 차리고 나면 기운이 쑥 빠집니다. 두 아이를 곁에 누이고 드러누우면 자장노래를 한두 가락 부르다가 그만 먼저 곯아떨어집니다. 새벽이 되어 멧새 노랫소리와 동 트는 결로 하루를 열면 어제와는 다른 기운이 솟아 다시 일손을 잡습니다. 여러 일을 한꺼번에 하느라 평상을 손질하는 데에 이레 남짓 걸립니다. 비에 맞아 삭은 자리는 톱으로 잘라내고 새 나무를 받침으로 댑니다. 앞뒤로 옻을 바르면서 찬찬히 말립니다. 이동안 아이들은 일하는 아버지 곁에서 마당놀이를 합니다. 마당 한쪽에서 돋은 제비꽃을 꺾어서 꽃고리를 맺습니다. 옻붓을 쥐고 옻을 발라 보고 싶습니다. 옻이 잘 스며들어 마른 평상에 큰아이가 앉아서 그림을 그리면서 놉니다.

여러 일을 하느라 잔뜩 어질러진 마당을 치울 적에 아이들이 즐겁게 거듭니다. 비질도 거들고 쓰레기를 자루에 담아서 치울 적에도 거듭니다. 놀면서 웃고, 심부름하면서 웃는 아이들은 밥상맡에서도 웃고 마실을 하면서도 웃습니다. 그냥 걸어다니면서도 웃음보따리입니다. 이 기쁜 봄날에 온마음으로 웃음내음이 퍼지는구나 하고 느끼면서 하늘바라기를 합니다. 싱그럽게 새파란 하늘이 고맙습니다.

나무 결
풀밭에 누우며

봄이 무르익으면서 따사로운 바람이 부는 어느 날 아이들을 자전거에 태워 골짝마실을 갔습니다. 자전거로 골짜기를 탄다든지 봉우리를 넘자면 온몸이 땀으로 흥건하지만, 천천히 달려서 천천히 둘러보는 숲길이 언제나 반갑습니다.

골짝물은 아직 많지 않습니다. 골짝물에 몸을 담그며 놀기에도 아직 찹니다. 그렇지만 바위를 타며 숲놀이를 즐깁니다. 가랑잎을 엮은 '잎배'를 물줄기에 살며시 올려놓으며 놉니다. 발밑에 밟히는 가랑잎 소리를 들으며 숲을 찬찬히 거닙니다. 이러다가 아주 작고 하얀 꽃을 봅니다. 쓰러진 나무 밑에서 피어난 하얀 꽃입니다. 아주 작아서 먼발치에서는 알아차리기 어렵다고 할 만합니다.

아버지가 땅바닥에 쪼그려앉아서 뭔가를 들여다본다고 여긴 두 아이가 어느새 옆으로 달라붙습니다. 셋이 함께 쪼그려앉아서 작은 숲꽃을 바라봅니다. "아버지 이 꽃 뭐야? 예쁘다." "예쁘지. 예쁘면

네가 이름을 지어 줘." "음, 흰꽃? 아니면 별꽃?" 꽃 학자나 풀 학자가 붙인 이름이 있습니다만, 나는 이런 이름을 먼저 알려주기 앞서 아이들 나름대로 꽃이나 풀이나 나무를 마주하면서 어떤 느낌이 떠오르는가를 이야기하고 싶어요. 이른바 '학명'은 맨 나중에 알려줍니다.

골짝마실에서 돌아와 여러 가지 사전을 뒤적입니다. 우리가 숲에서 본 꽃을 놓고 '산자고山茨菰'라고 하는 이름도 쓴다지만, 이보다 훨씬 오래되고 시골사람 사이에서 쓰는 이름이 있으리라 느끼기 때문입니다. 먼저 '말물옷'이라는 이름이 있습니다. 동의보감에 나온다는 '가채무릇'이라는 이름도 있습니다. 북녘에서는 '까치무릇'을 학명으로 삼는다고 합니다. 세 가지 이름을 찾아보면서 이 가운데 어떤 이름을 아이한테 들려줄는지, 또는 세 가지를 모두 알려주어야 할는지 헤아려 봅니다. 이 나라에서는 꽃이나 풀 한 가지를 놓고 '여느 이름(시골 이름)'하고 '학문 이름'이 왜 다른가 하는 대목도 밝혀서 들려주어야 하는구나 하고도 생각해 봅니다.

반다나 시바 님하고 마리나 모르푸르고 님이 함께 글을 쓴 어린이 생태인문책《씨앗이 있어야 우리가 살아요》(책속물고기, 2016)가 있습니다. 100쪽이 안 되는 얇은 책이지만, 책에 담은 이야기는 매우 알차다고 느껴요. "다국적 씨앗 회사들은 씨앗을 서로 나누는 농부들을 골칫거리로 생각했어요. 씨앗을 보관하고 나누는 것이 원래 농부의 일이고 권리인데 말이에요."(50쪽)

다국적 씨앗 회사에서는 '씨앗 특허'를 내요. 씨앗 회사가 이런 일을 하기 앞서 '꽃 특허'가 있어요. 씨앗이든 꽃이든 장사를 크게 벌여서 돈을 많이 거두어들이려고 하면서 특허를 누가 먼저 올리느냐 하는 다툼이 불거진다는데, 이러는 동안 시골에서 조용히 흙을 만지는 사람들이 덤터기를 쓰고 말아요.

나눈다는 생각이 없으니까 다투지 싶어요. 함께 즐긴다는 마음이 없으니까 싸우는구나 싶어요. 이 봄에 손수 씨앗을 심어서 알뜰히 보살피는 하루를 누리는 살림이 된다면 다툼이나 싸움이 아닌 사랑으로 나아갈 만하리라 생각해요.

이 봄에 아이들하고 날마다 밭을 일굽니다. 지난 다섯 해 동안 묵힌 밭을 날마다 두 평씩 갈아서 씨앗을 심습니다. 기계로 하면 한나절도 안 걸릴 밭일이지만 한 달 남짓 차근차근 밭일을 합니다. 어찌 보면 밭놀이일 수 있고 '소꿉밭'일 수 있습니다. 한나절 만에 다 갈아서 씨앗을 심고 끝내는 밭일도 나쁘지 않지만, 아이들이 늘 밭을 살피며 흙을 만지며 함께 놀기를 바라면서 소꿉밭을 짓습니다.

소꿉밭을 다 지은 뒤에는 다른 살림을 만져요. 보드랍고 싱그럽게 올라오는 나물을 훑어서 밑반찬을 마련하고, 겨우내 미룬 헛간 치우기를 합니다. 도서관학교 책꽂이를 손질하고, 이불이랑 봄옷을 빨며 방을 새로 꾸밉니다. 그리고 찔레싹을 한가득 훑어서 찔레무침을 합니다. 한 소쿠리는 날찔레를 고추장으로 무칩니다. 한 소쿠리는 데쳐서 된장으로 무칩니다. 소복히 담은 찔레무침 한 접시를 들고 마을회관으로 갑니다. 마침 낮밥을 자시던 할머니들이 찔레무침 접시를 보시더니 "두릅이요?" 하고 묻습니다. "아니에요. 드셔보셔요." "이게 뭔가?" "찔레요."

빈 접시를 들고 집으로 돌아와서 조영권 님이 쓴 《참 쉬운 곤충 이야기》(철수와영희, 2016)를 읽어 봅니다. 이 봄에 돋아서 솜털날개를 달고 날아오르는 흰민들레를 살펴보면 어김없이 노린재가 민들레 씨를 붙안으면서 놀곤 합니다. 노린재는 짝짓기를 할 적에 솜털씨앗이 폭신해서 좋아할까요. "물속 곤충들은 물에서 썩어 가는 부식질과 유기물을 먹고 살아. 만일 이들이 없다면 물이 부패하고 탁해지는 것을 막기 어려워." (147쪽)

밭에서 쉽게 만나는 노린재가 어떤 노린재인가를 알아보려고, 또 아직 이름을 모르는 수많은 풀벌레를 조금 더 알고 싶어서 벌레 이야기책을 자주 들춥니다. 냇물이나 골짝물이나 도랑물에서는 이 물에서 사는 작은 벌레가 있기에 물이 맑답니다. 밭이나 숲이나 들에서도 이곳에서 사는 수없이 많은 작은 벌레가 있기에 기름진 흙이 되고 구수한 냄새가 나는 까무잡잡한 멋진 흙이 돼요.

다섯 해를 고이 묵힌 밭을 일구다 보면 참말로 수많은 벌레를 만나요. 이 시골집에 처음 깃들 적에는 쓰레기더미였던 자리가 어느새 싱그러운 흙으로 바뀌었어요. 삽날조차 안 들어가던 붉은닥세리도 삽날이 잘 들어가는 흙이 되었습니다. 나는 쓰레기를 걷어냈을 뿐이고, 후박잎에 동백꽃에 갓줄기를 이 땅에 얹어서 말렸어요. 흙이 흙답게 되도록 애쓴 일은 모두 풀벌레하고 지렁이가 해 주었어요.

뒤꼍에서 감나무 뿌리를 감싸던 석류나무를 두 시간 즈음 삽질을 해서 겨우 떼놓아 옮겨서 심었습니다. 이동안 아이들은 나무 둘레에서 놀다가, 감나무를 타다가, 감나무 옆 풀밭에 드러눕습니다. 나무 곁에 누워서 하늘을 보니 어떠니? 풀밭이, 흙이, 나무가, 구름이, 하늘이, 바람이 너한테 어떤 이야기를 속삭이니?

풀내음 맡는
흙에서 배우기

마당에서 붓꽃이 노랗게 올라옵니다. 아이들은 날마다 오늘은 붓꽃이 몇 송이가 더 늘었나 하고 숫자를 셉니다. 어느 날 아침에 한 송이가 터진다 싶더니, 이내 두 송이가 더 벌어지고, 저녁에 새롭게 두 송이가 더 벌어집니다. 이튿날에도, 또 다음 날하고 다음다음 날에도 자꾸자꾸 더 벌어집니다.

마당 한쪽에서 붓꽃이 봉오리를 열 즈음, 뒤꼍에서는 찔레꽃이 흐드러집니다. 찔레꽃이 달콤한 냄새를 퍼뜨리는 철에는 감나무에 올망졸망 감꽃이 달려요. 꽃내음을 맡으며 호미를 놀리다가 문득 생각합니다. 봄에서 여름으로 옮아 가는 철을 처음 겪지 않습니다. 해마다 겪지요. 그런데 해마다 겪고 만나고 누리고 맞이하는 이 오월꽃과 유월꽃이 더없이 싱그럽습니다. 해가 갈수록 한결 짙으면서 맑은 숨결로 우리한테 찾아오는구나 싶어요.

우리 집에서 함께 사는 후박나무랑 초피나무를 살피다 보면, 반짝반짝 푸른 잎빛이 곱기 마련인데, 때때로 잔뜩 파인 잎이 보입니다. 어느새 애벌레가 이렇게 갉아먹었나 하고 갸우뚱하는데, 온통 푸른 잎물결 사이에서 푸른 빛깔 애벌레를 찾아내기란 만만하지 않습니다. 애벌레를 찾기도 만만하지 않고, 번데기를 찾기도 쉽지 않은데, 어느 날 갑작스레 나비가 쏘옥 하고 나타나요.

우리 집 나무에 기대어 알을 낳고 애벌레로 자라다가 번데기로 잠을 잔 뒤에, 바야흐로 곱게 깨어난 나비를 바라보며 넌지시 물어요. "얘, 넌 언제 여기에서 깨어났니? 네 번데기는 어디에 있었니?"

무늬가 몹시 고운 나비를 한참 바라보다가, 다카하시 겐이치로님이 쓴 《은하철도 저 너머에》(너머, 2016)라는 책을 읽습니다. 갓 깨어난 나비는 날개를 말리느라, 또 날갯짓에 힘을 주느라, 두 시간 가까이 마당에서 이리 걷다가 저리 날아오르려다가 톡 떨어지다가를 되풀이합니다. "조반니는 자신을 격려하듯 말했습니다. 지금, 내가 해야 할 일은 과거를 그리워하거나 아빠와 엄마를 추억하는 일이 아니야. 내가 어디에 있고 어디를 향하는지를 아는 일이야." (179쪽)

나비가 깨어날 수 있는 까닭은 '어제(지난날·과거)'가 아닌 '오늘(오늘날·현재)'을 생각하기 때문은 아닐까 하고 헤아려 봅니다. 앞으로 새롭게 살아갈 '모레(앞날·미래)'를 생각하고 온몸으로 꿈을 꾸기 때문에 '알→애벌레→번데기→나비'라는 놀라운 거듭나기를 보여주는 셈 아닌가 하고 헤아려 봅니다.

큰아이는 '우리 집 나비'를 보다가 나비 그림책이나 나비 도감을 들고 나와서 어떤 이름인가를 알아보려고 애씁니다. 나무에서 떨어진 애벌레를 마당에서 보고는, 나뭇가지에 애벌레를 옮기고는 다시 그림책이나 도감을 펼쳐서 어떤 이름인가를 찾아내려고 용씁니다.

풀밭에서 풀밥을 먹고 풀벌레가 살아요. 나무에 깃들어 나뭇잎을 먹으며 애벌레가 살아요. 사람은 풀도 먹고 나무 열매도 먹어요. 사람은 풀씨를 갈무리하고 가꾸어서 남새로 키우고, 나무를 집이나 마을 둘레에 심어서 숲정이를 짓습니다. 수백 해를 고이 돌본 나무는 먼 앞날에 이 보금자리에서 새롭게 태어나서 살아갈 '앞날 아이(미래 아이)'가 집을 지을 적에 기둥이 되고 도리가 되겠지요. 나무를 심어서 돌보는 동안, 오늘 우리는 그늘과 바람과 열매를 얻고, 먼 앞날 아이는 집을 얻어요.

김준 님이 쓴《섬: 살이》(가지, 2016)를 읽습니다. 뒤꼍에서 호미 한 자루로 밭을 일구다가 커다란 돌을 캐내고는 등허리를 펴면서 읽습니다. 커다란 돌은 아이들이 딛고 뛰어내리는 놀잇감이 되다가는, 내가 밭일을 쉬며 앉아서 쉬는 '쉼돌' 구실을 합니다. 아이들은 아버지를 도와서 씨앗을 함께 심기도 하고, 풀밭에 폭 엎드려서 무당벌레를 그림으로 그리기도 합니다. "어른이란 '한몫'을 하는 사람을 말한다. 한몫을 맡아서 할 만큼 자랐다는 의미이다 … 한몫은 다른 말로 '한짓'이다. '온짓'이라고도 한다. 품앗이를 할 때 보통은 일대일로 품을 교환하지만 일손이 부족하면 '반짓'도 필요하다." (266쪽)

사진이 아닌 두 눈으로 무당벌레를 바라보면서 그림을 그립니다. 그림책이나 도감에 나오는 모습이 아니라, 손바닥에 올려놓거나 민들레 꽃씨에 앉아서 짝짓기를 하는 노린재를 바라보면서 그림을 그려요.

풀밭에 엎드리거나 앉으면서 풀내음을 맡지요. 호미로 밭을 갈면서 흙내음을 맡고, 흙결을 온몸으로 맞이해요. 아이들은 꽃삽으로 땅을 파며 흙놀이를 하다가 "아이 참!" 하면서 뭔가를 성가셔 합니다. 왜 그러한가 하고 지켜보니 모기 때문입니다. 그렇구나, 모기가 깨어날 철이지.

그동안 미리 뽑아서 잘 말린 쑥하고 짚을 그러모아서 모깃불을 피웁니다. 올들어 첫 모깃불을 구경하는 아이들은 처음에는 시큰둥하게 여기는 듯했지만, 어느새 불가에 다가섭니다. 작은 모깃불을 둘러싸고 불씨랑 불티랑 불꽃이랑 불길을 바라보다가 "땔감!" 하면서 땔거리를 찾는다며 바지런을 떱니다.

곧 대숲에서 대를 베어다가 짚보다 훨씬 오래 타는 땔거리를 마련하자고 생각합니다. 뒤꼍에서도 마당에서도 저녁마다 모깃불을 태운다면, 아이들은 이 모깃불을 둘러싸고 노래하며 춤추는 저녁놀이를 누릴 테지요. 이동안 나는 곁님하고 이야기꽃을 즐길 만하리라 느껴요. 해를 바라보면서 풀바람을 쐬는 흙일을 하고, 달을 바라보면서 모깃불 연기를 쐬는 저녁놀이를 하는 셈일까요.

풀내음을 맡으며 풀한테서 배웁니다. 흙내음을 맡으면서 흙한테서 배웁니다. 철이 바뀌는 숲바람을 쐬면서 바람한테서, 또 숲한테서 배웁니다. 날마다 아침저녁으로 늘 새롭게 배우는 싱그러운 봄끝자락이요 여름 첫머리입니다.

오늘 하루도 춤추고 노래하기를

아이들하고 마당에서 앵두를 따서 먹습니다. 아이들하고 우리 도서관학교 둘레에서 오디를 훑어서 먹습니다. 아이들하고 바닷마실을 가는 길에 버찌를 따서 먹습니다. 이제 들딸기는 무더운 여름볕에 자취를 감춥니다. 풀잎도 나뭇잎도 모두 짙푸릅니다. 옥수수는 곧 여물어 즐겁게 열매를 베풀 듯합니다.

문득 돌아보면 아이들하고 시골에서 누리는 기쁨 가운데 '먹는 것'이 무척 큰 자리를 차지합니다. 시골에서 흙 만지는 일이란 '밥이 될 것을 심어서 돌보아 거두는 일'이니, 시골살이라면 늘 '먹는 것'을 살핀다고 할 만합니다.

도시에서라면 앵두도 버찌도 딸기도 모두 가게에서 사다 먹겠지요. 살구도 복숭아도 오얏도 보리둑도 으레 가게에서 사다 먹을 테고요. 이와 달리 시골에서는 모두 밭이나 들이나 숲에서 따서 먹습니다. 시골에서는 이른 봄에 싹이 트는 모습부터 지켜봅니다. 이윽고 꽃이 피는 모습을 바라봅니다. 이내 꽃이 지면서 씨알이 드는 모습을 살펴봅니다. 열매가 천천히 익는 모습을 군침을 흘리면서 둘러봅니다. 바야흐로 야물게 익은 열매를 설레는 손으로 톡 따서 입에 냠 하고 넣습니다.

손수 심는 먹을거리이든 숲이 베푸는 먹을거리이든 하루 아침에 나타나지 않습니다. 모든 먹을거리는 겨울을 난 흙이 봄볕하고 여름볕을 머금으면서 나타나지요. 여기에 새파란 하늘을 닮은 바람을 마시면서 나타나요. 우리가 즐기는 먹을거리에는 늘 숲내음도 볕내음도 바람내음도 깃듭니다. 비내음도 흙내음도 깃들어요. 그리고 곡식이나 열매를 보살피는 시골지기 손내음이 깃들어요.

멜빈 버지스 님이 쓴 《최후의 늑대》(푸른나무, 2003)라는 책을 읽어봅니다. 《빌리 엘리어트》를 쓰기도 한 분인데 '영국에서 사라진 늑대' 발자취를 좇으면서, 영국에서는 어떻게 마지막 늑대가 사라지고야 말았는가 하는 대목을 차분하면서도 아리게, 또 고우면서도 슬프게 그려서 보여줍니다. "그레이컵은 이제 동족의 흔적이라곤 하나도 남아 있지 않은 땅 위를 낮게 몸을 숙이고 달렸다. 꽃가루가 흩날리고 온몸이 노란 꽃가루로 뒤덮였다. 그레이컵은 밭 건너편의 나무숲으로 들어섰다. 그레이컵은 모르고 있었지만, 자신의 종족들이 목숨을 빼앗겼던 그 숲으로." (140쪽)

'늑대가 사라진 영국'을 헤아려 봅니다. 나는 이 책을 읽기 앞서까지 영국이라는 나라에서 늑대가 사라졌다는 대목을 생각하지 못했습니다. 늑대는 한국에서만 사라지지 않았나 하고 여겼어요.

어쩌면 한국이나 영국뿐 아니라 꽤 많은 나라에서 늑대가 사라졌을 수 있습니다. 늑대는 사람을 안 건드린다고 합니다. 늑대는 쥐 같은 작은 짐승만 잡아먹는대요. 그러나 무엇보다도 너른 숲이 정갈하거나 아름답게 있어야 늑대가 살 수 있습니다. 너른 숲이 사라지거나 무너진다면 늑대 같은 숲짐승은 삶터를 모조리 빼앗겨요.

우리는 이 대목을 곰곰이 짚어 보아야지 싶습니다. 사람 발길이나 손길이 안 닿는 조용하고 정갈한 숲을 생각해야지 싶습니다. 늑대나 여우나 곰이나 범 같은 숲짐승이 살 만한 터전뿐 아니라, 사람이 사람답게 살 만한 터전을 이루자면, 사람 발길이나 손길이 닿지 않으면서 맑은 바람이 불고 맑은 냇물이 흐르는 깊고 정갈하며 아름다운 숲이 있을 노릇이라는 대목을 깨달아야지 싶어요.

사토에 토네 님이 빚은 그림책 《나도 할 수 있어!》(분홍고래, 2016)를 아이들하고 함께 읽습니다. 이 그림책에는 작은 새 한 마리가 나옵니다. 이 작은 새는 여느 새하고 다르게 날지 못하고 먹이를 잡지 못합니다. 새라는 목숨으로 태어났는데 날지 못한다니, 아주 뒤처지다가 사라질 수밖에 없을까요? "봄이 돌아왔어요. 거기에 새의 모습은 없었어요. 대신 꽃이 만발한 멋진 나무 한 그루가 있었어요. 새가 있던 그 자리예요." (46쪽)

날지 못하는 새는 휑한 들판에 혼자 남겨집니다. 이제 죽는구나 하고 생각하던 작은 새인데, 새 곁에 있던 작은 들꽃이 작은 새한테 말을 걸어요. 작은 들꽃이 씨앗을 맺어 흩뿌린 '작은 새끼 들꽃'을 품어 줄 수 있느냐고 묻습니다. 작은 새는 기꺼이 돕겠노라 말하면서 아주 작은 들꽃을 가슴에 품으면서 겨울을 나요. 겨우내 작은 새는 들꽃을 포근히 품어 주었고, 새봄이 찾아올 즈음 작은 새는 그

모습 그대로 굳으면서 몸뚱이가 사라졌는데, 작은 새가 작은 들꽃을 품던 자리에서 멋진 나무가 새로 태어났다고 합니다. 휑한 들판은 '작은 새 나무'가 서면서 아름다운 숲으로 거듭났다고 해요.

자전거를 달려서 골짜기로 나들이를 가다가 숲길을 천천히 걷습니다. 나는 가파른 오르막에서 자전거를 끙끙대면서 끌고, 아이들은 내 앞에서 사뿐사뿐 걷다가 신나게 달리다가 가볍게 춤을 추면서 노래를 부릅니다.

자전거를 달려서 바다로 나들이를 다녀오는 길에 아이들이 "이제 내려서 걸을래." 하고 말하더니, 자동차도 사람도 없는 호젓한 시골길에서 '뒤로 걷기' 놀이를 즐깁니다. 자동차라고는 거의 지나가지 않는 호젓한 시골길이니 아이들로서는 마음껏 깔깔거리면서 뒤로 걸을 수 있습니다.

하루가 다르게 자라는 아이들은 아귀힘과 다리힘을 기르면서 나무를 타고 오릅니다. 이제 아이들은 나무만 보면 오르고 싶어 합니다. 면사무소에 볼일이 있어 갈 적에 아이들은 면사무소 앞마당에 있는 나무를 타면서 빙그레 웃습니다. 마당에서 자라는 초피나무 가지로 손을 뻗어 빨래집게를 물리더니 "크리스마스 나무로 꾸미려고." 하고 한 마디를 합니다.

오늘 하루도 춤추고 노래하기를 바라는 마음으로 맞이합니다. 새벽 네 시 즈음이면 별빛이 스러지면서 희뿌옇게 날이 밝는 여름을 시원하면서 후끈후끈 덥게 누리자고 생각합니다. 나무 곁에서도 땡볕에서도 아이들이랑 함께 춤노래로 짓는 살림입니다.

시원시원하게 놀자

우리 집 아이들을 놓고 둘레에서 '왜 학교에 안 보내느냐?' 하는 말을 으레 합니다. 아이들을 학교에 보내지 않으면 '앞으로 사회생활을 어떻게 시키려 하느냐?' 하고 따지기도 합니다. 이런 말을 들을 적에 조용히 되묻습니다. '왜 학교에 보내야 하느냐?'라든지 '앞으로 사회생활을 왜 해야 하느냐?' 하고 되묻지요.

우리 집 아이들은 시골집에서 놀며 배웁니다. 틀에 따라 굳어진 놀이가 아니라 아이들 스스로 새롭게 지어내는 놀이를 마음껏 누리면서 살림을 천천히 배웁니다. 교과서가 아닌 살림을 배워요.

무엇보다도 온누리 모든 아이들은 앞으로 '사회생활'이 아닌 '사랑'을 해야 한다고 생각합니다. '사회관계'가 아니라 '서로 사랑으로 보살피면서 어깨동무하는 슬기로운 길'을 맺어야지 싶습니다.

밥을 손수 지을 줄 모르면서 책만 많이 읽는 아이는 어떤 어른이 될까요? 옷을 손수 지을 줄 모르면서 학교만 오래 다닌 아이는 어떤 어른이 될까요? 집을 손수 지을 줄 모르면서 도시에서 소비생활만 하는 아이는 어떤 어른이 될까요? 여느 학교이든 대안 학교이든 '살림짓기'를 즐겁게 가르치고 배우면서 '사랑'을 따스하고 너그럽게 나누는 기쁨이 흐른다면, 우리 집에서는 아이들을 학교에 보낼 뜻이 있습니다. 그래서 우리 집을 바로 새로운 배움터(학교)로 삼아서 '숲집놀이터'라는 이름을 붙이기도 합니다. 우리 식구가 꾸리는 서재도서관을 '도서관학교'라는 이름으로 삼기도 합니다.

데이브 굴슨 님이 쓴 《사라진 뒤영벌을 찾아서》(자연과생태, 2016)라는 책을 읽어 봅니다. 어릴 적에 시골에서 자라며 온갖 벌레와 짐승을 벗삼으며 숲에서 놀던 살림이 바탕이 되어 과학자가 되었다고 하는 글쓴이입니다. "뒤영벌이 길 찾는 능력은 놀랍다는 사실이다. 크기에 비례해 환산해 보면, '블루36'이 이룬 업적은 인간이 순전히 혼자 힘으로 160만 킬로미터를 걸어서 집으로 찾아온 것과 맞먹는다." (99쪽) 벌이 보금자리를 얼마나 제대로 잘 찾는가 궁금해서 여러모로 알아보았다고 해요. 뒤영벌 한 마리는 몇 킬로미터쯤 떨어진 아무 곳에나 떨어뜨려 놓아도 보금자리로 찾아왔고, 어느 벌은 십 몇 킬로미터쯤 떨어진 아무 곳에서도 보금자리까지 찾아왔답니다. 더구나 이렇게 보금자리와 동떨어진 곳부터 보금자리까지 찾아온 뒤영벌은 이때부터 '활동반경'이 더 넓어져서 몇 킬로미터쯤 되는 새로운 곳을 꽃가루를 찾아 마음껏 날아다녔다고 합니다.

아이들은 어떻게 자랄 적에 아름다운 어른이 될 만한가 하고 생각해 봅니다. 어른이 시키는 학교 공부만 잘 하면 될까요? 어른이 세운 사회에 맞추어 '사회인'으로 일자리를 잘 얻어서 돈을 잘 벌면 될까요? 아니면, 이 아이들이 어른이 되어 우리 삶터를 새롭게 가꾸고 지으며 아름답게 꾸미고 보살필 줄 알 뿐 아니라, 이웃을 사랑으로 어루만질 수 있는 숨결로 거듭나면 될까요?

우다 도모코 님이 쓴《오키나와에서 헌책방을 열었습니다》(효형출판, 2015)라는 책을 읽으며 빙그레 웃음을 지었습니다. 처음에는 도쿄에서 큰 새책방 일꾼으로 지냈다고 했으나, 오키나와 지점으로 옮겨서 일한 뒤, 혼자 스스로 새롭게 책방지기가 되고 싶다는 꿈을 세워서 아주 조그마한 헌책방을 열었다고 합니다. "오키나와 헌책방이 활기찬 이유는 결국 가게 주인이 활기차기 때문이다. 책이 잘 안 팔린다고 푸념하면서도 책을 몇 상자씩 사서 옮기고, 좋은 책을 찾으면 뛸 듯이 기뻐한다. 초짜가 들어오면 입찰하는 법, 책 사는 법을 꼼꼼히 가르쳐 준다."(125-126쪽) 나는 아이들 앞에서 어버이요 어른인 사람으로서 몇 가지를 이야기합니다. 얘들아, 우리 시원시원하게 놀자! 얘들아, 우리 마음껏 놀자! 얘들아, 우리 즐겁게 놀자! 얘들아, 우리 사랑스럽게 놀자! 얘들아, 우리 곱게 놀자!

우리 도서관학교에서 아이들은 맨발로 달립니다. 더운 여름에 골짜기로 나들이를 가면 바위에 마음 놓고 드러눕습니다. 한여름으로 접어들었는데에도 멍석딸기가 빨갛게 익는 곳이 있어서 치맛자락 가득 딸기를 훑어서 신나게 즐깁니다. 자귀나무 꽃잎이나 나뭇잎이 몹시 곱다고 여겨 나무한테 "얘, 하나만 뜯어도 되니?" 하고 자근자근 속삭이고서 꽃놀이나 잎놀이를 누립니다. 마을 어귀 빨래터에 낀 물이끼를 씩씩하게 걷어낸 뒤 재미나게 물놀이를 합니다. 비가 오는 날에는 우산을 들고, 또는 맨몸으로, 때로는 비옷을 입고서 온

몸에 빗물을 맞아들이는 비놀이를 합니다. 자전거를 타고 고갯마루를 넘고 넘다가 다리를 쉴 적에도 놀이순이는 뜀박질을 그치지 않아요. 밭에서 거둔 콩꼬투리를 다 같이 둘러앉아서 천천히 까요.

즐겁게 하기에 놀이입니다. 시켜서 하는 놀이란 없습니다. 멋진 놀이터가 있어야 놀이를 하지 않습니다. 마음에서 우러나오는 즐거움으로 놀이를 새로 짓습니다.

즐겁게 짓기에 살림입니다. 남들 보기에 멋스러워야 하지 않습니다. 번드레해야 하지 않는 살림이요 삶이며 사랑입니다. 따스하면서 넉넉할 때에 비로소 아름답구나 싶은 살림이요 삶이며 사랑이라고 느낍니다.

아이들은 학교에 다녀도 되고 안 다녀도 됩니다. 아이들은 사랑을 받으면서 사랑을 배우고 사랑을 나눌 줄 알면 됩니다. 아이들은 책을 읽어도 되고 안 읽어도 됩니다. 아이들은 손수 살림을 짓는 슬기를 어버이나 어른한테서 물려받으면 됩니다. '사랑으로 살림짓기' 하고 '삶을 새롭게 가꾸기' 두 가지를 아이하고 함께 배우면서 가르치려고 우리 두 어버이는 시골 보금자리를 '숲집'으로 다스리고 '숲 도서관학교'로 보듬는 꿈을 키웁니다.

내 삶에 한 줄로 스미는 노래

사랑스레 읽던 책

앤소니 드 멜로 님 삶을 그러모은 이야기책《사랑으로 가는 길》(삼인, 2012) 132쪽에, "남에게나 자신에게나 깨어 있어서 있는 그대로 보게 되면 그때 당신은 사랑이 무언지를 알 것입니다." 하고 읊는 대목이 있습니다. 밑줄을 천천히 긋습니다. 곰곰이 헤아립니다. 나와 가장 가까이에서 한 해 삼백예순닷새 언제나 함께 지내는 곁님을 바라볼 때이든, 두 사람 사랑으로 낳은 아이들하고 여러 해째 같이 얼크러지내며 서로서로 마주할 때이든, 꾸밈없이 서로를 느끼며 어깨동무할 수 있을 때에 비로소 사랑이 꽃송이처럼 피어나는구나 싶어요. 더 오래 함께 있대서 사랑이 꽃송이처럼 피어나지는 않는다고 느껴요. 아주 살짝 눈을 마주치더라도 마음을 나누고 읽으며 보듬을 수 있으면, 멀리 떨어진 채 살아야 하더라도 사랑이 곱게 꽃송이처럼 피어난다고 느껴요.

우니타 유미 님이 빚은 만화책《토끼 드롭스》(애니북스, 2008) 둘째 권 65쪽에, "우선은 장래보다 코우키의 현재를 지켜봐 주고 싶어요. 한 2년 정도 지나면 같이 있고 싶어도 자기들이 피해 다니게 될 테니까요!" 하고 외치는 대목이 있습니다. 밑줄을 예쁘게 긋습니다. 이제 막 초등학교에 들어가는 아이를 사랑스레 돌보며 살아가는 젊은 어머니가 '아이가 앞으로 무슨 일을 할까 걱정하기'보다는 '아이랑 오늘 하루 더 즐거이 어울리며 놀고 웃으며 떠들겠다'고 말합니다. 사랑하는 아이와 바로 오늘 사랑을 꽃송이처럼 피우고 싶을 뿐이라는 넋을 느끼며 참 좋구나 하고 느낍니다.

생각을 담은 책을 읽으며 즐겁습니다. 사랑을 들려주는 책을 읽으며 기쁩니다. 삶을 곱게 누리면서 이야기 한 자락 어여삐 보듬는 책을 읽으며 흐뭇합니다.

나는 어떠한 책이든 사랑스레 바라보면서 읽고 싶습니다. 나는 책을 읽으면서 이런 지식을 얻거나 저런 정보를 쌓고 싶지 않습니다. 돈을 한껏 잘 버는 솜씨를 굳이 키우고 싶지 않습니다. 이름을 널리 드러내는 재주를 애써 북돋우고 싶지 않습니다.

어느 마을 어느 골목을 나들이 할 수 있으면 퍽 좋더라 하는 말마디에 귀를 쫑긋 세우지 않습니다. 내가 살아가는 시골마을 어느 논둑길을 걷더라도 즐겁습니다. 새벽을 깨우는 들새 소리를 듣습니다. 휘파람새인가, 직박구리인가, 노랑할미새인가, 찌르레기인가, 어떤 새인가 하고 귀를 기울입니다. 갓난쟁이는 품에 안고 개구진 아이는 앞세워 걸리며 봄나무를 바라봅니다. 막 꽃송이를 터뜨린 매화나무를 바라봅니다. 아직 새눈이 조그마한 모과나무를 바라봅니다. 천천히 꽃송이를 터뜨리는 동백나무랑 후박나무를 바라봅니다. 네 식구가 나란히 시골마을 곳곳을 두 다리로 걷는 나날을 즐깁니다. 면소재지까지 사십 분 남짓 천천히 걸어갑니다. 우체국에 들러 편지 한 통 부치고는 다른 길로 에돌아 오십 분 남짓 걸어 집으로 돌아옵니다. 멧골짝 안쪽에 깃든 절집 언저리까지 한 시간 반 남짓 걸어 오르다가는 풀숲에 깃듭니다. 네 식구 모두 벌러덩 드러누워 풀과 가랑잎과 흙 기운을 골고루 나누어 받습니다. 한창 뒹굴며 노는 동안 멧새가 지저귀는 소리를 고즈넉하게 듣습니다. 골짝물이 흐르는 소리를 듣고, 바람이 나뭇가지를 스치는 소리를 듣습니다. 나들이를 하는 동안, 우리 집 마당에 드리운 빨랫줄에 넌 갓난쟁이 기저귀이며 식구들 옷가지이며 따순 봄볕을 마음껏 들이마시며 보송보송 마를 테지요.

한 시간 사십 분 남짓 다시 천천히 멧길을 걸어 집으로 돌아옵니다. 흙길은 흙길대로 즐겁고, 시멘트길은 시멘트길대로 즐겁습니다. 마늘밭에서 풀을 매는 이웃 할머님한테 인사합니다. 시골집을 두루 도는 우체국 일꾼한테 인사합니다. 나와 온 식구한테는 종이에 아로새긴 책도 사랑스럽고, 저마다 얼굴에 아로새긴 웃음도 사랑스럽습니다. 까무잡잡 싱싱한 빛깔이 구수한 시골 들판 곳곳에 새로 돋는 봄풀과 봄꽃 모두 사랑스럽게 읽는 책입니다. 봄까지꽃, 꽃다지꽃, 코딱지나물꽃, 냉이꽃, 꽃마리꽃 모두 귀엽게 맞이하는 책입니다. 먼 멧등성이를 따라서 노랗다가 발갛다가 하얗다가 파랗게 빛나는 아침녘 햇살과 하늘 모두 고맙게 마주하는 책입니다. 내 삶에 한 줄 사랑스레 아로새기는 책은 바로 이 좋은 보금자리에서 누리는 날마다 새롭게 좋은 이야기입니다.

즐거이 읽는 책

나카야마 세이코 님이 빚은 청소년문학 《산촌유학》(문원, 2012)을 금세 다 읽습니다. 갓난쟁이를 가슴에 얹혀서 재우는 동안 이 책 하나 훌러덩 읽습니다. 도시에 사는 아이를 시골로 보내서 배우게 할 적에 '산촌유학'이라고 한답니다. 시골에서 흙을 일구며 살아가는 살림집 가운데 한 곳으로 '도시 아이가 들어가서' 그 집 아이와 똑같이 살아가도록 한답니다. 26쪽을 보면, "별이 이렇게 밝게 빛난다는 사실을 처음 알았다. 어쩐지 딴 세상에 온 것 같았다. 일본은 어디든 비슷할 거라고 생각했는데 …… 소리, 냄새, 색깔, 빛, 바람 …… 여기는 내가 사는 곳(도쿄)과는 완전히 다르다." 하는 대목이 있습니다. 참말, 시골 밤하늘 별은 밝습니다. 도시 밤하늘에는 별이 밝지도 않으나, 별이 뜰 수조차 없습니다. 아니, 도시에서 살아갈 때에는 밤하늘을 올려다볼 일이 없고, 밤하늘을 생각할 일마저 없곤 합니다.

경기 파주 책도시 한켠에서 5월 한 달, 제 사진잔치를 마련했습니다. 사진잔치를 나 스스로 기리며 식구들하고 먼 마실을 떠납니다. 들새 소리와 바람 냄새와 해님 빛깔과 들풀 빛무늬가 모두 어여쁜 시골집을 떠나 여러 날 파주에서 머물렀습니다. 시골집 날씨와 여러 날 묵을 일을 헤아리며 두 아이 옷가지를 챙겼는데, 막상 파주 책도시에 닿으니 복사열이 대단해 두 아이 모두 더위에 시달립니다. 더욱이 걸을 만한 들길이라든지 오를 만한 멧자락이라든지 쉴 만한 나무그늘이라든지 마실 만한 냇물이라든지 먹을 만한 들풀이라든지 하나도 없습니다.

청소년문학 《산촌유학》에 나오는 도쿄 청소년들은 '시골에 편의점이 없어 과자나 청량음료를 사 마실 수 없겠다고 걱정'합니다. 시골에서 살다가 도시로 볼일을 보러 아이들을 이끌고 찾아간 우리 집은 '도시에 쉬고 걸으며 먹을 너른 들판과 숲이 없다고 새삼스레 깨달으며 걱정'합니다.

복사열과 아스팔트와 시멘트집에 시달린 끝에 시외버스와 여러 차를 갈아타고 예닐곱 시간만에 시골집으로 돌아옵니다. 짐을 풀고 벌렁 드러누워 달게 잔 이튿날 아침, 아이와 함께 그림책 《루비의 소원》(비룡소, 2003)을 읽습니다. 1900년대 첫무렵 중국에서 있던 일을 이야기책으로 빚었다 합니다. 사내로 태어난 사람만 글을 가르치고, 가시내로 태어난 사람은 집일과 살림을 배우느라 글을 배울 수 없다던 지난날, 그림책 주인공 '루비'는 이녁 할아버지를 깨우칩니다. 루비네 할아버지는 루비한테 "아가, 네가 왜 이런 시를 썼는지 정말로 알고 싶구나. 남자 아이들에게 어떻게 더 잘 해 준다는 거니?" 하고 물어요. 할아버지 말씀을 듣던 루비는 할아버지가 알아들을 만한 가장 쉬운 보기를 찾습니다. 이를테면, 전병을 줄 때에 사내한테는 더 달콤한 자리를 떼어 주고, 가시내한테는 퍽퍽한 데를 떼어 준다는 말을 들려줍니다.

곰곰이 돌이켜봅니다. 곁에서 누군가 깨우쳐 주지 않으면 참으로 깨닫지 못하는 사람들이 있습니다. 곁에서 쉽고 살가우며 따스한 눈길이나 손길이나 마음길이나 말길로 깨우쳐 주더라도 도무지 깨닫지 못하는 사람들이 있습니다. 그림책에 나오는 할아버지는 이녁 손녀가 넌지시 깨우쳐 주는 말마디를 잘 삭힙니다. 가시내를 대학교까지 보내는 일이 아주 없다던 때에 그림책 주인공 루비는 처음으로 대학생이 되었다고 합니다.

만화책 《사원 시마, 주임 편》(서울문화사, 2008)을 읽습니다. 첫째 권 70쪽에 '평사원 시마'가 "우직해도 좋다. 출세 못해도 좋다. 난 이런 자세를 관철하고 싶다." 하고 혼잣말을 합니다. 평사원 시마 주임은 이처럼 혼잣말을 하지만, 만화책 흐름을 보면 과장이 되고 부장이 되며 전무와 이사를 거쳐 사장에 이릅니다. '사원 시마'가 과장이나 부장이나 전무나 이사나 사장이 되지 않고 끝까지 '사원 시마'로 일했다면, 이러면서 이런 삶을 만화로 담았다면 몹시 아름다운 이야기가 태어날 만했으리라 생각합니다.

마음을 쉬고 싶어 《어머니전》(호미, 2012)이라는 책을 펼칩니다. 섬마을에서 '스스로 고향이 된' 할머니들 이야기가 가득합니다. 섬할매 한 분은 "자식들 있어도 다 객지 가 사요. 큰아들은 서울서 살고, 나는 이라고 삽니다. 이게 편합니다. 시골 사람은 시골 사는 게 좋습니다(111쪽)." 하고 말씀합니다. 그래, 사람들은 저마다 가장 좋아할 만한 곳에서 가장 좋아할 만한 삶을 일구며 사랑을 합니다. 나는 내가 가장 좋아할 만한 들길을 거닐며 내가 가장 좋아할 만한 꿈을 읽다가, 우리 집 처마 밑 제비들 노랫소리 들으며 삶을 읽습니다.

웃으며 읽는 책

오제 아키라 님이 그린 만화책《우리 마을 이야기》(길찾기, 2012) 셋째 권 144쪽부터 146쪽까지 여러 차례 되읽습니다. 일본 나리타시에 있는 자그마한 시골마을 '산리즈카'에서 1962년부터 오늘날까지 그치지 않는 '공항 건설'을 둘러싼 이야기를 다루는 만화책인데, 온 삶을 들여 흙을 일구는 할아버지는 공항 건설 공무원을 앞에 두고는 이렇게 말합니다. "공항 만드는 거야 좋은 일이지. 자네가 자기 일에 자부심을 갖는 것도 당연하고. 그래서 첨에는 조금 신경이 쓰였어. 다짜고짜 반대를 외치는 게 말여. 그러니까 그게, 내 생각만 하는 것 같아서. 근디 생각해 보니 말여, 그러면 우리 농사꾼이 하는 일은 대체 뭔가 싶더구먼. 자네는 '농사는 나라의 근간'이라는 그럴듯한 구절을 아는가? 아이들 교과서에 써 있다네. 난 이 구절을 알고서는 괜시리 뿌듯해지더란 말이여. 농지는 농사꾼의 것이되 농사꾼의 것이 아니여. 많은 사람들을 배고픔으로부터 지켜 주는 생명의 원천이여. 그야 나도 농작물을 팔아서 먹고살고는 있지만. 근디 공항은 엄청난 돈을 벌지 않는가? 난 자네들 덕분에 농사꾼이란 것에 긍지를 갖게 됐어. 내 일이 공항에 뒤지지 않는 가치 있는 일이라고 생각하네."

만화책《우리 마을 이야기》는 일본에서 1992년에 나왔습니다. 한국에는 2012년 봄에 일곱 권이 옮겨집니다. 나는 지난 2000년 여름에 꼭 한 번 일본에 다녀온 적 있고, 이때에 비행기를 타고 나리타에 내렸습니다. 그때에 공항에 내린 비행기가 참 오래 빙빙 도는구나 하고 느꼈고, 공항 둘레에 논밭이 길게 펼쳐졌는데, 시골집 분들이 참 시끄럽겠네 하고 생각했습니다. 그러나 공항을 둘러싼 시골마을 사람들이 '1962년부터 공항을 반대하며 고향마을을 꿋꿋하게 지키는' 분들인 줄은 몰랐어요.

그러고 보면, 나는 인천에서 태어나 자랐는데, 도시에서 태어나 자랐기에 내가 늘 먹는 밥이 어떻게 나오는 줄 몰랐고, 내가 먹는 푸성귀나 김치를 어떻게 얻는 줄 몰랐어요. 내가 도시를 떠나 시골에서 살아가기까지 '밥이 되는 곡식과 푸성귀와 열매'를 곰곰이 살피거나 헤아린 적이 없다고 할 만합니다. 아마 오늘날 도시에서 살아가는 분들 누구나 엇비슷하겠지요. 저마다 회사나 학교에서 온갖 일로 바빠요. 모두들 집 안팎에서 이것저것 걱정하느라 힘들어요. 한 끼니만 굶어도 배고프다고 느끼면서, 정작 배고픔을 달래며 새 힘을 북돋우는 밥을 누가 어디에서 어떻게 일구는가를 생각하지 못해요.

시인 김해화 님이 엮은《당신을 사랑합니다》(삶이보이는창, 2012)라는 책 38쪽을 읽으면, 시골에서 태어나 죽는 날까지 흙을 일구던 할머니 목소리가 생생하게 나옵니다. "그때는 시어머니가 산에 가라면 젤로 좋아. 산에 가서 도라지 캐고 고사리 꺾고 나무 함서 시엉도 꺾어 먹고 다래도 따 먹고……. 시어머니헌티 매도 안 맞고, 어쨌든 산에는 먹을 것이 있으니께." 참말, 산에 가고 들에 가면 풀이랑 나무하고 벗삼으며 마음을 쉽니다. 풀이랑 나무는 잎사귀와 열매를 내어줍니다.

김소월 님 시를 그러모은 《옷과 밥과 자유》(민음사, 1977)라는 책에 담긴 시 〈깊고 깊은 언약〉을 읽습니다. "몹쓸 꿈을 깨어 돌아누울 때, / 봄이 와서 멧나물 돋아 나올 때, / 아름다운 젊은이 앞을 지날 때, / 잊어버렸던듯이 저도 모르게, / 얼결에 생각나는 '깊고 깊은 언약'."

김소월 님은 도시사람이었을까요, 시골사람이었을까요. 김소월 님은 흙을 일구며 살았을까요, 시내나 읍내 같은 데에서 흙하고 동떨어진 채 살았을까요. 김소월 님 싯말마다 '시골에서 흙을 일구며 느끼는 삶' 이야기가 한 줄 두 줄 깃듭니다. 봄날 한철을 돌아보면서 "봄이 와서 멧나물 돋아 나올 때"를 노래합니다.

나카가와 치히로 님 그림책 《작은 새가 좋아요》(크레용하우스, 2002)를 아이들하고 함께 읽습니다. 그림책 끝자락 29-30쪽에 "새들의 말을 배울 테야, 그러면 새들이랑 이야기할 수 있잖아." 하는 대목이 나옵니다. 그래요, 새들이 노래하는 말을 배우면 새들이랑 이야기할 수 있어요. 흙이 속삭이는 말을 배우면 흙하고 이야기꽃을 피울 수 있어요. 바람과 해님과 지렁이와 개구리가 주고받는 말을 배우면 바람과 해님과 지렁이와 개구리하고 이야기잔치를 열 수 있겠지요.

아이들하고 곁님하고 모두 겨울에 바닷가에 가서 바다하고 이야기를 나눕니다. 여름에는 뒷산에 올라 멧딸을 따고 비탈논하고 이야기를 나눕니다. 가을에는 누런 벼가 넘실거리는 논뙈기랑 이웃 할아버지 낫자루하고 이야기를 나눕니다.

예쁘게 읽는 책

우리 집 첫째 아이와 둘째 아이를 모두 병원에서 낳고 말았습니다. 곁님과 나는 병원 아닌 집에서 가장 사랑스럽고 따뜻하며 느긋하게 아이를 맞아들이고 싶었습니다. 그렇지만 이 뜻을 이루지 못했어요.

미국사람 메리 몽간 님이 쓴 《평화로운 출산 히프노버딩》(샨티, 2012) 59쪽을 읽습니다. "출산은 과학이 아니다. 해부학도 아니다. 또한 의사나 조산사, 간호사의 일도 아니며, 누군가가 컨트롤할 수 있는 것도 아니다. 출산은 부모와 아기의 것이다." 하는 대목에 밑줄을 긋습니다. 벌써 아이를 둘 낳았고, 두 아이는 무럭무럭 크는데, 나는 굳이 '아이낳기' 이야기를 다룬 책을 더 읽습니다. 우리 집 두 아이를 집에서 사랑스레 낳지 못했으나, 우리 아이들이 무럭무럭 더 커서 스무 해쯤 뒤가 되면, 이 아이들도 아이를 낳을 때가 될 테지요. 이때에 우리 아이들이 병원에 기대지 않고 스스로 집에서 사랑스레 아이를 낳도록 돕자면, '앞으로 할머니 할아버지가 될 곁님과 내'가 오늘 '아이낳기'를 예쁘고 사랑스레 다시 배워야 해요. 《평화로운 출산 히프노버딩》을 쓴 메리 몽간 님도 어쩔 수 없이 아이들을 병원에서 낳고 말았다지만, 이녁이 낳은 아이들이 커서 아이를 낳을 무렵 이녁이 지난날 겪은 아픔과 슬픔을 되풀이하지 않기를 꿈꾸면서 '히프노버딩'이라는 '아이를 사랑스레 낳는 길'을 마련했다고 해요. 메리 몽간 님은 105쪽에서 "우리는 자기가 원하는 것에 초점을 맞춰서 말과 생각을 할 필요가 있고, 원치 않는 환경을 불러들이는 부정적이고 불필요한 말이나 행동은 삼가는 것이 좋다." 하고 덧붙입니다.

참으로 그렇습니다. 내가 바라는 꿈을 곱게 헤아릴 때에 참으로 내가 바라는 꿈을 곱게 이룹니다. 내가 바라는 꿈이 아니지만, 내 둘레에서 이래저래 떠돈다 해서 귀를 기울이거나 눈길을 둘 때에는, 뜻밖에도 내가 안 바라거나 내가 안 좋아하는 일이 일어나곤 합니다. 내 마음속에 사랑이 가득할 때에는 사랑이 태어나요. 내 마음속에 미움이 깃들 때에는 미움이 나타나요.

블라지미르 메그레 님이 적바림한 책 《아나스타시아 6 가문의 책》(한글샘, 2011) 119쪽을 살피면, "사람의 소명은, 주위의 모두를 깨닫고 우주에 훌륭함을 짓는 것이야. 지구를 닮은 것을 다른 은하계에 짓는 거야. 그리고 새 세상 모두에게 지은 훌륭한 창작을, 지구에 더하는 거야." 하는 대목이 있습니다. 책을 덮고 곰곰이 생각에 잠깁니다. 내가 사람으로 태어나서 할 일이란 '훌륭한 삶을 짓기'라는 말마디를 되새깁니다. 나부터 스스로 오늘 하루를 훌륭하도록 아름답게 누리고, 이렇게 훌륭하도록 아름답게 누리는 삶을 곁님하고 아이들하고 이웃하고 동무 모두한테 곱게 나눌 때에 더할 나위 없이 고운 숨결이 된다는 이야기를 되읊습니다.

예쁘게 나누는 말은 예쁘게 나누는 사랑입니다. 내가 예쁜 말을 보낼 때에 나한테 예쁜 말이 돌아옵니다. 나는 예쁜 말을 보내지 않으면서 나한테 예쁜 말이 오기를 바랄 수 없습니다. 나는 노상 밉거나 궂거나 모진 말을 보내면서 나한테만큼은 예쁜 말이 오기를 바란다면 내 삶은 엉망진창이 되겠구나 싶습니다.

요시노 겐자부로 님이 쓴 《그대들, 어떻게 살 것인가》(양철북, 2012) 52쪽을 읽습니다. "진심으로 네가 생각하는 훌륭한 사람이 되고 싶다는 꿈을 가져야 해. 좋은 것을 좋다고 말하고, 나쁜 것을 나쁘다고 말할 수 있을 때도, 네가 그것을 좋아한다고 확신할 때도 그 감정은 언제나 네 마음 깊은 곳에서 우러나오는 것이어야 한단다." 하는 대목을 읽으며 고개를 끄덕입니다. 내 마음속에서 우러나오면서 내가 좋아할 만한 내 삶이어야겠지요. 어깨너머로 기웃거린다든지 겉치레로 꾸민다든지 내 뚜렷한 줏대 없이 휘둘리거나 휩쓸린다면, 나 스스로 하나도 재미없는 삶이 되리라 느껴요.

고운 봄햇살을 누립니다. 맑은 여름햇볕을 누립니다. 사랑스러운 가을햇빛을 누립니다. 기쁜 겨울해님을 누립니다.

봄부터 여름과 가을을 거쳐 겨울이 되는 네 철은 사람들 누구한테나 아름다운 선물이지 싶습니다. 따스함과 시원함과 더움과 추움과 넉넉함과 푸름과 빛남과 고요함과 어두움과 환함을 골고루 누리면서 내가 지을 가장 아름답고 사랑스러울 삶과 살림을 돌아봅니다.

데즈카 오사무 님이 빚은 만화책 《불새》(학산문화사, 2002) 16권 114

쪽을 보면, 종교전쟁을 일으키는 우두머리 한 분이 아들을 옆에 두고 이렇게 얘기를 나눠요. "왕자여, 저 일출을 보아라. 너무나 깨끗하고 아름답지 않느냐." "정말 아름답습니다." "왕자여, 나는 해의 신을 모시고 해의 신에게 제사를 올리기로 했다."

아, 아. 아름다운 해를 보며 아름다운 사랑을 꽃피우려 하면 참으로 예쁠 텐데요.

반갑게 읽는 책

두 아이가 새근새근 자는 새벽녘에 조용히 일어납니다. 마음을 차분히 가다듬습니다. 희뿌옇게 트는 동에 기대어 책을 펼칩니다. 헌책방에서 고맙게 만난《바보라도 살고 있는 거야》(성광문화사, 1992)를 몇 쪽 읽습니다. 이 책을 쓴 일본사람 후꾸이 다쯔우(福井達雨) 님은 1962년에 '지양학원'이라 하는 장애 어린이 보육원을 열었습니다. 일본에서도 아직 장애교육이 제대로 자리잡지 않던 무렵이라 사회와 정부와 마을과 여느 어버이조차 장애 어린이를 바라보는 눈길은 차갑기만 했다는데, 바로 이 차갑기만 하던 눈길이 슬프고 안타까운 나머지, 모든 아이들이 골고루 사랑받을 수 있는 길을 꿈꾸었다고 해요. "진짜 법률은 어떠한 작은 생명이라도 살리는 것입니다(67쪽)." 하고 말하며 공무원과 의사하고 싸웁니다. 무엇보다 후꾸이 다쯔우 님을 비롯해 지양학원 교사들은 "이 아이들은 육체가 아니고, 한 생명입니다(51쪽)." 하고 말할 줄 압니다.

날마다 몇 쪽씩 읽으며 새 기운을 북돋웁니다. 책에 나오는 일본 장애 어린이도, 우리 집에서 이른새벽부터 씩씩하게 일어나 개구지게 노는 아이들도, 모두 아름다운 목숨이에요. 맑은 사람이고 밝은 눈빛이며 고운 몸뚱이입니다. 아이들은 어른처럼 시계를 바라보며 더 자거나 덜 자려 하지 않아요. 몸이 개운하게 잠을 깼으면 놉니다. 조금이라도 기운이 있으면 노래를 부르고 춤을 춥니다. 나무토막을 쌓고 무너뜨리며, 책을 읽기도 하고, 연필로 곳곳에 그림을 그립니다. 넘치는 기운을 마음껏 온 사랑으로 누립니다.

홍동기 님이 그리고 가리 님이 글을 넣은 《술술술》(미우, 2012)이라는 만화책 첫째 권을 읽다가, 238쪽에서 "단맛에 길든 사람들 미각이 원래의 막걸리를 독하다고 느끼는 거지. 그러니까 너도 나도 달게 만드느라 이것저것 섞고. 하지만, 내가 마신다고 생각하면 나는 못 섞어. 쌀도 수입쌀을 쓰면 수지타산이 맞지만, 내가 농사지은 쌀에는 쥐가 들어도 수입쌀 더미엔 쥐가 안 들더라구. 그걸 보고는 수입쌀이 무서워서 내가 지은 쌀로만 만들어요. 사람 몸에 들어가는 거니까 말여." 하는 대목을 봅니다. 좋은 기운으로 밥을 짓습니다. 좋은 생각으로 '밥이 될 쌀이 되는 벼'를 흙(논)에 심어 거둡니다. 볍씨를 갈무리해서 모판을 마련할 때부터 언제나 좋은 꿈을 꿉니다. 나쁜 꿈이나 나쁜 생각이 깃들면, 좋은 밥을 짓지 못해요. 맨 처음 씨앗일 때부터 좋은 손길로 좋은 흙에 심으려고 마음을 기울여요. 그러니까 누구나 흙을 일구는 사람이었던 지난날 시골마을에서 '손수 지은 곡식'으로 술 한 동이를 빚을 때에는 언제나 가장 좋은 기운이 서린 사랑으로 술을 빚었으리라 느껴요. 내가 먹을 곡식을 내가 살아가는 땅에서 일구어요. 내가 먹을 곡식을 갈무리해서 내가 마실 술을 내 보금자리에서 빚어요. 내가 사는 마을 들판과 멧골을 함부러 더럽히는 사람이란 없어요. 내가 사는 보금자리를 예쁘고 정갈히 건사하기 마련이에요. 내가 먹고, 우리 어버이가 먹어요. 내가 마시고, 우리 아이들이 마셔요. 내가 먹고, 동무랑 이웃하고 나누어요. 내가 마시고, 새와 벌레와 풀과 나무하고 함께 즐겨요.

어니스트 톰슨 시튼 님이 쓴《뒷골목 고양이》(지호, 2003) 36쪽을 살피면, "우리에 갇힌 어미 고양이는 결코 행복하지 못했다. 먹을 것과 물은 충분했지만, 자유가 몹시도 그리웠다." 하는 이야기가 있습니다. 우리 마을 고양이들은 우리 집 마당도 우리 옆집 마당도 홀가분하게 드나듭니다. 어느 때에는 돌담을 새끼들을 이끌고 천천히 밟으며 지나갑니다. 때로는 돌담을 잘못 디뎌 와르르 무너뜨립니다. 마을에 들고양이가 여럿이지만, 가을에 나락을 베어 푸대에 담으면 으레 쥐들이 쏠아 쌀알을 파먹는답니다.

빗소리를 듣습니다. 거세게 부는 바람 따라 세차게 지붕과 마당을 때리는 빗줄기 소리를 듣습니다. 한창 이삭이 팰 무렵 이렇게 거센 비바람이 찾아들면 어쩌나 싶지만, 들판에서 흙에 뿌리내리고 해님을 바라보는 볏포기는 씩씩하게 비바람을 맞아들입니다. 작은 아이는 가슴에 안고 큰아이는 걸리며 논발 사잇길을 걷습니다. 구름을 올려다봅니다. 바람이 부는 결을 헤아립니다. 이 빗속에서도 노랫소리를 나누어 주는 풀벌레를 생각합니다. 빗속 풀벌레 노랫소리는 어느 살림집 처마 밑에서 들려올까요. 아니면 마루 밑에서 들려올까요. 아니면 감나무 밑이나 석류나무 밑에서 들려올까요. 한여름에 깨어나 나무를 타고 오르던 매미들은 세찬 비바람을 어디에서 그을까요. 나뭇가지 한쪽에 조그맣게 웅크리면서 날이 개기를 기다릴까요.

해맑게 읽는 책

가을 어귀에 들어서면서 가을바람이 여름바람하고 사뭇 다릅니다. 12월이 되면, 가을을 떠나 보내는 바람이 선뜻선뜻 차가우면서 서늘하겠지요. 눈을 이끄는 눈바람일 수 있고, 겨울비를 뿌리는 비바람일 수 있어요. 고흥 앞바다부터 부는 바람결에 고흥 시골마을 들판을 가득 채운 누런 벼가 뿜는 내음이 묻어납니다. 들에 서면 온몸이 벼내음으로 빛납니다. 가을햇살과 가을내음이 싱그럽습니다. 배부릅니다.

남도기행 이야기를 첫 꼭지로 담는 박완서 님 여행산문집《잃어버린 여행가방》(실천문학사, 2005)을 읽습니다. 첫머리를 여는 글 11-12쪽에 "친구의 잘못이었는지 고의였는지 광주에서 해남까지의 장거리도 직행버스도 못 타고 수도 없이 정거하는 그냥 시외버스를 타게 됐다. 그러나 그동안이 그렇게 좋을 수가 없었다. 조금도 예기치 못한 일이었다. 내가 지금까지 해 온 여행은 과정을 무시한 목적지 위주의 여행이었다. 그게 얼마나 바보 여행이었던가를 알 것 같았다."와 같은 대목이 있습니다. 천천히 밑줄을 긋습니다. 누구라도 도시에 살면, 또 서울에 살면, 어디에서 어디까지 가장 빨리 가는 길을 찾습니다. 사람들이 자가용에 붙이는 '길찾기 기계(네비게이션)'는 으레 가장 빨리 달리는 길을 알려줍니다. 골목을 누린다든지, 냇물이나 숲을 누린다든지, 조용하며 한갓진 길을 누리도록 알려주지 않아요.

서울에서 부산으로, 또 서울에서 목포로, 또 서울에서 여수로 신나게 달린다는 고속철도도 그래요. 사람들이 더 빨리 가고 싶다 하니까 고속철도가 생겨요. 모든 역을 두루 돌며 천천히 달리는 기차는 사라져요. 직행버스가 늘어나면서 완행버스는 줄어들어요. 완행버스가 줄어들면서 시골길은 호젓해지되, 사람들 눈·코·귀·입은 시골을 차츰 잊습니다. 사람들은 숲을 모릅니다. 나무를 만나지 못합니다.

박노해 님이 쓴 시를 그러모은 두꺼운 시집 《그러니 그대 사라지지 말아라》(느린걸음, 2010)를 읽다가 〈무엇이 남는가〉라는 시를 오래도록 되읽습니다. 박노해 님은 "정치가에게 권력을 빼 보라 / 무엇이 남는가 // 부자들에게 돈을 빼 보라 / 무엇이 남는가 // 성직자에게 직위를 빼 보라 / 무엇이 남는가 // 지식인에게 명성을 빼 보라 / 무엇이 남는가 // 빼 버리고 남은 그것이 바로 그다 // 그리하여 다시 / 나에게 영혼을 빼 보라 / 나에게 사랑을 빼 보라 / 나에게 정의를 빼 보라 // 그래도 내가 여전히 살아 있다면 / 그래도 태연히 내가 살아간다면 // 나는 누구냐 / 나는 누구냐" 하고 노래합니다. 참말 나한테서 돈을 뺀다면 어떠할까요? 참말 나한테서 사랑을 뺀다면 어떠할까요? 돈을 뺄 때하고 사랑을 뺄 때에는 어떻게 다를까요? 둘 가운데 하나를 빼야 하는 갈림길에 선다면, 나는 돈과 사랑 가운데 나한테서 무엇을 빼면서 삶을 꾸릴 수 있을까요? 아니, 무엇을 빼거나 더는 삶이 아니라, 스스로 무엇을 찾거나 붙잡아서 누리는 삶이라 할까요?

구드룬 파우제방 님이 쓴 청소년문학 《첫사랑》(양철북, 2012)을 읽습니다. 211쪽에 "너한테 무슨 일이 일어났는지 내가 얼마나 일찍 눈치챘는지 아니? 사랑은 완전히 가릴 수 없단다. 특히 너처럼 아주 젊은 사람들은. 사랑하는 사람은 온몸에서 행복을 발산하지." 하는 대목이 있습니다. 구드룬 파우제방 님은 1928년에 태어나셨으니 아흔이 가까운 할머님입니다. 이 첫사랑 이야기는 1940년대에 독일이 이웃나라로 쳐들어가며 독일 젊은이가 이웃나라에서 애꿎게 죽고, 이웃나라 젊은이는 독일군한테 포로로 사로잡혀서 독일 시골이나 공장에서 부역을 해야 하던 일을 다룹니다. 누군가는 슬픈 전쟁을 일으키지만, 누군가는 맑은 사랑을 꿈꾸어요. 생각해 보면, 전쟁 통에도 사랑을 꽃피우던 젊은 넋이 있어 이 지구별이 오늘날까지 이어질 수 있구나 싶어요. 사랑이 있었기에 아이들이 태어나고, 사랑이 있었기에 어머니들이 아이들을 아끼며 보살폈겠지요.

로저 디킨 님은 《나무가 숲으로 가는 길》(까치, 2011)이라는 책 33쪽에서 "나무는 오랜 시간 동안 우리의 마음을 따뜻하게 해 준다. 처음에는 우리가 그 나무를 베어 넘어뜨릴 때이고, 그 다음에는 싣고 올 때이며, 그 다음에는 톱질해서 장작으로 만들 때이다." 하고 말합니다. 연필도 종이도 책도 모두 '나무'입니다. 편지종이도 편지봉투도 나무입니다. 가만히 보면, 종이돈도 나무라 할 만하고, 나무는 숲에서 벱니다. 우리는 어디에서나 숲을 누리는 사람이지만, 정작 숲을 잊는 사람이기도 하지 않나 싶어 고개를 갸우뚱해 봅니다. 가랑잎이 집니다. 뒤꼍 감나무와 뽕나무는 앙상한 몸으로 겨울을 맞이합니다.

살며시 읽는 책

책은 마음으로 읽습니다. 지식으로 읽는 책이란 없습니다. 누군가 지식을 가득 담아 책을 쓴다 하더라도, 읽는 우리들은 마음으로 읽습니다. 왜냐하면, 책 하나를 손에 쥐어 읽는 우리들은 스스로 삶을 가꾸거나 북돋우거나 살찌울 때에 스스로 즐겁거든요.

대학교 졸업장이 내 이름을 높이지 않습니다. 값진 옷차림이 내 얼굴을 드높이지 않습니다. 새까만 자가용이 내 눈빛을 밝히지 않습니다. 오직 내 마음으로 내 이름을 빛냅니다. 오로지 내 마음으로 내 얼굴을 곱게 가꾸고 내 눈빛을 싱그러이 추스릅니다. 김원숙 님이 빚은 이야기책《그림 선물》(아트북스, 2011) 33쪽을 읽으면 "그러고 보면 삶을 움직이는 원동력은 아무래도 사랑이다." 하는 말마디가 나옵니다. 그림쟁이가 그림을 그리든, 사진쟁이가 사진을 찍든, 글쟁이가 글을 쓰든, 저마다 언제나 '사랑' 하나 있어 삶을 일굽니다.

시골마을 할머니 할아버지가 흙을 만지며 숲과 들과 바다를 지킬 수 있는 힘이라면 그예 한 가지 '사랑'입니다. 딸아들은 모두 도시로 떠나 보내지만 정작 이녁은 시골마을에 남아요. 딸아들이 도시로 이녁을 부르려 해도 손사래를 칠 뿐, 시골마을을 떠나지 않아요. 허리가 아프네 눈이 어둡네 하지만, 시골뿐 아니라 도시에서 사람들 배부르게 먹을 온갖 곡식과 열매를 할머니와 할아버지가 거두어요.

편해문 님은《아이들은 놀이가 밥이다》(소나무, 2012)라는 책 53쪽에서 "대한민국은 작은 골목을 없애 도로를 만들고 동네 마당을 메꾸어 큰 건물을 지어, 이제는 아기자기한 골목도 마당도 보기 쉽지 않다. 골목과 마당이 사라지니 아이들도 함께 자취를 감추었다." 하고 말합니다. 도시라는 곳은 돈을 더 만들고 돈을 더 벌며 돈을 더 쓰도록 나아가니까, 골목도 마당도 없애기 마련입니다. 나중에서야 겨우 나무 몇 그루 심고 공원 흉내를 내는데, 공원 흉내를 낸 그 자리는 지난날 숲이었어요. 처음부터 숲을 고스란히 살리면 될 노릇이지만, 도시에서는 숲을 되살리거나 지키지 않아요. 언제나 돈을 들여 무언가 뚝딱거립니다.

깊은 가을날, 아이들을 이끌고 바다로 마실을 갑니다. 사람들은 여름바다에서만 물놀이를 하는데, 봄바다에서도 가을바다에서도 물놀이를 즐길 만합니다. 겨울바다라고 물놀이를 못 즐길 까닭이 없습니다. 바다에서는 물을 밟고 만지며 튕길 수 있어 좋아요. 숲에서는 풀을 밟고 만지며 뜯어먹을 수 있어 즐거워요. 들에서는 바람을 쐬고 햇살을 누리며 풀내음 짙게 맡아요.

돌이켜보면, 책이란 곧 삶이지 싶어요. 삶이 바로 책이지 싶어요. 바다에서 책을 읽어요. 논배미와 유자밭에서 책을 읽어요. 나락을 말리는 할머니 손길에서 책을 읽어요. 풀개구리 한 마리한테서 책을 읽어요.

카렐 차페크 님은 《원예가의 열두 달》(맑은소리, 2002)이라는 책을 쓰며 138쪽에서 "관청의 창가에는 아무것도 피어 있지 않거나 빨강과 흰색의 제라늄만이 피어 있을 뿐이다. 그러나 일반적으로 관청에서 자라는 식물에 대해서는 공무원 또는 장관의 의지와 호의와 일정한 전통이 결정적인 역할을 한다. 그리고 철도청 관리 아래서 식물은 가장 왕성하게 성장하며, 우체국과 전화국에서는 도무지 아무것도 피지 않는다." 하고 노래합니다. 참말, 시골 군청이나 면사무소에서조차 '꽃'도 '풀'도 '나무'도 보기 힘들어요. 자동차 세우는 터만 널따랗습니다. 잔디밭조차 드물어요. 건물만 커지고, 숲은 자취를 감춰요. 사람들은 애써 수목원으로 나무내음이나 풀내음을 즐기러 간다지만, 정작 이녁 삶자리에 숲이 우거지고 나무가 푸른 잎사귀를 흔들며 바람노래를 들려주도록 하지 않아요.

이선관 님 시집 《우리는 오늘 그대 곁으로 간다》(실천문학사, 2000)를 읽습니다. 〈만약 통일이 온다면 이렇게 왔으면 좋겠다〉라는 짤막한 시를 찬찬히 곱새깁니다. "여보야 / 이불 같이 덮자 / 춥다 / 만약 통일이 온다면 이렇게 / 따뜻한 솜이불처럼 / 왔으면 좋겠다" 겨울날 솜이불 함께 덮는 '통일'이로군요. 겨울날 고구마 쪄서 나누어 먹는 '통일'도 되겠지요. 따순 봄을 함께 꿈꾸는 '통일'도 될 테고, 찬바람 싱싱 불어도 노랗고 하얀 꽃송이 뽐내는 가을 들꽃 어깨동무하며 바라보는 '통일'도 될 테고요. 삶을 살며시 읽으며 책을 마음 깊이 녹입니다.

춤추며 읽는 책

백 권을 읽든 만 권을 읽든, 책읽기는 삶읽기로구나 하고 늘 깨닫습니다. 삶을 읽지 못한다면, 제아무리 많다 싶은 책을 읽는다 하더라도 '읽기' 아닌 '훑기'를 한 셈이요. 삶을 읽을 수 있으면, 한 권이나 열 권을 읽었다 하더라도 사랑과 꿈을 가슴에 품을 수 있으리라 느낍니다.

한 해에 백 권 읽기라든지 열 해에 천 권 읽기 같은 뜻을 세우는 일이 나쁘다고 느끼지 않아요. 다만, 몇 권을 읽자 하는 뜻은 좀 부질없어요. 나이 몇 살을 먹자는 뜻이 부질없고, 어떤 지위나 계급으로 오르자는 뜻이 부질없으며, 얼마쯤 되는 돈을 모으자는 뜻이 부질없어요. 삶을 누리려는 뜻을 품어야지요. 삶을 사랑하고, 삶을 아끼며, 삶을 나누려는 뜻으로 하루를 빛내야지요.

비오는 소리를 들으며 비를 느낄 수 있으면 즐겁습니다. 안개가 드리우는 소리를 들으며 안개를 느낄 수 있으면 즐겁습니다. 무지개가 나타나는 소리를 들으며 무지개를 느낄 수 있으면 즐겁습니다. 해가 뜨는 소리를 들으며 햇살을 느낄 수 있으면 즐겁습니다.

이런 이야기가 생뚱맞다고 느낄 분이 있을까요. 아무래도 그럴 테지요. 오늘날 물질문명 사회에서는 '달 뜨는 소리'나 '구름 흐르는 소리'를 듣지 못하게 가로막는 자동차 소리와 기계 움직이는 소리와 손전화 떠드는 소리가 너무 커요. 송전탑에서 웅웅거리는 소리와 기차나 전철이 지나가는 소리가 대단히 큽니다. 가만히 귀를 기울이고 마음을 움직여 바람결을 느낄 겨를이 없다고 할 만해요. 시골에서 흙을 만지는 사람이 아니고서야 풀벌레 노랫소리를 듣는 사람이 없어요. 시골에서 텔레비전 없이 아이들과 복닥이는 사람 아니고서야 개구리 노랫소리를 즐기는 사람이 없어요.

시골에서 살아간다면 숲을 걸어요. 도시에서 살아간다면 공원 풀밭을 걸어요. 내 눈과 마음을 살포시 쉬어요. 푸른 숨결이 싱그러운 풀빛을 느끼며 살아요. 몸과 마음이 푸르게 거듭나도록 온힘을 기울여요. 사랑을 속삭이고 꿈을 노래해요. 사람으로 태어난 즐거움을 생각해요.

《거인을 바라보다》(양철북, 2011)라는 책 54쪽을 보면, "사람이 고래의 규모를 이해하는 것이 가능할까? 수백 킬로미터 거리를 마치 우리가 한 블록 거리를 건듯 수월하게 이동할 수 있는 이 동물에게 세계는 과연 무엇으로 느껴질까?" 하는 이야기가 흐릅니다. 오늘날 사람들로서는 고래 움직임을 헤아릴 길이 막혔겠지요. 그러나 내가 사람이라면, 내가 산 목숨이라면, 내가 푸른 숨결이라면, 고래 움직임이든 참수리 움직임이든 나비 움직임이든 거미 움직임이든, 또렷하게 느끼면서 가슴으로 받아들일 수 있으리라 생각합니다. 회사일과 입시공부에 쳇바퀴처럼 휘둘리면서 참마음을 잃고 참사랑을 잊기에, 소리도 느낌도 잃거나 잊지 싶어요.

《애니미즘이라는 희망》(달팽이, 2012)이라는 책 225쪽을 보면, “배운다고 하면 무슨 대단한 공부라도 하는 것처럼 들리지만, 그게 아니라 감동을 받는다는 말입니다.” 하는 이야기가 나옵니다. 그래요, 마음이 뭉클하게 움직이는 일이 배움이라 하겠지요. 즐거움을 느낄 때에 무언가 배워요. 기쁨을 느낄 때에 무언가 깨달아요. 슬프거나 괴로울 때에도 무언가 배웁니다. 고단하거나 아플 적에도 참말 무언가 알아채요.

삶은 언제나 배움입니다. 삶은 날마다 새롭기에 날마다 새롭게 배웁니다. 하루하루 새삼스레 찾아오니, 하루하루 새삼스레 배웁니다. 아이는 어른한테서 배우고, 어른은 아이한테서 배웁니다. 우리는 풀잎 하나를 마주하면서 새 숨결을 배우고, 바람 한 닢을 살결로 느끼며 새 넋을 배웁니다. 별빛을 바라보면서도 배우고, 도시를 가득 메운 전깃불빛을 바라보면서도 배워요.

《십중팔구 한국에만 있는》(삼인, 2008)이라는 책 60쪽을 보니, “일반 서민들은 아끼고 또 아끼고, 나아가 인생 자체를 소모하다시피 하며 아파트에 매달리지만, 그렇다고 모두가 원하는 결과를 얻는 것도 아니다.” 하는 이야기가 쏙 튀어나옵니다. 그런가, 하고 고개를 갸우뚱하다가, 그러네, 하고 무릎을 칩니다. 오늘날 한국 사회에서는 사람들 스스로 삶을 찾지 못하고 삶을 덧없이 흘리고 말아요. 삶을 어떻게 누려야 하는가 생각하지 못해요. 삶을 아름답게 즐기는 길을 걷지 못해요.

대학교에 갈 까닭이 없어요. 자격증을 따야 할 까닭이 없어요. 학문을 하거나 책을 읽을 까닭조차 없어요. 왜냐하면 삶을 누려야 하거든요. 아니, 삶을 누리려고 태어난 목숨이거든요. 사랑을 하려고 태어난 우리들입니다. 꿈을 키우며 환하게 빛내려고 얻은 목숨이에요.

《도화동 사십계단》(청사, 1990)이라는 시집에 실린 〈불타는 눈〉이라는 작품을 읽습니다. "신문팔이 새끼야아! / 신문팔이 새끼야! / 심술궂은 아이가 따라오며 놀렸다 / 때려주고 싶었지만 / 누가 들을까봐 도망치다가 / 목구멍이 뜨거워졌었다 / 신문팔이에겐 막 대해도 된다고 / 어디서 배웠을까 / 아이보다 세상이 더 무서웠던 / 그날부터 / 삼키는 눈물은 주먹처럼 굵어졌지만 / 눈이 눈물없이 불탔었다." 삶을 배우지 못하는 아이들이 막말을 일삼고 맙니다. 사랑을 배우지 못하는 아이들이 이웃을 아끼지 못합니다. 꿈을 배우지 못하는 아이들이 도시에서 톱니바퀴 같은 노예가 되어 멍한 눈으로 바쁘게 구릅니다. 아이들 어깨가 너무 무겁습니다. 아이들 눈망울에 사랑이 감돌지 못합니다. 아이들 얼굴에 환한 웃음이 없습니다. 아이들 목소리에 고운 노래가 감돌지 않습니다. 기쁜 삶을 춤추도록 이끌 책 하나 어디에 있을까요.

새롭게 읽는 책

예전에 읽은 책을 부러 다시 장만하기도 합니다. 책방마실을 하다가 문득 내 눈에 들어온 책 하나를 가슴 두근두근하면서 마음 콩닥콩닥하면서 조용히 손에 쥐고 생각을 북돋우며 읽어 봅니다. 나를 설레게 하는 책을 살며시 집어들어 살살 쓰다듬어 봅니다. 그러고는 새로 장만합니다.

지난날 읽은 책인 줄 알고, 도서관학교에 두 권이 꽂힌 줄 알지만 굳이 새롭게 장만합니다. 도서관학교에 둔 책으로 다시 읽을 수 있지만, 이렇게 책방마실을 하는 길에 새삼스레 장만해서, 집으로 돌아오는 길에 시외버스에 앉아 느긋하게 읽고 싶습니다. 1989년에 새 옷을 입은 신동엽 님 서사시 《금강》(창작과비평사)을 읽습니다. 첫머리에 "그 가슴 두근거리는 큰 역사를 / 몸으로 겪은 사람들이 그땐 / 그 오포 부는 하늘 아래 더러 살고 있었단다(7쪽)." 하는 이야기가 흐릅니다. 귀로 듣거나 눈으로 지켜본 이야기 아닌 몸으로 겪은 이야기를 헤아립니다. 남들이 들려준 이야기나 책에서 읽는 이야기 아닌 몸소 겪은 이야기를 돌아봅니다.

내 몸에는 어떤 이야기가 아로새겨졌을까요. 나는 어떤 이야기를 가슴에 아로새기며 살아갈까요. 우리 아이들은 어떤 이야기를 저마다 아로새기며 하루를 누릴까요. 서사시는 흘러 "3천의 / 농민들이 대창 들고 관청에 몰려와 / 병사 내쫓고 아전 죽이고 / 노비문서 불살라버렸다(12쪽)." 하는 이야기가 이어집니다. 동학농민혁명 이야기입니다. 아니, 이에 앞서 이른바 '민란'이라 이름 붙은 지난 역사 이야기입니다. 흙을 일구던 이들은 대나무를 깎아 창을 세워 관청으로 몰려갑니다. 흙을 일구던 이들은 무기 하나 이름 하나 권력 하나 돈 하나 없이 두레와 품앗이로 살아왔습니다만, 이들 흙일꾼을 억누르거나 들볶거나 죽이기까지 하던 벼슬아치와 궁궐사람 때문에 더는 견디지 못하고 벌떡 일어서요. 이러면서 농사꾼들이 한 일은 '노비문서' 불사르기예요.

읽던 시집을 가만히 덮고 생각에 잠깁니다. 벼슬아치와 궁궐사람은 노비문서를 만들고 족보를 만들어요. 사람은 다 아름다운 사람인데, 저마다 계급을 짓고 울타리를 세우며 신분을 갈라요. 손에 흙 한 줌 물 한 방울 대지 않고도 기름진 밥을 누릴 뿐 아니라, 나랏일을 돌본다느니 민생을 걱정한다느니 읊어요. 참말, 나랏일을 돌보려 한다면 흙일꾼과 나란히 흙을 일구면 되는데요. 참으로, 민생을 걱정한다면 세금 거둘 생각 말고 공무원 권력과 양반 신분을 불사르면 되는데요.

겨울날에도 눈부시게 파랗디파란 하늘을 올려다봅니다. 시를 다시 읽습니다. "사람은 한울님이니라 / 노비도 농사꾼도 천민도 / 사람은 한울님이니라 // 우리는 마음속에 한울님을 모시고 사니라 / 우리의 내부에 한울님이 살아 계시니라 / 우리의 밖에 있을 때 한울님은 바람, / 우리는 각자 스스로 한울님을 깨달을 뿐, / 아무에게도 옮기지 못하니라(21-22쪽)." 하는 이야기가 흐릅니다. 그러고 보니, 초·중·고등학교를 다니며 '동학'이 무엇인지 배운 적이 없구나 싶습니다. 고등학교 철학 수업 때에도, 중학교 도덕 수업 때에도, 대학교 교양강좌 때에도, 어느 누구도 동학을 이야기하지 않았어요. 철학자나 지식인 가운데 동학을 이야기하는 사람도 없어요. 기독교 학교나 천주교 학교는 있지만 '동학 학교'는 없어요.

동학은 종교일까요. 동학은 지식일까요. 동학은 학문일까요. 아니, 동학은 '흙 만지고 물 만지는 사람들 삶을 사랑하는 이야기'는 아닐까요. 어린이도 늙은이도 모두 한울님이라 말하고, 풀도 나무도 모두 한울님이라 밝히는 동학 이야기를 왜 오늘날 이 나라 이 땅 이 마을에서는 들을 수 없는지 고개를 갸웃갸웃해 봅니다.

"봄이면 꽃 / 여름이면 하늘 / 가을이면 귀뚜라미 / 겨울이면 추위 // 전봉준은 자주 / 아들의 손을 이끌고 / 아내의 무덤 앞 찾아와 / 말없이 / 몇 시간씩 / 서 있다 가곤 했다. // 그림이었으리라(75쪽)." 하고 흐르는 이야기를 읽다가 우리 집 아이들 노랫소리를 듣습니다. 그래, 밥할 무렵이로구나. 집에서 살림하는 아버지가 얼른 밥을 차려야지. 너희 배고프겠네. 조금 더 놀면서 노래하렴. 아버지가 맛난 밥 예쁘게 차릴 테니까, 그동안 신나게 뛰놀렴. 마당에서도 뛰놀고, 마루에서도 뛰놀렴. 마당에서는 하늘바라기를 하고, 집에서는 누나와 동생 서로 사이좋게 아끼면서 놀렴.

밥이 보글보글 끓습니다. 국이 자글자글 끓습니다. 밥상에 수저를 놓습니다. 나물을 버무리고, 무를 썹니다. 밥과 국이 다 되면 작은아이 것을 맨 먼저 뜹니다. 작은아이는 뜨거운 것을 못 먹으니, 맨 먼저 작은아이 것을 떠서 식힙니다. 이 다음으로는 큰아이 것을 뜨고, 어머니와 아버지 몫은 나중에 뜹니다. 이제, 날마다 새로운 밥을 즐겁게 먹을 때입니다.

꿈꾸며 읽는 책

나는 어릴 적부터 마늘을 퍽 잘 먹습니다. 날마늘도 스스럼없이 잘 먹습니다. 어릴 때 어머니 곁에서 부엌일을 거들며 마늘 까기를 곧잘 했는데, 인천에서 나고 자라면서 '가게에서 사다가 껍질을 벗기고 다져서 쓰는 마늘'만 보았을 뿐, 마늘을 어떻게 심고 돌보며 거두어들이는가를 본 적은 없습니다. 여덟 살이 되어 학교에 처음 들고는 열두 해가 지나 고등학교를 마치기까지, 학교에서 '마늘 한살이'를 가르치거나 알려주는 교사는 없었어요. 다섯 학기를 다니다가 그만둔 대학교에서도 어느 교수나 선배도 '마늘 심기·마늘 캐기'를 이야기하지 않았어요.

지난 2011년 늦가을, 전라남도 고흥군 도화면 동백마을에 네 식구가 깃들었습니다. 시골로 가고 싶다는 분들은 좀처럼 빈집을 못 얻는다 하지만, 우리 식구는 큰 어려움 없이 빈집 한 채 얻어 사뿐히 보금자리를 틀었어요. 이 시골집에서 처음 겨울나기를 하면서

'마늘 심기'를 구경합니다. 한가을에 바지런히 벼를 베고는 이내 논을 갈아엎어 거름을 내고 보름쯤 묵힌 다음 골을 새롭게 내어 쪽마늘을 촘촘히 심어요. 마늘 심기는 무척 고되고 품이 많이 들어 마을 할머님들이 서로 품앗이로 합니다. 지난날에는 보리나 밀을 심었다는데 요사이에는 마늘이 돈이 되기에 마늘을 심는대요. 아무래도 예전에는 '돈' 아닌 '먹을거리'를 얻으려 했을 테니, 빈 들판마다 보리를 가득 심어 새봄부터 가을까지 먹을 끼니를 헤아렸겠지요.

따스한 남녘마을이니 마늘을 심을 만하구나 싶으면서도, 눈바람 거의 들지 않는 남녘마을이라 걱정없다 싶으면서도, 겨우내 한두 차례 드물게 찾아온 눈서리를 맞는 마늘싹을 보며 애처롭구나 하고 생각합니다. 한겨울에 푸른 싹을 낸 마늘에 내려앉은 눈송이와 얼음덩이라니. 그러나 푸른 마늘싹은 아랑곳하지 않아요. 외려 이런 추위와 눈얼음쯤 한두 차례 지나야 더 씩씩하고 푸르게 자라는가 봐요. 한겨울이 지나고 꽃샘바람이 스산히 지나가면 무럭무럭 꽃대(마늘쫑)를 올리고, 꽃대를 뽑을 무렵 마늘도 뽑습니다.

강예린 님과 이치훈 님이 쓴 《도서관 산책자》(반비, 2012)라는 책 174쪽을 읽습니다. "느릿한 속도로 도서관을 꾸리고, 같은 마음으로 멀리까지 찾아오는 사람을 맞이할 계획이라고 한다. 긴 시간을 감수하고 오는 사람들은 사진책을 찬찬히 들여다볼 준비를 하고 올 것이다. 여기까지 왔으니 서두를 필요가 없지 않은가." 하는 대목에 밑줄을 긋습니다. 삶에는 '느림'도 '빠름'도 없습니다. 느리게 늙는 사람도 빨리 늙는 사람도 없습니다. 저마다 스스로 바라는 대로 삶을 누립니다. 이른여름에 심어 한가을에 거두는 나락처럼, 늦가을에 심어 늦봄에 캐는 마늘처럼, 모든 목숨은 스스로 푸르게 자랍니다. 예순 나이에도 새롭게 배우고 여든 나이에도 새삼스레 배워요. 열 살 어린이가 어른한테 삶을 일깨우곤 하고, 스무 살 젊은이가 어르신한테 삶을 깨우치기도 해요. 서두르지 않고 재촉하지 않을 때에 삶이 환하게 빛나요.

웬디 이월드 님과 알렉산드라 라이트풋 님이 함께 쓴《내 사진을 찍고 싶어요》(포토넷, 2012)라는 책 116·118쪽을 읽습니다. "사진이나 글을 통해 자기 삶이 무엇인지 깊이 생각하도록 아이들을 격려할 때, 교사들은 아이들이 자신들에게 가장 중요한 대상임을 깨닫는다 … '아이들은 이것이 단지 연습문제 74번이 아니라 '내 자신에 관한 것'이라는 점을 깨닫습니다.'" 하는 대목에 밑줄을 긋습니다. 초·중·고등학교 열두 해를 다니는 동안 내 이름을 부른 교사는 몇 안 됩니다. 담임교사조차 이름 아닌 '번호'를 불러 버릇했습니다.

타니카와 후미코 님이 그린 만화책《솔로 이야기》(대원씨아이, 2012) 둘째 권 18쪽을 읽습니다. "술 이름이 뭐가 어째서! 마스미는, 마스미는, 술을 좋아하는 아빠가, 제일 좋아하는 술이다. 제일 좋아하는 것의 이름을 제일 소중한 딸한테 붙여 주는 게 뭐가 나빠!" 하는 대목에 밑줄을 긋습니다. 참으로 가장 사랑하는 길을 걷고, 가장 사랑할 만한 말을 하며, 가장 사랑할 보금자리를 돌봐야지 싶습니다. 가게에서 사다가 먹던 마늘 아닌 손수 심어서 거두는 마늘을 바라보며 사랑을 떠올립니다. 내 손으로 아이들 기저귀와 옷가지를 빨래하고, 내 손으로 밥을 차려 아이들과 함께 먹는 하루를 떠올립니다. 한겨울이건 새봄이건, 내 마음속에 사랑이 있을 때에 따사롭습니다.

빛내며 읽는 책

일본사람 오다 히데지 님은 《미요리의 숲》(삼양출판사, 2008)이라는 만화책을 그렸고, 이 만화는 만화영화로도 나옵니다. 《미요리의 숲》 1권 186쪽을 보면, "적어도 1년은 있을 거예요. 가을 숲과 겨울 숲, 봄 숲도 보고 싶으니까요. 내년에는 벚꽃도 필 거고." 하는 이야기가 흐릅니다. 정갈한 시골마을 숲을 지키고 싶은 어린 미요리는 할머니 할아버지하고 시골마을에서 지내며 여름뿐 아니라, 가을과 겨울, 여기에 이 다음으로 찾아올 봄을 함께 누리고 싶다는 말을 해요. 손전화 기계는 냇물에 던져서 버리고, 과자를 찾지 않으며, 텔레비전을 보지 않아요. 마을 아이들하고 숲에서 달리고 뒹굴어요. 도쿄라는 큰도시로 돌아갈 생각을 잊어요. 미요리 가슴에서 곱게 피어나는 꽃은 숲바람과 숲볕을 먹으면서 자라는 줄 깨달아요. 무엇을 먹고, 무엇을 마시며, 무엇을 바라보고, 무엇을 즐기는 삶일 때에 스스로 아름다운가를 시나브로 알아채요.

즐겁게 누리는 삶이 아름다워요. 즐겁게 노래하는 하루가 아름답고요. 그리 멀지 않은 지난날까지, 이 나라 시골마을마다 노래가 넘쳤어요. 모내기를 하면서 모내기노래를 부르고, 베틀을 밟으며 베틀노래를 불렀어요. 밥을 지으며 밥짓기노래를 부르고, 아기를 재우며 자장노래를 불렀어요. 풀을 뽑을 적에는 풀뽑기노래를 부르고, 길을 거닐 적에는 길노래를 불렀어요. 이 나라 거의 모든 사람이 흙에 기대어 흙을 누리며 살던 지난날에는, 어린이와 늙은이 모두 노래를 부르는 삶이었어요. 놀면서도 노래, 일하면서도 노래, 쉬면서도 노래, 먹으면서도 노래, 웃으면서도 노래, 울면서도 노래예요.

시골이 차츰 줄고 서울이 커지고 도시가 늘어납니다. 시골이 차츰 줄면서 젊은이가 몽땅 서울이나 도시로 빠져나가고 시골에서 노래가 사라집니다. 그렇다고 서울이나 도시에 노래가 흐르는가 하면, 사람들 스스로 가슴에서 우러나오는 노래는 찾아볼 수 없어요. 텔레비전에 얼굴을 비추는 이쁘장한 사람들 대중노래만 판쳐요.

독일사람 에냐 리겔 님은 판에 박힌 학교를 떨치고 아름다운 배움터가 되기를 꿈꾸며 학교살림을 꾸립니다.《꿈의 학교, 헬레네 랑에》(착한책가게, 2012)라는 책 167쪽을 보면, "아이가 가진 능력에 대해 학교는 그저 잘해야 '기특한 재능' 정도로 여길 뿐 졸업성적을 평가할 때 이런 것은 하나도 반영되지 않는다. 반면 그의 인생을 멋지게 가꿔 나갈 수 있게 해 주는 것은 이런 재능들이다. 연극이 없었다면 요샤는 학교에서 한 가지 경험은 톡톡히 했을 것이다. 즉, 나는 바보구나, 라는 경험 말이다." 하는 이야기가 흐릅니다. 성적평가를 안 하는 학교로 꾸리며 아이들마다 다 다르게 잘 하며 좋아할

길을 열고 싶었답니다. 성적평가를 안 할 뿐 아니라, 성적평가에 마음을 두지 않으니, 독일에서 '전국 공통 성적평가 시험'을 치를 때에조차 오히려 다른 학교보다 더 높은 성적이 나온다고 해요. 학교에 다니는 아이들 누구나 스스로 가장 하고 싶은 길을 걸으며 가장 누리고 싶은 삶을 누리도록 북돋우니, 학과공부이든 꿈찾기이든 더없이 아름답게 빛난다지요.

한국사람 안재인 님이 쓴 《아니온 듯 다녀가소서》(호미, 2007)라는 책이 문득 떠오릅니다. 54쪽을 펼칩니다. "보이지 않아도 향기로 사람을 즐겁게 해 주는 꽃은 봄에만 피는 줄 알았는데, 여름엔 여름대로, 가을엔 가을대로 꽃이 피어납니다." 하는 이야기가 흐릅니다. 바야흐로 새로 찾아드는 봄날 봄꽃이 논둑과 밭둑마다 피어요. 시골은 어디에나 논밭이니 논꽃과 밭꽃을 만나요. 서울이나 도시는 논도 밭도 없기에 꽃집이 아니라면 봄꽃이 피어나는 모습을 마주하기 어렵고요. 아무래도 도시에서는 사람들 옷차림이 가벼워지거나 밝은 빛깔로 바뀌어야 비로소 '봄이로구나!' 하고 깨달을까요. 봄은 봄바람과 봄볕을 누리는 봄풀에서 오는데. 봄은 봄노래를 부르는 봄사랑으로 봄마음이 되는 우리들 환한 눈망울에서 비롯하는데.

눈망울을 빛내는 봄을 함께 누릴 수 있기를 빌어요. 눈초리를 보드랍게 보듬는 봄빛을 가슴 깊이 담아 봄길을 걸어 봄맞이 책읽기를 즐겨요. 마음자리를 포근하게 적시는 책 하나를 쓰다듬어요. 마음결을 따사롭게 어루만지는 책 하나를 쥐어요. 마음밭을 너그러이 살찌우는 책 하나를 펼쳐요. 봄책을 읽는 맑은 눈빛으로 우리 곁 봄동무와 봄이웃하고 웃음꽃을 나누어요.

기다리며 읽는 책

천종호 님이 쓴 책《아니야, 우리가 미안하다》(우리학교, 2013)를 읽다가 282쪽에서 "소년들이 비행을 저지르는 배경에는 경제적인 이유도 크지만 대체로 정신적·심리적 문제인 경우가 더 많다." 같은 대목에 밑줄을 긋습니다. 소년법정에서 아이들한테 판결하는 일을 맡는 천종호 님은 이 아이들을 소년원으로 보내야 하는지 시설로 보내야 하는지, 아주 너그러이 봐주어야 하는지를 놓고 늘 마음앓이를 한다고 밝힙니다. 잘못을 묻기는 하되 사람을 다그칠 수 없는 노릇이니까요. 아이들이 맑고 밝으며 슬기롭게 살아가기를 바라지, 끔찍한 짐을 짊어진 채 바보스레 무너지기를 바라지 않으니까요. 그런데 아이들이 잘못을 저지를 적에 '돈 때문이라기보다' '마음에 생채기를 입은 탓'이 크다고 한다면, 어른들도 이와 같지 않으랴 싶습니다.

잘못을 저지르는 어른들은 참말 왜 잘못을 저지를까요. 전쟁무기를 만드는 어른들은 왜 전쟁무기를 만들까요. 이념에 따라 사람을 죽죽 나누어 상대질하는 어른들은 왜 사람을 이념에 따라 나누려 할까요. 가방끈 길이로 푸대접을 하거나, 살빛을 놓고 푸대접을 하는 어른들 마음밭은 어떤 모습일까요. 왜 어른들은 이녁부터 온누리를 아름답게 일구지 않으면서, 아이들한테만 착하고 참다우며 아름답게 살아가라 말할까요.

강성미 님이 쓴 책《내 아이가 사랑한 학교》(샨티, 2013)를 읽습니다. 65쪽을 읽다가 빙그레 웃습니다. 강성미 님이 아이를 보낸 발도르프 학교 모습을 마음속으로 그려 봅니다. "교실 안, 학교 안, 운동장, 어디라도 아이들이 접하는 공간은 부드러운 색과 부드러운 재료로 꾸며진 발도르프 학교와 자상함을 자주 볼 수 있었다. 그것은 아이들이 눈으로 보는 것, 피부로 접촉하는 것, 코로 냄새 맡는 것들도 입으로 먹는 음식처럼 우리의 내면에 들어와 중요한 양식이 된다는 사실에 대한 이해가 있기 때문이었다." 하는 이야기를 가만히 헤아립니다. 우리 식구 살아가는 고흥에 있는 초등학교 건물을 보면, 분홍빛 페인트를 바르기도 하고, 노란빛 페인트를 바르기도 합니다. 눈이 막 어질어질합니다. 학교 울타리에는 예쁘장하게 보이려는 그림을 잔뜩 그리기도 합니다. 눈이 마구마구 돕니다.

그래요. 어른들은 왜 아이들을 생각하지 않으면서 건물 벽에 '원색' 페인트를 바를까요. '원색으로 바른 방'에 들어가면 누구라도 몇 분 버티지 못하고 머리가 어지럽다 하는데, 왜 초등학교 건물 벽에 '원색' 페인트를 바를까요. 아이들을 괴롭히고 싶은 마음은 아니라고 느끼지만, 아이들을 아끼는 길을 너무 모르는구나 싶어요. 아이들한테 '좋은' 그림을 보여주고 싶은 뜻은 알겠으나, 시멘트 울타리에 그림을 그리려면, 아이들한테 맡겨야지요. 어른 눈높이로 아무 그림이나 그리지 않을 노릇입니다. 섣부른 어른 생각대로 아이 마음결을 함부로 재거나 따지지 않을 노릇입니다.

그런데 학교 건물부터 아이들한테 그리 살갑지 않습니다. 이 나라 학교는 도시이든 시골이든 몽땅 시멘트집입니다. 차가운 시멘트로 바르고, 교실 칸은 죄다 똑같습니다. 마치 감옥처럼 짓는 학교 건물이에요. 냉·난방이라든지 첨단시설을 갖추는 데에는 마음을 기울이지만, 아이들이 무척 긴 나날 이곳에서 보낸다는 데에는 마음을 쓰지 못해요. 시멘트로 뚝딱 지은 건물은 서른 해만 지나도 헐어서 새로 올려야 한다면, 백 해나 이백 해를 거뜬히 견딜 뿐 아니라 천 해가 지나도 튼튼한 나무로 학교를 아름답게 지을 생각을 못 하기 일쑤예요.

포근한 보금자리 같은 학교 건물이 없습니다. 따스한 마을 같은 학교 건물이 없습니다. 더 들여다보면, 아이들이 학교에서 배우는 것부터 그리 살갑거나 따스하거나 사랑스럽지 않아요. 아이들은 대학입시에 발맞추어 시험공부를 할 뿐이에요. 아이들은 밥짓기·옷짓기·집짓기를 학교에서 하나도 못 배워요. 어린이집과 유치원부터 초·중·고등학교와 대학교까지, 아이들한테 밥·옷·집하고 동떨어진 지식만 집어넣어요. 아이들은 대학교 아닌 대학원까지 다니거나 나라밖으로 배우러 다녀와도 스스로 '삶짓기'를 하지 못하는 얼거리예요.

미야자와 겐지 님 동화책《늑대 숲, 소쿠리 숲, 도둑 숲》(논장, 2000)

을 읽습니다. 동화책 첫머리인 8쪽에 "빗속의 푸른 대숲을 보면 좋아서 눈을 깜박깜박하고, 파란 하늘을 끝없이 날아가는 매를 발견하면 깡충거리며 손뼉을 쳐서 모두에게 알렸습니다. 하지만 아이들이 겐쥬를 몹시 얕잡아보고 놀려댔기 때문에, 겐쥬는 점점 웃지 않는 척하게 되었습니다."와 같은 이야기를 읽습니다. 숲을 사랑하고 숲을 누리는 겐쥬라 하는 여린 아이를 마을 아이들은 얕잡아보았답니다. 그러나 겐쥬는 이런 눈길이나 놀림에 아랑곳하지 않으면서 숲을 가슴 깊이 받아들였다고 해요. 왜 어린 아이들이 '몸과 마음이 여린 아이'를 따사로이 어깨동무하지 못하면서 놀릴까요. 왜 '숲을 누리며 아끼는 넋'을 보듬지 못할까요. 꿈을 기다리면서 사랑을 바라면 누구라도 아름다운 눈망울을 밝힐 텐데요. 봄볕을 기다리면서 봄꽃을 바라면 누구라도 맑은 봄내음을 한껏 누릴 텐데요.

아름답게 읽는 책

이오덕 님이 2003년 8월에 흙으로 돌아가신 뒤 《내가 무슨 선생 노릇을 했다고》(삼인, 2005)라는 책이 나왔습니다. 이 나라 아이와 어른 모두를 생각하면서 꾹꾹 눌러쓴 글을 모은 책입니다. 첫머리인 12쪽을 보면, "나는 지금 생각한다. 내가 배운 학교 공부, 내가 읽은 책들, 도시와 문명이란 것, 그것이 얼마나 나를 해쳤는가! 내가 만약 보통학교에도 들어가지 않고 집에서 마을 사람들과 같이 땅 파고 짐 지면서 일을 몸에 붙이고 자랐더라면 나는 얼마나 자연스럽게 일찌감치 삶의 진리를 얻어 가졌을 것인가!" 하는 이야기가 나옵니다. 이오덕 님은 아이도 어른도 "삶의 진리"를 찾아야 한다고, '거짓교육'이 아닌 '참교육'을 해야 하고, 아이와 어른 모두 '거짓삶'이 아닌 '참삶'을 찾아야 한다고 이야기합니다.

오늘도 어제와 같이 환하게 떠오르는 해를 바라보며 생각합니다. 햇살이 마을마다 곱게 드리울 무렵 우리 마을을 포근히 감싸는 멧자락에 깃들며 살아가는 새들이 마을로 내려옵니다. 마을 둘레 풀숲에서 깃을 부비는 작은 새들도 이무렵 일어나서 노래를 합니다. 작은 새도 큰 새도 저마다 아침노래를 부릅니다.

새들도 먹이를 찾고, 새들도 똥을 눕니다. 새와 마찬가지로, 벌레도 먹이를 찾고, 벌레도 똥을 누어요. 짐승들도 그렇지요. 지렁이도 그렇고 물고기도 그렇습니다. 지구별에 깃든 모든 목숨들은 '밥을 먹고 똥을 눕'니다. 그런데 사람을 뺀 모든 목숨들은 밥을 먹거나 똥을 누며 지구별을 더럽히지 않아요. 새똥도 벌레똥도 지렁이똥도 물고기똥도 모두 지구별을 촉촉하게 적시며 살찌웁니다. 새도 벌레도 지렁이도 물고기도 모두 지구별에 쓰레기를 내놓지 않습니다. 오직 오늘날 물질문명 사람들만 쓰레기를 내놓고, 지구별을 더럽히며 갖가지 전쟁무기를 만들어 나라를 지키겠다고 윽박지릅니다.

짐승과 벌레와 물고기는 서로 먹고 먹히지만, 무기를 들며 싸우는 일이 없습니다. 무기를 만드는 목숨은 오직 사람입니다. 게다가 시골에서 흙을 만지는 여느 시골사람은 무기를 안 만들어요. 낫과 쟁기와 가래가 있을 뿐입니다. 먼먼 옛날부터 서울에 사는 임금님과 신하만 무기를 만들어 군대를 거느려요. 먼먼 옛날부터 고을마다 사대부와 권력자와 부자만 돈으로 사람을 사서 무기를 갖추고 지킴이(군인 노릇 하는 이)를 두어요.

살아가는 빛, "삶의 진리"란 무엇일까요. 무기를 갖추어 재산과 이름과 권력을 지키는 일이 "살아가는 빛"이 될까요. 대학교나 아파트나 은행계좌가 "살아가는 빛"이 될 만할까요.

아라키 노부요시 님이 쓴 《천재 아라키의 애정 사진》(포토넷, 2013)

이라는 책을 읽다가 27쪽에서 "찍히는 사람은 자신의 가장 아름다운 모습을 보이고 싶어 하잖아요. 찍는 사람도 대상이 어느 때보다 행복해 하는 모습, 아름다워 보이는 순간을 포착하고 싶어 해요. 그래서 그런 모습을 찾고 또 찾아요. 신기한 건 결국 그런 장면을 찾게 된다는 사실이에요."와 같은 글월을 봅니다. 아름다운 모습을 찍고 싶다는 생각으로 아름다운 모습을 찾는 사진가는 끝내 아름다운 모습을 찾아내기 마련이고 이녁 사진으로 담는다고 합니다. 아름다운 모습을 찍히고 싶은 사람은 언제나 아름다운 모습을 생각하면서 스스로 아름다운 삶을 일군다고 합니다.

흙을 기름지게 가꾸겠노라 생각하면서 흙을 기름지게 가꿉니다. 아이들과 살가이 얼크러지면서 삶을 즐겁게 짓겠노라 생각하면서 참말 아이들과 살가이 지내고 삶을 즐겁게 짓습니다.

책을 아름답게 읽고 싶기에 스스로 아름답다 싶은 책을 알아봅니다. 책을 사랑스럽게 읽고 싶기에 스스로 사랑스럽다 싶은 책을 살핍니다. 말을 곱게 하고 싶은 사람은 늘 고운 말을 생각하고 찾고 살피면서 이녁 말씨를 곱게 가다듬습니다. 밥을 구수하게 지어 기쁘게 나누고 싶다 생각하는 사람은 늘 밥차림과 밥짓기를 구수하게 추슬러 기쁘게 나눕니다.

참삶이란 참사랑입니다. 참사랑은 참배움(참교육)입니다. 참배움은 참빛입니다. 참빛은 참사람입니다. 참답고 착하며 고운 빛은 스스로 마음과 생각을 참답고 착하며 곱게 다스릴 때에 이룹니다.

재미나게 읽는 책

사진책은 누가 읽는 책일까 생각해 봅니다. 사진을 좋아하는 사람이 읽는 사진책이라 할 테지요. 만화책은 만화를 좋아하는 사람이 읽을 테고, 시집은 시를 좋아하는 사람이 읽을 테며, 소설책은 소설을 좋아하는 사람이 읽을 테지요. 그런데, 사진을 좋아한다고 하는 사람들 가운데 즐겁게 사진책을 장만해서 읽거나 나누는 사람이 뜻밖에 몹시 적습니다. 사진을 좋아한다고 하지만, 정작 사진기를 새로 갖추거나 더 낫다 하는 장비로 옮기는 데에 사로잡힐 뿐, 사진책을 알뜰살뜰 헤아리면서 마음으로 받아들이는 일이 좀처럼 늘지 못해요.

시를 좋아하는 분들은 시읽기뿐 아니라 시쓰기도 해 봅니다. 소설읽기를 좋아하는 분들은 소설읽기를 하는 만큼 소설쓰기까지 나아가기는 어렵다 할 테지만, 글쓰기는 즐겁게 하곤 합니다. 그러니까 사진을 좋아한다는 분은 여러 갈래로 나눌 만해요. 첫째, 사진기를 좋아하는 사람, 둘째 사진찍기를 좋아하는 사람, 셋째 사진에 찍히기 좋아하는 사람, 넷째 사진책을 좋아하는 사람, 다섯째 사진을 좋아하는 사람, 얼추 이렇게 나누어 봅니다. 이 가운데 넷째와 다섯째에 드는 사람이 가장 적지 싶어요. 그래서 사진책을 즐겁게 장만해서 읽거나 나누는 손길이 얕구나 싶습니다.

2012년 12월부터 2013년 11월까지 나온 사진책 가운데 내 마음을 사로잡은 사진책을 가만히 헤아려 봅니다. 어느 사진책이라고 안 아름답지 않으며, 어느 사진책이라고 내 마음으로 안 들어오지 않았습니다. 어느 사진책이든 재미난 삶을 보여줍니다. 어느 사진작가이든 재미난 이야기를 들려줍니다. 어느 사진이든 맑고 밝은 빛과 그늘을 보여줍니다.

몽골에서 마주한 독수리사냥 이야기를 엮은 이장환 님《독수리사냥》(삼인, 2013)을 읽으며 눈과 마음을 탁 틀 수 있었습니다. 아라키 노부요시 님이 일흔 고개를 넘으며 들려준 사진 이야기《천재 아라키의 애정사진》(포토넷, 2013)은 애틋한 사랑노래로 읽었습니다. 김민호 님이 차분한 빛으로 그린《동백꽃 아프리카》(안목, 2013)는 따사로운 볕살과 같았습니다. 호시노 미치오 님 사진과 삶을 어린이 눈높이로 엮어 아이들하고 함께 읽을 만한《호시노 미치오의 알래스카 이야기》(논장, 2013)는 아이들 가슴을 부풀게 할 만하리라 느낍니다. 오오타 야스스케 님이 내놓은《후쿠시마에 남겨진 동물들》(책공장더불어, 2013)과 같은 책을 읽으며 삶을 이루는 바탕과 우리 이웃을 새삼스레 돌아보았어요. 그레그 마리노비치·주앙 실바 두 사람이 쓴《뱅뱅클럽》(월간사진, 2013)은 인종갈등과 전쟁으로 얼룩진 삶터에서 사랑을 지키며 사진을 찍는 고단함과 보람을 알려줍니다. 탈북청소년과 이주노동자와 고려인에 이어 재일조선인과 어깨동무한 김지연 님이 선보인 《일본의 조선학교》(눈빛, 2013)를 보며 나라이름이란 대수롭지 않고, 오직 마음속 빛을 볼 노릇이라고 생각합니다. 진안에서 전주로 사진터를 옮긴 김지연 님이 지난 삶 갈무리한 《정미소와 작은 유산들》(눈빛, 2013)은 우리한테 보배는 늘 곁에 있다고 보여줍니다.

손승현 님 《밝은 그늘》(사월의눈, 2013)과 강영희 님 《배다리 사진이야기, 창영동 사는 이야기》(다인아트, 2012)와 박진영 님 《Way of photography》(atelier Hermaes, 2012)는 여느 책방에서 다루지 않습니다. 이 책들은 출판사에 연락하거나 독립책방을 찾아가야 만날 수 있습니다. 손승현 님 사진에서는 빛을, 강영희 님 사진에서는 넋을, 박진영 님 사진에서는 숨을 찬찬히 느낍니다. 빛으로 삶을 읽고, 넋으로 삶을 마주하며, 숨으로 삶을 헤아립니다.

올해에 비로소 알아보고 즐긴 사진책들을 하나씩 떠올립니다. 이 사진책들은 그동안 얼마나 사랑받았을까 궁금합니다. 인병선 님 《짚문화》(대원사, 1989)는 삶과 밥과 꿈이 어우러진 이야기를 들려줍니다. 이기식 님 《잉카의 웃음, 잉카의 눈물》(작가, 2005)은 잉카 문명을 구경꾼이나 관광객이나 방관자 아닌 '이웃'으로서 만나는 이야기를 펼칩니다. 아베 사토루 님 《도시락의 시간》(인디고, 2012)은 바로 우리 삶이 사진이라고 이야기합니다. 유진 스미스 님 사진책 《W. William Eugene Smith》(la Fabrica, 2011)와 《Minamata》(Holt, Rinehart & Winston, 1972)를 드디어 올해 장만해서 읽습니다. 미국으로 배움

길을 다녀온 곁님이 들고 온 유진 스미스 님 사진책에 실린 숨결을 느끼면서 참 따스하다고 느꼈어요. 유리 꾸이진 님은《Kazakstan nuclear tragedy》(반핵 생물학 협회 폰드, 1997)로 핵무기와 핵발전소 문제를 낱낱이 밝힙니다. 시마 유키히코 님은《無花果の木の下で》(美術出版社, 1998)에서 바람과 같이 흐르는 삶과 사랑을 살며시 붙잡는 손길을 보여줍니다.

다 다른 사람들이 다 다른 자리에서 다 다른 빛을 느껴 다 다른 사진을 찍습니다. 이 다 다른 사진은 다 다른 출판사에서 다 다른 손길로 어루만져 다 다른 사진책으로 내놓습니다. 다 다른 이야기를 다 다른 사진책에서 읽으며 재미납니다. 나도 내 삶을 내 깜냥껏 찍고 엮어 내놓으면 이 재미난 사진책들 사이에서 새로운 이야기 하나 들려줄 수 있겠지요. 재미난 삶에서 재미난 사진이 태어나고, 재미난 웃음을 나누려는 손길에서 재미난 이야기가 샘솟습니다.

오순도순 읽는 책

유월로 접어들며 찾아온 여름은 칠월에 하늘을 찔렀고 팔월로 접어들면서 천천히 수그러듭니다. 칠월에는 저녁 여덟 시까지도 밝았으나 팔월로 접어드니 저녁 일곱 시 반 즈음이면 어느새 어둑살이 내려요. 다만 이렇게 어둑살이 날마다 조금씩 빨리 찾아와도 늦여름인 팔월도 한낮이면 매우 뜨끈뜨끈합니다. 이 여름에 저희 집에서 즐거운 이야기를 베푼 만화책 스무 가지 이야기를 풀어놓아 봅니다.

1 **전당포 시노부의 보석상자 1-2**

니노미야 토모코 글·그림, 대원씨아이 펴냄

전당포에서 일하는 시노부는 보석을 살피는 일을 합니다. 그런데 아직 고등학생입니다. 시노부는 아주 어릴 적부터 보석을 집안에서 수없이 보며 자랐기에 '보석 값어치'를 떠나서 보석마다 사람들한테 어떤 기운을 주고받으면서 어떤 이야기를 아로새겼나 하는 대목을 읽을 줄 압니다. 보석에 얽힌 마음을 느낌으로 읽을 줄 아는 시노부를 둘러싼 재미나면서 남다른 이야기가 흐릅니다.

2 그리고, 또 그리고 1-3

히가시무라 아키코 글·그림, 애니북스 펴냄

마흔 살을 훌쩍 넘은 '아줌마 만화가'인 히가시무라 아키코 님이 어떻게 만화가로 살아갈 수 있었는가 하는 이야기를 되짚으면서 그린 자서전 같은 만화책입니다. 처음에는 만화가 마냥 좋았고, 나중에는 대학입시 때문에 시골마을 그림학원을 다녔는데, 바로 이 시골마을 그림학원에서 그림을 가르쳐 준 분이 있었기에 미대에도 다니고 만화가라는 꿈을 새롭게 되새길 수 있었다고 해요. 만화책 줄거리는 이와 같은데 히가시무라 아키코 님 나름대로 익살스러운 붓끝이 처음부터 끝까지 펼쳐지면서 '무겁지도 가볍지도 않은' 이러면서 '우스우면서 눈물겨운' 이야기가 태어납니다.

3 은빛 숟가락 1-11

오자와 마리 글·그림, 삼양출판사 펴냄

사랑으로 짓는 밥 한 그릇은 누가 어디에서 어떻게 짓는가 하는 줄거리를 들려주는 만화책입니다. 더 맛나거나 멋진 밥이 아니라, 오순도순 어우러지는 한식구를 사랑으로 살찌우는 밥 한 그릇을 다루는 만화책이에요. 이러한 줄거리를 다루되, 이 만화책에 나오는 주인공 삶을 비추면서 '어버이가 낳은 사랑'하고 '어른으로 기르는 사랑'이 저마다 어떻게 다르면서 저마다 어떻게 곱게 빛나는가 하는 대목을 넌지시 짚습니다. 따사로운 숨결로 짓는 살림을 바라는 분이라면 오자와 마리 님이 빚는 '착하면서 고운' 만화를 좋아하리라 생각합니다.

4 코우다이 가 사람들 1-3

모리모토 코즈에코 글·그림, 삼양출판사 펴냄

다른 사람 마음을 읽을 수 있다면 어떤 삶이 될까요? 우리가 서로서로 어떤 마음인가를 읽을 수 있으면 어떤 하루가 될까요? 서로 마음을 읽을 수 있으니 '마음을 숨기는 일'이란 없겠지요. 마음을 숨길 수 없으니 거짓말을 못 할 테고요. 그런데 막상 우리는 서로서로 마음을 못 읽기 일쑤예요. 가까이 지내는 사이인데에도 마음을 모르기까지 해요. 마음을 꽁꽁 닫기 때문일까요, 아니면 사랑으로 따사로이 다가서려고 하지 못하기 때문일까요. 모리모토 코즈에코 님은 이녁이 빚는 익살스러운 이야기로 '마음을 읽는 사람들'이 '마음읽기' 때문에 괴로워하지만, 또 이 '마음읽기' 때문에 기쁨을 배우기도 한다는 줄거리를 잘 다룹니다.

5 와카코와 술 1-6

신큐 치에 글·그림, 에이케이커뮤니케이션즈 펴냄

혼자 사는 아가씨가 혼자서 술집에 찾아가서 혼자서 술하고 안주를 즐기는 이야기를 다루는 만화책입니다. 여럿이 함께 누리는 맛이나 밥이나 술도 틀림없이 좋을 테지만, 혼자서 호젓하게 누리는 맛이나 밥이나 술도 틀림없이 좋다고 하는 이야기를 들려준다고 할까요.

하루 일을 마치고 조용히 잠자리에 들기 앞서 고단함이든 짜증이든 싫음이든 즐거움이든 모든 느낌을 훌훌 털어내기를 바라는 마음으로 느긋하게 술마실을 누리는 이야기는 퍽 상냥하면서도 홀가분해 보입니다.

6 푸르게 물드는 눈 1-2

우니타 유미 글·그림, 애니북스 펴냄

말이 다르면 마음도 다를까요? 《토끼 드롭스》에서는 나이가 다르면 마음도 다른가 하는 대목을 다룬 우니타 유미 님은 《푸르게 물드는 눈》이라는 만화책에서는 '말'이 다르면 서로 어떤 마음이 되는가를 건드립니다. 일본으로 온 중국 유학생이 일본 시골 아가씨(시골에서 도쿄로 유학 온)하고 사랑에 빠집니다. 중국 유학생은 일본말을 익히느라 애먹는데 '일본 시골말'을 처음 들은 뒤 그 시골말은 꼭 '외국말'이라고 느낍니다. 애써 '표준 일본말'을 배우는데 '시골 일본말'도 배워야 하는구나 하고 느끼면서, 이러한 말을 넘는 '서로 아끼는 마음을 담는 말'을 차근차근 헤아리는 이야기가 흐릅니다.

7 천재 유교수의 생활 1-34 (애장판 1-17)

야마시타 카즈미 글·그림, 학산문화사 펴냄

만화가 야마기타 카즈미 님이 수십 해에 걸쳐서 꾸준히 그리는 《천재 유교수의 생활》은 이녁이 어릴 적부터 지켜본 '교수 아버지'를 바탕으로 태어났다고 합니다. 어릴 적부터 숨을 거두는 날까지도 늘 '배움'을 즐거워 한 아버지처럼 '유택 교수'라는 만화책 주인공도 언제나 '배움'을 즐겁게 여깁니다. 새로 배우려 하고, 배우는 자리에서는 조금도 망설이지 않아요. 모든 자리 모든 때 모든 사람한테서 배울 수 있기 때문에 스스로 생각을 새롭게 키우는 길을 걷는 모습은 오늘날 사회 흐름이나 문명이란 무엇인가 하고 되묻도록 이끄는 길잡이가 되기도 합니다.

8 꼬마 애벌레 말캉이 1-2

황경택 글·그림, 소나무 펴냄

알에서 갓 깨어난 나방 애벌레가 처음으로 마주하는 온누리를 어떤 눈으로 바라볼까 하고 생각하면서 이야기가 흐르는 만화책입니다. 첫째 권에서는 꼬마 애벌레가 저를 둘러싼 너른 사회(숲)를 하나씩 배우는 이야기가 흐르고, 둘째 권에서는 꼬마 애벌레가 어른 나방으로 거듭나려는 길을 다루는 이야기가 흐릅니다. 애벌레 몸과 마음에 어떤 숨결이 흐르는가를 살며시 보여주고, 애벌레뿐 아니라 지구별 모든 목숨붙이 몸과 마음은 어떤 넋과 사랑으로 이루어졌는가를 조용히 밝히려 합니다.

9 네가 나에게 들려주는 이야기 1-2

나치 미사코 글·그림, 에이케이커뮤니케이션즈 펴냄

고양이 마음을 읽을 줄 아는 어느 아가씨가 '집고양이'하고 '들고양이'를 사랑하는 사람들한테 찾아가서 '고양이 마음'을 읽은 뒤에 왜 고양이가 어떤 몸짓이나 모습을 보여주었는가 하고 알려주는 이야기를 담은 만화책입니다. 일본에서는 이를 애니멀 레이키라고도 하는데, 입이 아닌 마음으로 서로 이야기를 주고받는 삶이라고 할 수 있어요. 마음을 읽기에 서로 더 아낄 수 있고, 마음을 읽으려 하면서 서로 더 기쁘게 어울릴 수 있는 살림을 부드러이 보여줍니다.

10 토성 맨션 1–7

이와오카 히사에 글·그림, 세미콜론 펴냄

지구가 온통 쓰레기밭으로 바뀐 뒤 이 지구를 떠나야 한 사람들 이야기를 다룬 에스에프만화라고도 할 수 있는《토성 맨션》입니다. 그런데 사람들이 쓰레기별 지구를 떠나야 하면서 대기권 바깥에 새로 지은 '맨션'에 계급이 갈려요. 지구가 쓰레기별이 된 까닭을 곰곰이 따지자면 사람들이 서로 아끼고 도우면서 평화로운 살림을 가꾸지 못한 탓일 텐데, 지구 바깥에서도 계층을 갈라서 지낸다니 그야말로 어리석기 짝이 없지요. 이런 지구 대기권 바깥누리에서 '창문닦이 아이'가 '똑같이 창문닦이였던 아버지가 그만 사고로 지구로 떨어져 죽은 일'을 늘 마음속으로 그리다가 '아버지가 떨어진 지구'로 '하층 계급 사람들이 만든 우주선'을 타고 찾아가는 이야기를 다루어요.

11 경계의 린네 1–23

타카하시 루미코 글·그림, 학산문화사 펴냄

《란마》와《이누야샤》 같은 만화를 그리고도 기운이 넘쳐서 새롭게《린네》를 그리는 타카하시 루미코 님입니다. 이녁이 그리는 만화에는 늘 푸름이가 나옵니다. 때로는 스무 살 남짓 젊은이가 주인공이기도 하고, 아저씨나 아주머니가 주인공인 단편만화도 그리지만, 오랜 나날에 걸쳐서 꾸준히 그리는 만화에서는 열예닐곱 살 푸름이가 주인공으로 나오지요. 이 아이들은 '어른이 사회로 지은 굴레'에서 이 굴레에 고스란히 갇히는 몸짓이 아니라, 새로운 길을 슬기롭게 열려고 하는 마음으로 삽니다. 《경계의 린네》에서는 삶과 죽음이라는 경계를 늘 넘나드는 린네라는 '가난뱅이 사신' 일을 하는 삶과 살림을 익살스러우면서도 살갑고 포근하게 어루만지는 손길로 재미있게 보여줍니다.

12 먹고 자는 두 사람 함께 사는 두 사람 1-5

히구라시 키노코 글·그림, 대원씨아이 펴냄

한집에서 함께 사는 두 사람은 그저 '먹고 자는 사이'일까요, 참으로 '함께 사는 사이'일까요? 그냥 먹고 자는 사이일 적에는 서로서로 얼마나 마음을 모르고 제멋대로 굴려 했는가를 보여주고, 차츰 함께 사는 사이로 발돋움하면서 비로소 서로 어떻게 마음을 열어서 하루를 어떤 살림으로 지을 적에 함께 웃고 노래할 만한가를 따사로이 비추어 보입니다. 이른바 '동거'에서 '혼인'으로 나아가는 두 짝꿍 이야기요, '아이 없는 나날'을 살다가 '왜 아이를 낳고픈 마음이 드는가'를 사랑스레 잘 짚어서 보여주는 만화책입니다.

13 솔로 이야기 1-4

타니카와 후미코 글·그림, 대원씨아이 펴냄

혼자 지내거나 홀로 사는 아가씨가 왜 혼자 지내거나 왜 홀로 사는

가를 보여주는데, 저마다 아픈 이야기를 가슴에 품기도 하지만, 아프면서도 기뻤던 이야기를 가슴에 품기도 하고, 즐거우면서 놀라웠던 이야기를 가슴에 품기도 한다는 대목을 살갑게 잘 보여줍니다. 혼자라서 외롭지 않고, '외롭기 때문에 외롭다'고 하는 모습을 잘 보여주는 만화예요. 사람들한테 둘러싸이거나 나를 아끼려는 사람이 있기에 안 외로운 삶이 아니라, 스스로 씩씩하고 즐겁게 일어서려는 마음을 일으키지 못하기에 외롭고 마는구나 하는 모습을 잘 보여주어요. 그래서 '혼자인 길'을 스스럼없이 골라서 나아가는 아가씨들 이야기가 살뜰히 흐릅니다.

14 젤리장수 다로 1-5

김민희 글·그림, 마녀의책장 펴냄

익살과 뒤집기로 '전쟁터 한복판에서 젤리를 파는 아이' 이야기를 다루는 만화책입니다. 젤리를 팔아서 금덩이를 얻으려는 사람들이 무시무시한 사막을 가로지르려 하면서 겪는 일, 인어와 사람 사이에 얽힌 일, 돈과 사람 사이에 맺힌 일, 앞으로 나아가려는 꿈이 있느냐 없느냐에 따라 갈리는 일 들을 무겁지 않게 다루는 만화책입니다. 군인이 칼을 내리고 젤리를 손에 쥘 수 있다면, 군인이 싸움을 그치고 서로 돕는 어깨동무를 할 수 있다면, 그때에 이 땅에 어떤 일이 벌어질까요?

15 백성귀족 1-4

아라카와 히로무 글·그림, 세미콜론 펴냄

홋카이도 시골에서 소를 키우고 밭을 일구는 어버이 곁에서 시골일을 하며 자란 만화가 아주머니가 어릴 적 일을 되새기면서 '백성이자 귀족'이던 시골살림 이야기를 무척 웃기면서도 차분하게 들려주는 만화책입니다. 일이 고되기에 백성으로 지내는 시골살림인데, 이러면서도 먹고 자고 누리고 얻는 모든 것은 귀족과 같다고 할 만하기에 '백성귀족'이 된다고 합니다. 아라카와 히로무 님은 이런 시골살림 이야기를 그리면서도 생각날개를 펼쳐서《백성귀족》을 읽는 사람들한테 웃음뿐 아니라 '생각을 여는 기쁨'도 함께 베풀어 줍니다.

16 플레이 플레이 소녀 1-2

요시즈키 쿠미치 그림, 하시모토 히로시·와타나베 켄사쿠 글, 서울문화사 펴냄

응원단으로 뛰는 고등학교 아이들 이야기를 그립니다. 응원단이 되려는 아이들은 처음에는 동아리 활동 가운데 하나로, 또는 다른 생각을 품고서 이 일을 하려고 했지만, 어느새 응원단(을 비롯하여 동아리 활동이든 무엇이든)으로 누군가를 북돋우는 몸짓이란, 바로 아이들 스스로 저부터 북돋울 때에 할 수 있다고 깨달아요. 스스로 씩씩하지 못할 적에는 남을 응원하지 못하고, 스스로 즐겁지 못할 적에도 남을 응원하지 못해요. 쭈뼛쭈뼛 얌전하기만 하던 아이들이 스스로 굴레를 털고 일어서는 모습을 잘 보여줍니다.

17 토리빵 1-7

토리노 란코 글·그림, AK커뮤니케이션즈 펴냄

뒤엣권 번역이 좀처럼 나오지 못해 아쉬운 만화책입니다만,《토리빵》은 봄에도 여름에도 가을에도 겨울에도 즐겁게 곁에 두면서 마음을 쉴 만한 이야기를 얻도록 해 주는 만화책이라고 느낍니다. 어머니하고 둘이 조용히 살면서 집 둘레에 늘 수많은 새들이 모여들도록 하면서 '새와 숲과 하늘과 들과 철과 날씨'를 두루 마음으로 받아들이는 하루를 만화로 더없이 아름답게 담았구나 하고 느끼면서 이 만화책을 으레 되읽곤 합니다. 새가 보여주는 살짝 우스꽝스러운 모습도 재미있고, 새가 보여주는 좀 멍청하거나 바보스러운 모습도 재미있는데, 가만히 보면 사람도 이처럼 우스꽝스럽거나 멍청하거나 바보스러운 짓을 일삼기도 해요. 그리고 수많은 새가 보여주는 즐겁고 아늑한 모습처럼 사람도 즐겁고 아늑한 살림을 짓기도 합니다.

18 아이사와 리쿠 상-하

호시 요리코 글·그림, 이봄 펴냄

아쉽거나 모자랄 것이 없다 싶은 살림살이인 어머니와 아버지가 곁에 있지만, 늘 아쉽거나 모자라구나 하고 느끼는 아이사와 리쿠라는 중학생 아이가 있습니다. 이 아이는 도쿄에서 지내며 늘 이 아쉬움과 모자람 때문에 문득 눈물을 지어요. 저절로 흐르는 눈물이 아니라 '아, 이때에는 눈물을 흘려 주어야겠구나' 싶어서 짓는 눈물입니다. 그런데 아이 어머니는 아이한테 사랑을 나누어 주지 않고 '딴 것'을 나누어 줍니다. 아이 아버지도 그리 다르지 않아요. 두 사람은 어른이지만 어른스럽지 못하고, 어버이라면서 어버이답지 않아요. 돈 걱정 옷 걱정 밥 걱정을 안 하면 아이들은 아무 걱정이 없이 자랄 만할까요? 아이들이 늘 가장 크게 바라는 한 가지는 '사랑 걱정'인 줄 어른이나 어버이는 왜 자꾸 놓칠까요?

19 불새 1-16+외전

데즈카 오사무 글·그림, 학산문화사 펴냄

오늘날 우리가 누리는 만화라고 하는 틀을 단단히 닦았다고 일컫는 '만화 하느님'인 데즈카 오사무 님이 온힘을 들여서 그리려고 했으나 마지막 이야기를 그리지 못하고 끝난《불새》는 본편이 열여섯 권이고, 외전이 한 권 더 있습니다. 만화책《불새》는 기나긴 시간과 머나먼 공간을 가로지르면서 이야기를 펼쳐요. 수천 해나 수만 해를 가볍게 건너뛰고, 이곳과 저곳도 홀가분히 가로지르지요. 삶과 죽음, 여기와 너머, 너와 나, 하나와 모두, 여러 가지 실타래를 마음으로 살피면서 이야기를 짓습니다. 마음을 차분히 쉬거나 달래려고 하는 때에《불새》를 읽을 수 있다면, 우리가 저마다 오늘 이곳에서 스스로 짓는 삶을 얼마나 새롭게 바라보면서 가꾸려 할 때에 스스로 얼마나 달라지는가를 느끼도록 북돋아 주리라 봅니다.

20 히스토리에 1-9

이와아키 히토시 글·그림, 서울문화사 펴냄

역사란 무엇이고, 역사는 누가 쓰며, 역사는 어떤 눈길로 나타나서 책으로 엮일까요? 우리가 배우는 역사는 누구 이야기이며, 우리한테 역사를 가르치려는 이들은 어떤 사람들이 지은 어떤 삶을 보여주려고 할까요?《기생수》를 그리기도 했던 이와아키 히토시 님은 역사를 만화로 담으면서 '그들이 말하는 그것'이 아니라 '그들 곁에 있던 수많은 사람들을 둘러싼 이것'을 넌지시 밝혀 보려고 합니다. '책으로 기록된 역사' 뒤쪽에 어떤 이야기가 더 도사리는가 하는 이야기를 만화책으로 생각날개를 펼쳐서 한결 깊으면서도 넓게 다루는구나 싶어요.

만화책 스무 가지는 여름을 잊거나 식히기에 좋을 수 있지만, 만화책 스무 가지로도 여름을 못 잊거나 못 식힐 수 있습니다. 그럴 때에는 어떻게 하면 좋을까요? 이 만화책 스무 가지로도 여름에 너무 덥다면, 책을 덮고 골짜기나 바다나 냇물로 달려가야지 싶어요. 즐겁게 파란 바람을 쐬고, 기쁘게 파란 하늘을 마시면서 이 여름에 무럭무럭 자라는 나락을 지켜보고, 이 여름에 알이 굵는 옥수수를 따서 맛나게 쪄서 먹으면 어느새 더위는 가시리라 생각합니다.

시골에서 책을 읽는 맛

스스로 생각하는 책읽기

나는 내가 생각하는 대로 책을 살핍니다. 내가 생각하는 결에 따라 내 마음으로 이런 책과 저런 책이 찾아옵니다. 나는 내 생각을 살찌우는 책을 만나고, 내 생각을 살찌우는 책은 다시금 새롭게 녹아듭니다.

내 이웃과 동무는 저마다 이녁이 생각하는 대로 책을 헤아립니다. 내 이웃과 동무가 스스로 생각하는 결에 따라 이녁 마음으로 이런 책과 저런 책이 찾아가지요. 내 이웃과 동무는 이녁 생각을 살찌우는 책을 만나고, 이녁 생각을 살찌우는 책은 다시금 새롭게 스며듭니다.

내 생각이 '내가 읽을 책'을 부르고, 내가 읽는 책에 따라 내 삶은 '내 생각과 닮은' 길을 걷습니다. 이렇게 천천히 내 길을 걷다 보면, 어느새 내가 처음에 바란 꿈하고 가까워질 테지요. 시나브로 내 꿈을 내 손으로 하나씩 이룰 테지요.

누구나 스스로 생각하거나 바라는 대로 책을 읽습니다. 스스로 생각을 넓히는 사람은 온갖 책을 넓게 읽습니다. 스스로 생각을 깊게 파헤치는 사람은 깊게 파고드는 책을 읽습니다. 바쁜 사람은 바쁜 겨를에 훑을 만한 책을 읽습니다. 느긋한 사람은 느긋하게 돌아볼 만한 책을 읽습니다. 아이를 사랑하면서 하루를 짓는 사람은 아이와 함께 하루를 짓는 이야기가 흐르는 책을 읽습니다. 지구별과 얽힌 수수께끼를 풀면서 삶을 빛내는 슬기를 헤아리고 싶은 사람은 이러한 실타래를 푸는 책을 하나둘 만납니다. 생각대로 짓는 삶이고, 생각대로 찾아서 읽는 책입니다.

광주에서 하룻밤

광주에서 하룻밤을 묵습니다. 마흔 해 남짓 살며 광주에서 언제 하룻밤을 묵었을까 하고 돌아봅니다. 안골에 깃든 길손집에 깃들어 따뜻하게 납니다. 이 길손집에 꽤 많은 이들이 다녀갔겠지요. 저마다 새 이야기를 찾아 이 자리를 거쳤을 테지요. 고흥을 떠난 시외버스는 주암못 둘레를 구비구비 돌았고, 오늘 다시 그 길을 구비구비 돌겠네요. 광주에 닿은 뒤에는 택시를 타고 자가용을 얻어타고 예쁜 밥집과 찻집에 들면서 이곳 바람을 쐽니다.

서른 몇 해 앞서 군사쿠데타는 왜 다시 일어났을까요. 서울에서는 그 많은 똑똑한 사람과 힘이랑 돈이 있는 참말 그 많은 사람들이 사랑과 꿈으로 가득한 평화 평등 자유로 나아가려 하지 않았을까요. 광주시외버스역에서 내려 택시를 타고 계림동 쪽으로 달리다가 비탈진 골목 한켠에 비탈밭을 정갈히 가꾼 모습을 보았습니다. 재개발을 들이대고 돈을 밀어붙이면 번듯해 보이는 건물이 설 테지만, 흙과 풀과 나무가 죽습니다. 돈과 권력이 아무리 대단해 보인들, 숨을 못 쉬면 다 죽습니다. 숨을 쉬도록 숲과 시골이 있어야 하고, 도시에도 숲과 들이 우거져야 비로소 숨을 쉽니다. 사람들이 책을 자꾸 안 읽는 까닭은 숲을 모르고 시골과 등지기 때문이지 싶습니다. 삶을 모르는 사람이 어찌 사랑을 알겠으며, 어찌 꿈을 노래하겠는가 싶습니다.

사랑스레 책읽기

사랑스레 읽는 책은 언제나 사랑스레 스며듭니다. 사랑스레 읽지 않는 책이라면 사랑스러운 기운은 조금도 안 스며듭니다. 책 하나가 사랑스럽기 때문에, 어느 책 하나를 읽으면서 사랑스러운 기운을 얻을 수 있지만, 책을 마주한 사람들 눈길과 손길이 사랑스럽기에 어느 책을 손에 쥐든 사랑스러운 기운을 얻을 수 있기도 합니다.

네가 사랑이기에 나도 너한테 사랑을 주지 않습니다. 내가 사랑이라면 나는 언제 어디에서나 누구한테나 늘 사랑을 나누어 줍니다.

주고받기 때문에 사랑이 아니라, 언제나 기쁘게 나누기 때문에 사랑입니다. 사랑스레 책을 읽는 사람은 늘 새롭게 사랑을 길어올려서 내 몸과 마음부터 맑고 밝게 가꾸는 사람이면서, 둘레에 있는 이웃과 동무한테 늘 아름답게 웃고 노래할 수 있는 기운을 나누어 주는 사람입니다.

오늘날에는 사람들이 '사랑'이라는 이름을 흔히 쓰면서도, 막상 스스로 사랑이 아니요 사랑스러움하고는 동떨어진 채 살기에 자꾸 서로서로 아프게 합니다. 사랑은 허울이 아닙니다. 사랑은 이름이 아닙니다. 사랑은 오롯이 사랑일 뿐입니다. 사랑스레 삶을 지으면서 사랑스레 책을 읽습니다.

바보와 멍청이 책읽기

말을 배우는 사람은 바보가 됩니다. 말을 안 배우는 사람은 멍청이가 됩니다. 언뜻 보자면, 말을 배우는데 왜 바보가 되느냐 싶지만, 말을 배우기에 바보가 됩니다. 말을 배우는 사람은 '내가 무엇을 모르는지'를 깨닫기에 바보가 됩니다. 무엇을 모르는지 깨닫는 바보는 이제부터 하나씩 배워서 받아들입니다. 바보가 되는 사람은 스스로 깨어나고 싶은 사람입니다.

멍청이가 되는 사람은 무엇일까요. 말을 안 배우기에 멍청이가 되는데, 말을 안 배운다고 할 적에는 내가 누구이고 내가 무엇을 모르는지 안 깨닫습니다. 그러니 멍청이입니다. 멍청이는 스스로 무엇을 모르는지 안 깨닫기에 아무것도 배울 수 없습니다. 그저 멍하니 있을 뿐입니다. 배움이 없기에 슬기롭지 못하고, 슬기롭지 못하니 철들지 않습니다. 멍청이는 늘 철모름쟁이입니다.

바보는 철이 듭니다. 철이 드는 바보는 어느새 무르익습니다. 무르익은 바보는 곧 슬기로움을 알아채고, 슬기로움을 다시금 녹여서 사랑으로 피어나게 합니다. 온누리에 있는 모든 '깨달은 사람'은 바보입니다. 왜냐하면 '모르는 내 숨결을 깨달은 사람'이기에 바보요, 모든 것을 새롭게 볼 수 있으며, 무엇이든 새롭게 지을 수 있습니다.

우리는 말을 배워야 합니다. 우리는 말을 배워서 바보가 되어야 합니다. 내가 하는 말을 이제껏 하나도 모른 줄 바르게 바라보고 바르게 배워서 바르게 거듭나야 합니다. 말을 배워야지요. 말을 배워서 바보가 되어야지요. 말을 배워 바보가 된 뒤, 차근차근 거듭나서 오롯이 서는 '사람'이 되어야지요.

'싸우는 아이'에서 '노는 아이'로

나는 오늘부터 새로운 '아이'로 살기로 합니다. 내가 이제껏 살던 모습은 '싸우는 아이'입니다. 나는 나를 둘러싼 바람이 '사회의식'이었기에, 이러한 사회의식에 갇히거나 눌리거나 치이지 않도록 늘 싸우며 살았습니다. 누가 나를 어떤 틀에 가두려 한다든지, 누가 나를 어떤 굴레로 씌워서 누르려 한다든지, 누가 나를 어떤 쳇바퀴에서 맴돌도록 친다든지 할 적마다 싸웠습니다.

오늘부터 나는 새로운 생각을 새로운 바람한테 맡겨서 새로운 마음에 깔아 새로운 몸으로 살려고 합니다. 그래서 날마다 '노는 아이'로 살려 합니다. 집에서 살림을 하거나 바깥에서 돈을 벌거나 아이들과 어우러지거나 곁님과 사랑하거나 글을 쓰거나, 내 마음이 늘 '노는 아이'로 웃는 길을 가려 합니다. 왜냐하면 나는 처음 태어날 적부터 '노는 아이'였고, 우리 아이들을 '노는 아이'로 낳았으며, 우리 곁님도 '노는 아이'인데다가, 우리 모두 누구나 '노는 아이'인 줄 알았기 때문입니다.

시외버스 TV 뉴스

경기 고양시 백석역에 있는 버스역에서 순천으로 가는 시외버스를 탑니다. 아침 여덟 시부터 달리는 이 시외버스는 순천에 낮 한 시나 되어서야 닿을 듯합니다. 그런데 이 시외버스는 아침 여덟 시부터 낮 한 시가 거의 다 된 이즈막까지 내내 TV를 틉니다. 누가 보라고 틀까요? 버스에 탄 사람들을 죽 둘러보니, 나 말고는 깨어서 움직이는 사람이 없는데, 누가 보라고 틀까요? 그렇다고 버스 일꾼이 TV를 볼 수 있지도 않아요. 왜 트는가요? 잠든 사람들 머릿속에 저 텔레비전 소리가 스며들기를 바라는 마음일까요?

시외버스 TV 뉴스는 '사건·사고'를 참으로 꼼꼼히 보여줍니다. 어떤 손놀림으로 다른 사람 것을 훔치거나 가로채는지 밝힙니다. 왜 이럴까요? 그러니까 '아직 훔치거나 가로챌 줄 모르는' 사람들더러, 앞으로는 제 이웃이나 동무한테서 '이렇게 훔치거나 가로채라'는 뜻일까요? 그렇지 않다면, '범죄 수법'과 '피해 금액'을 왜 이다지도 꼼꼼하면서 큼지막하게 '가르쳐' 주는가요?

'사랑'을 읽으려 한다면

눈먼 사랑이 있고, 눈뜬 사랑이 있다고도 말합니다. 그러나 사랑은 어디에 눈이 멀지 않습니다. '눈먼 모습'이라면 사랑이 아닌 '좋아함'입니다. 눈이 멀기에 무턱대고 좋아하거나 따르려 합니다. 그리고 눈이 멀기에 그저 좋은 쪽으로만 가려 하고, 눈이 먼 탓에 그리운 어느 곳으로 가고야 맙니다. 사랑이 되면, 눈이 멀지 않습니다. 고요하면서 차분하기에 아름다운 곳으로 저절로 갑니다. 그러면 '눈뜬 모습'은 무엇일까요. 사랑이 되면 저절로 눈을 뜹니다. 사랑이면서 눈을 떠요. 다시 말하자면, 눈먼 모습은 사랑이 아닌 모습이고, 눈뜬 모습이 바로 사랑인 모습입니다.

사랑을 굳이 두 가지로 바라보자면, 사랑에는 '낳는 사랑'과 '기르는 사랑'이 있습니다. 어머니는 언제나 낳는 사랑이고, 아버지는 언제나 기르는 사랑이지요. 사회에서 흔히 '입양'을 하는 어버이가 있는데, 이러한 어버이도 '기르는 사랑'입니다. 낳든 기르든 모두 사랑이기에, 이러한 사랑길로 걸어갈 수 있다면 모두 아름다운 웃음과 노래와 이야기를 낳습니다.

사랑을 읽으려 한다면, 내가 손수 낳는 사랑인지 아니면 손수 기르는 사랑인지 살필 노릇입니다. 낳거나 기르거나 모두 아름답습니다. 모두 사랑이기에 아름답습니다.

음성에 계신 아이들 할아버지 할머니 댁에서 사흘을 지낸 뒤 고흥집으로 돌아옵니다. '집'에 갔다가 '집'에 돌아옵니다. 두 집 사이를 오가면서 '집'을 곰곰이 생각합니다. 나는 스무 살에 제금을 났으니, 이제는 '우리 어버이 집'에서 살던 나날보다 '우리 집'에서 사는 나날이 더 깁니다. 앞으로는 '우리 집'에서 보내는 나날이 훨씬 길어지리라 봅니다.

지난날에는 한 집안에서 제금을 날 적에 그리 멀리 떨어지지 않았습니다. 더 생각해 보면, 제금을 나더라도 굳이 멀리 갈 까닭이 없어요. 왜 그런가 하면, 아이를 낳는 어버이는 '어버이 스스로 가장 아름답고 사랑스럽다 여기는 터전'에 보금자리를 마련하기 때문이에요. 두고두고 물려받아 두고두고 물려줄 만한 '숲집'을 가꿀 적에는 굳이 멀리 떨어진 데에 살 까닭이 없지요.

오늘날에는 아이들이 제금을 나면서 한 집안에 그대로 머무는 일이 드물어요. 요즈음 어버이는 아이들이 제금을 날 수 있도록 몇 억 원에 이르는 돈을 아파트나 자가용을 장만하는 돈으로 쓰려고 허리띠를 졸라매요. 이리하여 이 나라에서는 아파트 산업과 자동차 산업이 끝없이 내달립니다.

곰곰이 생각할 노릇입니다. 도시에서 산다면, 도시에서 일자리를 얻어서 산다면, 굳이 어버이와 아이가 제금을 날 까닭이 있을까요? 한 집안을 이루면서 자가용을 함께 쓴다면, 돈을 훨씬 아낄 뿐 아니라, 아낀 돈으로 훨씬 기쁜 나날을 누리지 않을까요? 어버이와 아이가 한 집안을 이루면, '어른이 된 아이'가 새로운 아이를 낳을 적에, 아주 홀가분하면서 부드럽고 따스하게 '할머니 할아버지'가 '새 아이'를 맡아서 돌보리라 느껴요.

'새로 태어나는 아이'는 어버이 사랑뿐 아니라 할머니 할아버지 사랑을 받아야 합니다. 새로 태어나는 아이는 어버이 슬기에다가 할머니 할아버지 슬기를 배워야 합니다. 여러 어른이 한 집안에서 지내는 일은 서로서로 즐거우면서 아름다운 살림이 됩니다. 오늘날 도시 문명사회가 왜 '한 집안을 뿔뿔이 가르려 하는가'를 제대로 바라보면서 읽어야 합니다. 우리는 오늘날 슬기로움을 스스로 길어올리지 못하면서 인터넷이나 책이나 전문가나 학교 따위에서 얻으려 하는데요, 슬기로움은 스스로 길어올릴 수 있을 뿐, 다른 데에서는 찾을 수 없지 싶어요. 어버이가 아이한테 물려주면서, 아이가 스스로 깨닫는 슬기이지, 책이나 지식이나 철학이나 종교나 학교에서는 아무런 슬기가 없다고 느껴요.

우리가 돌아가는 '집'은 어디인가요. 우리는 어느 집에서 무슨 살림을 가꾸는가요. 우리는 우리 집을 어떤 보금자리로 가꾸는가요.

흙내음 책읽기(흙운동장 있는 학교)

요즈음은 시골 면소재지나 읍내에 있는 학교까지 운동장을 '인조잔디'로 바꿉니다. 왜 이렇게 바꿀까요? 시골에 문화나 복지로 도와주려고 한다는 뜻이라 합니다. 그러면 인조잔디를 깔아야 보기 좋거나 훌륭한 운동장이 될까요? 도시처럼 '흙이 없'어야 문화나 복지로 한결 나은 모습인 셈일까요?

사람이라면 스스로 생각해야 합니다. 인조잔디를 깐 운동장에서 뛰면 무슨 냄새를 맡을까요? '인조잔디 냄새'를 맡지요. 플라스틱 냄새나 석유 냄새를 맡아요. 흙운동장을 달리면 무슨 냄새를 맡을까요? '흙내음'을 맡지요. 흙운동장에서 풀이 돋으면, 이 풀 둘레에서 무슨 냄새를 맡을까요? '풀내음'을 맡지요.

흙으로 된 운동장에 돋는 풀을 뽑아야 할 까닭이 없습니다. 그대로 두면 돼요. 흙운동장에 풀포기가 돋는다고 해서 대수롭지 않습니다. 왜 그런가 하면, 아이들이 신나게 뛰놀면 풀포기는 그만 납작꿍이 되어요. 아이들 발길에 채여 풀포기가 자랄 틈이 없어요. 이러면서 풀포기가 차츰 퍼지면, 아이들이 흙운동장에서 뛰놀다가 넘어져도 아이들 무릎을 지켜 줍니다. 잘 가꾼 축구장을 보셔요. 풀잔디가 얼마나 고운가요. 학교 운동장은 흙운동장인 모습을 그대로 두고, 아이들이 마음껏 뛰놀도록 하면, 풀이 우거지지 않으면서 아주 멋진 놀이터가 됩니다. 수많은 아이들이 날마다 밟아 주는데 무슨 걱정이 있을까요. 더러 풀이 좀 높이 솟는다면, 높이 솟은 풀은 이러한 풀대로 재미난 볼거리가 됩니다. 씩씩한 풀포기를 바라보면서 삶을 더욱 깊고 넓게 헤아릴 수 있습니다.

시멘트와 아스팔트만 있는 도시에서 사람들은 무슨 냄새를 맡을까요? 시멘트 내음과 아스팔트 내음입니다. 숲과 들이 없는 곳에서 사람들은 무슨 생각을 할까요? 농약과 비료만 춤추는 시골에서 사람들은 무슨 냄새를 맡으면서 무슨 생각을 키울까요?

삶내음을 맡아야 합니다. 삶내음을 찾아야 합니다. 삶내음을 알고 배우며 가르쳐야 합니다. 삶내음을 사랑하고, 삶내음을 꿈꿀 수 있어야 합니다. 사람은 흙을 밟고 풀을 먹으며 바람을 들이켤 때에 비로소 아름다운 숨결이 됩니다.

모든 책이 태어나는 첫자리

모든 책이 태어나는 첫자리를 생각합니다. 바로 아이들 손끝입니다. 왜 이러한가요? 왜냐하면 책을 쓰는 모든 어른은 처음에는 아이였기 때문입니다. 학문을 하거나 철학을 하거나 문학을 하거나 과학을 하기 앞서, 즐겁게 뛰논 아이로 삶을 누렸기에 비로소 모든 학문도 철학도 문학도 과학도 할 수 있습니다. 즐겁게 뛰논 삶이 없다면 아무것도 하지 못해요. 즐겁게 뛰놀면서 동무와 어울린 나날이 없다면 어느 것도 이루지 못해요.

글 한 줄은 맑게 웃으며 놀던 어린 날에서 비롯하지요. 책 한 권은 밝게 노래하며 어깨동무하던 어린 삶에서 태어나고요. 모든 책이 태어나는 첫자리는 사랑이라고 느껴요. 모든 책이 깨어나는 끝자리는 꿈이에요. 모든 책이 흐르면서 환하게 퍼지는 자리는 삶입니다.

직업과 책읽기

사람은 '직업'이 있어야 하지 않습니다. 아이들은 앞으로 어른이 되면서 '직업'을 찾아야 하지 않습니다. 사람은 제 몫으로 삶을 누려야 합니다. 아이들은 앞으로 어른이 되면서 기쁘게 할 수 있는 일을 찾아야 합니다.

우리 사회와 교육과 문화를 보면, '직업'이 꼭 있어야 한다거나 찾아야 한다고 몰아세웁니다. 직업이 없는 사람은 바보나 멍청이로 여기기 일쑤요, 아침 아홉 시부터 저녁 여섯 시 사이에는 '어떤 틀에 박힌 일터(사무실)'에 앉아서 또닥거려야 '사람된 모습'인 줄 잘못 알거나 여기기까지 합니다.

시골사람은 아침 아홉 시부터 일하지 않습니다. 시골사람은 으레 새벽 네 시부터 일하고, 새벽 여섯 시 즈음 일을 마무리지은 뒤 아침 일곱 시 즈음 밥술을 뜹니다. 시골사람한테 아침 아홉 시는 '하루를 여는 일'을 마무르는 때입니다. 바쁜 일철이라면 햇볕이 뜨거워질 낮까지 일손을 놀리고, 일이 바쁘더라도 햇볕이 너무 뜨거우면 살짝 숨을 돌리면서 눈을 붙이다가, 햇볕이 수그러들 즈음부터 바람이 선선할 때까지 다시 일손을 잡습니다. 이러고 나서 해가 떨어지면, 즐겁게 하루를 마치면서 자리에 눕지요.

사람은 '회사원'이 되어야 하지 않습니다. 아이들은 '공무원'이 되어야 하지 않습니다. 우리는 우리한테 알맞고 기쁜 '일'을 하면 됩니다. 모든 사람이 도시로 가서 살아야 하지 않으며, 모든 사람이 도시에서 일자리를 얻어야 하지 않습니다. 학교에서는 아이들을 도시로 몰아세우지 말아야 하고, 마을과 집에서는 마을살이와 보금자리 가꾸기를 기쁘게 할 수 있어야 합니다.

'내 일'을 내가 스스로 찾으면 됩니다. '내 삶'을 내가 손수 가꾸면 됩니다. '내 꿈'을 내가 몸소 이루면 됩니다. 일을 하는 삶이요, 꿈으로 가는 삶입니다. 일을 하면서 즐겁게 쉬는 삶이고, 꿈으로 가면서 기쁘게 노는 삶입니다.

어른도 아이도 '직업'에 얽매이지 말 노릇입니다. 직업에 얽매이지 않으면 '돈이나 지위'에도 얽매이지 않습니다. 돈을 더 많이 벌어야 하지 않고, 지위가 더 높아져야 하지 않습니다. 그러나 돈을 넉넉하게 많이 벌 수 있고, 누군가 우리한테 지위를 주겠다면 얼마든지 주라고 할 수 있습니다. 우리는 언제나 스스로 기쁜 일을 하면서, 스스로 기쁜 마음이 될 책을 읽으면 됩니다. 우리는 언제나 손수 아름답게 일을 하면서, 손수 사랑스러운 마음이 될 책을 벗님으로 삼으면 됩니다.

'교육 받으며' 책읽기

몇 해 앞서 민방위훈련을 받아야 할 적에, 이 훈련에 가면 으레 책을 몇 권 챙겨서 읽었습니다. 민방위훈련이라고 하지만, 정작 하는 일은 무슨 방공호 같은 데에 우리를 여러 시간 가두고 비디오를 틀어 주는데, 삶을 북돋우는 이야기는 하나도 없이 사람을 바보로 만드는 이야기만 가득했어요. 이리하여 나는 민방위훈련을 받을 때마다 책을 신나게 읽었는데, 이제 민방위훈련을 받을 일이 없으나, 오늘 순천에 어떤 '교육'을 받으러 가야 해서, 이 교육을 받는 자리에서 책을 두 권 읽습니다.

여러 사람을 모아서 자리에 앉힌 뒤 하는 '교육'은 무엇을 헤아릴까요? 무엇을 가르치려는 생각일까요? 미리 나누어 준 자료꾸러미에 다 나온 이야기를 되풀이하면서 두 시간을 채우려 하는 교육은 무슨 뜻일까요? 아무런 아름다움도 기쁨도 보람도 들려주지 못하는 '교육'은 우리한테 무엇일까요? 오늘날 학교에서 아이들을 가르친다고 하는 어른들(교사)은 참말 무엇을 말하는 셈일까요?

나는 학교(초·중·고등학교)를 다닐 적에 교과서 밑에 다른 책을 숨겨서 읽기 일쑤였습니다. 교과서는 너무 재미없었기 때문입니다. 이런 재미없는 '교육'을 마흔 줄이 넘은 나이에도 받으면서 '다른 책'을 읽어야 한다니, 어느모로 보자면 쓸쓸했지만, 홀가분하게 책에 빠져들 수 있기도 했으니 고맙기도 했습니다. 그냥 그렇습니다.

군내버스 타며 책읽기

그제 낮에 살짝 읍내마실을 다녀오면서, 작은아이와 나란히 앉을 자리가 없기에, 작은아이를 따로 앉힙니다. 작은아이는 앞자리 손잡이를 잡고 창가에 기대어 바깥을 바라보며 노래를 합니다. 나는 몸을 반쯤 뒤를 보면서 작은아이 앞에 따로 앉습니다. 한동안 이렇게 앉아서 작은아이를 지켜보는데, 이럭저럭 작은아이 혼자 앉혀도 될 만하다고 느낍니다. 따지고 보면, 기차나 시외버스에서는 이제 두 아이를 모두 따로 앉힙니다. 군내버스에서는 작은아이를 처음으로 따로 앉힙니다. 조금 더 크면 작은아이는 제 마음에 드는 자리에 아주 따로 떨어져 앉아서 놀 만하겠지요. 작은아이가 이렇게 혼자 앉아 주니, 나는 가방에 챙긴 시집을 한 권 꺼내어, 20분 동안 호젓하게 읽습니다. 여러모로 고맙고 새로우면서 싱그러운 낮이 흐릅니다.

고무신과 책읽기

도시에서 나고 자라는 동안에 고무신을 신을 생각은 해 본 적이 없습니다. 도시에서도 틀림없이 고무신을 팔았을 테지만, 내 어버이가 나한테 고무신을 신으라고 사서 신긴 일이 없고, 내 동무 가운데 고무신을 신은 아이도 없습니다. 동네에서도 고무신을 발에 꿴 사람을 볼 수 없었어요. 어쩌다가 시골에 갔을 적에만 드문드문 고무신을 보았을 뿐, 이 신을 딱히 내가 신어야 한다고 느끼지 못했습니다.

2003년에 이르러 비로소 고무신을 처음으로 신습니다. 이무렵부터 시골에서 일을 했기에 '시골에서 흙을 밟으며 지내는 시골사람'이라면, 운동신이나 가죽신이 아닌 고무신을 발에 꿰어야겠다고 느꼈어요. 저절로 고무신을 찾았습니다. 그도 그럴 까닭이, 시골에서는 다른 신을 신으면 퍽 성가십니다. 으레 흙길을 다니고 숲길을 걷으니 운동신이나 가죽신은 안 어울립니다. 고무신은 흙이 잔뜩 묻어도 털기에 수월하고 빨기에도 쉽습니다. 게다가 고무신은 빨고 나면 곧 말끔하게 말라요.

무엇보다 고무신은 신바닥이 아주 얇습니다. 그래서 고무신을 발에 꿰고 걸으면 땅바닥을 발바닥으로 짙게 느낄 수 있어요. 고무신을 한 번 꿴 뒤로는 이 느낌이 아주 사랑스럽고 즐거워서 다른 신을 꿸 생각을 한 번도 안 합니다.

시골에서는 시골스러운 흙바닥이 살갑습니다. 도시에서는 도시다운 딱딱한 바닥이 차갑습니다. 살가운 시골바닥을 느끼면서 노래하고, 차가운 도시바닥을 느끼면서 춤을 춥니다. 어느 곳에서든 이 지구별을 느끼도록 북돋우는 고무신이기에, 내 발은 늘 고무신차림이요, 내 몸은 언제나 고무신과 함께 노래합니다.

'읽을 겨를'이 없다는 책읽기

책을 읽는 사람은 늘 읽습니다. 책을 안 읽는 사람은 늘 안 읽습니다. 사랑을 나누는 사람은 늘 사랑을 나눕니다. 사랑을 안 나누는 사람은 늘 사랑을 안 나눕니다. 이웃과 어깨동무하는 사람은 늘 어깨동무하면서 웃어요. 이웃과 어깨동무를 안 하는 사람은 늘 낯을 찌푸리면서 거친 말을 일삼지요.

'책을 읽을 겨를'은 스스로 냅니다. 쉴 틈과 놀러다닐 틈도 스스로 내요. 바빠서 책을 못 읽지 않습니다. 바쁜 일을 줄여야 틈이 나고, 바쁜 틈을 쪼개어야 즐겁게 삶을 누립니다. 이리하여 '책을 사서 읽을 돈'도 스스로 마련합니다. 돈이 없어서 책을 못 읽을 일이 없어요. 스스로 '책값'을 마련합니다. 책을 읽고 싶은 사람은 스스로 책값을 마련하고, 책을 읽을 겨를을 마련하며, 책을 둘 자리를 마련합니다. 책값을 못 마련하거나, 책을 읽을 겨를을 못 마련하거나, 책을 둘 자리를 못 마련하는 사람은, 아직 '책을 읽을 마음'이 아니라고 할 만합니다.

사랑을 하려는 사람은 무슨 수를 쓰더라도 사랑을 합니다. 아니, 사랑을 하려는 사람은 온 숨결을 바쳐서 사랑을 합니다. 아이한테 밥을 지어서 베푸는 어버이도 온 숨결을 기울여서 밥을 지어요. 온 숨결입니다. 빈틈이나 아쉬움이 없이 온 숨결입니다.

모든 일은 사랑입니다. 사랑을 바탕으로 모든 일을 합니다. 책 한 권을 읽을 적에도 내 모든 사랑을 쏟습니다. 한 시간이든 십 분이든 나한테는 목숨과 똑같은 겨를입니다. 만 원이든 천 원이든 나한테는 목숨과 그야말로 똑같은 돈입니다. 그러니까 '책을 읽을 겨를'이 없다고 말하는 사람은, 책에 사랑을 쏟을 마음이 없다는 뜻입니다. '책을 읽을 겨를'을 하루에 1분이라도 낼 수 있는 사람은, 책에 사랑을 쏟으면서 삶을 짓는다는 뜻입니다.

'인문학'이라는 책읽기

모든 이야기는 인문학입니다. 인문학이 아닌 이야기는 없습니다. 따로 '인문학'이라는 말을 쓸 까닭이 없습니다. 그러나 사회에서는 자꾸 '인문학'을 말하려 하고, 정부마저 소매를 걷어붙이고 나서서 '인문학 살리기'를 한다고까지 말합니다.

돈을 들이거나 학자·작가·전문가를 끌어들이면 인문학을 살릴 수 있을까요? 아마, 어떤 경제나 사회나 교육이나 문화로 헤아릴 인문학은 살릴 만하리라 봅니다. 돈이 될 만한 인문학은 살릴 만하겠지요. 그렇지만 모든 이야기가 인문학인 줄 제대로 바라볼 수 있다면, 이리하여 스스로 삶을 짓는 길로 나아가면, 바로 이때에 오롯하면서 아름다운 이야기가 찬찬히 태어나는 줄 느끼리라 생각합니다.

밥 한 그릇이 삶이면서 인문학이고, 아이들 놀이가 삶이면서 인문학이에요. 어깨동무하면서 부르는 노래가 삶이면서 인문학이요, 따사로운 사랑으로 서로 아낄 줄 아는 손길이 삶이면서 인문학이고요. 인문학은 '책'이나 '강단'이나 '학교'나 '정치·사회·문화 얼거리'에는 없다고 느껴요. 책에는 책이 있고, 강단에는 강단이 있으며, 학교에는 학교가 있어요.

모름지기 '삶이면서 이야기'인 인문학이기에, 삶을 마주하고 바라보면서 손수 지어야 '인문학다운 인문학'이 되고, 내가 내 삶을 사랑하면서 스스로 이야기를 길어올려야 '인문학이라 할 인문학'을 누리는 셈입니다.

스스로 아무런 이야기가 없다고 밝히려는 뜻에서 자꾸 '인문학'이라는 허울과 옷을 입히려고 한다고 느낍니다. 텅 빈 수레이니까 여러모로 '인문학'이라는 껍데기를 씌우려고 하는구나 싶습니다.

봄여름 책읽기

어제 읍내에 다녀오면서 무척 더운 날씨라고 느꼈습니다. 그러나 우리 집으로 돌아온 뒤에는 덥다고는 느끼지 않습니다. 군내버스를 탈 적에 사람들이 꽉 찼어도 덥다는 느낌은 없었지만, 택시를 타고 돌아오는 길에는 덥구나 하고 느꼈습니다.

시골 읍내도 도시와 똑같이 아스팔트길이고 시멘트 건물이에요. 시골 읍내라고 해서 나무가 우거지지 않아요. 거님길에 나무가 우거져서 뙤약볕을 쬐지 않을 수 있다면, 한여름이라 하더라도 덥지 않고요. 이는 시골뿐 아니라 도시도 매한가지입니다. 그런데 오늘날 한국 사회를 보면, 도시이든 시골이든 거리나무가 우거진 곳은 매우 드물어요. 나무를 도무지 생각하지 않습니다. 나무를 도무지 가꾸려 하지 않아요.

시골마을을 보면, 해마다 논도랑을 시멘트도랑으로 바꾸는 일을 벌입니다. 시골에서 흙이 사라져요. 흙땅이 자취를 감춰요. 묵히는 논밭이라면 그냥 두면 될 텐데, 빈 논밭에 창고나 공장이나 햇볕전지판이나 뭔가 시설을 들여서 돈이 되도록 해야 한다고 여겨요.

흙과 풀과 나무가 없으면 여름이 더울 수밖에 없겠지요. 흙과 풀과 나무가 없으면 겨울이 추울 수밖에 없고요. 아주 쉬운 일인데, 이 아주 쉬운 일을 모르는 사람이 대단히 많습니다.

빨래하는 책읽기

마루야마 겐지라고 하는 분이 이녁 꽃밭을 가꾸면서 '꽃'과 '나무'와 '흙'과 '바람'과 '해'와 '빗물'을 바라보는 동안 수천 권이나 수만 권에 이르는 책을 읽은 셈이라고 글을 썼어요. 그 글을 읽으면서 빙그레 웃음이 나와요. 나는 밥을 짓고 빨래를 하면서 수천 권이나 수만 권에 이르는 책을 읽은 셈이라고 느껴요. 먼먼 옛날부터 집에서 살림을 지은 사람들 누구나 어마어마하구나 싶은 책을 읽은 셈이지 싶습니다.

한문을 익혀서 중국책을 읽을 때에만 '책읽기'가 되지 않습니다. 임금님 곁에서 나랏일을 보아야 '지식'이 되지 않아요. 집일을 하고 집살림을 돌보는 모든 몸짓이 책읽기이면서 지식이라고 느낍니다.

아이를 낳아 돌보는 모든 하루가 삶이자 사랑이면서 배움이고 책이요 지식이지 싶어요.

우리는 언제나 '책을 읽'어요. 왜 그러한가 하면, 우리는 언제나 스스로 삶을 누리고 즐기고 짓고 가꾸고 일구고 가다듬고 거느리면서 다스리기 때문이에요. 종이책도 책이지만, 종이에 얹지 않고 마음에 얹어서 나누는 삶책도 책이에요. 삶책을 슬기롭게 읽을 때에 철이 들고, 철이 들 때에 아름다운 숨결로 거듭난다고 생각합니다.

하느님 마음으로 책읽기

나는 종교를 믿지 않습니다. 나는 종교를 바란 적조차 없습니다. 성경이나 꾸란이나 불경을 읽더라도, 종교가 아닌 삶넋을 헤아리려는 뜻으로 읽습니다. 누구 말을 빌지 않더라도, 종교라는 틀(질서)은 우리 마음을 옭아매면서 새로운 숨결로 가도록 북돋우지 않는 굴레이기 때문입니다.

한국말에 예부터 '하느님'이 있던 대목을 언제나 새롭게 떠올립니다. 한겨레한테는 아무런 종교가 없습니다. 임금님한테는 유교이든 불교이든 내세워서 사람들을 억누르려고 한 정치권력이 있었겠지만, 여느 시골자락 수수한 사람한테는 종교도 권력도 정치도 경제도 문화도 없었습니다. 여느 사람은 누구나 가슴속에 사랑 하나를 씨앗으로 심어서 가꾸는 삶이 있었습니다.

사람들 가슴에는 하느님이 있다고 느낍니다. 모든 사람들 가슴에는 하느님이 고요히 잠든 채 우리가 불러서 깨우기를 기다린다고 느낍니다. 우리 가슴에 고요히 깃들어 곱게 잠자는 하느님은, 우리가 불러서 깨우는 그날 싱그럽게 노래하면서 일어날 테고, 꽃으로 피어나면서 아름다운 숲노래를 들려주리라 느낍니다.

책을 읽는 마음을 말한다면, 아무래도 '하느님 마음'으로 책을 읽는다고 생각합니다. 내 가슴에서 숨쉬는 하느님과 같은 사랑이 가득한 마음으로 책을 읽는다고 생각합니다.

잘 읽을 까닭이 없다

노래를 얼마나 잘 불러야 할까 하고 생각해 보면, 스스로 즐겁다고 여기도록 부르면 되리라 느낍니다. 춤을 얼마나 잘 추어야 할까 하고 생각해 보면, 스스로 기쁘다고 여기도록 추면 되리라 느낍니다. 글씨는 얼마나 잘 써야 할까요? 밥은 얼마나 맛나게 지어야 할까요? 일은 얼마나 잘 해야 할까요? 자전거는 얼마나 잘 타야 할가요?

무엇이든 더 잘 해야 한다는 삶이 아닌, 무엇이든 늘 즐겁게 누리는 삶이 될 때에, 함께 웃고 노래할 수 있으리라 느껴요. 나는 웃고 노래하려는 마음으로 이 땅에 태어났어요. 나는 서로 어깨동무를 하면서 이야기꽃을 피우려는 넋으로 이곳에서 새 하루를 지어요.

책은 잘 읽어야 하지 않습니다. 책은 즐겁게 읽으면 됩니다. 글은 잘 써야 하지 않습니다. 글은 기쁘게 쓰면 됩니다. 어느 책을 읽든 즐겁게 읽을 노릇이고, 어떤 글을 쓰든 기쁘게 쓸 일입니다.

밥하는 책읽기

곁님하고 아이들하고 지내면서 밥짓기를 으레 도맡는데, 내가 밥을 잘 하는지 잘못 하는지 제대로 바라보지 못하기 일쑤입니다. 이래서야 우리 집 사람들이 밥맛을 제대로 알겠느냐고 날마다 뉘우칩니다. 밥짓기란 무엇일까 하고 돌아봅니다. 밥을 먹는 까닭을 다시 생각하고, 밥을 짓는 마음을 새롭게 다스립니다. 내가 차리든 남이 차리든, 더없이 맛있으면서 반갑다고 할 만한 밥이라면, 몇 가지를 꼽을 만하다고 느낍니다. 이를테면 '고마운 맛', '즐거운 맛', '그리운 맛', '사랑스러운 맛', '노래가 흐르는 맛', '춤을 추고 싶은 맛', '아름다운 맛', '웃음이 피어나는 맛'이 있어요. 아무래도 내 지난 발자국은 이와 같은 맛을 스스로 깨닫고 바라보도록 돕는 길이지 싶습니다. 내가 느끼고 싶던 맛은 이러한 맛이요, 내가 오늘 이곳에서 손수 지어서 아이들한테 물려주고 싶은 맛이란 언제나 이 맛이지 싶습니다.

나무처럼 책읽기

나무와 같은 마음으로 책을 읽는다면, 삶도 사랑도 꿈도 노래도 언제나 푸른 이야기가 되겠지요. 나무와 같은 마음으로 사랑을 나눈다면, 삶도 사랑도 꿈도 노래도 언제나 푸른 숨결이 되겠지요. 나무와 같은 마음으로 이야기를 한다면, 삶도 사랑도 꿈도 노래도 언제나 푸르게 우거지는 잔치가 되겠지요. 나무와 같은 마음으로 산다면, 삶도 사랑도 꿈도 노래도 언제나 푸른 꿈밭이 되겠지요.

'꿈(희망)'하고 '일(직업)'은 다른데

'꿈'은 꿈이고, '일'은 일입니다. 그러나 오늘날 사회나 학교에서는 꿈하고 일을 잘못 섞거나 뒤엉켜 놓기 일쑤입니다. 아이들한테 '장래희망'을 물을 적에는 두 가지를 묻는 셈일 테지요. 하나는 꿈을 묻고, 하나는 일을 물어요.

한국사람이 처음부터 한국말로 제대로 말을 했다면 헷갈리거나 뒤섞일 까닭이 없습니다. 꿈은 그저 꿈이요, 이 꿈은 한자말로는 '희망'입니다. 일은 일이며, 이 일은 한자말로는 '직업'입니다.

직업훈련은 기술훈련입니다. '일(직업)'을 가르칠 뿐입니다. 배움과 가르침은 삶입니다. 삶을 배우고 가르치면서 사랑을 물려주지요. 그래서 배우는 터전인 집과 마을에서는 '꿈(희망)'을 이야기합니다.

아이들한테 기술을 가르쳐서 자격증이나 졸업장을 따도록 하는 몸짓은 '일(직업)'을 잘 얻어서 돈을 잘 벌거나 앞가림을 잘 하도록 돕고 싶은 뜻입니다. 그러니 기술훈련이나 기술교육이나 직업훈련이나 직업교육은 이러한 값어치가 있습니다.

그런데 운동선수나 연예인이나 판사나 국회의원이나 이런저런 '일'을 하고 싶다면, 이러한 뜻은 '일'을 바라는 마음입니다. '정년퇴직'이나 '은퇴'를 해야 하는 나이가 있어서, 더는 그 일로 돈을 벌 수 없다고 하는 대목에서 '일(직업)'을 말합니다. 그리고 정년퇴직이나 은퇴를 따지지 않고, 언제까지나 한결같이 즐거이 누리는 삶일 때에는 '꿈'입니다.

이를테면 책방지기를 얘기해 볼 수 있습니다. '일'로 바라본다면, 어느 나이가 될 무렵 책방지기를 그만두고 여행을 다닌다든지 뭘 하겠노라 하고 생각하겠지요. '꿈'으로 바라본다면, 여든이나 아흔이 되어도 즐겁게 책방지기를 하겠다는 생각을 품을 뿐 아니라, 여행이든 무엇이든 책방지기를 하면서 함께 누리겠다고 생각합니다.

'꿈'은 늘 '사랑'입니다. '일'은 늘 '돈벌이·밥벌이'입니다. 이 두 가지를 잘 가누며 가를 수 있어야 합니다. 꿈으로 나아가면서 할 수 있는 일을 찾도록 아이들을 이끌어야 합니다. 어떤 일을 하든 마음속에 꿈을 곱게 품으면서 씩씩하게 살도록 가르쳐야 합니다.

사랑이 없는 삶은 메마릅니다. 그러니까 꿈이 없는 삶은 메마릅니다. 사랑이 있는 삶은 아름답지요. 돈을 많이 벌든 적게 벌든, 스스로 사랑스레 살림을 가꾸면 언제나 웃고 노래하는 하루입니다.

꿈 같은 일을 하는 사람은 힘들거나 고되지 않습니다. 일을 하면서 꿈을 꾸는 사람은 지치거나 외롭지 않습니다. 꿈이 없기에 사랑이 자라지 못합니다. 꿈이 없이 일만 하기에 이 사회에 톱니바퀴가 되어 쳇바퀴질에서 허덕이는 몸짓이 되고 맙니다.

나한테 자가용이 없으니

나한테 자가용이 없으니, 자가용을 몰면 두 시간 반이면 넉넉히 닿을 만한 '고흥-사천' 사이를 시외버스로 다섯 시간 남짓 걸려서 갑니다. 나한테 자가용이 없으니, 다섯 시간 남짓 이리저리 돌고 기다리기도 하면서 시외버스를 타고 고흥에서 사천으로 가는 동안 책 세 권을 읽습니다. 나한테 자가용이 없어서 시외버스를 타니, 책을 읽고서 단잠에 빠지기도 하고, 시외버스에서 시를 쓰기도 하며, 도시락을 천천히 먹거나, 마음으로 꿈을 가만히 그리기도 합니다. 무엇이 낫고 무엇이 나쁜가요? 아무것도 낫지 않고, 아무것도 나쁘지 않아요. 나는 그저 내가 겪어서 새롭게 알고 싶은 이야기가 있기 때문에, 여태 자가용이 없이 두 다리에 내 삶을 기대어 하루하루 아로새기는 나날이 되는구나 싶습니다.

'새로운 책'은 어떻게 읽는가

'새로 나오는 책'이 있습니다. 한자말로는 '신간'이라고 합니다. 한국말로 짧게 적자면 '새책'이에요. '새책'이라고 할 적에는 새로 나오는 책을 가리키기도 하고, 아직 아무도 사들이지 않아서 깨끗한 채 있는 책을 가리키기도 합니다.

그러면 이 새책, 곧 '새로 나오는 책'을 읽을 적에 "새로운 책을 읽는다"고 할 수 있을까요? 새로 나오는 책을 읽어야 새로운 이야기를 얻거나 느끼거나 배울 수 있을까요?

새로 나오는 책이라고 하더라도 '오래된 이야기'이기 일쑤입니다. 아무리 짧아도 몇 달 앞서 쓴 이야기이고, 몇 달 앞서 마무리를 지었다고 하더라도 몇 해 앞서부터 쓴 이야기이기 마련이에요. 어떤 책은 수십 해 앞서 쓴 이야기요, 어떤 책은 수백 해나 수천 해가 흐른 이야기입니다.

참말 '새책'이나 '새로 나오는 책'이나 '새로운 책'이란 무엇인가요? 간기에 찍힌 날을 보면서 '새'책이라고 할 수 없습니다. 책을 손에 쥐는 사람이 어떤 몸짓이나 매무새인가에 따라서 '새'책인지 아닌지 갈려요. 스스로 새롭게 마음을 품으면서 새롭게 눈을 뜨지 않고서야 '새'책이 되지 않아요. 스스로 새롭게 삶을 가꾸면서 새롭게 꿈을 키우는 넋이 아니고서야 '새로운' 책이 되지 않습니다.

공장(인쇄소)에서 찍어서 나오는 책이 '새로운 것'이 되지 않습니다. 출판사에서 엮어서 내놓는 책이 '새로운 이야기'가 되지 않아요. 책방에서 책꽂이에 꽂아 놓고 보여주는 책이 '새로운 사랑'이 되지 않아요. 책을 읽는 사람 스스로 새롭게 거듭나려고 하는 눈길이랑 마음길이랑 손길로 책 하나를 마주하면서 제 삶길을 기쁘게 걸어가려고 할 때에 비로소 '모든 새로운' 숨결이 됩니다.

올해에 나온 영화를 보아야 새롭지 않습니다. 지난해나 그러께에 나온 영화를 보면 안 새로울까요? 열 해나 스무 해 앞서 나온 영화를 오늘 보면 '낡은' 이야기를 마주하는 셈일까요? 책도 영화도 강의도 학교도 모두 똑같아요. 어떤 것을 놓고 이야기를 하든, 내가 스스로 새로움을 가슴에 품는 기쁜 마음일 때에 '새로움'을 누리는 사람이 됩니다.

넌 돈으로 책을 사니?

가만히 돌아보면, 나는 내 주머니가 그리 넉넉하지 못해서 미처 장만하지 못하는 책이 있습니다. 손가락을 입에 물고는 그저 침만 흘리는 책이 참 많습니다. 참말 장만해서 곁에 두고 즐거이 읽고 싶구나 하고 생각했으나 막상 장만하지 못한 책을 꼽자면 아마 2-3만 권쯤 되리라 봅니다. 아니 훨씬 더 많다고 할 수 있어요. 왜냐하면 '돈이 없어서 못 산다'고 여긴 책은 어느새 내 마음속에서 잊혀지기 때문입니다.

그러면 주머니에 돈이 없다고 하면서 그동안 책을 얼마쯤 장만했을까요? 아마 4-5만 권쯤 넉넉히 장만하지 않았을까요? 그러니까 한손으로는 '돈이 없어서 저 책을 못 사는구나!' 하고 땅을 치면서도, 다른 한손으로는 '이 가난한 주머니로도 꼭 이 책만큼은 사고야 말겠어!' 하는 다짐으로 씩씩하고 꿋꿋하게 장만한 책들이 있어요.

나는 나한테 묻습니다. '얘, 다른 사람 말고 바로 너 말이야, 넌 돈

으로 책을 사니? 넌 참말 돈이 없어서 네가 읽으려던 책을 못 읽었니?'

스스로 묻는 말에 스스로 할 말이 없습니다. 돈이 없어서 못 사는 책이 있었다기보다는 '내 마음을 오롯이 쏟아서 어느 책 하나를 끝끝내 장만하려는 몸짓'이 없었다고 해야 옳기 때문입니다.

돈이 많은 사람이라고 해서 모든 책을 다 장만해서 읽지는 않아요. 돈이 넉넉한 사람이라고 해서 '스스로 하고픈 공부'를 모두 신나게 하지는 않지요. 다만, 돈이 없으면 미국이나 프랑스나 일본으로 배움길을 나서기 어렵겠지요. 배표나 비행기표조차 장만하지 못해서 눈물만 삼킬 수 있을 테지요. 그렇지만 참말 제대로 배우려고 하는 사람은 배표나 비행기표를 장만하려고 여러 해에 걸쳐서 돈을 모읍니다. 스무 해에 걸쳐서 푼푼이 돈을 모은 뒤 '매우 늦은 나이'라고 하는 때에 씩씩하게 배움길에 나서기도 합니다.

배우려고 할 때에 배웁니다. 배우려고 하는 몸짓이 덜 무르익었다면 배우지 못합니다. 읽으려고 할 때에 읽어요. 읽으려고 하는 숨결이 덜 무르익었다면 읽지 못합니다.

책은 누가 읽는가요? 책은 누가 사는가요? 책은 스스로 배우면서 삶을 가꾸려는 사람이 읽어요. 책은 스스로 배우는 길을 기쁘게 걸어가려는 사람이 기꺼이 장만하고 사들이며 마련해요.

가을들은 노랗게 물드는 빛깔

오늘날은 거의 모든 사람들, 이른바 구십구 퍼센트에까지 이를 만한 사람들이 도시에서 삽니다. 그리고 시골에서 태어나 자라는 어린이와 푸름이는 학교와 학원에 다니기에 바빠서 시골일을 거들지 않기 마련이고, 나락을 언제 심고 언제 거두는지조차 모르기 일쑤입니다. 이리하여 오늘날 한국사람 가운데 '들빛'이 가을에 어떠한가를 제대로 아는 사람은 아주 드물다고 할 만해요. 어릴 적에 시골에서 나고 자랐다고 하더라도 어른이 되어 도시에서만 사느라 가을들 빛깔을 잊어요. 바로 오늘 시골에서 살면서 늘 들을 마주하지 않고서야 들빛을 알 수 없지요.

옛날이라면 누구나 들빛을 알고 들빛을 말했어요. 그래서 '한가을에 잘 익은 나락알'을 보면서 '금빛 물결'이라고 했습니다. 금빛이란 무엇인가요? 바로 샛노란 빛깔입니다. 푸른 들이 푸르스름한 들로 바뀌고 누르스름한 들로 바뀌다가 누런 들로 바뀌더니 어느새 노란 들로 바뀌어요.

'노랗다/누렇다' 같은 빛깔말은 어디에서 비롯했을까요? 나락이 물결치는 들하고 보리가 물결치는 들은 그야말로 노랗습니다. 참으로 샛노랗습니다. 가을과 봄에 샛노란 물결이 들에 가득하지요. 누런 빛깔은 무엇일까요? 나락을 말리면 노란 기운이 천천히 빠지면서 누렇게 됩니다. 아직 샛노랗지 않지만 차츰 샛노란 빛깔로 거듭나는 들판을 자전거를 타고 지나가면서 바라봅니다. 가슴 가득 노란 빛깔과 숨결과 바람을 맞아들입니다.

물맛을 아는 사람하고 물맛을 모르는 사람이 있어요. 물맛을 아는 사람하고는 물 이야기를 나눌 수 있는데, 물맛을 모르는 사람하고는 물 이야기를 나눌 수 없어요. 물맛을 아는 사람은 물맛에 따라 살림맛이랑 삶맛이 어떻게 달라지는가 하는 이야기를 나눌 수 있는데, 물맛을 모르는 사람하고는 살림맛도 삶맛도 이야기를 나누지 못해요.

흙을 아는 사람하고 흙을 모르는 사람이 있습니다. 흙을 아는 사람하고는 흙 이야기를 나눌 수 있는데, 흙을 모르는 사람하고는 흙 이야기를 나눌 수 없습니다. 그리고 자동차를 아는 사람하고 모르는 사람이 있다면, 자동차를 모르는 사람하고 자동차 이야기를 나눌 수 없을 테지요. 나는 자동차를 모르고 경운기나 콤바인을 모릅니다. 나는 대규모 농사를 모르고, 비닐집 농사를 모릅니다. 그래서 나로서는 자동차나 콤바인 이야기를 나눌 수 없고, 대규모 농사나 비닐집 농사 이야기를 나눌 수 없습니다.

우리 집 뒤꼍에 무화과나무가 우거집니다. 그래서 아이들하고 날마다 무화과알을 따서 먹어요. 우리 집 무화과는 하늘바라기 나무입니다. 억지로 쇠줄로 잡아당기거나 가지치기를 함부로 하며 괴롭힌 끝에 얻는 열매가 아니라, 나무결이 그대로 살아서 맺는 열매예요. 그래서 여느 가게나 저잣거리에 나온 무화과랑 우리 집 무화과는 크기도 맛도 달콤함도 사뭇 다릅니다. 나무를 고이 자라도록 하면서 얻는 열매가 베푸는 맛하고, 시달리고 들볶인 나무에서 가로채는 듯한 열매가 베푸는 맛이 얼마나 다른가를 아는 사람이라면, 이런 이야기를 실컷 나눌 수 있어요. 그러나 열매 맛을 모르는 사람이라면 아무런 이야기를 못 나눕니다.

우리는 어떤 책 이야기를 나눌 수 있을까요? 우리는 어떤 책을 알까요? 우리는 어떤 책을 읽는가요? 우리는 책을 읽어서 삶과 사람과 사랑을 얼마만큼 헤아리거나 알아채는가요?

사랑스러운 이웃님이 물맛을 알 수 있기를 빕니다. 싱그러우며 맑고 상큼한 물맛을 아는 이웃님이 늘어나기를 빕니다. 짙푸르고 새파란 바람맛을 아는 이웃님이 늘어나기를 빕니다. 무지개와 뭉게구름을 알고, 버들잎과 시골꽃을 아는 이웃님이 늘어나기를 빌어요. 인문 지식이 아니라 슬기로운 삶을 깨달으면서 철드는 이웃님이 늘어나기를 빌어요.

모기를 팔뚝에 달고 책읽기

아침에 일어나서 마당에 섭니다. 비가 그친 구월 끝자락 하늘이 싱그럽습니다. 아직 구름이 많고, 마당에는 비바람에 떨어진 가랑잎이 무척 많습니다. 늘푸른나무를 집에 두면 한 해 내내 가랑잎을 쓸어야 합니다. 번거롭다면 번거롭지만 재미있다면 재미있어요. 게다가 어제처럼 비가 하루 내내 쏟아진 날이 지나가면, 마당은 알록달록 새로운 옷을 입습니다.

비 그친 아침 마당에서 책을 읽습니다. 바람을 쐬면서 책을 읽어요. 오른무릎을 다친 지 오늘로 스무사흗날입니다. 어제부터 마당에서 한동안 서성일 수 있어요. 며칠 앞서만 해도 이렇게 서성이면 또 무릎이 많이 쑤셨지만, 어제부터 제법 괜찮네요. 오늘도 꽤 괜찮기에 마당에서 한동안 서성이며 책을 읽어 보는데, 아이들한테 아침을 챙기려고 부엌으로 들어오고 보니 팔뚝에 모기 한 마리가 붙어서 신나게 피를 빠는군요.

모기가 피를 빠는 줄도 모르는 채 책을 보았네요. 빙그레 웃다가 찰싹 때려서 모기를 잡습니다. 핏물이 튀고 모기 주검은 납작합니다. 흐르는 물로 손을 씻습니다. 능금 한 알을 삭삭 썰어서 접시에 담습니다.

걸어서 누리는 책읽기

걸어서 오가는 길이란 언제나 아름답다고 느낍니다. 관광지이든 도시이든 시골이든 숲이든, 저마다 두 다리로 즐겁게 걸으면서 몸은 씩씩해지고 마음은 푸르게 물드는구나 하고 느낍니다. 지난날에는 따로 관광지로 꾸미지 않아도 사람들 누구나 스스로 '걸어서' 여행을 했다면, 오늘날에는 '발돋움한 교통'을 내세우기도 하고 첨단 시설과 문명에 따라 '걷는 일'이 줄어듭니다. 오늘날에는 '여행하는 재미'만 있고, '걷는 기쁨'은 거의 사라졌다고 할까요. 이러면서 '걷는 이야기를 따로 쓰는 여행책'이 꾸준히 나와요. 예전에는 모든 사람이 스스로 걸어서 여행을 다녔기에 구태여 '걷는 이야기'는 따로 쓸 일이 없었어요. 그러면 '걷는 이야기'를 글이나 책으로 읽는 사람은 스스로 얼마나 걸을까요? 스스로 걷지 못하는 삶을 쳇바퀴처럼 빙글빙글 돌면서 글이나 책으로만 '걷는 이야기'를 마주하지는 않을까요?

서울에서 모인 100만

2016년 11월 12일 서울에서는 100만 사람들이 모여서 대통령더러 그 자리에서 제발 스스로 조용히 내려와서 깨끗하게 잘못을 밝히고 죄값을 달게 받으라고 하는 뜻을 밝혔습니다. 이날 전남 고흥에서는 따로 군청 앞에서 촛불모임을 하지 않고 서울로 먼길을 달려간 듯합니다. 고흥에서 촛불모임을 하면 이웃님이 손전화 쪽글로 알려주거든요. 고흥 읍내에서 촛불모임을 하면 군청 앞으로 아이들을 이끌고 가 보려 생각했으나 고흥에서 촛불모임을 하지 않기에 마음으로 '서울 100만'이 포근한 늦가을 저녁을 맞이하기를 빌었습니다. 겨울을 앞두고 날씨가 쌀쌀하지만 오늘은 어제보다 한결 포근하면서 바람조차 안 불던 고흥인데, 서울도 날씨가 부드럽고 바람이 불지 않으면서 초 한 자루에 담은 사람들 뜻이 한물결로 넘실거렸으리라 생각합니다.

시외버스에서 읽다 만 책을 집에서

어제 저녁에 장흥에서 바깥일을 보고 오늘 아침에 고흥으로 돌아오는 길에 책을 읽으려고 예닐곱 권을 챙겼습니다. 시외버스에서 여섯 시간 즈음 보내야 하기 때문입니다. 그런데 어제오늘 빗길에 구불구불 흔들리는 길을 시외버스가 빠르게 달리면서 뱃속이 많이 힘들었어요. 어인 일인지 뱃속이 매우 힘들고 어지러워서 책을 거의 못 보았어요. 집으로 돌아와서 머리와 몸을 달래면서 드러눕다가 책을 조금 펼쳐 봅니다. 시외버스에서는 도무지 눈에 안 들어오던 책이 집에서는 비로소 눈에 들어옵니다.

그동안 시외버스에서도 씩씩하게 어떤 책이든 잘 읽을 수 있도록 몸을 다스렸다고 여겼으나 아직 멀었네 하고 새삼스레 느껴요. 집에서 느긋하게 몸을 쉬면서 저녁밥도 못 차립니다. 곁님이 아이들 저녁을 챙겨 줍니다. 드러누워 책을 보다가, 잠자리에 들기 앞서 아이들하고 영화를 보다가, 문득 한 가지를 더 헤아립니다. 내 마음에 심는 씨앗이 무엇인가 하고요. 아이들하고 이 보금자리에서 가꾸려는 꿈이 무엇인가 하고요. 초 한 자루를 켜면서 고요히 마음을 돌아봅니다.

네 마음을 노래하는 책으로

책순이가 손에 쥐는 책이 책순이 마음을 노래하는 책으로 스미기를 빕니다. 어떤 책을 손에 쥐든 아이 두 손에서 이야기꽃이 피어날 수 있기를 빕니다. 그리고 언제 어디에서나 마음으로 소리를 듣고 마음으로 숨결을 느끼며 마음으로 빛깔을 읽을 수 있기를 빕니다. 이야기는 책에만 있지 않으니, 책 안팎에서 흐르는 모든 이야기에 눈을 기울이고 귀를 열며 생각을 북돋울 수 있기를 빕니다. 언제나 비는 마음이에요. 그리고 이처럼 비는 마음은 책순이하고 함께 사는 아버지로서 스스로 날마다 새롭게 읽으려고 하는 책내음이라고 할 만합니다.

오늘 하늘을 보았니? 아침에 일어나서 책을 먼저 집었니, 아니면 나무하고 먼저 이야기를 나누었니? 오늘 아침에 마당에 나가서 해님한테 먼저 웃음을 띄웠니, 아니면 책에 나오는 이야기를 읽고 먼저 웃음을 터뜨렸니? 네 마음을 노래하는 하루로 살고, 네 마음을 노래하는 책으로 가꾸렴.

‘시멘트 구조물’도 ‘문화유산’이 될까?

유홍준 님이 쓴《나의 문화유산답사기 8》을 보면, 175-182쪽에 ‘시멘트’ 이야기가 나와요. 유홍준 님은 이녁 동무 말을 빌어서 ‘시멘트는 값싸고 좋은 건축재료’라는 이야기를 싣네요. 그런데 이 나라 정부와 지자체는 끝없는 개발로 조용하고 고즈넉한 시골 삶터를 마구 파헤쳤고, 끝없는 모든 개발은 언제나 ‘시멘트 붓기’로 이루어집니다. 4대강사업이란 무엇인가요? 냇바닥에 시멘트 들이붓기 아니던가요?

곰곰이 헤아려 봅니다. 앞으로 쉰 해나 백 해 뒤에 ‘시멘트 구조물’도 ‘문화유산’이 될까요? 그래서 유홍준 님은 앞으로 쉰 해나 백 해 뒤에 ‘시멘트 구조물 문화유산답사’를 다니시려나요? 시멘트로 엮은 구조물 가운데 백 해를 버티는 구조물은 드물어요. 어떤 아파트가 쉰 해라도 제대로 버틸까요. 시멘트가 좋다거나 나쁘다거나 하는 이야기가 아니라, 예부터 사람들이 시멘트로 함부로 집을 짓지 않은 까닭을 헤아리거나 읽지 못한다면, 문화유산을 어떻게 헤아리거나 읽을 만한지 잘 모르겠습니다.

가을바람 책읽기

창문을 열면 가을바람이 들어옵니다. 가을볕은 나락이 무르익도록 북돋우느라 제법 뜨겁고, 가을바람은 이 뜨거운 볕을 살살 달랩니다. 가을바람은 거의 익은 나락 냄새를 퍼뜨립니다. 억새 씨앗을 날리면서 불기도 하고, 차분한 그림처럼 하늘에 새로운 그림을 빚기도 합니다.

바람을 쐬면서 가을이 어느 만큼 깊은가 하고 헤아립니다. 바람을 마주보면서 가을이 어떤 철인가 하고 새삼스레 돌아봅니다. 바람을 마시면서 이 가을에 마음속에서 피어나는 노래를 즐겁게 짓습니다. 가을이라면 가을바람이 부는 곳에 서서 온몸으로 이 바람을 맞아들여야 비로소 '가을읽기'를 합니다. 햇볕이 내리쬐고 들풀이 한들거리는 곳에서 바람을 받아들이며 새롭게 가을읽기를 합니다. 고즈넉하네요.

길에서, 길에서, 길에서

나는 길에서 책을 읽어요. 길을 거닐며 책을 손에 쥐면서 읽기도 하지만, 이 길에 흐르는 바람을 읽기도 하고, 이 길에 드리우는 구름 그림자나 햇볕을 읽기도 해요. 구름 사이로 햇살이 비출 때에는 햇살을 읽고, 새가 날면 새를 읽어요. 아이들과 함께 거닐면서 까르르 터지는 웃음소리가 들리면 나도 곁에서 노래를 부르면서 새로운 이야기를 읽어요. 길에서, 길에서, 길에서, 언제나 즐거운 삶을 읽어요.

마음을 기울이기에 읽는 책

그냥 손에 쥐어서 들여다보는 책이라 하면, 마음으로 아무것도 스미기 어려우리라 느낍니다. 그냥 손에 쥐었으니까요. 그냥 밥상맡에 앉아서 그냥 수저를 들면, 밥상에 아무리 맛나거나 멋진 밥이 놓였어도 밥맛을 제대로 못 느끼거나 안 느끼리라 봅니다. 딱히 마음을 기울이지 않기 때문이니까요.

마음을 기울이면서 밥술을 떠야 밥맛을 제대로 느낍니다. 마음을 기울이면서 책을 읽어야 책맛을 제대로 보아요. 이리하여 마음으로 바라볼 수 있다면 우리는 모두 이웃이요 동무이리라 느낄 만하리라 생각합니다. 책을 읽든 밥을 먹든 이웃을 사귀든, 저마다 '깊이 마음을 기울여서' 어깨를 겯는 몸짓이 될 수 있어야지 싶어요.

마음을 기울여서 책을 읽을 때에 즐거워요. 마음을 기울여서 밥을 짓고, 밥을 함께 먹으며, 밥상을 함께 치울 적에 노래가 흐르면서 즐거워요. 마음을 기울여서 삶을 짓고 살림을 가꿀 적에 언제나 고운 웃음이 퍼지면서 즐거워요.

나를 사랑하는 책읽기

엊저녁에도 아침에도 여러모로 집 안팎을 치우고 건사하느라 바쁩니다. 묵은 빨래를 잔뜩 쌓아서 하다가 오늘 다 못하겠구나 싶어 몇 벌은 다음으로 미룹니다. 오늘은 오늘만큼 살림을 가꾸자고 여기면서 일손을 잡는데, 내가 그동안 살림을 제대로 꾸리지 못했다고 해서 '나를 안 사랑하는 짓'은 이제 그치자고 다짐합니다. 왜냐하면 어제 못한 일은 어제 못한 일이고, 그제 못한 일은 그제 못한 일이에요. 지난해나 그러께에 못한 일은 그야말로 지난해나 그러께에 못한 일이니, 지난해나 그러께에 내가 뭘 못했다고 해서 나를 자꾸 나무라거나 꾸짖지 말자는 생각이에요. 오늘 할 일을 생각해서 오늘부터 차근차근 하고, 오늘 새롭게 한 가지를 한 뒤에, 이튿날에 또 새롭게 두 가지를 하면 되리라 생각합니다.

책상맡에 다짐말을 적어서 놓아요. 늘 이 다짐말을 되읽습니다. "나를 사랑하라. 생각을 지어라. 꿈을 노래하라." 책을 읽을 적에도 나를 사랑하면서 읽고, 빨래를 할 적에도 나를 사랑하면서 주무르고, 밭일을 할 적에도 나를 사랑하면서 호미를 쥐고, 아이들하고 놀 적에도 나를 사랑하면서 웃고, 나들이를 다닐 적에도 나를 사랑하면서 걷고, 언제 어디에서나 나를 즐거이 사랑하자고 다짐합니다.

묵은 옷 책읽기

집안을 치우다가 묵은 옷을 봅니다. 안 입어서 묵는 옷은 그대로 두면 곰팡이가 핍니다. 안 입어서 묵히다가 나중에는 썩혀서 버립니다. 그리고 한동안 안 입은 옷을, 이를테면 여러 해 그냥 묵히기만 하던 옷을 문득 보고는 '어라, 제법 입을 만한데 왜 그동안 안 입었지?' 하고 여기기도 합니다. 예전에는 그리 마땅하지 않다고 여겨 안 입었지만, 여러 해 지나는 사이 내 눈길이나 생각이 바뀐 셈이에요. 또는 흙을 만지는 일을 할 적에 입으면 좋다고 할 만한 옷이라고 여기기도 하고, 아이들을 이끌고 자전거마실을 다닐 적에 입으면 좋다고 할 만한 옷이라고 여기기도 해요. 예전에는 아무 쓰임새가 없었으나 오늘 이곳에서 새로운 쓰임새가 생기기도 합니다.

묵은 옷을 새로 쓰려면 빨아야 합니다. 아니, 안 입고 묵히더라도 '입는 옷'하고 똑같이 해바라기를 시키고 꾸준히 빨아서 잘 두어야 합니다. 이렇게 하지 않으면 다른 옷에도 곰팡이 냄새가 번져서 '입는 옷'까지 못 쓰게 할 수 있어요.

묵은 옷하고 비슷하게 묵은 책을 새삼스레 만지작거립니다. 여러 해 동안 손 한 번 안 댄 채 책꽂이나 책상에서 묵은 책은 무엇일까요. 이 책을 처음 장만하던 무렵에 손을 뻗어 읽을 겨를을 내지 못했으나 나중에 꼭 읽자고 여긴 책이 '묵은 책'일 텐데, 여러 해 동안 이 책을 읽지 않았어도 그리 대수롭지 않았어요. 오늘 이 묵은 책은 새롭게 읽히는 책이 되기도 하는데, 앞으로도 묵는 책이 된다면, '묵을 만한 책'은 처음부터 굳이 안 읽어도 될 만한 책인 셈은 아닐까요? 내가 읽을 책이란 '오늘 이곳에서 아무리 바빠도 틈을 쪼개고 겨를을 마련하고 말미를 내어 신나게 읽어서 마음 가득 기쁨이 샘솟도록 북돋우는 책'이면 넉넉하지 않을까요?

놀이터에 앉아서 읽는 책

아침에는 마을 할배가 경운기에 땅갈개를 싣는 일을 거들었어요. 땅갈개가 망가졌는데 이튿날 이웃마을에 농기계를 고쳐 주는 사람들이 온다고 해서 오늘 미리 실으신답니다. 할배도 할매도 이제 나이가 많아서 좀처럼 힘을 쓰기 어렵다면서 나를 부르셨고, 나는 힘껏 일을 거들었어요. 일을 거들고 보니 젊은이가 힘을 쓰지 않으면 할 수 없는 노릇이었어요. 마을 할배는 "애들은 많은데 다 도시로 나갔고 ……" 하십니다.

낮에는 큰아이하고 밭을 일굽니다. 아이들하고 곁님이 좋아하는 옥수수를 이레씩 틈을 두면서 마당하고 밭 가장자리에 차곡차곡 심습니다. 해바라기씨를 심을 자리를 골라 놓고는, 씨앗은 이튿날이나 그 다음 날에 심기로 합니다. 엊그제 갈아서 씨앗을 심은 자리에는 새로 물을 한 번 주고는, 열흘 즈음 앞서 심은 콩에서 돋는 싹을 한참 들여다봅니다.

뜨거운 볕이 살짝 기울 무렵 아이들을 자전거에 태워서 면소재지에 갑니다. 일요일 늦은 낮, 면소재지 초등학교 운동장은 조용합니다. 두 아이는 집에서도 내내 놀았지만 학교 놀이터에서도 땀을 뻘

뻘 흘리면서 놉니다. 놀이를 할 적에는 그야말로 쉴 겨를이 없이 내처 놀아요. 나는 이제서야 비로소 책을 손에 쥡니다. 두 아이가 놀이터에서 이리 달리고 저리 뛰는 동안 바지런히 책을 넘겨요. 해가 기울 즈음 집으로 돌아가서 저녁을 차리랴 집 안팎을 치우랴 아이들을 재우랴 하다 보면 그야말로 하루 가운데 책을 손에 쥘 틈은 매우 적다고 할 만합니다.

그래도 밥을 짓는 동안 국물하고 밥물이 끓는 사이에 살짝살짝 몇 쪽씩 넘깁니다. 밑반찬이 다 떨어진 날은 이마저도 못하지만, 밑반찬을 넉넉히 해 두어서 국만 끓이면 될 적에는 밥상을 차리는 틈에 열 쪽이나 스무 쪽쯤 읽을 만해요.

저녁을 먹이고 밥상을 치운 뒤에 등을 톡톡 치면서 또 몇 쪽을 펼쳐 봅니다. 책이란 무엇일까요. 집안일이나 집밖일을 하면서 바쁜 사람들한테 책이란 무엇일까요. 평균독서량 같은 통계를 말하기도 하는데, 종이책을 읽는 일이란 그야말로 '일'이 아닌가 하고 느낍니다. 틈을 내고 쪼개고 마련해서 새롭게 힘을 내야 비로소 할 수 있는 일, 또는 즐길 수 있는 일이라고 느껴요.

솎을 풀, 뽑을 풀, 먹을 풀, 두는 풀

새봄에 날마다 조금씩 밭뙈기를 일굽니다. 한꺼번에 다 하지 않고 조금씩 합니다. 아이들하고 놀듯이 밭을 만집니다. 밭을 한꺼번에 갈아서 씨앗을 한꺼번에 심으면 씨앗도 한꺼번에 거둘 테지만,

띄엄띄엄 갈면서 띄엄띄엄 심으면, 나중에 열매도 띄엄띄엄 맺을 테니, 차근차근 누릴 수 있을 테지요. 무엇보다도 아이들이 밭일이나 흙일을 고된 일이 아니라 즐거운 놀이처럼 늘 하는 몸짓이 스며들 수 있다면 즐거우리라 봅니다.

밭흙을 만지면서 풀을 몇 갈래로 살핍니다. 밭흙을 만지기 앞서까지는 그냥 두지만, 이제 흙을 만져서 씨앗을 심자면, '솎을 풀'하고 '뽑을 풀'이 나와요. 하나는 솎아서 먹는 풀이 되지만, 다른 하나는 그대로 뽑아서 말린 뒤에 흙한테 돌려주는 풀이 됩니다. 갓이나 쑥이나 모시나 쇠무릎이나 곰밤부리나 봄까지꽃이나 살갈퀴나 갈퀴덩굴이나 꽃마리 같은 아이들은 '씨앗을 심으려는 자리'에서 돋으면 '뽑을 풀'이 돼요. 씨앗 심는 자리에 이 아이들이 곱게 잘 컸으면 '솎을 풀'로 삼아서 나물로 먹어요. 아직 씨앗을 심을 때가 아니거나 굳이 씨앗을 안 심어도 될 만한 자리라면 '먹을 풀'로 삼지요.

여기에 '두는 풀'이 있어요. 밭을 오가면서 '거니는 자리'에 돋는 풀은 그냥 두지요. 왜 그냥 두는가 하면, 거님길 자리에는 풀이 돋아서 밟혀 주어야 비가 와도 흙이 쓸리지 않아요. 때로는 꽃을 보려고 '보는 풀'로도 삼고, 씨앗을 얻으려고 '두는 풀'로도 삼습니다. 흰민들레는 밭자리에 있어도 뽑지 않고 둡니다. 흰민들레가 우리 집에 널리 퍼져서 민들레나물을 언제나 실컷 누릴 수 있기를 바라기 때문이에요. 바야흐로 붓꽃은 길고 통통하며 야무진 잎을 죽죽 뻗습니다. 꽃이 피고 나서 저물 무렵에는 이 야무지고 통통한 잎이 슬슬 늘어지는데, 꽃대가 오르고 꽃이 필 무렵까지 얼마나 죽죽 잘 뻗는지 몰라요. 사월이 무르익습니다.

날짜하고
요일을 잊는다

날이 갈수록 날짜하고 요일을 잊어요. 나이를 먹기에 날짜하고 요일을 잊지는 않아요. 시골살이가 깊어질수록 날짜하고 요일은 저 멀리 사그라들어요. 시골살이에서는 날짜나 요일이 아니라 날씨하고 날을 살피기 때문이에요. 풀이 돋고 꽃이 피며 열매가 맺는 날씨하고 날을 마음으로 담고 몸으로 느끼는 하루가 흐르는 동안 어느새 날짜도 요일도 저만치 잊혀요.

책을 읽을 적에는 책을 읽을 뿐이에요. 책에 깃든 알맹이나 줄거리를 살필 뿐이지요. 그러니까 글쓴이 이름이나 출판사 이름을 따지거나 알아야 하지 않아요. 누가 쓴 글이나 책이든, 마음을 사로잡거나 움직이는 이야기가 무엇인가 하는 대목을 읽어요.

그런데 아이들하고 살림을 지으면서 토요일이나 일요일에는 면소재지 초등학교 놀이터에 갈 수 있으니, 두 가지 요일은 생각해 보려고 하는데, 막상 토요일이나 일요일이 되어도 면소재지 초등학교

놀이터에 가기는 만만하지 않네요. 요일이 아닌 날씨하고 날을 살펴서 흙일을 하고 집살림을 꾸리니까요.

지은 책

책을 안 읽고도 책을 쓸 수 있을까요? 어쩌면 어떤 사람은 책을 한 권조차 안 읽었지만 아름답거나 놀랍거나 훌륭하거나 멋진 책을 쓸 수 있어요. 아무 책을 안 읽었기에 어설프거나 어리숙한 책을 쓸 수도 있을 테고. 그런데, 책을 많이 읽었기에 더 훌륭하거나 더 아름다운 책을 쓰지는 않아요. 책을 적게 읽었거나 못 읽었기에 더 어리석거나 더 바보스러운 책을 쓰지도 않아요.

그러고 보면, 책을 읽었느냐 안 읽었느냐는 그리 대수롭지 않습니다. 책을 쓰려고 한다면 '지을 책'에 담을 이야기가 마음속에 있느냐 없느냐 하는 대목이 대수롭다고 할 수 있어요. 어떤 이야기를 써서 책을 짓느냐도 대수로울 테지만, 스스로 삶을 짓고 살림을 가꾸면서 사랑을 나누는 이야기가 있느냐 하는 대목이 그야말로 대수롭지 싶습니다.

책을 지으려 하는 사람은 이야기를 지으려 하는 사람이리라 봅니다. 이야기를 지으려 하는 사람은 삶이나 살림이나 사랑을 지으려 하는 사람이리라 봅니다. 그러니 교과서나 참고서나 문제집을 놓고 '책'이라 하지 않는 까닭을 알 만해요. 교과서나 참고서나 문제집이라고 하는 '종이꾸러미'에는 이야기를 지으려고 하는 삶이나 살림이나 사랑이 깃들지 않으니까요.

손가락 뜨개인형을 읽기

곁님이 밤을 새워서 뜬 뒤 아이들한테 선물한 '얼룩말 손가락 뜨개인형'을 나도 손가락에 꽂아서 놀아 봅니다. 아이들이 낮잠을 자는 사이에 한 번 놀면서 물끄러미 바라봅니다. 밤을 새운 한 사람 손길이 깃든 이 뜨개인형은 아이들이 늘 만지면서 놀 만하고, 어른도 곧잘 함께 놀 만합니다. 이 뜨개인형을 손수 떴기에 더 애틋할 수 있고, 이 뜨개인형을 플라스틱 실이 아니라 면으로 된 실로 짰기에 더 살가울 수 있습니다. 곰곰이 돌아보면 먼 옛날부터 어버이는 아이한테 '오래도록 손수 품을 들인 놀잇감'을 선물했습니다. 하루아침에 뚝딱하고 지은 놀잇감도 선물했을 테지만, 으레 이레라든지 열흘이라든지 달포라는 긴 나날을 들여서 한 가지를 마련했어요. 다시 말하자면 더 많은 놀잇감이 있어야 더 잘 놀 수 있지 않습니다. 사랑을 담은 손길로 찬찬히 바라보면서 지은 놀잇감일 적에 두고두고 놀 뿐 아니라, '아이가 자라서 어른이 된 뒤에' 다시 새로운 아이한테 물려줄 수 있어요. 고작 뜨개인형 하나라 할 수 있지만, 이 뜨개인형을 고이 아끼고 돌보면서 논다면 오래오래 물려주고 물려받다가 나중에 새로운 아이가 새롭게 뜰 수 있을 테지요. 우리 곁에 둘 만한 책도 이와 같으리라 생각해요. 고이 물려주고 물려받으면서 새로운 노래를 일굴 만한 이야기를 다루도록 북돋우는 책 한 권이 있으면 넉넉하겠지요.

숲에서 들려주는 노래

아이들하고 골짜기에 갔어요. 바야흐로 여름이니 비오는 날이 아니라면 이제부터 자주 갈 테지요. 그냥 골짝마실만 했다면 느긋하게 책도 읽을 수 있었을까요. 밭일을 한참 하고 나서 아이들을 이끌고 찾아오다 보니 좀처럼 눈이 트이지 않습니다. 넓적한 바위를 찾아서 드러누웠어요. 멧새가 노래하고 아이들이 노래합니다. 두 갈래 노래가 섞이면서 골짝물 흐르는 노래까지 어우러집니다. 잠이 잘 옵니다. 쉬려면, 눈하고 마음을 쉬려면, 몸이랑 한숨을 쉬려면, 이렇게 아이들이 마음껏 뛰놀 수 있는 시원한 숲그늘에 깃들면서 고요히 눈을 감아야겠네요.

배우려 하지 않는 책읽기

배우려 하지 않으면 배우지 못합니다. 배우려 하면 배웁니다. 배우려 하지 않으면 눈을 뜨지 못합니다. 배우려 하면 눈을 뜹니다. 배우려 하지 않으면 마음을 열지 못하고, 배우려 하면 마음을 엽니다. 나는 이를 잘 안다고 말하려 합니다. 왜냐하면 바로 나 스스로 '배우려 하지 않는 몸짓'하고 '배우려 하는 몸짓'으로 살아왔기 때문입니다. 배우려 하지 않는 몸짓일 적에는 몸이며 마음이 함께 굳으면서 즐거움이 없어요. 그러니 웃음이나 노래가 흐르지 않습니다. 배우려 하는 몸짓일 적에는 몸이며 마음이 함께 가벼우면서 즐거움이 흐릅니다. 남이 나를 즐겁게 하지 않아요. 배우려 하는 몸짓일 적에 스스로 즐겁습니다. 그러니 이때에는 웃음이나 노래가 저절로 흐릅니다.

배우려 하는 사람은 학력이나 재산이나 계급이나 이것저것 아무것도 따지거나 가리지 않습니다. 배우려 하지 않는 사람은 학력을 비롯해서 돈이나 계급이나 이것저것 모조리 따지거나 가립니다. 배우려 하기에 돈이 없어도 배워요. 배우려 하지 않기에 돈이 있어도 배우지 못해요. 배우려 하기에 책이 한 권조차 없어도 배우고, 배우려 하지 않기에 책을 멧더미처럼 잔뜩 쌓았어도 배우지 못해요. 배우려 하기에 어떤 책을 읽든 넓고 깊이 배울 수 있고, 배우려 하지 않기에 매우 훌륭하거나 아름다운 책을 마주하더라도 아무것도 못 느끼고 말아요.

즐겁게 읽는 책

즐겁게 읽기에 모든 책은 '즐거운 책'이 됩니다. 좋아하려는 손길로 집어서 좋은 마음을 가꾸려 하기에 모든 책은 '좋은 책'이 됩니다. 사랑스레 읽어서 사랑스레 누리려 하면 모든 책은 '사랑스런 책'이 될 테지요. 내 마음자리에 따라서 책이 달라지고, 내 마음결에 맞추어 책이 거듭나요. 내 생각이나 눈길이 흐르는 대로 책은 새로운 모습으로 바뀌어요. 아이들이 책 한 권을 수없이 되읽듯이 어른도 책 한 권을 수없이 되읽을 만합니다. 아이들이 그림책이나 만화책 한 권을 천 번쯤 가볍게 되읽듯이 어른도 어느 책 한 권을 천 번쯤 가볍게 되읽으면서 마음을 아름답게 가꿀 만합니다. 오늘 하루도 즐거운 웃음으로 맞이하면서 즐겁게 읽을 책 하나를 바라봅니다.

내가 왜 기계빨래를 그리 안 좋아했는가를 돌아봅니다. 딱히 기계빨래를 거스를 마음은 없습니다. 다만 두 손으로 비벼서 빨래를 하면, 내 옷가지에 그동안 깃든 땀내음이나 먼지내음을 고스란히 헤아릴 뿐 아니라, 빨래를 하면서 빨랫물이 얼마나 나오는가를 모두 지켜볼 수 있어요. 기계가 빨래를 해 주는 일을 싫어한다기보다 '전기 없는 삶'이라면 옷을 어떻게 건사하려 하느냐는 마음으로 늘 '손으로 짓는 살림'을 헤아리려 했습니다. 이러다가 요 며칠 사이에 문득 새롭게 하나를 깨닫는데, 내가 손빨래를 좋아한다고 하면서도 막상 빨랫물을 제대로 지켜보지 못했구나 싶어요. 되살림비누를 쓰더라도 빨랫물에 거품이 생긴다면, 아주 조금이라도 거품이 생긴다면, 이 거품은 무엇이겠느냐 하고 돌아봅니다. 어제부터 설거지를 할 적에는 이엠발효액으로만 하는데, 꽤 잘 되고 깨끗합니다. 설거지물도 한결 깨끗하고요. 빨랫물을 쳐다볼 수 있다고 해서 빨래나 살림을 더 잘 헤아리지도 못했다는 대목을 깨달으면서, 책을 아무리 많이 읽었다고 해서 삶이나 살림이나 사랑이나 사람을 제대로 헤아린다고는 할 수 없다는 대목을 새삼스레 배웁니다. 우리가 읽을 것이라면 '책'이 아니라 '살림'일 테지요. 애써 책을 읽는다면 '책에 깃든 살림'을 읽어야 할 테고요.

푸념을 잊는 책읽기

나는 언제부터인가 푸념을 거의 안 합니다. 곰곰이 돌아보면 어느 때까지 으레 푸념을 하며 살았구나 싶습니다. 이 일도 푸념 저 일도 푸념인 사람이 바로 내 모습이었다고 느낍니다. 이제 푸념을 거의 안 하며 살다 보니, 내 둘레에서 푸념을 하는 사람이 있으면 이 푸념이 잘 뜨입니다. 그리고 눈에 잘 뜨일 뿐 아니라 어쩐지 살짝 거슬리다가는 빙그레 웃음이 납니다. 그분 모습에서 내 예전 모습을 읽기 때문입니다.

푸념이란 말 그대로 푸념입니다. 푸념은 '새로짓기'가 아닙니다. 푸념은 제자리걸음이거나 뒷걸음이기 일쑤입니다. 이래서야 삶이 재미없습니다. 푸념을 일삼는다면 삶이 따분하고야 맙니다. 이 책을 읽으면서 이 대목이 아쉽다고 푸념하면 이 책은 이 대목 때문에 재미없습니다. 저 책을 읽으면서 저 대목이 서운하다고 푸념하면 저 책은 저 대목 때문에 따분합니다.

모든 책은 저마다 아쉽거나 서운한 대목이 있을 만합니다. 그러나 모든 책은 저마다 재미있거나 아름다운 대목도 함께 있을 만합니다. 책 한 권을 놓고 어느 대목을 읽겠느냐 하는 생각은 바로 우리가 가름합니다. 내가 고르지요. 나 스스로 푸념을 하는 책읽기를 하겠는지, 아니면 나 스스로 푸념을 잊는 책읽기, 다시 말해서 기쁨을 짓고 살림을 짓는 사랑을 노래하는 책읽기를 하겠는지, 참말로 나 스스로 생각해야지 싶습니다. 그래서 나는 언제부터인가 기쁘게 삶을 노래하는 책읽기를 즐기는 몸짓으로 시나브로 바뀝니다.

작은 벌레를 읽는다

밭에서 파씨를 훑다가 작은 벌레를 봅니다. 작은 벌레는 내 손가락을 타고 빙글빙글 돕니다. 얼마나 작은지 여느 때에는 이런 벌레가 우리 집 밭에서 함께 사는 줄 알아챌 수 없겠구나 싶습니다. 그러나 이 작은 벌레는 틀림없이 우리 집에서 함께 지내는 목숨붙이입니다. 이 작은 벌레가 있어서 우리 집은 아늑하면서 따사로운 보금자리가 될 수 있습니다. 미처 느끼지 못하더라도, 아직 알지 못하더라도, 제대로 마주하지 못하더라도, 참으로 수많은 숨결이 내 곁에 머물면서 곱게 바람을 일으켜 준다고 느낍니다. 이러면서 생각하지요. 나는 내 곁에 있는 숨결한테 얼마나 싱그럽거나 하늘처럼 파란 바람과 같을까 하고요.

땡볕을 걷는 책읽기

땡볕을 걷는다면 더울까요, 안 더울까요? 땡볕에 짐을 잔뜩 짊어지고 걷는다면 더울까요, 안 더울까요? 땡볕에 짐을 잔뜩 짊어진 채 아이를 안거나 업으면서 걷는다면 더울까요, 안 더울까요?

나는 지지난해까지 이런 땡볕에 늘 '덥다'고 여겼습니다. 그러나 '더운 볕에 살갗을 신나게 태우자'는 생각을 함께 했어요. 지지난해까지는 땡볕에 후끈후끈 더위를 즐기면서 온통 땀투성이로 살았습니다. 지난해부터는 이 살림을 살짝 바꾸기로 했어요. 땡볕을 걸으면서도 '덥다'거나 '눈이 부시다'는 생각을 하지 않습니다. 그러면 무엇을 생각할까요? 저는 이제 '내가 가야 할 곳을 바라보면서 웃고 노래하며 걷는다'고 생각해요. 참말로 웃으면서 걷고, 참말로 노래하면서 걷습니다.

오늘 낮에 면소재지에서 집으로 돌아오는 길에 두 아이가 "더워서 걷기 싫어." "차 타고 갈래." 하고 말합니다. 나는 아이들한테 말합니다. "여기 오는 길에 차 타고 왔어. 아버지는 더 차 타기 싫어. 집에는 걸어서 갈래. 집까지 웃으면서 걸어 갈래." 두 아이가 입을 삐쭉 내밀면서 걷습니다. "얘들아, 멈춰 봐. 너희 마음속에 덥다는 생각이 있으니까 더워. 너희는 가방을 멨니? 너희가 물병을 드니? 아버지는 가방을 메고 물병을 들었지만 덥다는 생각이 처음부터 없으니까 땀도 안 흘리고 덥지도 않아. 너희는 맨몸이야. 너희는 맨몸이니까 시어칸(정글북에 나오는 짐승)처럼 네발로 기는 장난을 할 수도 있어."

아이들은 생각을 바꾸어 주었을까요? 아이들은 어쩔 수 없다고 여겼을까요? 십 분 즈음 지날 무렵 아이들 낯에 웃음이 돌고, 아이들도 노래를 부릅니다. 풀밭 사이를 거닐면서 풀꽃을 훑고 풀잎에 손바닥을 쓸리면서 달립니다.

그늘이 없는 시골 들을 신나게 걷습니다. 걷다가 서로 달리기를 합니다. 아버지는 가방이 묵직하기에 작은아이보다도 뒤에 처져서 달립니다. 아버지가 뒤에 처진 채 달리니 두 아이는 앞에서 깔깔거리면서 기다려 줍니다. 벼를 심지 않은 논에서 부들이 잘 자랍니다. 부들 하나를 꺾어서 작은아이한테 "자, 소시지야. 맛있게 먹어." 하면서 건넵니다. 큰아이는 혼자서 부들 하나를 꺾습니다. 두 아이는 마을 어귀까지 부들을 손에 쥐고 마음껏 달리고 걷고 하면서 놉니다. 마을 어귀 빨래터에 이르러 풍덩 뛰어들어 한참 물놀이를 합니다. 아이들아, 마음속으로 하나 배웠을까? 오늘 온몸으로 배웠을까? 우리는 땀 한 방울 안 흘리고 한 시간 남짓 걸어온 줄 알겠니? 우리가 마음속에 어떤 생각을 품느냐에 따라서 모든 것이 달라진단다.

꽃을 달고 달리다

한국에서 국가대표로 나오는 선수가 머리카락을 물들이거나 꽃머리띠를 단다면 받아들일까요? 이렇게 머리카락을 물들이거나 꽃머리띠를 했는데 성적이 안 나오면 어떤 말이 나올까요? 2015년 중국 북경에서 벌어진 세계육상대회에서 어느 자메이카 선수가 멋진 풀빛 머리카락에 꽃머리띠를 하고서 100미터 달리기에서 1등을 했어요. 이녁은 1등을 하지 않았더라도 멋진 사람이로구나 싶은데, 치렁치렁 날리는 풀빛 머리카락에 노란 꽃머리띠란, 더없이 아름답습니다. 그래요, 바로 이것이 삶이요 살림이며 사랑이지요.

마루가 있는 집

마당이나 마루를 누리지 못하는 집이 많습니다. 해바라기를 하다가 섬돌에 내려앉아 신을 꿰고는 곧장 마당으로 달려가서 해바라기를 하거나 비바라기를 하기 어려운 집이 많습니다. 마당하고 집을 잇는 마루는 바람하고 햇볕이 드나듭니다. 마당하고 집 사이에 있는 마루는 걸터앉기도 하고 드러눕기도 하면서 느긋하게 쉴 자리가 됩니다. 마루에 엎드려 그림책을 길게 펼치고, 마루를 무릎걸음으로 기면서 온갖 놀이를 합니다. 마루에 누워 바람을 쐬니 더위를 식히기에 좋습니다. 마루로 스며드는 여름노래를 가만히 들으면서 낮잠을 잘 만하고, 오순도순 이야기를 나눌 만합니다.

1초 책읽기

1초가 길다면 얼마나 길까요. 1초가 짧다면 얼마나 짧을까요. 오늘 〈갓 오브 이집트〉라는 영화를 보고 나서 여러 가지를 헤아려 보는데, 하늘(air)을 다스리는 이집트 님(신)이라는 호루스는 작은아버지한테 빼앗긴 눈 가운데 하나를 되찾을 수 있던 때에 살짝 망설이다가 눈이 아닌 '사람을 살리는 길'로 몸을 던져요. 그야말로 삶하고 죽음이 엇갈리는 1초나 0.1초나 0.001초라고 하는 동안에 아주 살짝 망설이다가 아주 빠르게 몸을 던지지요. 나는 이 대목을 보다가 '내가 겪은 삶하고 죽음 사이'를 떠올렸습니다. 나는 살면서 몇 차례 '삶하고 죽음 사이'를 오간 적이 있는데, 이때에 느낀 1초(또는 0.1초나 0.001초)는 매우 길었어요. 자동차에 치여서 자전거가 찌그러지고 내 몸이 하늘로 붕 떠서 길바닥에 떨어지기까지는 옆에서 보자면 고작 1초도 안 되었을 테지만, 나는 이 1초도 안 되는 겨를에 그야말로 수만 가지 생각을 했고, 내가 그때까지 살아온 모든 발자취를 다 떠올릴 수 있었습니다.

우리가 책 한 권을 읽는다고 할 적에 흔히 몇 시간이나 몇 분쯤 쓸까요? 우리가 읽는 모든 책은 '글쓴이로서는 짧아도 몇 달이나 몇 해'를 바친 책이고, '펴낸이로서도 적어도 몇 달이나 몇 해'를 땀 흘린 책이에요. 그런데 이런 책을 우리는 고작 몇 시간이나 몇 분쯤 들여서 다 읽을 수 있어요. 첫 줄부터 끝 줄까지 말이지요. 그러면 우리는 몇 시간만 들이면 '한 사람이 몇 해에 걸쳐 이룬 모든 땀방울'을 샅샅이 읽어내거나 알아냈다고 할 수 있을까요?

살짝 훑더라도 온마음을 기울인다면 책 한 권이 아니라 열 권이나 백 권도 빠르게 읽어내거나 알아낼 만하다고 느낍니다. 삶하고 죽음 사이에 놓이면서 수만 가지 생각을 아주 빠르게 떠올리는 마음이 된다면 이처럼 하겠지요. 그러나 우리 앞에 열 해나 백 해라는 제법 긴 나날을 놓더라도 마음을 제대로 기울이지 않으면 책 한 권이나 글 한 줄도 엉성하게 짚다가 그만 알맹이 하나 못 건지리라 느껴요.

내가 읽을 때까지 기다리는 책

책이 사람을 기다립니다. 책은 저를 읽어 줄 사람을 기다립니다. 책은 우리를 부르지 않아요. 책은 우리 손이나 발을 잡아끌지 않아요. 책은 늘 얌전히 우리를 지켜볼 뿐입니다. 우리가 손을 뻗어서 저희를 따스하게 어루만지면서 읽어 주기를 기다립니다. 우리가 발길을 멈추고 책을 손에 쥘 적에 책은 그예 온몸을 열어젖혀서 이녁한테 깃든 모든 이야기를 풀어놓습니다. 그런데 책은 우리한테 제 이야기를 억지로 집어넣으려 하지 않습니다. 우리가 읽을 수 있는 만큼 우리 나름대로 책에서 이야기를 읽을 뿐이에요. 때로는 넉넉히 이야기를 읽을 테고, 때로는 아무 이야기도 못 읽을 수 있어요. 책이 나쁘거나 모자란 탓도 아니지만, 책을 손에 쥔 우리가 나쁘거나 모자란 탓도 아니에요. 어떤 이야기를 언제 어느 만큼 받아들인가 하는 대목은 늘 달라져요. 언제나 우리 삶과 살림과 사랑에 맞게 우리 나름대로 이야기를 받아들여요. 오늘 내가 살아가는 만큼 책 한 권에서 이야기를 길어올리고, 오늘 내가 살림하는 만큼 책 한 권에서 이야기를 끌어내며, 오늘 내가 사랑하는 만큼 책 한 권에서 이야기꽃을 피워요. 내가 읽을 때까지 언제까지나 고이 기다리던 책은, 우리 아이도 기다리고, 우리 아이가 앞으로 낳을 아이도 기다립니다. 기다리면서 고요히 잠을 자고, 아니 기다리는 동안 늘 새롭게 꿈을 키웁니다. 눈부시게 피어날 싱그러운 이야기꽃을 책들은 저마다 저희 가슴에 품으면서 꿈을 키워요.

책을 장만하는 마음

111

책을 장만하면서 제 나름대로 짤막하게 느낌을 일기처럼 써 보기도 합니다. 얼마나 반가운지, 얼마나 아쉬운지, 얼마나 신나는지, 얼마나 고단한지, 또 얼마나 새로운 마음이 솟아나면서 삶을 다시금 바라보는 눈썰미가 생기는가 하는 이야기를 써 봅니다. 문학책도 그림책도 만화책도 사진책도 인문책도 동화책도 시집도 모두 아름답고 사랑스럽습니다.

커다란 나무 같은 사람

이세 히데코, 청어람미디어 펴냄, 2010. 5. 5.

나무 같은 사람이 있고, 사람 같은 나무가 있다. 나무 같은 사람은 짙푸른 잎사귀로 싱그러운 그늘을 드리울 뿐 아니라, 아름다운 꽃과 열매를 베풀면서, 푸른 바람을 나누어 주는 사람이겠지. 사람 같은 나무는 슬기롭고 사랑스러우면서 포근한 숨결을 언제나 두루 나누어 주는 나무이겠지. 그림책 《커다란 나무 같은 사람》을 읽는다. 보드라운 붓끝으로 살가이 빚은 그림을 읽는다. 프랑스에 있다는 어느 식물원을 날마다 찾아가서 그림을 그리는 아이가 나온다. 문득 생각한다. 한국에도 이런 멋진 식물원이 있을까. 식물원이 아니더라도 오백 해나 오천 해를 넉넉히 사는 나무가 마을마다 있을까. 나무 한 그루를 아끼고 풀 한 포기를 사랑하는 슬기로운 어른은 얼마나 될까. 아이들이 나무 같은 마음을 품으면서 무럭무럭 자랄 수 있기를 빈다.

해질녘에 아픈 사람

신현림, 민음사 펴냄, 2004. 7. 10.

신현림 아주머니가 쓴 시가 여러모로 내 마음을 끈다. 왜 그러할까? 아주머니이기 때문일까? 씩씩하게 살려고 늘 다짐하는 이야기를 글이나 사진으로 빚으나, 곰곰이 들여다보면 '씩씩하지 못하기에 스스로 씩씩하겠노라' 외치는 글이나 사진이라고 할 수 있기 때문일까? 《해질녘에 아픈 사람》이라는 시집에서는 '대놓고' 말한다. 아프다고 대놓고 말한다. 참으로 아프기에 대놓고 말한달 수 있는데, 곰곰이 시를 읽으니, 아픔 따위는 없어서 아프다고 말할 수 있다. 몹시 아프고 무시무시하도록 아프지만, 아픔 한복판에 서니 마치 거센 비바람 한복판에 있듯이 고요하기에 이렇게 시를 쓸 수 있다고도 할 수 있다. 아픈 사람은 아픈 이웃이 들려주는 이야기를 받아들인다. 기쁜 사람은 기쁜 이웃이 들려주는 이야기를 받아들인다. 그러면, 아프지도 않고 기쁘지도 않은 사람은 어떠할까? 아픈 사람은 '아프다는 느낌과 삶'으로 아픔을 받아들이고, 기쁜 사람은 '기쁘다는 느낌과 삶'으로 기쁨을 받아들일 텐데, 아프지도 않고 기쁘지도 않은 사람은 '생각'으로 아픔이나 기쁨을 받아들일까? 아파 보지 않고 시를 쓸 수 없다고 말해도 될 텐데, 왜 그러한가 하면, 아이로 태어나 보지 않았으면 아이 이야기를 할 수 없기 때문이다. 어른이 되어 보지 않았으면 어른 이야기를 할 수 없기 때문이다. 바나나를 한 번도 본 적이 없는 사람은 바나나를 이야기할 수 없을 뿐 아니라, 바나나가 어떤 열매인지 알아들을 수도 없다. 갯기름나물이라는 풀을 한 번도 본 적도 들은 적도 없는 사람은 이 나물맛을 알아들을 수 없고 이야기할 수도 없다. 그렇지.

있잖아, 꼭 말을 해야 돼?
로이스 로우리, 산하 펴냄, 1992. 10. 25.

열 살 어린이는 집과 학교에서 무엇을 배울까. 열 살 어린이를 돌보는 어른은 집에서 무엇을 가르치고, 학교에서는 무엇을 가르칠까. 열 살 어린이는 '어른이 시키는 대로' 잘 따르면 될까, 아니면 앞으로 모든 삶을 스스로 씩씩하게 짓는 마음길을 다스릴 수 있어야 할까. 미국 동화라고 하는《있잖아, 꼭 말을 해야 돼?》를 읽는다. 모두 일곱 권으로 된 이야기꾸러미 가운데 첫째 권으로, 이 책에 나오는 아이는 언제나 스스로 생각한다. 그리고, 제 생각을 스스럼없이 학교와 집에서 말한다. 학교에서는 으레 꾸지람을 들으나, 집에서는 으레 사랑을 듣는다. 학교에서는 왜 아이한테 '주어진 어떤 틀'에 맞추도록 이끌려 할까? 집에서는 왜 아이한테 '스스로 삶을 짓도록' 도와주려 할까? 이와는 달리, 학교에서 아이한테 '스스로 삶을 짓도록' 도울 수 있고, 집에서 아이를 '주어진 어떤 틀'에 가두려 할 수 있다. 아무튼 이 동화책을 읽다가 폭 빠져들어서 시간이 얼마나 흐르는지 깜빡 잊어버렸다.

하늘을 날고 싶었던 따오기

이모토 요코, 달리 펴냄, 2007.12.31.

일본에서는 따오기가 모두 죽어서 없다고 한다. 한국에는 몇 마리가 있을까. 일본에서 마지막으로 죽었다고 하는 따오기 이야기를 담은 그림책 《하늘을 날고 싶었던 따오기》를 본다. 이 그림책에도 나오는 대목이지만, '보호소' 사람들은 따오기한테 '자유'보다는 '목숨 지키기'가 더 뜻있다고 여긴다. 그러면 따오기는 쇠그물로 둘러친 곳에 갇힌 채 수십 해를 '목숨만 버티면 될' 짐승일까? 사람도 모두 사라질 즈음에는 이렇게 '쇠그물 감옥'에 가두어 밥만 주어서 살리면 될까? 슬프면서 안타까운 이야기를 곱게 담은 그림책을 곰곰이 돌아본다.

까만 크레파스와 괴물 소동

나카야 미와, 웅진주니어 펴냄, 2010.10.1.

나카야 미와 님 그림책은 으레 '이야기꾸러미'로 나온다. 그루터기 이야기라든지, 깡통유령 이야기라든지, 아기곰 쿠피 이야기라든지, 또 도토리마을 이야기라든지, 모두 이야기꾸러미이다. 이 가운데 '까만 크레파스' 이야기꾸러미가 있다. 열 가지 빛깔 크레파스 이야기인데, 이 이야기에서 언제나 '까만 빛깔'이 주인공을 맡는다. 다만, 다른 아홉 빛깔이 주인공이 아니라는 뜻이 아니다. 모두 주인공인데, '까만 빛깔'을 남다르게 바라보면서 이야기를 이끈다. 곰곰이 생각하면, 그림을 그리면서 '까만 빛깔'을 눈부시게 쓰는 사람은 드물다. 그렇지만 까만 빛깔이 없으면 다른 빛깔이 살아나지 못한다. 까만 빛깔이 바탕을 이루기에 다른 빛깔이 곱게 피어날 수 있다. 《까만 크레파스와 괴물 소동》에서도 이 같은 이야기가 드러난다. 아홉 가지 알록달록 멋진 크레파스가 아무리 그림을 그려도 '마음을 움직이는 그림'이 되지 못한다. 여기에 까망이가 한 가지 생각을 내놓아서 함께 그리니, 드디어 아름다운 그림이 태어난다. 그러나, 까망이 혼자 그림을 그릴 수 없다. 열 가지 크레파스가 저마다 제 빛을 살리면서 동무 빛깔하고 어우러지기에 사랑스러운 그림이 태어난다.

벌거숭이 왕자 덜신

C.W.니콜, 논장 펴냄, 2006.11.25.

'덜신'이라는 이름을 물려받은 왕자는 열여섯 살 나이에 홀로서기를 해야 한다. 이태 동안 숲사람으로 지내야 한다. 옷과 신조차 모두 벗어 알몸이 된 채 숲에서 살아야 한다. 부끄러움이나 창피나 짜증을 느낄 수 있으나, 덜신은 어느 것에도 얽매이지 않으면서 홀가분하게 지낼 수 있어서 마음이 차분하다. 까마득한 앞날과 같지만, 그동안 동무로 지낸 까마귀가 찬찬히 길을 일러 준다. 아주 가까이에 있던 몹쓸 사람들 때문에 거의 목숨을 잃을 뻔했으나, '사람이 쓰는 말'을 내려놓고 '숲이 들려주는 말'에 귀를 기울이면서 천천히 '새로운 눈'을 뜬다. 《벌거숭이 왕자 덜신》은 덜신 왕자가 숲사람으로 거듭나는 이야기를 차근차근 잘 보여준다. 건너뛰거나 얼렁뚱땅 지나가지 않는다. 터무니없이 꾸미지 않으며, 억지스레 꿰어맞추지 않는다. 한국에서 열여섯 살 나이인 푸름이는 무엇을 할 수 있을까? 한국에서 열여덟 살 나이인 젊은이는 무엇을 꿈꿀 수 있을까? 한국에서는 열여섯 살에서 열여덟 살로 접어드는 푸른 숨결한테 무엇을 가르치는가?

서울 염소, 사진으로 쓴 남편 이야기
오인숙, 효형출판 펴냄, 2015.5.1.

사진책 《서울 염소》를 바라본다. 한집에서 서로 아끼는 곁님을 물끄러미 바라보고 가까이에서 어루만지면서 누린 사랑을 사진과 글로 조촐하게 엮은 이야기꾸러미이다. 사진책 《서울 염소》는 '사진으로 쓴 남편 이야기'라는 작은이름이 함께 붙는데, 책머리에는 아이들 모습이 살짝살짝 함께 나온다. 한날 한때에 함께 태어난 두 아이가 천천히 자라면서 동그란 밥상에 둘러앉고, 함께 자며, 같이 아버지한테 안기는 포근한 이야기가 고요히 흐른다. 두 사람이 빚는 삶에서 사랑이 태어나고, 이 사랑이 꽃씨가 되어 아이들이 자란다. 아이들이 있고, 곁님이 있으며, 내가 있다. 저마다 서는 자리는 다르지만, 함께 걷는 길이다. 언제나 손을 맞잡고 씩씩하게 걷는 이 길에서 사진과 글로 꿈 한 가지를 풀어낸다. 사진이 없어도 사랑은 언제나 흐르고, 글이 없어도 삶은 늘 맑다. 사진이 있어서 사랑을 새롭게 돌아보고, 글이 있어서 삶을 새삼스레 되새긴다.

선생님 요즘은 어떠하십니까

이오덕 · 권정생, 양철북 펴냄, 2015.5.1.

이오덕 권정생 두 분이 주고받은 편지를 묶은 책을 읽는다. 이 책은 2003년에 갑작스레 나온 적 있다. 그때에는 이 책을 안 읽었다. 작가와 맺은 다짐을 어기고 ㅎ출판사에서 몰래 펴낸 책을 함부로 읽을 수 없었다. 이 편지꾸러미가 제대로 된 출판사를 만나서 제대로 나올 때까지 기다렸다. 이제 열두 해 만에 두 분 편지꾸러미를《선생님 요즘은 어떠하십니까》라는 예쁜 책으로 찬찬히 읽는다. 두 분이 나눈 편지는 1970년대 이야기여도 새롭고, 1980년대 이야기여도 새삼스럽다. 앞으로 쉰 해나 백 해가 더 흐르더라도 두 분이 맺은 꿈과 사랑은 한결같이 흐르리라 느낀다. 고이 잠든 두 분이 나눈 이야기는, 오늘 이곳에서 고이 꿈을 꾸거나 사랑을 속삭이려는 사람들한테 고운 마음밥이 되거나 생각씨앗이 될 테지. 한 쪽을 읽고 숨을 가다듬고, 두 쪽을 읽으며 숨을 돌린다. 석 쪽을 읽고 한동안 책을 덮으며, 넉 쪽을 읽으며 마당으로 내려서서 햇볕을 받으며 먼 하늘 구름을 바라본다.

수남아, 여행 가자

김길수, 겨리 펴냄, 2015.5.18.

온 식구가 삶을 기쁘게 누리는 길을 걷는 이야기를 담은 조촐한 책

《수남아, 여행 가자》를 읽는다. 우리 식구도 아이들을 집에서 놀게 한다. 우리 집에는 자가용이 없어서 《수남아, 여행 가자》에 나오는 식구들처럼 이곳저곳 두루 누리지는 못한다. 그러나 어디에서 무엇을 하든, 모두 마실이고 놀이요 삶이며 웃음이면서 기쁜 노래가 되리라 느낀다. 제도권 학교를 안 가는 이웃이 더욱 늘어나기를 빈다. 그래서 '집에서 노는 아이들'이 느슨하게 서로 만나고 어우러지면서 '숲놀이'를 누릴 뿐 아니라 '숲배움터'와 '숲집'을 함께 가꿀 수 있기를 빈다. 졸업장이나 자격증이 아닌 놀이와 숲과 보금자리를 헤아리면서 삶을 짓는 아이들이 늘어나면, 이 나라는 얼마나 아름답게 거듭날 만할까 하고 헤아려 본다.

아르슬란 전기 3

타나카 요시키 · 아라카와 히로무, 학산문화사 펴냄, 2015.3.25.

전쟁을 일으켜서 권력을 거머쥐려는 이들은 '노예 해방'을 외친다. 그런데 노예 해방을 하겠다는 말은 그저 말로 그칠 뿐, 노예를 풀어주지 않는다. 왜냐하면 권력을 거머쥐려는 이들은 눈속임으로 사람들을 휘두르거나 억누르려고 할 뿐이기 때문이다. 나라를 다스리려는 이는 무엇을 알고 무엇을 보며 무엇을 해야 할까? 먼저 스스로 오롯이 설 줄 알아야 한다. 권력이 있어서 나라에 평화를 베푼다고 하는 생각이 아니라, 모든 이가 처음부터 똑같이 아름답고 사랑스러운 숨결인 줄 똑똑히 깨달아서 이를 슬기롭게 함께하려는 마음이어야 한다. 만화책 《아르슬란 전기》 셋째 권을 읽는다. 모든 침략 전쟁은 언제나 이웃나라 문화와 삶과 사회를 무너뜨리려 한다. 모든 식민전쟁은 언제나 이웃나라를 '이웃'으로도 '나라'로도 여기지 않는다. 총칼을 들면서 쳐들어가는 이는 언제나 독재자이다. 둘레에 있는 사람을 이웃으로 여긴다면 총칼을 들 까닭이 없고, 옆에 있는 나라를 아름다운 나라로 생각한다면 언제까지나 사이좋게 어깨동무를 하려고 할 테지.

선생님과 함께 일기 쓰기

문현식·홍윤표, 철수와영희 펴냄, 2012.5.15.

학교에서 어른 자리에 있는 교사(선생님)는 으레 아이들한테 일기를 쓰라고 말한다. 어른은 늘 아이들이 쓰는 일기를 들여다보며 '검사'를 하는데, 아이들한테 제 일기를 보여주는 어른은 없다. 아니, 아예 없지는 않으나, 찾아볼 수 없다. 어쩌면, 교사는 교사일기를 안 쓰기 때문일 수 있고, 교사일기를 쓰더라도 어른들 사이에서 읽힐 글을 쓸 뿐, 아이와 함께 생각을 나누려는 '아이와 함께 생각하는 교사일기'를 쓰지는 않기 때문일 수 있다. 《선생님과 함께 일기 쓰기》는 아이와 함께 생각을 가꾸면서, 서로 마음을 나누려는 뜻으로 '함께 일기를 쓰며 놀고 배우는 삶'을 보여준다. 아이가 쓴 일기하고 어른이 쓴 일기를 나란히 놓으면서, '같은 이야기'를 놓고 '다른 생각과 삶'을 찬찬히 드러낸다. 다른 여느 학교에서도 이렇게 '아이와 어른이 함께 일기를 써서 나누기'를 하면 재미있으리라 본다. 초등학교뿐 아니라 중·고등학교에서도 학생과 교사가 함께 '일기 쓰기'를 할 수 있다면 참으로 아름다우리라 본다.

이호테우

권철, 눈빛 펴냄, 2015.5.23.

바다를 바라보면서 가꾼 삶이 있다. 작은 사람들은 작게 마을을 이루어 바다를 너른 가슴으로 안으며 살았다. 이러한 삶은 오래도록 아름다운 사랑이 되어 서로 아끼고 돕는 두레가 되었다. 작은 사람들을 밟고 서려는 큰 사람이 나타나면서 작은 마을이 바뀐다. 스스로 '큰 사람'이라 여기는 이들은 작은 마을을 허물거나 흔들면서 '큰 마을'을 이루려 하고, 큰 마을에서 '큰돈'이 될 만한 일거리를 꾸민다. 큰돈을 들여 더 많은 큰돈을 이루려는 큰 사람은 작은 사람들이 가꾸는 살림을 아랑곳하지 않기 마련이고, 작은 사람들은 차츰 설 자리를 잃으면서 조용히 떠난다. 사진가 권철 님이 제주섬 해녀를 담은 사진책《이호테우》는 바로 작은 마을에서 작은 사람으로서 작은 사랑을 일군 발자국이 무엇인가 하는 대목을 조용히 보여준다.

동사의 맛

김정선, 유유 펴냄, 2015.4.4.

《동사의 맛》이라는 책을 읽는다. 교정을 오랫동안 하신 분이 쓴 책이라고 하는데, 책이름이 '무엇의 무엇' 꼴이다. 이는 일본 말투이자 번역 말투이다. 일본에서는 "茶の味"처럼 흔히 'の'를 붙인다. 이런 말투가 바로 '일본말맛'이기 때문이다. 그러면, 한국말로는 어떻게 써야 할까? '차맛'이나 '녹차맛'으로 써야 올바르다. 한국말은 '말맛'일 뿐, '말의 맛'이 아니다. '밥맛'이나 '술맛'으로 적어야 한국말일 뿐, '밥의 맛'이나 '술의 맛'이 아니다. 그러니까 "동사맛(동사 맛)"

처럼 적어야 올바르다. 115쪽에 "'매만지다'가 손질의 의미를 띤다면"처럼 나오고, 75쪽에 "'성나다'의 뜻으로 쓸 때만"처럼 나오는데, "'매만지다'가 손질을 뜻하면"하고 "'성나다'를 뜻할 때만"처럼 고쳐 써야지 싶다. '-의'는 참말 아무 자리에나 넣을 수 없고, 한국말맛을 살리자면 아무 곳에나 붙일 수 없다. 아무튼 "동사 맛"을 들려주는 이 책은 한국말을 바탕으로 부드럽게 흐르는 이야기꽃이라고 느낀다. 한국말 이야기를 다루는 수필문학이다. 조곤조곤 들려주는 이야기는 부드러이 흘러서 마음으로 찬찬히 젖어들 만하다. 그윽하거나 고즈넉한 차맛처럼, 말맛을 다루는 이야기는 포근하다.

해티와 거친 파도

바바라 쿠니, 비룡소 펴냄, 2014.7.9.

부잣집에서 태어난다고 해서 모든 일이 잘 풀리지 않는다. 가난한 집에서 태어났기에 아무 꿈을 못 키우지 않는다. 부잣집에서 태어났으나 흥청망청거리다가 그예 죽음으로 치닫는 사람이 있고, 가난한 집에서 태어났으나 씩씩하고 해맑게 웃으면서 꿈으로 한 발씩 내딛는 사람이 있다. 어버이한테 돈이 얼마나 많이 있어야 하는가는 대수롭지 않다. 나 스스로 어떤 삶을 사랑하는가 하는 대목을 알아야 하고, 내가 걸어갈 길을 스스로 깨달아서 스스로 갈고닦을 줄 알아야 한다. 그림책《해티와 거친 파도》는 그림을 사랑하는 삶으로 나아가려고 한 여리고 작은 가시내 이야기를 들려준다. 이 그림책을 빚은 바바라 쿠니 님 이야기요, 이녁 어머니 이야기라고 한다. 미국에서도 가시내가 화가로 일어서는 일은 몹시 드물거나 힘들었구나 싶다. 아마 가시내 아닌 사내였어도 힘들었을 테지. 그렇지만 거친 물살을 헤칠 만큼 씩씩한 마음이라면, 못 이룰 꿈이란 없다.

목소리의 형태 1

오이마 요시토키, 대원씨아이 펴냄, 2015.5.31.

목소리는 어떤 모습일까? 목에서 내는 소리이니, 이러한 소리는 귀로 들어야 할 테지. 그러면 소리는 어떤 모습일까? 귀로 듣는 소리이니, 귀가 느끼는 물결이거나 무늬일 테지. 그러면 귀가 느끼는 물결이나 무늬는 마음자리에 어떻게 스며들까? 소리를 들을 줄 아는 사람은 어떤 모습으로 소리를 그릴 수 있고, 소리를 듣지 못하는 사람은 어떤 모습으로 소리를 담을 수 있을까. 눈으로 보지 못하는 사람한테는 빛깔을 말할 수 없다면, 귀로 듣지 못하는 사람한테는 노래를 말할 수 없을 테니, 마음속에 사랑이 없는 사람한테는 사랑을 말할 수 없으리라. 만화책 《목소리의 형태》는 바로 이 대목을 건드리려 하는구나 싶다. 스스로 안 가지거나 못 가졌다고 여겨서, 스스로 도무지 바라보지 못하는 모습을 바라보려고 하지도 못하니, 느끼지도 생각하지 못하는 삶을 어떻게 해야 하는지 도무지 가늠조차 못하면서 헤매는 아이들 이야기를 만화로 들려준다.

밥은 묵고 가야제!

류상진, 봄날의책 펴냄, 2015.6.15.

전남 보성에서 우체국 일꾼으로 일하는 류상진 님은 이녁이 날마다 만나는 시골 할매와 할배 이야기를 찬찬히 적바림한다고 한다.

이 이야기는 〈전라도닷컴〉이라는 잡지에 여러 해째 꾸준히 실리기도 한다. 그리고 《밥은 묵고 가야제!》라는 이름이 붙으면서 예쁘장한 책으로 태어나기도 한다. 우체국 일꾼인 류상진 님도 시골내기라 하지만 표준말을 쓴다. 시골 할매와 할배는 그저 늘 쓰는 시골말로 우체국 일꾼을 마주한다. 사람이 살아가는 이야기를 느끼는 대로 글로 적바림하고, 마을 할매랑 할배 이름을 모조리 외울 뿐 아니라, 집집마다 벌어지는 온갖 웃음과 눈물에 섞인 노래를 듣는다. 삶이 있는 자리에 있기에 삶을 읽고, 삶이 흐르는 자리를 오가기에 삶을 쓴다. 구성진 이야기도 살갑지만, 전라도 보성 시골말을 거리낌없이 읊을 수 있는 책이기에 더없이 아름답다.

소소책방 책방일지

조경국, 소소문고 펴냄, 2015.6.30.

경남 진주에 이쁘장한 헌책방이 한 곳 있다. 〈소문난서점〉과 〈동훈서점〉과 〈형설서점〉 같은 헌책방이 있는 작은 도시 진주인데, 〈소소책방〉이 2013년 11월 11일에 문을 열었다. 가게를 꾸리는 책방이든 인터넷으로 하는 책방이든, 모두 커다랗게 살림을 꾸리려 하지만, 작은 헌책방 〈소소책방〉은 그야말로 조그마한 살림을 잇는다. 마을 한곳을 곱게 지키면서 마을 이야기를 품으려고 하는 책쉼터라고 할 만하다. 이곳 〈소소책방〉은 2015년 여름에 《소소책방 책방일지》 1호(2015 늦봄)를 내놓는다. 앞으로도 책방일지를 꾸준히 펴내려는 꿈을 품고 '1호'를 선보인다. 서울에서 나오는 여러 '책 전문 잡지'하고 《소소책방 책방일지》는 아주 다르다. 한국에서 나오는 여러

'책 전문 잡지'는 지나치게 고급스러운 모습을 뽐내려 한다든지, 출판사한테서 받는 보도자료로 책 이야기를 꾸미려 한다면, 《소소책방 책방일지》는 오직 〈소소책방〉 책방지기가 손수 고르고 손질하고 읽고 사랑하는 책 이야기만 담는다. 책을 좋아하는 책벗이라면, 책을 아끼는 책동무라면, 책을 사랑하는 책님이라면, 《소소책방 책방일지》를 1호부터 꾸준하게 장만하여 곁에 둘 만하리라 본다. 〈소소책방〉 누리집에 들어가서 정기구독을 할 수 있고, 인터넷책방에서 이 책을 장만할 수 있으며, 동네 새책방에 이 책을 주문해서 책방마실을 누릴 수 있다. 아니면, 진주로 책방마실을 가서 〈소소책방〉하고 여러 진주 헌책방을 두루 즐기면서 이 책을 장만할 수 있다.

농부로 사는 즐거움

폴 베델, 갈라파고스 펴냄, 2014.9.11.

책이름이 《농부로 사는 즐거움》이라니, 이렇게 멋질 수 있나 하고 생각하면서 이 예쁘장한 책을 차근차근 읽는다. 시골지기로 사는 일은 즐거울까? 즐거웁지. 당에서 돈을 뽑아내야 하는 일을 해야 하면 괴로울 테지만, 내 입에 넣을 밥을 손수 씨앗으로 뿌려서 돌보고 아끼면서 거두어, 다시 손수 밥을 지어서 먹을 적에 얼마나 즐거운가? 가장 맛있고 몸을 살리는 밥이란, 유기농도 생채식도 아니다. 손수 지은 땅에서 거둔 열매를 손수 짓는 밥이 가장 맛있으면서 내 몸에 가장 좋다. 그러니까, 오늘날 거의 모든 사람들은 그리 맛없으면서 몸에도 안 좋은 밥을 날마다 먹는다고 할 만하다. 참말로 거의 모든 사람들이 그리 맛없는 밥을 먹어야 하다 보니, 자꾸 맛집을 찾고, 자꾸 요리를 찾으며, 자꾸 요리 방송을 들여다보고, 셰프를 흉내 내면서 살밖에 없다. 프랑스 시골 농사꾼 폴 베델 님은 이녁이 걸어온 길을 되짚으면서 '흙에서 배운 이야기'를 입으로 들려준다. 한국에서도 이처럼 흙을 가꾸고 사랑한 할매와 할배한테서 '흙에서 배우고 바람에서 배우며 나무에서 배우는 이야기'를 들을 수 있으면 얼마나 재미날까 하고 생각해 본다.

양자우연성

니콜라스 지생, 승산 펴냄, 2015.7.6.

무더위에 《양자우연성》을 읽으면서 무더위도 더위도 여름도 땡볕도 모기도 모조리 잊는다. 왜냐하면 '양자우연성'은 바로 내가 오늘 이곳에서 무엇을 생각하느냐에 따라 내 삶을 스스로 바꾸는 길을 푸는 실마리를 스스로 밝히는 수수께끼 같은 이야기를 보여주는 물리학(과학)이기 때문이다. 네 해 앞서까지 양자물리학이나 양자역학을 생각해 보지 못했으나, 네 해 앞서부터 곁님하고 양자물리학하고 양자역학을 함께 익힌다. 우리 아이들한테도 쉬운 말로 양자물리학하고 양자역학을 풀어서 이야기해 준다. 그러고 보면, 어버이란 어버이 노릇을 하면서 교사 노릇도 하기에, 어버이로서 먼저 《양자우연성》 같은 책을 신나게 읽는다. 《양자우연성》을 보면 책겉에 '정보통신기술의 새로운 기회' 같은 덧이름이 붙는데, 양자물리학·양자역학은 정보통신기술뿐 아니라 우리 삶자락 모든 자리를 새롭게 바라보도록 북돋우는 재미난 수수께끼이다. 양자우연성을 익히는 사람은 언제나 스스로 웃고 노래하려고 한다. 왜 그러할까? 궁금하다면 이 책부터 읽어 보면 된다.

인문학이 인권에 답하다

박경서와 여덟 사람, 철수와영희 펴냄, 2015.8.15.

아홉 사람이 아홉 가지 눈길로 인권을 이야기하는《인문학이 인권에 답하다》를 읽는다. '인권'을 말하는 책은 꾸준하게 나오고, 인권을 다루는 강의가 곳곳에서 열린다. 왜 그러한가 하고 헤아려 본다. 신분이나 계급으로 사람을 가르는 사회 얼거리는 사라졌다고 하지만, 막상 신분이나 계급은 아직도 또렷하게 사람을 가르면서 억누르기 때문이다. 대학교 졸업장도 신분증이고, 여러 자격증도 계급장이다. 나이와 경력도 계급장이며, 큰도시나 서울에서 산다고 하는 주민증도 신분증이다. 값비싼 옷차림과 온갖 전자제품이나 사양 높은 자가용·사진기도 신분증 노릇을 하고, 인문지식조차 계급장 구실을 한다. 참말 그렇다. 그러니 한국 사회에서 서로 어깨동무하는 길을 찾으려는 '인권사랑'을 이야기하려는 사람이 꾸준히 목소리를 내면서 책 한 권을 베풀 수밖에 없다.

저녁 풍경이 말을 건네신다

전성호, 실천문학사 펴냄, 2011.3.31.

아이들이 묻는다. 바람이 묻는다. 나무와 나비가 묻는다. 흙이 묻고, 풀이 묻는다. 이웃이 묻고, 동무가 묻는다. 저마다 나한테 묻는다. 무엇이 궁금하니? 어떻게 사는지 궁금해? 어떻게 살기는, 언제나 그저 그렇게 즐거이 노래를 부르면서 살지. 너희는 어떻게 살아?

오늘도 즐겁게 노래를 부르는 하루였니? 오늘도 웃음꽃을 피우면서 오순도순 어우러지는 하루였니? 시집《저녁 풍경이 말을 건네신다》를 읽는다. 저녁 풍경도 말을 걸고, 저녁놀도 말을 건다. 밤별도 말을 걸고 달님하고 해님도 말을 건다. 가만히 귀를 기울이면 우리 둘레에서 우리한테 말을 거는 아름다운 노랫소리를 늘 들을 수 있다.

집에 가자

김해자, 삶창 펴냄, 2015.7.15.

나들이를 마치면 언제나 집으로 간다. 바깥일을 보려고 나오면 어김없이 집으로 간다. 골짜기에 가든 바다에 가든, 언제나 집으로 돌아온다. 할머니를 뵈러 마실을 나오든, 할아버지하고 놀려고 먼 마실을 나오든, 참말 언제나 우리 집으로 돌아온다. 우리 집은 어디인가? 오늘 서로 아끼며 보살피는 마음으로 깃드는 보금자리가 집일 테지. 김해자 님 시집《집에 가자》를 찬찬히 읽다가 '어제 머물던 곳'을 문득 그리면서 '오늘 있는 곳'을 되새기는 마음결은 무엇인가 하고 헤아려 본다. 나는 어제 어버이 몸을 거쳐서 태어났고, 오늘 아이들하고 이곳에 있으며, 머잖아 아이들은 저마다 씩씩한 어른이 되어 새로운 보금자리를 슬기롭게 일구리라. 몸을 누이는 곳을 집이라 할 수 있을 테고, 마음이 포근하면서 느긋하게 쉬는 곳이 집이라 할 수 있다. 그러면, 내 넋이 깃든 몸뚱이는 어떤 집이 될까? 내 넋이 온갖 삶을 짓는 바탕이 되는 이 몸뚱이는 어떤 집이 되어 이 지구별에 있을까?

힘내라! 내 동생

키시카와 에츠코 · 카리노 후키코, 꿈터 펴냄, 2005.1.26.

일본에서는 어느 한때 '풍진' 바람이 불어 꽤 많은 아이들이 아픈 몸으로 태어났다. 일본에서 어느 한때 풍진 바람이 분 까닭은 미군기지 때문인데, 미군기지는 일본이 전쟁을 일으켰기 때문에 일본에 들어섰다. 전쟁이란 무엇인가? 이쪽이든 저쪽이든 서로 괴롭히면서 서로 죽고 아프도록 하는 바보짓이 전쟁이다. 전쟁을 일으키는 권력자 말고는 다른 모든 사람들이 괴롭고야 마는 슬픈 짓이 전쟁이다. 어린이문학《힘내라! 내 동생》은 일본에서 있던 이야기를 문학으로 새롭게 담았다고 한다. 소리를 듣지 못해 말을 하지 못하는 아이들이 겪는 따돌림이라든지, 이런 아이를 동생으로 둔 언니가 '사회에서 받는 차가운 눈길'이라든지, 요즈음은 조금 나아지거나 달라졌다고 할는지 몰라도, '나아지거나 달라졌다'고 할 수 있을 뿐, 제대로 고운 삶이 뿌리내리거나 퍼졌다고 할 수는 없다. 왜 그러한가 하면, 아프거나 슬픈 사람이 없으려면, 소리를 못 듣고 말을 못 듣는 아이도 '여느 학교'에 똑같이 들어가서 다닐 수 있어야 하기 때문이다. 동생이 소리를 못 듣든 말을 못 하든 똑같이 사랑스러운 동생으로 여기고 껴안는 어여쁜 넋이 나오는《힘내라! 내 동생》을 우리 집 여덟 살 큰아이하고 함께 읽는다.

여성, 목소리들

안미선, 오월의봄 펴냄, 2014.9.17.

'일하는 여성'을 만나기란 아주 어렵다. 왜냐하면 '일하는 여성'이

'일한다'고 여기는 사람이 참으로 드문 사회 얼거리이기 때문이다. 얼마나 많은 여성이 집과 마을과 공장과 회사와 가게 같은 데에서 말없이 소리없이 힘없이 일하는가 하는 대목은 물밖으로 좀처럼 드러나지 않는다. '바깥일'을 하면서 돈을 버는 사람들 목소리만 크게 불거진다. 집에서 하는 일을 '가사노동'이라고도 하지만, 가사노동을 하는 사람한테 '돈을 주는 곳'은 아무 데도 없다. 바깥일을 하는 사내가 '가사노동을 하는 가시내'한테 돈을 주는가? 지자체나 나라에서 돈을 주는가? 가사노동을 하니 돈을 받아야 한다는 말이 아니라, '가정주부'를 '노동자'로 여기는 목소리는 거의 안 터지거나 짓눌린다는 말이다. 《여성, 목소리들》은 한국이라는 나라에서 여성으로 태어나서 삶을 지으려고 하는 사람들이 얼마나 어떻게 짓눌리거나 짓밟히면서 아뭇소리도 못 내고 마는가 하는 얼거리를 짚는다. 다만 이 책은 '여성주의'라든지 '여성해방' 같은 이론을 들먹이지 않는다. 그저 '삶'을 보여줄 뿐이다. 다 함께 살면서, 다 함께 산다는 우리 스스로 안 쳐다보려고 하는 삶을 보여준다.

창씨개명된 우리 풀꽃

이윤옥, 인물과사상사 펴냄, 2015.8.14.

《조선식물향명집》에 나오는 풀이름을 살피면서 '한국 풀꽃'이 '한국 이름'이 아니라 '일본 이름'으로 붙었다고 하는 이야기를 펼치는 《창씨개명된 우리 풀꽃》이라는 책을 읽는다. 이 책을 본 여러 사람이 짚는 대목이 있는데, 115쪽에 나오는 '따온글(인용문)'은 아주 틀렸다. 글쓴이 이윤옥 님은《조선식물향명집》에 실은 풀꽃 이름이 마치 '총독부에서 엮은 조선어사전'이나 '일본사람이 엮은 식물도감'에서 옮겼다고 글을 쓰는데, 디지털 한글박물관에 오른 《조선식물향명집》 영인본 머리말을 아무리 되읽어도 이윤옥 님이 '주장하는 말'은 한 마디도 안 나온다. 오히려 《조선식물향명집》 영인본 머리말에는 한국 여러 시골에서 예부터 쓰던 풀이름을 두루 살피며 애썼다는 말이 나올 뿐이다. 일본 풀이름이나 꽃이름으로 잘못 쓰는 풀꽃 이름이 제법 있다. 이러한 이름을 바로잡거나 새롭게 이름을 붙여 주자고 하는 생각은 아름답다. 그러나, 식물학자가 붙인 모든 풀이름이 엉터리이지 않다. 더욱이 예부터 시골사람이 쓰던 풀이름이 학술 이름이 되기도 했고, 시골사람이 쓰던 풀이름을 '속명'이라는 이름을 빌어 남겨 놓기도 했다. 《조선식물향명집》이라는 책을 굳이 깎아내리면서 이윤옥 님 책 《창씨개명된 우리 풀꽃》을 추켜세워야 할 까닭이 있을까? 풀과 꽃을 더 살피고 헤아리면서, 스스로 풀과 꽃하고 이웃이 되려는 마음이라면, 책이름에서도 '창씨개명' 같은 말을 섣불리 붙이지 않았으리라 본다. 대단히 안타깝고 아쉽다. 너무 억지스러운 이야기가 많다. 뜻있는 생각이 곳곳에서 흐르지만, 너무 억지스럽게 '일본 이름 번역'으로만 돌리고, 게다가 오늘날 뜻있게 애쓰는 수많은 식물학자와 '식물 즐김이'가 흘리는 땀방울은 이 책에 거의 나오지 않는다. 참말 이 책은 왜 썼을까?

백 년의 시간 천 개의 꽃송이

에스마일 서루디와 일흔 사람, 문학세계사 펴냄, 2015.8.25.

이란 시 문학을 한국에 알리는 《백 년의 시간 천 개의 꽃송이》를 읽는다. 이란이라는 나라는 시라고 하는 문학을 누구나 널리 즐긴다고 한다. 문학하는 사람이 읽거나 쓰는 시가 아니라 누구나 쓰고 읽는 시라고 한다. 모두 일흔한 사람이 쓴 일흔한 가지 시를 읽어 보아도 이 대목을 잘 느낄 수 있다. 이란 시인은 저마다 이야기를 들려준다. 삶을 바라보는 이야기를 들려주고, 사랑을 바라보는 이야기를 들려준다. 사람을 가르치고 돌보는 이야기를 들려주고, 마음과 꿈을 가꾸는 이야기를 들려준다. 문학에 앞서 시이고, 시에 앞서 이야기이며, 이야기에 앞서 삶과 사랑이다. 그러고 보면 이란뿐 아니라 지구별 어느 나라에서도 모두 삶과 사랑을 이야기로 엮어서 노래로 들려주는 넋이었지 싶다. 문학만 바라보는 시가 아니라, 모든 사람이 저마다 삶을 짓는 길을 밝히는 이야기를 담는 시일 때에 슬기롭게 빛난다고 느낀다.

와일드 보이

모디캐이 저스타인, 보물창고 펴냄, 2005.8.10.

그림책《와일드 보이》는 숲과 사회가 어떻게 다른가 하는 대목을 잘 보여준다. 아이는 숲에서 혼자 살 적에 아무 걱정이나 근심이 없었다. 숲에서 혼자 사는 아이한테는 추위나 더위가 없으니 옷이 있을 까닭이 없고, 모든 밥은 숲에서 스스로 얻었다. 아이는 사냥꾼한테 사로잡혀서 과학자 실험실에 갇혀야 하면서 억지로 옷을 입어야 했고, 억지로 말을 배워야 했으며, 억지로 '사회생활'을 배워야 했다. 이 아이한테 '삶'이란 무엇일까? 사회에 있는 다른 사람들하고 똑같은 말을 하고 똑같은 옷을 입으며 똑같은 몸짓을 보여주어야 '문화'

나 '문명'인 셈일까? 옷이 없어도 되던 아이한테 옷을 입어야 하는 몸이 되도록 바꾸었는데, 앞으로 이 아이는 옷을 스스로 장만할 수 있을까? 숲에서 바람과 해와 달이랑 동무가 되어 지내던 아이는 앞으로 펜대를 쥐거나 기계를 다루는 노동자가 되어야 비로소 '사람다운 삶'이 될까? 오늘날 우리 어른들은 아이들한테 무엇을 가르치거나 보여주는 셈일까?

작은 책방, 우리 책 쫌 팝니다!

백창화 · 김병록, 남해의봄날 펴냄, 2015.8.15.

서울과 전국에 있다는 '마을책방' 이야기를 다룬 《작은 책방, 우리 책 쫌 팝니다!》를 읽었다. 이 책에는 전국에 있는 크고 작은 마을책방을 이야기한다고 한다. 그런데 여러모로 널리 알려진 책방 이야기만 엿볼 수 있다. 그야말로 작고 조용하게 마을을 살리면서 함께 책넋을 가꾸는 책방까지는 다루지 못했다고 느낀다. 그러나 모든 마을책방을 다 다룰 수는 없었을 테고, 굳이 온갖 책방을 골고루 다루어야 하지는 않았겠지. 게다가 요즈음 사회 흐름은 유럽이나 일본에 있는 '멋져 보이는 책방'에 꽂힌 이야기만 책으로 나왔으니, 이렇게 한국에 있는 크고 작은 새책방 이야기를 다루어 준 책이 나올 수 있는 대목만으로도 고마운 노릇이다.

클래식 400년의 산책

이채훈, 호미 펴냄, 2015.6.24.

'클래식'이라고 이름이 붙는 노래를 딱히 즐겨서 들은 일이 없다고 느끼면서도 《클래식 400년의 산책》을 즐겁게 읽었다. 흔히 '클래식'이라는 외국말을 쓰지만, 가만히 알고 보면 '서양 노래'일 뿐이다. '고전음악'이라고 할 것도 없이, 그저 노래이다. 어느 한때 서양 사회와 문화를 휩쓸면서 사람들 가슴을 따사로이 어루만져 주던 노래이다. 그러니까 우리는 늘 노래를 듣는다. 남미 노래도, 유럽 노래도, 미국 노래도, 일본 노래도, 중국 노래도, 또 이 나라 한국 노래도 듣는다. 도시 노래도 듣고 시골 노래도 듣는다. 대중 노래도 듣고 일 노래도 듣는다. 《클래식 400년의 산책》이라는 책은 클래식 역사라든지 이야기를 제법 찬찬히 다루기는 하는데, 이러한 지식과 역사를 다루면서도 '노래를 듣는 기쁨'을 꾸준히 밝혀 주기에 이 책을 여러모로 재미있게 읽으면서 '서양 노래'를 새롭게 바라보는 눈길을 키울 수 있었다.

모든 동물은 평등하다

피터 싱어, 오월의봄 펴냄, 2013.7.22.

'헨리 스피라'라고 하는 사람이 '실험실에서 죽는 짐승'도 '사람하고 똑같이 권리를 누릴' 수 있어야 한다고 말하면서 했던 일을 들려주는 《모든 동물은 평등하다》를 읽는다. 뜻밖에 집은 책인데 뜻밖에 온갖 이야기를 듣는다. 과학자는 실험실에서 거리끼지 않고 '동물실험'을 아주 오랫동안 했을 뿐 아니라, 과학자 아닌 다른 사람들이 이를 뭐라고 따지는 일을 아주 어처구니없이 여긴다고 하는 이야기를 곰곰이 돌아본다. 오늘날에는 어떠할까? 한국 사회에서는 어떠할까? 한국 사회에서도 동물실험이 곳곳에서 이루어지지 않나? 모름지기 평화롭고 평등한 사회라면 '생체실험'을 할 일이 없다. 사람한테도 짐승한테도 생체실험을 해야 할 까닭이 없다. 생체실험은 '과학연구'라 할 만할까? 생체실험을 하는 과학자와 연구자와 기업과 정부는 언제나 '돈'이랑 '권위'와 '이름값'을 거머쥐려는 속셈이지 않는가?

가족의 시골

김선영, 마루비 펴냄, 2015.9.25.

도시를 떠나서 시골에서 살려고 하는 이웃을 보면 반갑다. 시골사람이 늘어나는 일은 언제나 기쁘다. 시골바람을 함께 마시고, 시골노래를 함께 부르며, 시골사랑을 함께 나눌 이웃이 있다는 대목은 더없이 재미있다. 경상도 안동에 있다는 삼백 해를 훌쩍 넘긴 옛집에 깃든 이야기를 들려주는《가족의 시골》을 읽는다. 이런 이야기도 수수하고 저런 이야기도 투박하다. 시골에서 무엇을 하면 될까? 그저 시골스레 살면 된다. 시골에서 무엇을 보면 될까? 그저 시골을 보면 된다. 별하고 동무가 되고, 나무하고 이웃이 된다. 냇물하고 동무가 되고, 하늘하고 이웃이 된다. 풀벌레가 들려주는 노래에 귀를 기울이고, 나무에 맺힌 열매를 손으로 딴다. 스스로 짓고, 스스로 누리며, 스스로 사랑한다. 이러한 시골살이 이야기는 앞으로도 꾸준히 예쁘장한 책으로 태어나리라.

콩 풋콩 콩나물

고야 스스무·나카지마 무쓰코, 시금치 펴냄, 2015.6.29.

콩으로 무엇을 할 수 있을까? 우리는 콩을 어떻게 다루어 먹을까? 콩은 콩알 그대로 먹기도 하지만, 콩을 나물로 길러서 먹기도 하고, 콩을 폭 삶고 찧어서 두부나 된장으로 빚어서 먹기도 한다. 콩을 갈아서 여러 가지로 먹기도 할 뿐 아니라, 밥을 끓이며 넣어서 먹기도 한다. 그림책《콩 풋콩 콩나물》은 수많은 '콩 먹기' 가운데 세 가지를 보여준다. 세 아이가 세 가지 모습으로 콩을 심어서 거두고, 세 아이는 세 가지 모습으로 콩을 즐겁게 먹는다. 그리고 세 아이는 오순도순 서로 아끼면서 함께 살림을 짓는 길로 간다. 그림책을 보는 내내 이야기도 예쁘고 얼거리도 예쁘며 살림짓기를 이끄는 할아버지랑 살림짓기를 스스로 찾는 아이들 모습도 예쁘네 하고 느낀다.

10대와 통하는 환경과 생태 이야기

최원형, 철수와영희 펴냄, 2015.10.18.

가을걷이가 한창인 시골은 여느 때처럼 늙은 할매와 할배가 가득하다. 늙은 할매와 할배는 젊은이를 불러서 기계를 부리고, 젊은 일꾼은 기계를 부리는 일삯을 받는다. 쌀값은 오르지 않으나 기름값은 오르기 때문에, 시골 할매와 할배가 논을 부치는 일은 나날이 힘들 수밖에 없다. 그래도 사람들은 똑같이 밥을 먹고, 똑같이 문명과 문화를 소비하며, 정치와 사회와 경제와 교육도 그대로 흐른다. 앞으로 이 흐름은 얼마나 갈 수 있을까. 앞으로 이 얼거리는 그대로 가도 될까.《10대와 통하는 환경과 생태 이야기》는 어린이하고 푸름이 눈높이로 넌지시 이야기를 들려준다. 그야말로 넌지시 이야기를 들려준다. 어린이하고 푸름이가 거의 모두 도시에서 살고, 아이들을 돌보는 어버이도 거의 모두 도시에서 사는 오늘날, 이러한 삶자락에서 어떤 기쁨과 즐거움을 누릴 만한가 하는 대목을 이야기한다. 앞으로 우리가 스스로 기쁨과 즐거움을 어떻게 지을 때에 아름다울까 하는 대목을 이야기한다. 인문학이 아닌 삶을 이야기하고, 전문지식이 아니라 누구나 스스로 언제나 할 수 있는 몸짓을 이야기한다. 어린이하고 푸름이는 무엇을 보고 알아야 할까? 어린이하고 푸름이는 앞으로 어떤 어른으로 자랄 때에 사랑스러울까?

그들이 사는 마을

스콧 새비지 엮음, 느린걸음 펴냄, 2015.10.2.

아미쉬 공동체를 이루는 사람들이 무엇을 생각하면서 사는가 하는 이야기를 엮은 《그들이 사는 마을》을 읽는다. 책이름을 보면 '그들'이 사는 마을이라고 하지만, 줄거리를 살피면 '우리' 누구나 얼마 앞서까지 살던 마을 모습이라고 할 수 있다. 이른바 새마을운동이 이 땅을 휩쓸기 앞서까지 한국 어디에서나 어렵지 않게 볼 수 있던 살림살이를 아미쉬 사람들이 고스란히 지키거나 가꾸면서 산다. 사는 보람이나 기쁨은 어디에서 올까? 바로 내가 있는 보금자리에서 보람이나 기쁨이 온다. 복지정책이나 교육제도에서 보람이나 기쁨이 오지 않는다. 높은 연봉이나 국민연금에서 보람이나 기쁨이 오지 않는다. 스스로 삶을 짓는 자리에서 스스로 사랑을 가꾸고, 스스로 살림을 보듬는 자리에서 스스로 사랑을 나눈다. 《그들이 사는 마을》이란 우리 겨레뿐 아니라 이웃 겨레 모두 먼먼 옛날부터 슬기롭게 다스리면서 북돋우던 마을 이야기이다.

세 나라는 늘 싸우기만 했을까?

강창훈, 책과함께어린이 펴냄, 2013.7.29.

한국이라는 나라 둘레에 중국하고 일본이라는 나라가 있다. 그래서 한국은 언제나 중국이나 일본하고 사귀거나 다투는 삶을 누렸다고 할 만하다. 역사로 보면 그렇다. 그렇지만 정치 권력자가 아닌 여느 사람은 중국이나 일본을 거의 알거나 만날 일이 없이 지냈으리라 느낀다. 여느 마을에서 수수하게 살던 사람은 중국이나 일본뿐 아니라 다른 고장 사람들조차 거의 만날 일이 없이 지냈을 테지. 옛 역사책에 남은 이야기로는 중국을 섬기거나 일본하고 아옹다옹했다고 나올 수 있지만, 막상 여느 마을에서 수수하게 살던 사람은 땅임자인 이들을 섬기지 않고서는 살아남을 수 없는 얼거리였을 테고, 마을사람끼리 오순도순 두레와 품앗이를 하는 삶이었으리라.《세 나라는 늘 싸우기만 했을까?》라는 책을 읽으며 곰곰이 생각해 본다. 한국이나 중국이나 일본은 늘 싸우기만 하지 않았겠지. 때때로 싸움이 난 적이 있을 테지만, 싸움보다는 평화로운 나날이 훨씬 길었으리라 느낀다. 그런데 역사책이나 교과서에서는 으레 '싸운 이야기'를 크게 다룬다. 기나긴 역사에서 아주 짧은 동안이던 '싸운 이야기'를 너무 크게 다룬다. 서로 평화를 이루면서 오순도순 지낸 이야기는 그야말로 제대로 안 다룬다. 왜 그럴까? 한 번 얻어맞은 일이 큰 생채기가 되었기 때문일까? 싸움이 아닌 평화를 바란다면, 기나긴 날에 걸쳐 평화를 이루면서 어깨동무하던 삶을 찬찬히 되새기면서 이러한 숨결을 앞으로도 새롭게 잇는 길을 슬기롭게 찾아야 하지 않을까. 어린이한테 역사를 가르치거나 들려주려 한다면 '싸운 이야기'에 앞서, 먼저 '평화롭게 어깨동무한 이야기'부터 가르치거나 들려줄 때에 아름답고 올바르며 알맞으리라 느낀다.

나는 국가로부터 배당받을 권리가 있다

하승수, 한티재 펴냄, 2015.3.16.

하승수 님이 쓴 조그마한 책《나는 국가로부터 배당받을 권리가 있다》를 무척 재미나게 읽었다. 이 작은 책은 나라에서 '기본소득 제도'를 마련해서 하루 빨리 펼쳐야 한다는 이야기를 들려준다. 기본소득 제도를 마련해야 하는 까닭, 기본소득 제도를 펼칠 적에 돈을 어떻게 그러모으는가 같은 대목, 부질없이 흘러나가는 세금과 몰래 숨기는 세금 따위를 차근차근 짚으면서, 사람이 사람답게 살자면 누구나 기본소득을 누려서 즐겁게 삶을 짓는 길을 나라에서 마련해야 한다고 밝힌다. 다만, 기본소득은 '가난을 없애' 주지는 않는다. 그러나 기본소득은 '죽음으로 이어지는 구렁텅이'에 빠지지 않도록 도와준다. 한 사람이 다달이 40만 원씩 기본소득을 받을 수 있다면, 이만 한 돈은 최저생계비나 이런저런 살림돈에 대기 만만하지 않지만, 이만 한 돈으로 가난한 사람들도 한 주에 한 차례쯤 고기를 구워 먹을 수 있고, 가끔 택시를 탈 만큼 겨를이 생기고, 한 달에 한두 권쯤 책을 사서 마음을 북돋울 수 있고, 아이들하고 나들이를 다닐 틈이 날 테고, 아프거나 늙거나 힘든 한식구를 돌보는 사람한테도 보람이 생길 수 있다. 참으로 멋지고 아름다운 생각이 정책으로 거듭날 수 있기를 빈다.

메이지의 문화
이로카와 다이키치, 삼천리 펴냄, 2015.10.16.

일본 사회는 바보스러운 제국주의와 군국주의와 천황주의만 있었는가 하는 대목을 돌아보도록 이끄는《메이지의 문화》를 읽는다. 이 책은 '일본 정치·역사·사회'에서 '메이지'라고 일컫는 때에, 권력자나 지식인 자리에 선 사람들 이야기가 아니라, 삶자리에 서서 말 그대로 삶을 짓고 가꾼 수수한 사람들 이야기를 다루려 한다. 이리하여 한국에서도 비슷하게 정치나 역사나 사회를 돌아볼 수 있다. 역사책에 남은 몇몇 이름난 사람들 이야기로 지난 우리 삶을 읽기보다는, 조용히 시골에서 흙을 일구고 삶을 지은 사람들이 마을에서 어떤 꿈하고 사랑을 지폈는가 하는 대목을 살펴서 읽을 수 있다. 다만 이러한 삶읽기·정치읽기·역사읽기·사회읽기를 하기란 어려울 만하다. 그러나 몇 가지 책이나 사료나 자료만 갖고서 살피지 않고, 온몸으로 '수수한 이웃하고 어깨를 겯는 삶'을 마주할 수 있다면, 이와 함께 온마음으로 '수수한 삶을 스스로 짓는 하루'를 일굴 수 있다면, 한국에서도 새로운 역사읽기와 사회읽기를 할 만할 테지. 역사는 역사학자 손에 아니라 '호미를 쥔 사람들 손'으로 읽을 수 있다. 정치와 사회도 권력자 손아귀가 아니라 '낫을 쥔 사람들 손길'이랑 '아기한테 젖을 물린 어머니 손길'로 얼마든지 읽을 수 있다.

바다맛 기행 2

김준, 자연과생태 펴냄, 2015.11.5.

광주전남연구원에서 일한다고 하는 김준 님은 그동안 여러 가지 책을 냈는데, 하나같이 갯벌하고 바다하고 얽힌 책이다. 요즈막에 새로 선보이는 책도 갯벌하고 바다하고 얽힌 책인 《바다맛 기행》 둘째 권이다. 책이름에서 엿볼 수 있듯이 '바다에서 누릴 수 있는 맛'을 다루는데, '바다 먹을거리'만 이야기하지 않는다. 바다에서 누리는 모든 맛은 우리가 다 함께 바다를 아름다우면서 사랑스러운 삶터로 여겨서 알뜰살뜰 가꿀 때에 누릴 수 있다는 마음을 차곡차곡 보여준다. 아주 마땅한 노릇 아닌가. 바다가 더러워지면 어디에 바다맛이 있을까. 들이 더러워지면 어디에 들맛이 있겠는가. 우리가 먹는 모든 밥은 시골에서 난다. 시골이 깨끗하지 않다면 시골사람뿐 아니라 도시사람도 삶이 메마를 수밖에 없다. 그런데 도시사람이 쓸 전기를 도시에서 빚는 얼거리가 아니라 시골에 대형 원자력발전소나 화력발전소를 때려지은 뒤에 엄청난 송전탑을 박으려고 하는 정책만 나라에서 밀어붙이고, 도시사람도 이 대목에서 너무 많은 이들이 입을 닫는다. 독일은 대형발전소를 차츰 줄이면서 한국보다 햇볕이 훨씬 적은데에도 작은 집열판으로 독일 전기 가운데 50퍼센트 넘게 자급자족을 한다. 독일은 매립지에 다시 바닷물을 끌어들여 갯벌로 돌아가도록 하는 정책을 편다. 이와 달리 우리 한국은 무엇을 하나? 《바다맛 기행》이라는 책은 아름다운 바다맛을 우리 어른들도 누리고 우리 아이들도 앞으로 누릴 수 있기를 바라는 가없는 사랑을 들려주려고 한다.

고대 그리스사

토마스 R. 마틴, 책과함께 펴냄, 2015.10.15.

오래된 그리스 역사를 도톰한 책으로 다시 읽어 본다. 학교에서 가르치는 이야기를 읽을 수도 있고, 학교에서 배우거나 들은 적 없는 이야기를 읽을 수도 있다. 역사를 읽는 까닭은 학생으로서 시험 문제를 잘 풀려는 뜻이 아니다. 역사를 읽으면서 무슨 전문가나 똑똑이가 되려는 뜻도 아니다. 오늘에 이르기까지 이웃들이 걸어온 길을 되새기면서, 오늘부터 이웃들과 함께 걸어갈 새로운 길을 헤아리려는 뜻으로 역사를 읽는다. 슬기로운 발자취를 역사로 읽고, 바보스럽던 발자취까지 역사로 읽는다. 이를테면 2015년 가을에 이 나라 정부가 보여주는 몸짓은 아무래도 바보스러운 발자취로 우리 아이들한테 남을 테지. 오늘 이곳에서 이 나라 정부는 국가권력을 내세워서 뻘짓을 할 테지만, 이러한 뻘짓은 머잖아 여러 역사가뿐 아니라 '역사가 아닌 수수한 사람들'까지 날카롭게 파헤치면서 '바보스러운 발자취' 가운데 하나로 짚을 만하리라. 《고대 그리스사》를 읽으면서 이런 두 가지 발자취를 곰곰이 헤아린다.

신을 찾아서

바바라 에런라이크, 부키 펴냄, 2015.10.16.

'어느 무신론자의 진리를 향한 여정'이라는 이름이 붙은 《신을 찾아서》를 읽으면서 생각한다. 이 책을 쓴 분은 '무신론자'라거나, 이 책을 쓴 분이 '신을 찾아서' 발걸음을 옮겼다고는 느끼지 않는다. 이 책을 쓴 분은 '종교를 믿지 않을' 뿐이고, '종교라는 우상을 섬기지 않을' 뿐이라고 느낀다. '神'이라고 적는 '신'은 한국말로는 '님'이거나 '하느님'이다. 한국말에서 '님'은 '그분'을 가리키기도 하는데, 바로 우리 몸뚱이하고 사뭇 다른 넋이나 숨결을 이야기한다. 온누리를 지을 뿐 아니라, 온누리에서 살아가는 목숨이 맺고 어우러지는 바탕을 새롭게 가꾸는 이가 바로 님이나 하느님이라 할 만하다. 그래서 《신을 찾아서》를 쓴 분은 종교나 예배당이 아니라, 바로 '글쓴이 가슴속에 늘 있는' 님이 무엇인가를 돌아보려 했고, 이렇게 한 걸음씩 내딛으면서 어느새 새로운 삶을 스스로 짓는다는 대목을 깨닫는다. "종교나 우상을 믿거나 섬길 까닭"은 없다. 내가 바로 님이기 때문이요, 너도 자네도 그대도, 그러니까 우리 모두 저마다 다르면서 새로운 님이기 때문이다.

해방공간, 일상을 바꾼 여성들의 역사

이임하, 철수와영희 펴냄, 2015.11.7.

이임하 님이 선보인 《해방공간, 일상을 바꾼 여성들의 역사》를 읽었다. 집안일을 하고, 아이들을 돌보고, 또 내 일을 하고, 이러다가 쉬고, 다시 집안일을 하다가 아이들을 돌보다가 내 일을 하면서 틈틈이 읽었다. 해방 언저리에서 '역사에 이름이 남지 않은 사람들' 가운데 여성은 어떤 발자취를 남겼는가를 돌아보는 이야기가 이 책에 흐른다. '아주 작은 이름을 남긴 사람들' 가운데 한겨레 여성은 어떤 자리에 있었고, 어떤 삶을 누릴 수 있었는가 하는 이야기가 이 책에 흐른다. '이 나라를 바탕에서 받치는 여성'이 어떠한 삶인가를 정치권력 한 자리를 얻은 여성이나 남성이 얼마나 '못 읽'거나 '안 읽'는가 하는 대목을 여러 자료로 찬찬히 돌아볼 수 있기도 하다. 평등이나 평화를 떠나서, 여성을 남성하고 똑같은 사람으로 바라볼 수 있는 눈길이 정치권력자나 사회운동가한테 얼마나 있었을까. 해방 언저리에서 '일상'을 바꾸기도 하고 '역사'를 바꾸기도 한 여성은 참말로 역사책에 이름이 없다. 역사책에 이름이 남은 여성은 그냥 '역사책에 이름이 남은 여성'이다. 해방 뒤에도 일제강점기하고 똑같이 여공을 괴롭히는 공장장은 누구인가? 해방 뒤에도 일제강점기하고 똑같이 여성이든 남성이든 짓누르는 공무원이나 공직자나 정치꾼은 누구인가? 해방 뒤에 미군정을 등에 업고 이 나라 여성을 '미군 성 접대부'로 내몬 이들은 누구인가? 미군이 저지른 온갖 폭력과 살인을 놓고 제대로 재판을 해 보지도 않은 이 나라 판검사는 누구인가?

주인공이 무어, 따로 있나

서정홍, 문학동네 펴냄, 2014.10.20.

시골지기 서정홍 님이 쓴 새 동시집 《주인공이 무어, 따로 있나》를 읽으며 깜짝 놀랐다. 이 동시집 첫머리인 1부에 실은 동시가 무척 재미없었기 때문이다. 목소리만 너무 내세우는 바람에 이야기가 흐트러졌다고 느꼈다. 아니, 이 시골 아재가 으째 이런 동시를 쓰나, 싶은 생각마저 들어서 책을 더 못 읽겠다고까지 느꼈다. 이제 이 시골 아재는 '시골노래'가 아니라 '문학'을 하는가 싶기까지 해서 몹시 쓸쓸했다. 그런데 1부가 끝나고 2부로 접어든 뒤에 다시 '시골 아재 시골 이야기'로 돌아왔다. 다른 사람 삶을 구경하는 문학이 아닌, 스스로 삶을 짓는 이야기가 흐르는 2부부터는 서정홍 님다운 맛깔스럽고 구수한 시골노래가 조곤조곤 흐른다. 책끝에 보면 다른 동시 작가가 비평을 붙인다. 그런데 다른 동시 작가는 서정홍 님을 두고 '현실주의 동시'라는 딱지를 붙인다. 이러면서 오늘날 다른 동시 작가는 거의 다 '기교주의 동시'를 쓴다고 덧붙인다. 서정홍이라고 하는 시골 농사꾼이 부르는 노래가 '현실주의'이거나 '동시'일까? 무척 아리송하다. 서정홍이라는 시골 아재는 이녁 아이들한테 들려주고 이웃 농사꾼한테 들려주는 조촐한 노래를 쓸 뿐이 아닌가 하고 생각한다. 다만, 동시집《주인공이 무어, 따로 있나》에 붙인 동시 비평에 나오는 '오늘날 다른 동시 작가 거의 모두 보여주는 기교주의' 같은 대목에는 고개를 끄덕인다. 참말 그렇다. 이 동시집을 펴낸 '문학동네 출판사에서 나온 동시집'을 보면 서정홍 님 동시집을 빼고는 죄다 '기교주의 동시'라고 할 만하다. 다른 분들 동시집은 말장난 틀에서 좀처럼 벗어나지 않는다. 동시이든 어른시이든 삶을 그리면 되고 삶을 노래하면 되는데, 이러한 마음이 되어 즐겁게 이야기꽃을 피우는 사람이 자꾸 줄어든다고 느낀다. 글을 쓰거나 문학을 하는 사람은 꾸준히 늘지만, 정작 이야기꽃을 노래하는 사람은 더 찾아보기 어렵다.

- **용과 함께**

  하나가타 미쓰루, 사계절 펴냄, 2006.1.18.

아픈 아이가 나오는《용과 함께》를 읽는다. 아픈 아이는 어릴 적에 어머니를 잃어서 아프다. 이 아이는 아픔을 어떻게 삭혀야 할는지 모르는데, 아버지는 바깥일을 하느라 바쁘고, 중학교에 다니는 형은 형대로 아픔을 삭혀야 할 뿐 아니라, 중학교는 늦게 끝나니 여덟 살 아이한테 마음을 쓸 겨를이 없다. 그런데, 아픈 아이를 바라보는 어른들은 한결같이 똑같은 말만 한다. 아파서 아픈 아이인데 '비정상'이라 손가락질을 하고 '정상으로 돌아오도록 정신병원에 가야 한다'고 덧붙인다. 마흔 살 어른도 제 짝을 잃을 적에 '제자리(정상)'로 돌아가기 힘들 텐데, 여덟 살 아이한테 어머니를 잃은 삶을 달래지도 다독이지도 않으면서 무엇을 바랄 만할까. 120쪽짜리 짤막한 글로 이러한 이야기를 다루는《용과 함께》이다. 책을 덮으면서 돌아보니, 책 겉에 '장편동화'라는 이름이 적힌다. 120쪽짜리 동화는 장편동화인가? 살짝 고개를 갸우뚱한다. 장편이든 단편이든 따로 붙이지 말고 '동화'라고만 하면 될 텐데.

• 10대와 통하는 일하는 청소년의 권리 이야기

이수정·홍윤표, 철수와영희 펴냄, 2015.11.13.

일하는 청소년이 매우 많다. 그런데 일하는 청소년 가운데 제 대접을 제대로 받는 아이가 그리 많지 않다고 할 만하다. 청소년을 쓰는 어른 가운데 청소년한테 일삯을 제대로 챙겨 줄 뿐 아니라, 청소년을 '똑같은 사람으로 마주하는' 마음결인 사람이 아직 그리 많지 않은 듯하다. 가만히 보면, 어린이나 청소년이라고 해서 처음 볼 적부터 '말을 놓는' 어른이 참으로 많다. 어린이나 청소년은 낯선 사람한테서 '너! 너!' 하는 소리나 삿대질을 받아도 된다고 여기는 어른이 많다고 할까. 사람한테 신분이나 계급이 따로 없듯이, 사람한테 나이나 지식이 따로 없다. 졸업장이 있기에 더 훌륭하지 않다. 똑같은 스무 살이나 서른 살일 적에도 '고등학교 졸업장'이나 '대학교 졸업장'이 있는 사람이 일삯을 더 받아야 할 까닭이 없다. 이를테면, 신문배달을 한다고 할 적에, 신문을 돌린 부수로 일삯을 헤아려야지, 어린이나 청소년이라고 해서 일삯을 덜 받거나 반만 받아도 되지 않다. 《10대와 통하는 일하는 청소년의 권리 이야기》는 오늘날 한국 사회에서 '일하는 청소년'이 어느 대목에서 푸대접이나 막대접을 받는가를 살피면서, 청소년이 스스로 '일하는 권리'를 어떻게 찾거나 살피면 되는가 하는 대목을 차근차근 알려준다. 어른들이 함부로 일삼는 '청소년 노동 착취'에 맞서는 길을 알뜰히 보여준다. 알바를 하는 청소년이라면, 알바를 하는 청소년을 둔 어버이라면, 또 앞으로 '사회에서 일자리를 찾으려는' 사람이라면, 이 책을 곁에 두어야지 싶다.

- **그녀는 왜 돼지 세 마리를 키워서 고기로 먹었나**
  우치자와 쥰코, 달팽이출판 펴냄, 2015.11.5.

돼지고기는 얼마나 맛있을까? 왜 오늘날에는 거의 모든 사람들이 돼지를 손수 집에서 키우지 않고서 가게나 밥집에서만 돼지고기를 사다가 먹을까? 여느 사람도 돼지를 길러서 먹을 수 있을까, 없을까? 《그녀는 왜 돼지 세 마리를 키워서 고기로 먹었나》는 책이름 그대로 돼지를 세 마리 손수 키운 뒤에 즐겁게 잡아서 기쁘게 먹은 이야기를 들려주려고 한다. 대단하거나 놀라운 일이 아닌, 얼마 앞서까지 지구별 모든 나라 모든 시골집에서 으레 하던 일을 오늘날에

몽땅 잊어버린 대목을 찬찬히 되새기려고 하는 이야기를 들려주려 한다. 돼지치기는 어려울까? 집에서 손수 기른 돼지하고 사료를 먹고 자란 돼지는 맛이 어떻게 다를까? 가게에서 사다 먹는 돼지고기가 값이 쌀까, 아니면 집에서 밥찌꺼기를 주어서 키운 돼지를 잡아서 먹는 값이 쌀까? 값을 떠나서 우리 몸을 살찌울 '고기'는 어떻게 얻을 적에 우리 스스로 기쁨과 사랑을 누릴 만할까? 텃밭을 가꾸듯이 '고기로 먹을 집짐승'을 돌보는 일을 도시에서는 할 수 없는가? 이 책을 읽다가, 시골뿐 아니라 도시에서도 집집마다 돼지나 소나 닭을 손수 키워서 손수 잡은 뒤에 즐겁게 먹는 잔치를 벌이면 얼마나 재미있을까 하고 그림을 그리니, 그냥 참말 재미있어서 웃음이 난다.

길을 가는 메뚜기

아놀드 로벨, 비룡소 펴냄, 1998.4.15.

메뚜기는 길을 간다. 메뚜기는 무당벌레를 만나고 파리를 만나고 모기를 만나고 나비와 잠자리를 만난다. 메뚜기는 날마다 새로운 삶을 스스로 겪고 싶다면서 길을 간다. 메뚜기가 만나는 무당벌레나 파리나 모기나 나비나 잠자리는 모두 날마다 똑같은 일만 한다. 그런데 무당벌레부터 잠자리까지, 날마다 똑같은 일만 하는데 재미있다고 말한다. 아, 그래서 무당벌레나 잠자리는 길을 나서지 않는구나. 메뚜기는 날마다 새로운 하루를 열고 싶어서 길을 가는구나.

예스터데이, 추억의 1970년대

박신흥, 눈빛 펴냄, 2015.1.5.

1970년대를 애틋하게 그리는 이야기를 사진으로 담는다. 아니, 1970년대를 살던 지난날 하루하루 애틋하게 그리면서 이야기를 사진으로 담았다. 이 사진은 1980년대를 거치고 1980년대를 가로지르며 1990년대를 지나고 2000년대를 고요히 잠든 끝에 2010년대에 하나씩 눈을 뜬다. 우리가 살아온 어제는 무엇일까. 우리가 사는 오늘은 무엇일까. 우리가 맞이할 모레는 무엇일까. 어제와 오늘과 모레는 서로 어떻게 얽히면서 이어질까. 1970년대에 맑게 웃는 아이들은 집에서도 동네에서도 학교에서도 예배당에서도 어디에서도 우루루 몰려다니면서 뛰논다. 거리낄 일이 없고 거리껴야 할 일이 없다. 2010년대를 살면서 2020년대를 맞이할 오늘날 아이들은 언제 맑게 웃을까. 어디에서 맑게 웃을까. 앞으로 무엇을 할 적에 맑게 웃을 만할까. 지난날 찍은 사진이기에 그립지 않고, 오늘 찍는 사진이기에 새롭지 않다. 이야기를 담아 하루하루 즐겁게 누리면서 찍은 사진이기에 그리우면서 새롭다.

우물에서 하늘 보기

황현산, 삼인 펴냄, 2015.11.16.

시집이 많이 나오지만, 시집을 써야만 시인이라고는 느끼지 않는다. 먼먼 옛날부터 아이를 낳아 돌보던 어버이도 시인이었고, 들에서 일하고 숲에서 나무를 돌보던 사람 누구나 시인이었기 때문이다. 배를 뭇고 그물을 드리우면서 바닷바람을 마시던 사람도 누구나 시인이었고, 쇠를 달구거나 그릇을 빚은 사람도 모두 시인이었다. 종이에 붓으로 글씨를 써야만 시인이지 않다. 삶을 노래할 줄 아는 사람이라면 누구나 시인이다. 황현산 님이 쓴 《우물에서 하늘 보기》는 시 한 줄로 삶을 새롭게 읽는 이야기를 들려준다. 시 한 줄을 쓰기까지 저마다 어떤 삶을 지으면서 어떤 사랑으로 하루를 일구었는가 하는 대목을 짚는다. 함께 물을 긷는 우물에서 물을 긷듯이, 시 한 줄로 함께 지을 삶을 읽는다. 물 한 동이 긷고 밥을 지으면서 하늘바라기를 하듯이, 시 한 줄로 함께 가꿀 사랑을 이야기한다.

시가 뭐고?

강금연 외 88명, 삶창 펴냄, 2015.10.26.

경상북도 칠곡군에 사는 할매 여든여덟 분이 쓴 노래를 그러모아서 《시가 뭐고?》라는 시집이 태어났다고 한다. 책이름에도 붙듯이 시골 할매한테는 "시가 뭐고?"라 할 만하다. 시골 할매는 '시금치 씨'는 알아도 '시'는 도무지 모른다고 말씀한다. 그럴 만하다. '시'나 '문학'은 시골 할매하고는 그야말로 동떨어진 말놀이라고 할 수 있기 때문이다. 오늘날 널리 나오는 시집이라든지, 문학상을 받는 시집을 칠곡뿐 아니라 다른 고장 시골 할매한테 읽혀 볼 노릇이다. 시골 할매는 '현대 한국 시문학'을 얼마나 누리거나 즐길 만할까? 이리하여, 시골 할매가 쓴 글은 '시'가 아니라고 느낀다. 삶이 흐르는 '노래'이고 '이야기'이지. 늘 즐거이 부르던 노래를 글로 옮긴다. 언제나 기쁘게 나누던 이야기를 글로 옮긴다. 문학을 하려고 쓰는 글이 아니다. 노래하며 이야기하면서 살가이 삶을 사랑하려는 꿈으로 읊은 말이다. 우리는 저마다 노래꾼이자 이야기꾼이다. 우리는 누구나 살림꾼이요 사랑꾼이다. 그나저나 이 시집《시가 뭐고?》에 '해설'이 꽤 길게 붙는데, 긴 해설을 붙이기보다는 '할매 노래'나 '할매 이야기'를 더 실으면 한결 나았으리라 느낀다.

동물과 식물 이름에 이런 뜻이?!

이주희·노정임·안경자, 철수와영희 펴냄, 2015.11.30.

한겨레하고 오래도록 함께 지낸 짐승하고 풀하고 벌레하고 나무한테 어떤 이름이 어떻게 붙었을까 하는 궁금함을 찬찬히 풀어내는《동물과 식물 이름에 이런 뜻이?!》를 읽는다. 오늘날 한국 사회를 돌아보면 들짐승이나 숲벌레를 사람들이 여느 때에 곁에서 마주할 수 없다고 할 만하다. 범이나 여우는 씨가 말랐고, 아파트 꽃밭에 심는 몇 가지 나무가 아니면 나무 한 그루를 보기도 무척 어렵다고 할 만하다. 어디에나 건물이고 자동차이며 잿빛 모습일 뿐이다. 그러면《동물과 식물 이름에 이런 뜻이?!》같은 책은 어떤 구실을 할까? 범도 잔나비도 보기 어려운 도시 사회에서 이 같은 책을 읽는 사람은 어떤 마음이 될 만할까? 눈앞에서 마주하는 풀이나 나무이든, 눈앞에서 사라진 짐승이나 벌레이든, 내 곁에 어떤 '이웃 숨결'이 있는가를 돌아보면서 아스라이 먼먼 옛날부터 이 땅에서 함께 살면서 고운 몸짓을 보여준 이름을 되새기려는 뜻이 있다. 삽차로 밀어붙여서 우지끈 뚝딱 없애도 되는 들이나 멧자락이 아닌, 크고작은 벗이나 이웃이 있는 시골이나 숲인 줄 돌아보자는 뜻이 있다. 이름을 알기에 더 가까이 마주할 수 있고, 이름을 생각하기에 더 살뜰히 손을 맞잡을 수 있다. 풀이름을 알면 그 풀을 함부로 다루지 않는다. 벌레와 나비와 새 이름을 알면 그 이웃 목숨이 넉넉히 살면서 사람도 아름다이 살림을 짓는 길을 새롭게 생각할 수 있다.

손손손!

하마다 게이코, 미세기 펴냄, 2010.9.30.

손으로 무엇을 할 수 있을까. 아마 누군가는 손을 써서 남을 때릴 수 있을 테지만, 누군가는 손을 뻗어 이웃을 따사로이 어루만질 수 있을 테지. 누군가는 뒷손을 써서 모진 짓을 일삼는다면, 누군가는 두 손을 활짝 펴고 춤을 추자면서 빙그레 웃으리라. 그림책《손손손!》은 우리가 손으로 할 수 있는 온갖 아름답고 즐거우며 사랑스러운 일을 보여준다. 밥을 짓는 손이요, 그림을 그리는 손이고, 서로 아끼는 손이며, 함께 기쁜 놀이를 하는 손이다. 그리고 손짓 몸짓으로 이야기를 나눌 수 있으며, 하얀 종이에 점을 콕콕 찍어서 새로운 글씨를 빚을 수 있다. 손뼉을 치면서 놀고, 손뼉을 치면서 동무랑 이웃을 북돋운다. 살살 어루만지거나 쓰다듬으며, 따사로이 품거나 안는다. 어여쁜 그림책인《손손손!》은 2010년에 1쇄를 찍고 2015년에 2쇄를 찍었는데, 3쇄는 언제쯤 찍을 수 있을까? 이 그림책이 앞으로 따사롭고 고운 손길로 한결같이 사랑받을 수 있기를 빈다.

우주 산책

이정규, 이데아 펴냄, 2015.12.15.

《우주 산책》은 지구라는 별에서 지구 바깥 다른 별로 나들이를 다니는 이야기를 들려주는 책이다. 그렇다고 이 책을 쓴 분이 지구 바깥으로 마음껏 드나든다는 이야기는 아니고, 지구에서 망원경으로 뭇별을 헤아리는 이야기이다. 아직 이 지구별에는 드넓은 우주를 마음껏 오갈 수 있는 사람은 없다고 할 만할 테니까. 그러니까 지구사람 스스로 다른 별을 마음껏 오가기도 하고, 다른 별에서 사는 다른 사람을 만나기도 한다면, 지구사람 마음자리는 새롭게 열리거나 한결 넓어질 만하리라 느낀다. 지구 테두리에서만 바라보거나 어느 한 나라 테두리에서만 바라보거나 어느 한 고장 테두리에서만 바라본다면, 언제나 '우물 개구리'밖에 못 되기 마련이다.《우주 산책》은 지구를 새롭게 생각하자고 하는 책이다. 우리 스스로 마음을 열자고 하는 이야기를 들려주려는 책이다. 삶을 짓는 바탕은 '보는이(관찰자)' 마음에 따라 달라지기 때문에, 우리 스스로 새롭고 아름다운 사람으로 거듭나는 길을 찾는 '우주 나들이'를 함께 하자고 손을 내민다.

- **소년원의 봄**
  조호진, 삼인 펴냄, 2015.12.9.

집안에서 사랑받지 못한 채 소년원에서 맴돌아야 하는 아이들 이야기를 시로 빚은《소년원의 봄》을 읽는다. 이 작은 시집에는 우리 사회에서 가엾다는 눈길을 받는 어른들 이야기도 나란히 흐른다. 그리고 예배당에서 하느님을 찾는 사람들 이야기가 함께 흐르고, 사랑이 사랑답게 펼쳐지지 못하는 얼거리를 지켜보고 마주하면서 가슴이 아픈 사람이 눈물로 읊는 노래가 찬찬히 흐른다. 봄은 어디에나 온다. 소년원이든 여느 수수한 살림집이든 청와대이든 봄은 어디에나 온다. 봄이 오지 않으면 싹이 트지 않고, 싹이 트지 않으면 나락이 익을 수 없으며, 나락이 익지 않으면 밥을 먹을 수 없다. 봄은 끝끝내 찾아와서 꽁꽁 언 겨울을 녹이면서 온누리에 따사로운 숨결을 베푼다. 이 따사로운 기운이 사랑으로 거듭나서 사람들 사이에서도 곱게 흐른다면 얼마나 아름다울까. '소년원'이라는 곳이 모두 사라지면서 '마을'하고 '보금자리'만 이 땅에 있기를 꿈꾼다.

경제학은 과학적일 것이라는 환상

질베르 리스트, 봄날의책 펴냄, 2015.11.20.

책이름부터 참 재미있네 싶은《경제학은 과학적일 것이라는 환상》을 찬찬히 읽는다. 글쓴이는 주류 경제학을 비판하려는 뜻에서 이 책을 썼다고 하고, 이 책을 찬찬히 읽는 동안 글쓴이가 무엇을 비판하려 하는가를 곰곰이 돌아본다. 첫째 '성장'을 비판하고, 둘째 '개발'을 비판하며, 셋째 '학문'을 비판한다. 그리고 성장과 개발과 학문이라고 하는 커다란 쇳덩이에 짓눌린 채 삶을 잊거나 잃는 사람들을 넌지시 비판한다. 성장이나 개발이나 학문이 나쁠 까닭은 없지만, 성장률이라고 하는 숫자에 매달리면서 끝없이 땅을 파헤치고 건물을 때려부순 뒤에 때려짓는 일이 되어야 경제발전이라고 여기는 학문과 정치와 사회가 될 때에는 누구한테도 기쁨이 될 수 없다고 하는 줄거리를 다룬다고 할까. 이를테면 끝없는 성장 논리와 개발 논리를 펴는 이들한테조차도 경제학은 도움이 안 된다고 할 만하다. 왜냐하면 그들은 '권력 · 돈 · 이름'을 얻을는지 모르나 정작 그들 스스로도 '기쁨·사랑·삶'하고는 동떨어진 길로 치닫기 때문이다. 예부터 사람들은 경제학이 아니라 '살림'을 했다. 예부터 사람들은 학문이 아니라 '슬기'를 갈고닦았다. 예부터 사람들은 숫자(성장률)가 아니라 '사랑'을 헤아렸다. 그런데 대학교마다 경제학과가 있는데, 경제학과를 다니는 젊은이는 무엇을 배우고 생각하면서 살림을 지으려나.

- **진짜 진짜 갖고 싶어**
  에마 치체스터 클라크, 아이세움 펴냄, 2008.12.20.

두 아이하고 여덟 해를 살았고 앞으로 아홉 해째를 앞둔 섣달 끝자락에 밤에 《진짜 진짜 갖고 싶어》를 재미나게 읽는다. 이 그림책을 빚은 어른은 아이 삶과 어버이 사랑을 슬기롭게 살피면서 즐겁게 헤아리는 손길이 되었다고 느낀다. 아이들이 무엇을 바라고, 어른들이 살림을 어떻게 가꿀 적에 사랑스러운 보금자리가 되는가 하는 대목을 잘 건드리고 짚는다. 인형이든 무엇이든 먼저 입으로 가져가고 보는 동생, 이 동생을 아끼면서 지켜보는 어버이, 동생이 얄궂지만 살뜰히 어루만지는 누나, 이 모습을 찬찬히 바라보면서 내가 오늘 우리 집에서 어떤 살림을 이루는가를 되새긴다. 즐겁게 놀고 기쁘게 일하는 삶이 되는지 생각해 본다.

- **우리는 형제**
  알렉시스 디컨, 키즈엠 펴냄, 2012.10.12.

어느 날 어느 곳에 알 둘이 있는데, 두 알이 나란히 깨어났다. 두 알은 어미가 없이 태어나서, 어미가 없는 채 둘이 서로 기대고 아끼고 돌보고 사랑하면서 자랐다. 궂거나 고된 일도 있었을 테지만, 둘은 서로 마음을 기울이면서 즐거운 하루를 누렸다. 이 알에서 깨어난 숨결이 이것을 잘 하더라도 저 알에서 깨어난 숨결은 이것을 못한다. 그리고 저 알에서 깨어난 숨결은 저것을 잘 하지만 이것을 못한다. 그래도 둘은 서로 가르치고 배우면서 무럭무럭 자란다. 두 숨결은 언제나 함께 다녔고, 새로운 어느 날 어느 곳을 갔더니 그곳에서는 여러 목숨붙이가 저마다 끼리끼리 무리지어 다니기만 하는 모습을 본다. 이때에 이르러 두 숨결은 서로 다른 알에서 깨어난 목숨이고, 서로 다르게 살아야 했던 목숨인지 알아차린다. 한 알은 새알이었고 다른 한 알은 악어알이었다. 그림책《우리는 형제》는 새알과 악어알에서 깨어난 두 숨결이 어떻게 자라다가 어떻게 살아가는가 하는 대목을 포근하면서 사랑스레 보여준다.

내 인생의 알파벳

배리 존스버그, 분홍고래 펴냄, 2015.12.10.

아이는 아이대로 제 삶을 가꾼다. 아이한테는 아이 나름대로 살아온 나날이 있다. 이를 가만히 지켜보는 어버이나 어른이 있을 수 있고, 이를 하나도 안 쳐다보거나 등돌리고 마는 어버이나 어른이 있을 수 있다. 그런데 아이는 늘 자란다. 아이는 둘레에서 어버이나 어른이 저를 따스히 지켜볼 적에는 따스한 눈길로 사랑을 받으면서 자란다. 아무런 따스함도 사랑도 보내지 않는 어버이나 어른한테 둘러싸인 채 살 적에는 '아무런 따스함도 사랑도 없는 채 자란다.

그러니 내가 어버이나 어른이라면 아이한테 무엇을 보여주거나 물려주려 하는가를 생각할 노릇이다. 내가 아이 자리에 서서 오늘 이곳에서 어린이나 푸름이로 산다면, 내가 사랑을 받든 못 받든 오늘 내 삶을 어떻게 누리거나 가꾸고 싶은가를 생각할 노릇이다. 못나거나 잘난 어버이가 없고, 못나거나 잘난 아이가 없다. 스스로 짓는 삶이 있고, 스스로 걷는 길이 있다. 청소년문학《내 인생의 알파벳》은 a부터 z에 이르기까지 한 가지 낱말로 실마리를 열면서 아이 나름대로 이야기를 엮는 삶을 보여준다. 마음을 털어놓으려고 이야기를 엮고, 이 마음이 누구보다 아이 어버이한테 가서 닿을 수 있기를 바라는 삶을 보여준다.

외교관 엄마의 떠돌이 육아

유복렬, 눌와 펴냄, 2015.12.22.

외교관이라고 하는 유복렬 님이 이녁 두 아이와 함께 지낸 나날을 돌이키면서 쓴 일기를 책으로 읽으면서 여러모로 재미있었다. 유복렬 님은 외교관으로 대단히 바쁜 나날을 보내느라 아이들을 거의 친정집하고 시설하고 학교에 맡기는 삶이었지 싶은데, 이런 삶이었어도 '집에서 아이들하고 마주하는 짧은 동안'을 무척 알차게 보냈구나 하고 느낀다. 그러지 않고서야 이런 책을 쓸 수 없었을 테고, 두 아이가 '어머니 육아일기'를 찬찬히 읽어 주지도 않았으리라. 《외교관 엄마의 떠돌이 육아》라는 책을 읽은 뒤에 제법 길게 느낌글을 쓰기도 했지만 따로 짧게 느낌을 덧붙이고 싶다. 이 책은 여러모로 알차다. 첫째, 아이를 더 오래 늘 곁에서 지켜보면서 보살피지 못했어도 '어머니로서 죄책감에 사로잡히지 않는'다. 둘째, 아이하고 나눌 한 가지는 오직 '사랑'인 줄 또렷하게 알고 이를 한결같이 이야기한다. 셋째, 어머니 유복렬 님은 어머니로서뿐 아니라 '어른'으로서 이녁 삶을 슬기롭게 가다듬으면서 가꿀 줄 안다. 아이를 돌보면서 고단한 어버이라면 이 책을 읽으며 마음을 잘 달랠 만하리라 생각한다. 그리고, 한국말이든 외국말이든 '아이가 말을 어떻게 배우는가' 하는 대목도 차분하게 살피면서 제대로 잘 들려준다. 그러니까, 참으로 멋진 육아일기 책이다.

바퀴를 보면 굴리고 싶다

오순택, 아침마중 펴냄, 2013.9.27.

전남 고흥에서 바다를 보는 작은 마을에서 태어나 동시를 쓰는 오순택 님이 선보인《바퀴를 보면 굴리고 싶다》를 조용히 읽는다. 할아버지이기에 쓸 수 있고, 시골내음을 온몸으로 맞아들인 삶이기에 쓸 만한 이야기가 흐르는구나 싶다. 그리고 손자랑 손녀하고 함께 놀고 웃는 삶을 누리기에 언제나 새롭게 동시를 쓸 수 있구나. 참말 동시는 어린이 마음이 되기에 쓰고, 어린이하고 동무가 되기에 쓰며, 어린이처럼 사랑을 꿈꾸려 하기에 쓴다. 어린이하고 함께 읽는 삶을 헤아리는 동안 노래가 흐른다. 어린이하고 손을 맞잡고 가꾸는 살림을 살피는 동안 노래가 태어난다. 어린이하고 어깨동무를 하고 즐겁게 놀이를 빚는 하루를 사는 동안 노래가 샘솟는다. 누구라도 아이들이랑 웃고 노래하면서 하루를 꿈꾸는 이야기로 언제나 새롭게 동시를 쓸 수 있다. 동시인이 쓰기에 시나 동시가 아니라,

아이답게 꿈꾸고 노래하면서 쓰는 글이기에 동시가 된다.

방랑 소년 12
시무라 타카코, 학산문화사 펴냄, 2015.12.25.

만화책《방랑 소년》열한째 권이 2011년에 나왔으니까, 2015년 12월에 나온《방랑 소년》열둘째 권은 자그마치 네 해를 기다려야 했다. 책을 받아서 간기를 살피니 일본에서는 2011년에 벌써 나온 책이던데, 번역이 왜 이리 늦었을까. 한국 사회에서는 이 만화책에 나오는 이야기가 안쪽으로 스며들기 어렵다고 여겨서일까? 한국에서는 이 만화가 그리 사랑받지 못하기 때문일까? 아이가 아이다움을 사랑하면서 어린 나날을 마치고 푸름이로 나아가면서, 앞으로 어른으로 거듭나는 길을 차분하면서도 잔잔하게 다루는 이 만화가 부디 마지막 권까지 한국말로 나올 수 있기를 빈다. 무엇보다 네 해를 기다리게 하면서까지 뜸을 들여서 번역하지 말고 제때에 제대로 번역해 주기를 빈다.

은빛 숟가락 9
오자와 마리, 삼양출판사, 2016.1.15.

2016년 새해에 나온 만화책 가운데 우리 집에서 처음 장만한 책은《요츠바랑!》열셋째 권인데,《은수저》이야기를 〈전라도닷컴〉에 짤막하게 쓰다가 문득 궁금해서《은빛 숟가락》뒤엣권이 나왔는가 하고 살피니, 아, 1월 15일 펴낸날로 아홉째 책이 나왔구나.《요츠바랑!》은 책값을 이래저래 모아 놓으면 장만하지만,《은빛 숟가락》은 책값이 이래저래 없어도 저금통을 털어서 장만한다. 삶을 사랑하는 고운 살림살이가 따사롭게 흐르는 만화요, 이러한 만화책으로 아이들하고 함께 하루를 새롭게 돌아보는 이야기를 새록새록 누린다. 오늘 아침에 아이들하고 누린 밥을 돌아보고, 오늘 저녁에 또 아이들하고 기쁘게 누릴 밥을 헤아려 본다. 겨울 해님도 바람도 모두 싱그러운 하루이다.

한국사 상식 바로잡기

박은봉, 책과함께 펴냄, 2007.11.24.

《한국사 상식 바로잡기》는 책이름처럼 '상식'을 바로잡으려는 이야기를 들려준다. 상식 가운데 한국사하고 얽힌 상식을 바로잡으려고 한다. 그런데 '한국사 상식'이란 무엇일까? 학교에서 가르치고 사회에서 말하는 이야기이다. 그러니까 학교에서 잘못 가르치거나 사회에서 잘못 말하는 한국사 이야기를 바로잡으려 한다는《한국사 상식 바로잡기》이다. 그러면 왜 학교에서는 어느 한국사를 잘못 가르칠까? 왜 사회는 어느 한국사를 잘못 말할까? 제대로 밝혀서 적고, 올바로 살펴서 말해야 하지 않을까? 아무래도 한국 사회나 교육 얼거리를 보면 아직 튼튼하게 바로서지 못했다고 할 만하기에 한국사를 두고도 엉뚱한 이야기가 퍼지거나 뜬금없는 이야기를 가르치려 한다고 할 수 있다. 사회도 교육도 튼튼하지 않으니 한국사뿐 아니라 다른 곳에서도 엉뚱하거나 뜬금없는 모습을 쉽게 찾아볼 수 있을 테고. 여러모로 살펴보면《한국사 상식 바로잡기》는 '상식 바로잡기'라기보다는 '상식 알려주기'라고 할 수 있다. 학교나 사회에서 말하거나 가르치는 한국사는 어떤 정치권력자나 정치집단 입맛이나 뜻에 맞추어 뒤바뀐 대목이 많으니, 이를 제대로 바라보면서 삶을 제대로 가꾸는 길을 밝히는 책이라고 할 수 있다.

나뭇잎 손님과 애벌레 미용사

이수애, 한울림어린이 펴냄, 2015.12.24.

나뭇잎이 돋으니 애벌레가 자랄 수 있다. 풀잎이 나니 풀벌레가 자랄 수 있다. 애벌레와 풀벌레는 숲과 풀밭에서 삶을 기쁘게 누린다. 풀잎하고 나뭇잎은 작은 벌레한테 기꺼이 제 몸을 나누어 주고, 작은 벌레는 잎사귀를 먹으면서 새로운 숨결로 거듭나는데, 이동안 새한테 곧잘 잡아먹힌다. 그림책《나뭇잎 손님과 애벌레 미용사》는 잎하고 벌레 사이에 얽힌 삶 가운데 '잎을 먹는 벌레'가 '잎을 고운 무늬로 바꾸어 주는 손길'이라는 대목으로 바라보면서 상냥하고 예쁜 이야기를 들려준다. 나뭇잎 손님은 마음에 드는 대로 '머리 가꾸기'를 하지 못하지만, 겨우내 깊이깊이 잠들고 새봄에 깨어날 적에 '모두 사라진 머리카락(잎몸)' 자리에 자그마한 싹이 자란 모습을 보고는 새롭게 웃으면서 기뻐한다. 참말 그렇지. 머리카락은 언제나 새로 돋으니까. 나뭇잎도 어린이도 어른도 모두 머리카락이 새로 돋으면서 새로운 이야기를 나눈다.

파이어스톤 도서관에서 길을 잃다

류대영, 생각비행 펴냄, 2016.1.15.

'파이어스톤 도서관'이란 어디일까?《파이어스톤 도서관에서 길을 잃다》라는 책을 손에 쥐면서 이런 생각이 문득 드는데, 도서관 이름이 무어 대수롭겠느냐 하고 여기면서 책을 읽는다. 두 아이가 재미난 노래를 듣도록 유튜브를 살피면서 한 쪽씩 두 쪽씩 읽는다. 글쓴이 류대영 님이 되새기는 지난날 이야기는 새록새록 그림으로 떠오른다. 나도 적잖은 대목에서는 비슷한 일을 겪었기 때문이다. 도시에서 '등화관제훈련'을 한다면서 갑자기 모든 집마다 불을 다 꺼야 하던 때, 나는 형이랑 마을 동무들이랑 밤별을 신나게 올려다보곤 했다. 때로는 민방위대원 마을 아저씨들 눈길에서 벗어나면서 숨바꼭질을 했다. 밤에 하는 숨바꼭질이란 얼마나 재미있던지. 지나온 나날을 되짚는 이야기가 흐르는 책에서는 '서로 다른 자리에서 서로 다른 삶을 보냈다'고 하더라도 뜻밖에 겹치는 '삶'이 있고, 생각밖으로 만나는 '생각'이 있다. 340쪽이 살짝 넘는 도톰한 책인데 이야기가 아주 술술 읽힌다. 글로 쓴 글이라기보다는 '입으로 들려주고픈 이야기'를 말로 하듯이 글로 옮겼기 때문일 테지. 류대영 님이 이녁 아이들한테 남기면서 들려주고픈 이야기일 테니까.

사진하는 태도가 틀렸어요

박찬원, 고려원북스, 2016.1.5.

사진책《사진하는 태도가 틀렸어요》라는 책을 읽는다. 오늘 낮에 두 아이를 이끌고 읍내마실을 가는 길에 군내버스에서 살짝 읽고, 집으로 돌아와서 저녁에 두 아이하고 공부를 하다가 살짝 읽는다. 이제 절반쯤 읽는다. 사진이 꽃처럼 피어나고, 글이 구름처럼 흘러서, 《사진하는 태도가 틀렸어요》를 읽는 일은 무척 홀가분하면서 재미있다. 무엇하고 빗대면 좋을까 하고 생각해 보니, 한국말로는 어떻게 풀어내야 하는지 모르는 채 서양 이론하고 영어를 섞어서 강의를 일삼는 전문가나 교수하고는 사뭇 다르게, 아니 거꾸로라고 할 만큼, 이 책은 '사진을 즐기는 사람'이라면 열 살 어린이나 스무 살 젊은이도 즐겁게 받아들여서 함께 생각하도록 북돋울 만한 이야기로 흐르니 더없이 재미있다. "사진하는 태도가 틀렸어요"라는 책이름은 무엇을 말하는가? "사진하는 태도가 틀렸어요" 하고 말할 수 있는 일이란 아무것도 없다는 사진길을 넌지시 말하는 셈이지 않을까? 쉽게 간추리자면, '사진하는 태도는 틀릴' 수 없다. 모든 자리에서 무엇이든 다 배움이 되기 때문이다. 틀렸다고? 틀렸다고 말하는 그분한테 웃기지 말라고 하시라. '틀렸다'고 말하는 전문가와 교수야말로 '틀린' 셈이다.

백만장자의 눈

로알드 달, 담푸스 펴냄, 2014.12.18.

로알드 달 님이 쓴 글 가운데 '헨리 슈거' 이야기가 있다. 한국말로는 《기상천외한 헨리 슈거 이야기》로 2006년에 나왔는데, 이 책은 그만 판이 끊어졌고, 2014년에 《백만장자의 눈》이라는 이름으로 새롭게 나왔다. 다만, 이 책은 영어로 "The Wonderful Story of Henry Sugar & Six More"이다. 'Wonderful'이란 무엇인가? '원더풀'은 '기상천외'가 아니다. '놀라운'이나 '신나는'이다. 무엇보다도 헨리 슈거 이야기는 '놀라운' 이야기이다. '기상천외'라는 한자말처럼 이상하거나 엉뚱한 이야기가 아니다. 왜 그러한가 하면, 헨리 슈거라는 사람은 이녁 삶을 '촛불보기'로 바꾸었기 때문이다. 그저 바보스러운 부자로 살던 어느 날 촛불보기를 하면서 '돈이란 얼마든지 벌 수 있다'는 대목을 깨달은 뒤, 이 돈을 어떻게 해야 하는가를 생각하다가 '고아원 짓기'를 할 수 있는 줄 알아차리고는, 마지막 숨을 내려놓고 이 땅을 떠나는 날까지 이 일을 했다고 한다. 그러니까 헨리 슈거는 헨리 슈거일 뿐 '백만장자'가 아니다. 눈을 새롭게 뜬 사람이고, 눈을 새롭게 뜨면서 마음을 새롭게 연 사람이요, 마음을 새롭게 열면서 삶을 새롭게 지은 사람이다. 아이들이 헨리 슈거 이야기를 읽을 적에 '온눈'을 뜨면서 '온마음'으로 '온삶'을 짓는 '온길'을 제대로 배울 수 있기를 빌 뿐이다.

새, 풍경이 되다

김성현 · 김진한 · 최순규, 자연과생태 펴냄, 2013.12.30.

시골에서 살며 온갖 새를 만나는데, 이 새마다 예부터 어떤 이름으로 가리키면서 이웃으로 지냈는가 하는 대목을 알기는 만만하지 않다. 이 시골에서 할매나 할배한테 여쭈어도 알기 어렵기도 하지만, 새를 잘 아는 분이 드물기도 하기 때문이다.《새, 풍경이 되다》는 사람들한테 '새 살피기(탐조)'를 도와주는 길동무책이다. 그래서 이 책은 여느 '새 도감(조류도감)'하고 다르게 '새를 한결 잘 알아볼 수 있도록' 사진을 잘 담고 엮는다. 새를 살피는 사람은 새를 보는 데에서 그치지 않고, 새 이름을 알고 새마다 어떤 한삶을 누리는가 하는 대목을 익힐 적에 새를 한결 살가이 마주할 수 있다. 전국 곳곳에서 새를 잘 살필 수 있는 곳을 찬찬히 알려주고, 다 다르면서 때로는 엇비슷해 보이기도 하는 새를 사진으로 낱낱이 드러내어 보여주는 《새, 풍경이 되다》는 어린이한테도 새를 알려주거나 가르치는 길동무책 구실을 톡톡히 하리라 본다.

- **하루 10분 아빠 육아**
  안성진, 가나북스 펴냄, 2015.11.25.

예스24블로그에서 꾸준히 이야기꽃을 피우는 안성진 님이 선보인 《하루 10분 아빠 육아》를 장바구니에 담는다. 아직 책을 손에 쥐지 않았지만, 미리보기로 줄거리를 살피니 여러모로 마음에 든다. 곁님이 늘 얘기하기도 하고, 나 스스로도 늘 느끼기도 하는 대목을 책 곁에 굵직하게 잘 써 주기도 한다. 아이키우기에 마음을 쓰지 않는다면, 아이를 낳기만 했을 뿐 아이를 버렸다고까지 할 만하다는 말을 씩씩하게 들려주는 모습이 반갑다. 아이는 어머니만 낳지 않는다는 대목을 아버지가 알아야 한다. 어머니하고 아버지가 함께 낳는 아이요, 함께 돌보는 아이일 뿐 아니라, 함께 사랑하는 아이가 되어야 한다. 낳기도 돌보기도 사랑하기도 늘 함께 할 수 있을 때에 비로소 어버이가 된다. 주민등록등본 따위에 '아버지'로 올라야 아버지가 아니라, 아이한테 삶을 보여주고 가르치면서 함께 배우는 숨결일 때에 비로소 아버지이다. 안성진 님은 회사원이기에 아이들하고 더 오래 지내지는 못하지만, '하루 10분'이라는 말마따나 하루 10분을 얼굴을 마주하더라도 슬기로우면서 사랑스러운 넋과 손길이 될 수 있어야 한다고 밝힌다. 이 대목을 이 나라 아버지들이 잘 좀 눈여겨볼 수 있기를 빈다. '인문책은 안 읽어'도 되니까, '육아책

한 권'부터 제대로 읽을 수 있기를 빌고, 육아책을 읽었으면 바로 '우리 아이'부터 사랑으로 바라볼 수 있기를 빈다. 한국 사회 사내(아버지이든 그냥 어른이든)들이 부디 인문책은 좀 옆으로 치워 놓고, 육아책하고 그림책하고 동화책부터 즐겁게 읽고 아이들하고 나눌 수 있기를 빈다.

한국언어지도

이익섭 · 전광현 · 이광호 · 이병근 · 최명옥, 태학사 펴냄, 2008.2.28.

모두 153가지에 이르는 낱말을 놓고, 한국에 있는 모든 시 · 군에서 어떻게 말을 하는가를 살피는 《한국언어지도》를 장만한다. 《한국언어지도》에 실린 줄거리는 '네이버백과'에도 있다. 책이 아닌 인터넷으로 살피면 돈을 안 들여도 살필 수 있다. 한동안 인터넷으로 이 책 줄거리를 읽다가, 나부터 책을 쓰는 사람으로서 이 멋진 알맹이를 인터넷으로만이 아니라 책으로 따로 장만해서 새롭게 읽을 뿐 아니라, 우리 도서관학교에 둘 노릇이라고 생각한다. 한국말사전 엮는 일을 하는 나 같은 사람부터 이 멋진 책을 기쁘게 장만하지 않으면 누가 이런 책을 장만할까? 153가지 낱말만 다루는 대목은 아쉽다고 할 테지만, 언젠가 천 가지나 만 가지 낱말을 놓고도, 또는 풀이름이나 꽃이름을 놓고도, 또는 온 살림살이 이름이나 밥 · 옷 · 집 이름을 놓고도, 이런 '한국말그림'이 태어날 수 있기를 빌어 본다.

- **달을 먹은 아기 고양이**

  케빈 헹크스, 비룡소 펴냄, 2005.6.3.

큰아이가 퍽 어릴 적에 '영어로 된 책'인 《Kitten's First Full Moon》을 장만한 적 있다. 그림결이 곱고 이야기가 재미있다고 느꼈기 때문이다. 그때에는 이 그림책이 한글로도 나온 줄 몰랐고 생각도 안 했는데, 2005년에 일찌감치 한글판이 나온 적 있네. 뒤늦게 깨달았다. 엊그제 큰보름달이 떠올랐기 때문에 문득 이 그림책이 떠올라서 살피다가 이제서야 알아차렸다고 할까. 아기 고양이도 우리 아이들도 달을 먹는다. 어른도 달을 먹고, 할머니와 할아버지도 달을 먹는다. 그리고 우리는 모두 이 지구에서 같은 바람을 먹으면서 살림을 짓는다.

- **작은 배추**

  구도 나오코 · 호테하마 다카시, 길벗어린이 펴냄, 2015.3.1.

봄이 오는 소리를 듣는다. 어떻게 듣느냐고? 귀를 가만히 기울이면 듣지. 봄이 오는 노래를 듣는다. 어떻게 듣느냐고? 귀를 쫑긋 세우면 듣지. 눈을 살며시 감고 햇볕에 온몸을 맡기면 아 봄이 곧 오는구나 하고 느낄 수 있다. 눈을 번쩍 뜨고 이월 막바지 해님을 똑바로 쳐다보면 참말 봄이 코앞까지 왔구나 하고 느낄 수 있다. 마당 한쪽에서 갓이랑 유채를 뜯으면서 봄을 그린다. 바야흐로 봄에 누릴 숱한 나물을 떠올린다. 그림책 《작은 배추》가 들려주는 봄날 노란 꽃노래를 헤아린다. 자그마한 배추가 배추포기를 지나서 추운 겨울을 씩씩하게 난 뒤에 노랗게 꽃을 피우며 춤추는 이야기를 기쁘게 읽는다. 그래, 이 겨울이 끝나면서 온통 꽃밭이 되고 꽃나라가 되지. 우리 모두 꽃아이가 되고 꽃어른이 되어 꽃사랑을 펼치지.

작은 산

박철, 실천문학사 펴냄, 2013.4.29.

큰아이는 집에서 씩씩하게 놀아 보라 하고, 작은아이만 이끌고 읍내마실을 나오는 길에 시집《작은 산》을 챙긴다. 큰아이는 울먹울먹하면서 집에서 기다리겠노라 하고, 작은아이는 방긋방긋 웃으면서 누나한테 손을 내내 흔들면서 인사한다. 한 시간 남짓 읍내마실을 마치고 집으로 돌아오니 큰아이는 어느새 눈물자국이 사라지고 까르르 웃는 낯빛으로 우리를 맞아 준다. '작은' 아이들 손길에서 흐르는 '작은' 사랑이란 무엇일까? '작은' 시집인《작은 산》에서 노래하는 이야기란 무엇일까? 마침 오늘은 읍내에서 마을로 돌아오는 시골버스까지 '작'다. 시골에서도 읍내나 면내 아닌 마을에는 '작은' 사람들이 조그맣게 웅크리듯이 사니까, 도시에 있는 '마을버스' 같은 작은 버스가 요즈음 차츰 늘어난다. 이 작은 시골버스에서 서서 다니는 사람은 찾아볼 수 없다. 그만큼 시골은 작다. 그리고 이 작은 시골이 커다란 도시를 몽땅 먹여살린다.

진정성이라는 거짓말

앤드류 포터, 마티 펴냄, 2016.2.15.

'진정성'이라는 한자말은 한국말사전에 없다. 다만 '진정(眞正)'이라는 한자말은 한국말사전에 나오고, "거짓이 없이 참으로"를 뜻한다고 한다. 다시 말해서 '진정성'이란 "참다움"을 가리킬 테고 "참결"이라고도 할 만하다. 《진정성이라는 거짓말》이라는 책은 "참이라고 하지만 거짓말"인 여러 가지를 따지거나 밝히는 인문책이라 할 만하다. 그러면 어떤 거짓말인가? 자본주의 사회에서 돈이나 이름이나 힘, 이 세 가지를 거머쥐려고 하면서 사람들 앞에서 '참이라도 되는 듯'이 일삼는 '거짓말'을 따지거나 밝히려 한다. 돈이나 이름이나 힘을 얻거나 거머쥐거나 가로채려고 하는 거짓말이니 그야말로 거짓말인 셈이리라. 그러면 왜 이렇게 거짓말을 할까? 말 그대로 돈을 얻든 이름을 얻든 힘을 얻든 할 뜻이기 때문이다. 그러면 이제 다른 두 가지를 물을 만하다. 돈이나 이름이나 힘을 얻으려는 몸짓은 '다 나쁜'가? 돈이나 이름이나 힘을 바라지 않는 사람은? 조용히 수수하게 살아가려는 사람은? 《진정성이라는 거짓말》을 읽다 보면 138쪽에 '흙바닥 집'은 그냥 '가난(빈곤)'을 나타낼 뿐이라고 나무란다. 그러면 참말 흙집(흙바닥 집)은 가난한 집일 뿐일까? 이 지구별에서 흙집이나 돌집이나 나무집이 아닌 시멘트집은 몇 채쯤 될까? 자본주의 사회에서 '돈 · 이름 · 힘'을 거머쥐려는 뜻으로 거짓말을 일삼는 무리나 지식인이나 정치나 경제나 사회운동을 나무라는 일은 나무랄 만하리라 본다. 그렇지만 곳곳에 드는 '보기' 가운데 글쓴이가 외곬로 '넌 거짓말이잖아!' 하고 헐뜯는 대목이 보인다. 왜 헐뜯어야 할까? 이런 책을 쓰는 앤드류 포터라는 분은 어떤 '참된 마음이나 넋'으로 '참이라는 허울을 쓴 거짓말'을 나무라거나 헐뜯을 수 있을까?

학교는 입이 크다

박일환, 한티재 펴냄, 2014.7.14.

고흥에서는 어제 비가 오더니 오늘 눈발이 아주 가늘게 날린다. 그래 봤자 하나도 안 쌓인다. 아마 다른 고장에서는 눈이 펑펑 쏟아질는지 모른다. 이 눈발에도 아이들은 눈놀이를 하고 싶어서 옷을 껴입고 마당에 선다. 나는 아침을 차리면서 하루를 열고, 오늘 맡은 즐거운 일이 무엇인가 하고 헤아린다. 아침에 일어나서 부엌일을 하기 앞서《학교는 입이 크다》를 읽는데, 이 청소년시를 쓴 박일환 님이 푸른 아이들 마음을 헤아리려는 손길이 애틋하네 하고 느낀다. 그래, 참으로 그렇다. 마음으로 서로 다가서면 마음으로 서로 사귄다. 마음이 아닌 채 서로 다가서면 서로 마음을 알 길이 없다. 뭔가를 앞세운다면 바로 그 뭔가가 앞에서 늘 걸릴 테지. 청소년문학이나 어린이문학이란, 또 어른문학이란 이처럼 '마음으로 쓰고 읽어서 나누는 이야기'가 될 때에 아름다우면서 사랑스러우리라 본다. 말재주나 말솜씨나 말자랑이나 말장난이 아닌, '마음을 담아서 들려주는 노래'일 때에 비로소 문학이 되리라 본다.

디지털 디스커넥트

로버트 W.맥체스니, 삼천리 펴냄, 2014.12.12.

'자본주의'나 '민주주의'라는 이름을 쓰면, 사람들이 제대로 모르거나 제대로 못 보기 일쑤라고 느낀다. 왜냐하면 이런 이름은 참모습을 드러내지 않기 때문이다. '상업주의'나 '광고'나 '홍보'라는 이름도 참모습을 드러내지 않는다. 그러면 이런 낱말이나 이름은 무엇을 가리키는가? 바로 '돈'과 '권력'과 '독재'이다. '국민투표'를 할 수 있으면 민주인가? 아니다. 국민투표만 있는 한국 사회는 민주일 수 없다. 국민투표로 뽑힌 정치 지도자라는 사람은 독재자와 똑같이 구는데, 어떤 민주가 이 나라에 있다고 하겠는가? 그러면 돈은 무슨 구실을 하는가? 돈은 돈을 낳고, 돈을 낳은 돈은 또 돈을 낳는다. 이러한 얼거리는 끊어지지 않는다. 학교교육은 이 모두를 숨긴 채 아이들이 쳇바퀴가 되도록 내모는 몫을 맡는다. 사람들은 이녁 아이들을 그저 학교에 내몰고, 학교에서 길든 아이들은 다시금 이녁 아이들을 학교로 내몰면서 쳇바퀴를 도는 톱니바퀴로 만든다. '투표만 할 줄 아는 기계'가 된 사람들은 허울뿐인 민주주의를 누리지만, 막상 이들이 하는 일이라고는 돈으로 권력을 거머쥔 이들이 시키는 대로 움직이는 쳇바퀴질이다. 신문과 방송과 책과 인터넷으로 보여주는 광고와 홍보대로 물건을 사다가 쓰고, 도시에서 아파트를 장만하며, 자가용을 굴리며 기름값을 걱정하다가는, 영화나 스포츠를 보며 하루를 마감한다. 날마다 이러한 몸짓을 되풀이한다. 새로움이 없고 놀라움이 없으며 기쁨이나 웃음이나 노래나 이야기가 없다. 《디지털 디스커넥트》가 이 같은 얼거리를 모두 밝힐 만한 책인지, 아니면 살며시 건드리는 책인지, 사람들이 스스로 읽으면 알아챌 테지. 다만 자본주의가 민주주의와 손을 맞잡고 허울뿐인 울타리를 세워서 사람들을 길들이는 얼거리를 알아채더라도 이 얼거리에서 벗어날 생각을 우리 스스로 하지 않는다면, '머리에 지식은 있으나, 이 지식을 쓸 줄 모르는 노예'로 지내는 하루는 똑같으리라.

성노동자, 권리를 외치다

밀사 · 연희 · 지승호, 철수와영희 펴냄, 2015.2.14.

성을 팔아서 살림을 꾸리는 사람이 있다. 몸을 팔아서 살림을 꾸리는 사람이 있다. 지식을 팔거나 졸업장을 팔아서 살림을 꾸리는 사람이 있다. 그리고 돈을 팔아서 더 커다란 돈을 거두어들이는 사람이 있다. 정치를 팔기도 하고, 두려움을 팔기도 한다. 예수를 팔기도 하며, 부처를 팔기도 한다. 오늘날 문명사회에서는 무엇이든 팔아야 비로소 돈을 얻고, 이 돈으로 밥 · 옷 · 집을 마련한다. 어느 모로 보면 더없이 끔찍하지만, 손수 일굴 땅이 없는 사람으로서는 도시에서 무엇이라도 팔아야 먹고 입고 자면서 살 수 있다. 《성노동자, 권리를 외치다》는 몸노동자(육체노동자)와 지식노동자와 종교노동자와 마찬가지로 '노동자'인 성노동자 목소리를 갈무리해서, 오늘날 사회와 문화와 정치와 경제에서 '성노동'을 하는 사람이 어떤 자리에 놓였는가를 보여준다. 권리라고 하는 것을 누리거나 구경한 적이 없는 사람들도 다른 노동자와 함께 권리를 바라볼 수 있어야 하고, 권리를 말할 수 있어야 하며, 권리를 누릴 수 있어야 한다는 생각을 보여준다. 아무렴, 성노동자도 우리 이웃이며 동무이고 곁님이 아닌가.

생각을 열어 주는 사회가치사전

구민정 · 국찬석 · 권재원 · 김병호 · 신동하 · 김영랑, 고래이야기 펴냄. 2016.3.5.

《생각을 열어 주는 사회가치사전》을 읽으면서 생각한다. 이 책에 깃든 이야기는 아이들에 앞서 어른들이 먼저 슬기롭게 알거나 똑똑히 헤아릴 노릇이지 싶다. 아이들이 스스로 '책으로 읽어서 배우거나 알 만한 이야기'가 되기 앞서, 어른으로서 이 사회를 이루거나 일구는 손길을 아름답고 사랑스레 다스릴 노릇이라고 본다. 밥을 먹고 옷을 입으며 집을 짓는 사람으로서 삶과 살림과 사회를 모두 알뜰살뜰 가꿀 수 있을 때에 즐거운 하루가 되니, 이러한 마음으로 아이들한테 지식을 올바로 물려주어야겠지. 평등도 평화도 민주도 모두 슬기로운 한 사람이 될 때에 이루니, 이러한 숨결로 아이들한테 지식을 참답게 가르쳐야겠지. 꿈도 사랑도 어른 스스로 착한 넋으로 어깨동무를 할 때에 지을 테니, 이러한 넋으로 아이들한테 지식을 제대로 알려주어야겠지. 《생각을 열어 주는 사회가치사전》 같은 책을 아이들뿐 아니라 어른들도 찬찬히 살피면서 '생각을 열' 수 있기를 빌어 본다. 다툼이나 미움이 아닌 따사로운 손길로 어우러지는 두레를 이루는 '열린 생각'으로 아이들도 어른들도 거듭날 수 있기를 꿈꾸어 본다.

아이를 읽는다는 것

한미화, 어크로스 펴냄, 2014.8.18.

'엄마 독서평론가'가 책으로 아이 마음을 읽는 이야기를 들려준다고 하는 《아이를 읽는다는 것》을 읽어 본다. 이 책은 아침저녁으로 밥을 짓는 틈에 읽고, 마당에서 갓풀을 뜯어서 소금물에 재운 뒤에 읽다가, 아이들을 재우는 밤에 마저 읽는다. 한미화 님은 '엄마 독서평론가'라 한다면, 이 책을 읽는 나는 '아버지(아빠) 독서평론가'라 할 만할까? 어찌 되었든, 이 책에서 한미화 님은 '아이 마음 읽기'를 하는데, 이 아이 마음이란 한미화 님이 낳은 아이 마음에 앞서 '아이를 낳은 한미화 님이 어린 나날을 보내면서 누리던 마음'이라고 할 만하다. 다시 말해서, '어버이 한미화'이기 앞서 '아이 한미화'가 어떤 마음이었는가를 읽으면서 '오늘 우리 아이를 마주하는 어버이 한미화'가 어떤 마음으로 새롭게 거듭났는가를 되새긴다고 할 만하다. 또는 하나도 새롭게 거듭나지 못한 채 아이한테 꾸중이나 잔소리나 큰소리만 내지는 않는가 하는 대목을 뉘우치면서 돌아본다고 할 만하다. 어린이책을 읽는 어른은 아이를 책으로 북돋우려는 뜻도 있을 테지만, 이보다는 어버이나 어른으로서 얼마나 살림을 즐겁게 짓는가 하는 대목을 헤아려 보려는 뜻이 한결 짙다고 느낀다. 이 책을 읽는 내내 '독서평론가' 말고 '엄마 독서평론가'나 '아빠 독서평론가'인 이웃을 만나면 서로 재미나게 이야기꽃을 피울 만하겠네 하고 느낀다.

미스터 초밥왕 2

테라사와 다이스케, 학산문화사 펴냄, 2002.12.25.

우리 집 큰아이가 태어나기 한참 앞서인 2002년에 나온 《미스터 초밥왕》 둘째 권을 새롭게 읽는다. 아홉 살을 맞이한 큰아이가 만화책을 무척 보고 싶어 하면서 아무 만화책이나 손에 쥐려고 하는구나 하고 느껴서 여러모로 망설였다. 아직 아홉 살인 아이한테 알맞거나 기쁜 숨결을 들려주는 만화책을 찾기에는 만만하지 않기 때문이다. 생각이 빛나고 살림살이를 사랑하는 넋을 담은 만화책으로 무엇이 있을까를 헤아리다가 문득 《미스터 초밥왕》이 떠올랐다. 열 몇 해 앞서 장만해서 기쁘게 읽은 이 만화책은 열 몇 해가 지나는 사이에 너덜너덜해졌지만, 아이 손길을 받으면서 새삼스레 빛난다. 열몇 해 동안 이 만화책을 건사한 보람이 있구나 싶다. 더욱이 이 만화책은 아직 판이 안 끊어진 듯하다. 훌륭하네. 앞으로도 아이들이 이 만화책을 가까이하면서 이 만화에 깃든 깊고 너른 숨결을 함께 누릴 수 있기를 빈다.

바무와 게로의 일요일

시마다 유카, 중앙출판사 펴냄, 2009.12.30.

비가 오는 일요일에는 무엇을 할 수 있을까. 그냥 집에서 비를 구경할 수 있을 테고, 비를 맞으면서 찰방찰방 웅덩이 놀이를 할 수 있을 테지. 집에서 따끈따끈하게 국을 끓이거나 뜨끈뜨끈하게 부침개를 부칠 수 있을 테고, 느긋하게 온 집안을 쓸고 닦고 치울 수 있을 테지. 그림책《바무와 게로의 일요일》은 비가 오는 일요일에 아이들이 집에서 어떤 놀이를 하면서 하루를 재미나게 누릴 수 있는가 하는 이야기를 살가이 보여준다. 진흙놀이를 하다가 집안을 잔뜩 어지럽힐 수 있고, 이렇게 어지럽혔으니 말끔히 치울 수 있다. 집안을 다 치운 뒤에는 도넛을 튀기고, 이 도넛을 잔뜩 쌓아 놓고서 책을 읽어도 재미나다. 부드러우면서 포근한 그림결이 좋다. 아기자기하면서 상냥한 그림책이다.

분단 이후

한치규, 눈빛 펴냄, 2016.2.25.

지난 2012년에《한씨네 삼남매》라는 매우 멋진 사진책이 나온 적

있다. 그 뒤 네 해 만인 2016년 봄에 한치규 님이 예전에 찍은 사진을 한자리에 묶은 사진책이 두 권 함께 나왔다. 하나는《변모하는 서울》이고 다른 하나는《분단 이후》이다. 나는 '달라지는 서울'에는 그리 눈길이 가지 않아서 그 사진책은 좀 나중에 주문해서 읽고 우리 도서관에 둘 생각이다. 먼저《분단 이후》를 장만해서 읽는다. 사진책《분단 이후》는 군대에서 '장교'로 일한 분이기 때문에 찍을 수 있던 사진이 흐른다. 나 같은 어느 사병은 눈으로는 늘 보았으나 사진으로는 함부로 찍을 수 없던 모습을 아스라이 마주한다. 사진책에 흐르는 비무장지대는 1960-70년대 모습이지만, 이 모습은 1980년대나 1990년대에서 엇비슷하다. 어쩌면 2000년대나 2010년대 비무장지대 모습도 이와 비슷하지 않을까? 군인옷 무늬는 바뀌고, 총을 쥔 젊은이는 바뀌더라도, 분단이라고 하는 생채기가 그대로 있는 동안에는 앞으로도 비무장지대는 한결같이 차갑고 스산하면서도 애처로운 무대가 되리라 느낀다.

나도 잘 찍고 싶은 마음 간절하다

양해남, 눈빛 펴냄, 2016.3.10.

양해남 님이 들려주는 사진 이야기가 깃든《나도 잘 찍고 싶은 마음 간절하다》를 읽는다. 양해남 님은 금산에서 살며 금산 이야기를 사진으로 꾸준히 담아내는데, 금산뿐 아니라 일본도 한국 곳곳도 사진으로 살몃살몃 담아서 살가운 이야기를 들려준다. 그런데, 사진은 잘 찍어야 할까? 이 책을 읽으면서도 느끼는데, 양해남 님은 사진을 잘 찍고 싶은 마음보다는 '사진으로 만나는 이웃'하고 즐겁게 어우러지면서 사이좋은 살림을 가꾸고 싶은 마음이 넉넉하구나 하고 느낀다. 다시 말하자면, 사진으로 만나는 이웃하고 살가이 어우러지면 사진도 저절로 잘 찍을 수 있다. 그리고, 이웃은 사진으로도 만날 만하지만 그냥 만나도 좋다. 허물없이 어우러지는 이웃일 때에는 연필을 쥐면 '이웃 이야기를 글로 술술 풀어낼' 만하고, 사진기를 쥐면 '이웃 이야기를 사진으로 솔솔 풀어낼' 만하다고 느낀다. 사진을 잘 찍고 싶은 분이라면, 또 사진을 잘 못 찍는다고 여기는 분이라면, 《나도 잘 찍고 싶은 마음 간절하다》를 조용히 읽어 보며 즐거운 길동무로 삼을 만하리라 생각한다.

나무수업

페터 볼레벤, 이마 펴냄, 2016.3.10.

'우리 집 마당'을 누리고 나서야 나무를 제대로 바라본다. 우리 집 마당에서 자라는 나무이기에 아침저녁으로 바라보고, 날마다 바라보며, 철마다 새롭게 바라본다. 그리고 해마다 어느 만큼 자라는가를 새삼스레 바라본다. 예전에는 '나무'라 하면 그냥 다 같은 나무로만 여겼다고 한다면, 이제는 '나무'라 할 적에 '우리 집에서 함께 사는 나무'를 생각하고, '우리 마을에서 자라는 나무'를 생각한다. 이러면서 '우리를 둘러싼 나무'하고 '이 지구별에 있는 나무'를 차근차근 헤아린다. 무엇보다 우리 집에서 한식구로 지내는 나무부터 아끼고 사랑할 수 있을 적에 마을나무를 찬찬히 헤아릴 만하고, 지구에 있는 수많은 나무를 헤아릴 만하다고 느낀다. 《나무수업》을 읽는 동안 내가 우리 집 나무한테서 무엇을 배웠고 앞으로 무엇을 즐겁게 배울 만한가 하는 대목을 돌아본다. 풀 한 포기도 삶을 보여주고, 나무 한 그루도 살림을 보여준다. 오늘은 아침부터 뒤꼍 매화나무에 꿀벌이 얼추 이삼백 마리쯤 모여들어서 꽃가루받이를 해 주었다. 꿀벌은 꿀하고 꽃가루를 모으러 왔을 테지만, 매화나무에 잔뜩 핀 꽃마다 수백 마리 꿀벌이 춤추면서 낮에는 매화꽃잎이 눈부시게 흩날렸다. 꽃가루받이를 마친 꽃송이는 눈송이처럼 잎이 떨어지네. 《나무수업》이 퍽 재미있어서 이 밤에 졸음이 가볍게 사라진다.

영국에 영어는 없었다

김동섭, 책미래 펴냄, 2016.3.10.

영어라는 말이 영국이라는 나라에서 어떤 뿌리를 내렸는가 하는 대목을 찬찬히 살피는《영국에 영어는 없었다》를 읽으면서 가만히 생각에 잠긴다. 이 책에 붙인 이름은 두 가지 뜻이다. 그리고 이 책에서도 두 가지를 찬찬히 다룬다. 그 두 가지란 무엇인가 하면, 영국에 영어는 있기도 했고 없기도 했다. 영국은 영어를 쓰기도 했고 안 쓰기도 했다. 자, 그러면 이게 뭔 소리일까? 권력자나 지식인 자리가 아닌 수수한 영국사람은 예나 이제나 늘 영국말(영어)을 썼다. 이와 달리 권력자하고 지식인 자리에 있는 이들은 스스로 '영국사람'이라고 여기지 않았고 '영국말(영어)'을 쓰지 않았다. 그러면 영국이라는 곳에서 권력자하고 지식인은 이녁을 스스로 뭐라고 여겼을까? 그들은 '영국사람'이 아닌 '임금'이나 '왕족'이나 '귀족'으로만 여겼다. 그래서 임금답고 왕족다우며 귀족다운 말을 쓰려고만 했으며, 지난날 그 사람들이 붙잡은 말은 '라틴말'하고 '프랑스말'이었다. 이러한 흐름을 한국 사회에 맞대어서 살피면 여러모로 비슷하다. 오늘날 한국에서 권력자나 지식인 자리에 있는 사람은 어떤 말을 쓸까? 그들이 쓰는 말은 '한국에서 수수하게 사는 사람들이 쓰는 말'하고 한자리에 놓일 만할까? 아니면 참으로 서로 다른 말일까?

세상을 움직이는 수학 개념 100

라파엘 로젠, 반니 펴냄, 2016.3.29.

나는 '수학'을 못마땅하게 여겼다. 학교에서는 오로지 '공식 외우기'만 해서 시험문제만 잘 풀라고 닦달을 했기 때문이다. 숫자와 기호를 빌어서 생각을 북돋우거나 넓히는 '셈'을 가르치거나 배울 틈을 모조리 짓밟으니까 '학교 수학'이란 그야말로 짜증스럽기까지 하다고 느낀다. 교사도 지식인도 학자도 '수학'이라는 말을 써야 대단한 줄 잘못 알지만, '셈'이라고 하는 한국말은 여러 가지 뜻이 있다. 먼저 "숫자를 세다"를 뜻하고, 다음으로 "생각을 하다"를 뜻한다. 그러니까, 숫자를 빌어서 생각을 하는 일이 바로 '셈'인 셈이다. 이 대목을 슬기롭게 바라볼 수 있다면 우리가 할 일이란 '학교 수학'이 아니라 '삶을 셈하는 기쁨'이 될 만하겠지. 서양 학자가 쓴《세상을 움직이는 수학 개념 100》을 읽는 내내 '한국 학교 수학'이 얼마나 엉터리요, 한국 수학자도 이만 한 책을 아직 못 쓰는구나 하고 느끼면서 쓸쓸했다. 그렇지만 어쩌겠는가. 제도권 입시교육 틀에 맞추어서 쳇바퀴처럼 구르는 한국 사회에서 '생각을 새롭게 짓는 셈'을 살피기란 얼마나 어려운 노릇인가.

푸르게 물드는 눈 2

우니타 유미, 애니북스 펴냄, 2016.4.29.

너하고 나는 어떤 말을 쓰는 사이일까? 우니타 유미 님이 두 권으로 짧게 마무리를 지은《푸르게 물드는 눈》둘째 권을 읽는다. 이 만화책에 나오는 '일본 아가씨'하고 '중국 사내'는 서로 마음으로 아끼면서 사귀는 사이가 된다. 일본말이 서툰 중국 사내이지만, 말이 서툴어도 마음으로 아낄 수 있기에 두 사람은 사랑을 짓는 길을 걷는다. 일본말로 의사소통을 할 수 있는 일본 사내도 많지만, 정작 마음으로 아끼는 길을 헤아리거나 살피거나 느끼지 않으니 일본 아가씨는 '같은 일본말'을 쓰는 사내들하고 마음으로 새로운 꿈을 짓지 못한다. 참으로 마땅한 일이다. 한국에서도 똑같지 않겠는가. 우리는 서로서로 '어떤 한국말'을 쓰는 사이일까? 우리는 참으로 '같은 한국말'을 쓰는 한국사람이거나 이웃이나 동무라고 할 만할까? 오늘 우니타 유미 님 트위터(https://twitter.com/unita_y)가 있는 줄 처음으로 알았다. 일본말로 된 트위터를 한참 읽어 보았다.

유리 말

소야 키요시 · 하야시 아키코, 한림출판사 펴냄, 2004.8.30.

사랑을 받아 태어난 아이가 '유리 말'을 갖고 함께 놀려다가 그만 다리를 부러뜨렸다는데, 부러진 다리를 고치려고 유리나라로 찾아가서 헤엄을 치고 하늘을 날다가 유리 눈물을 줍고 불꽃하고 맞서서 유리 아기를 지키다가 다시 어머니랑 아버지가 있는 보금자리로 돌아온다는 줄거리를 담은《유리 말》은 꿈속 이야기일까, 아니면 삶에서 참말 몸소 겪은 이야기일까? 어느 모로 본다면 꿈속에서 본 이야기라 할 수 있을 테지만, 꿈이 삶이요, 삶이 꿈일는지 모른다. 우리 몸하고 마음은 꿈과 삶 사이에서 가장 깊고 따스한 사랑을 찾아서 흐를는지 모른다.《유리 말》 이야기를 아이하고 곰곰이 읽어 본다.

파리의 열두 풍경

조홍식, 책과함께 펴냄, 2016.4.20.

파리에서 마주할 수 있는 열두 가지 모습을 차분하게 들려주는《파리의 열두 풍경》을 읽어 본다. 프랑스에서 파리라고 하는 곳은 섣불리 '때려부수어서 다시 짓는 일'은 잘 안 한다고 한다. 프랑스 파리에서도 새로 짓는 일은 있지만, 아무렇게나 부수면서 여느 사람 터전을 밀어내는 짓은 찾아보기 어렵다고 한다. 한국에서는 서울이나 부산처럼 커다란 도시뿐 아니라 조그마한 시골에서도 이 모습 저 모습 수없이 바뀌기 일쑤이다. 아주 쉽게 때려부수고, 아주 가볍게 무너뜨리며, 아주 대수롭지 않게 밀어내곤 한다. 어쩌면 우리 스스로 이렇게 모든 것을 부수거나 무너뜨리거나 밀어내기를 바라기 때문에, 온갖 건설정책만 생기는지 모른다. 우리 스스로 '삶터'를 두고두고 가꾸면서 오래도록 돌보는 길을 걷지 않으니 재개발 정책만 쏟아질는지 모른다. 도시로만 몰려들고, 더 큰 도시로만 찾아가면서 살려 하기에, 프랑스 같은 문화나 파리 같은 모습은 한국에서는 좀처럼 생기지 못한다고 여길 만하다. 훌륭한 지도자 한두 사람이 나타나야 할 노릇이 아니라, 우리 누구나 슬기로운 마음이 되어 우리 보금자리와 삶터와 마을을 사랑하며 오래오래 뿌리를 내리려는 몸짓이 될 때에, 비로소 "열두 가지 서울" 모습이라든지 "무지개 빛깔 같은 한국" 이야기를 새롭게 지을 만하리라 생각해 본다.

헛디디며 헛짚으며

정양, 모악 펴냄, 2016.4.4.

전라북도에 터를 둔 조그마한 문학 출판사가 문을 열었다고 한다. 이곳은 전북에서 나고 자란 시인하고 소설가 여러분이 뜻과 돈과 힘을 모았다고 한다. 첫 시집으로 《헛디디며 헛짚으며》를 선보이는데, 가벼운 종이에 홀가분한 이야기가 흐르는 시집이 퍽 조촐하면서 이쁘다. 조촐하며 이쁜 고장을 조촐하며 이쁜 마음으로 아끼는 손길로 적바림했구나 싶은 노래가 흐른다. 꼭 전라도가 아니더라도 이렇게 수수하거나 투박한 아름다움을 베푸는 시집이 반갑다. 경상도에서도 충청도에서도 강원도에서도 제주도에서도 경기도에서도, 그야말로 자그맣고 예쁜 출판사가 하나둘 태어나서 그 고장에 터를 잡으면서 살림을 따사로이 짓는 목소리와 숨결을 그러모을 수 있으면 참으로 멋지며 신나는 이야기잔치가 되리라 느낀다.

우물밖 여고생

슬구, 푸른향기 펴냄, 2016.5.12.

사진수필 《우물밖 여고생》을 놓고 엊그제 느낌글을 하나 썼다. 나는 이 책을 '사진책' 갈래에 넣어 본다. 《우물밖 여고생》을 사진책으로 바라볼 사진비평가나 사진가가 몇 사람쯤 될는지 모르지만, 이 책은 틀림없이 사진책이고, 사진 이야기가 흐르며, 사진기를 길동무로 삼으면서 지내는 젊은 숨결이 흐른다. 이 책을 선보인 열아홉 살 슬구(신슬기) 님은 열일곱 살에 신나게 알바를 해서 모은 돈으로 사진기를 장만했고, 기쁨으로 장만한 사진기를 늘 챙기면서 열여덟 살에 이곳저곳 여행을 다녔다고 한다. 대단한 모험이나 다큐나 여정이나 기록이 아닌, 스스로 새로운 길을 찾고 싶은 여행이다. 대단한 장비나 기계를 갖춘 사진찍기가 아닌, 스스로 즐겁게 삶을 노래하고픈 마음으로 누리는 사진찍기이다. 사진은 어떻게 찍으면 될까? 사진은 누구한테서 배워야 할까? 사진은 먼저 스스로 즐겁게 찍으면 된다. 그리고 사진은 바로 내가 나한테서 배우면 된다. 이 두 가지를 재미나고 살가이 보여주는 《우물밖 여고생》이라고 느낀다. 우리는 모두 '짓는 사람(작가)'이라는 대목을 이 책을 읽으며 이웃님들이 헤아리실 수 있기를 바란다.

비 고인 하늘을 밟고 가는 일

여림, 최측의농간 펴냄, 2016.5.25.

이 땅을 떠난 시인이 남긴 아스라한 발자취를 갈무리해서 엮은 조그마한 《비 고인 하늘을 밟고 가는 일》을 읽는다. 곁님하고 아이들이 먹을 미역국을 끓이다가 몇 줄 읽고, 마을 이장님네 마늘밭 일손을 거든 뒤에 등허리를 펴려고 자리에 누워서 몇 줄 읽는다. 여림 시인은 시골에서 서울로 삶터를 옮기고 나서 그만 이 땅을 떠나고 말았다고 한다. 시골집에서 오월바람을 누리고, 오월딸기를 훑으며, 오월볕을 쬐면서 오월일을 하다가 가만히 옛 시인을 그려 본다. 이녁이 살던 시골에서 더 깊은 시골로 들어가서 고요하거나 아늑한 살림을 지어 보았다면 어떠했을까? 요즘 시골에는 어린이도 젊은이도 드물다지만, 시인이나 작가나 예술가나 뭐 이런저런 사람도 드물다. 우리는 삶을 지으려는 마음을 잃으면서 서울로 쏠리지는 않을까? 우리는 사랑을 지으려는 마음을 잊으면서 서울로 몰리지는 않을까? 하룻밤 자고 나니 등허리 결림이 모두 사라졌다. 이제 오늘 새로운 볕과 바람을 쐬면서 아이들하고 바깥마실을 하려고 생각한다. 읍내 문방구에 다녀올 일이 있다. 이 길에 여림 님 책을 챙기려 한다. 군내버스에서 더 읽어야지.

책 읽기 금지!

디에고 아르볼레다 · 라울 사고스페, 분홍고래 펴냄, 2016.5.6.

하지 말라고 한대서 안 하는 일이란 없지 싶다. 좋으니 하고 나쁘니 안 한다기보다, 싫거나 미우니 안 하고 반갑거나 재미나니까 할는지 모른다. 그러면 우리는 무엇을 할 때에 반갑거나 재미날까? 우리는 무엇을 안 할 적에 안 반갑거나 안 재미날까? 아이들은 무엇을 하면서 자랄 때에 아름다우면서 사랑스러운 마음을 키울 만할까? 어른들은 아이한테 무엇을 가르치거나 보여주면서 살림을 지을 적에 꿈을 이루는 길을 걸을 만할까? 《책 읽기 금지》를 읽는다. 이 책에는 아이한테 '어떤 책 한 가지'만큼은 도무지 안 읽히고 안 보여주려고 하는 어버이가 나온다. 그런데 이 어버이는 가정교사한테 모든 가르침을 맡길 뿐, 어버이 스스로 가르칠 마음이나 몸짓이 없다. 아이는 어버이한테서 무엇을 배울 만할까? 가정교사를 불러서 저한테 '가장 좋아하는 것'을 못 배우도록 하는 몸짓을 배울까? 아이도 어버이도 스스로 가장 사랑할 수 있는 삶을 짓는 기쁨을 가르치고 배울 수 있기를 빈다.

• 여행하는 채소 가게
스즈키 뎃페이·야마시로 도오루, 하루 펴냄, 2016.4.5.

무엇을 먹을 적에 '아, 참, 맛있네.' 하고 느낄 만한가 하고 생각해 본다면, 아무래도 손수 심어서 돌본 다음에 거두어서 손수 손질하여 짓는 밥이야말로 가장 맛있지 싶다. 남이 차려 주는 밥도 한두 끼니가 맛있을 뿐, 내 손길이 닿으면서 내 숨결이 고이 흐르는 밥차림처럼 느긋하면서 넉넉하기는 쉽지 않으리라 느낀다. 《여행하는 채소 가게》는 여행을 다니면서 푸성귀를 내다 파는 젊은이들 삶을 그린다. 이 젊은이들은 손수 심어서 길러 본 손길을 잊지 않으면서 남새장수를 한다. 누구나 즐거운 맛을 느끼기를 바라고, 어디에서나 즐거운 맛이 흐르기를 바란다. 심고 거두는 이도, 이를 사서 누리는 이도, 언제나 즐거움으로 만날 수 있기를 바란다. 그러고 보면 유통이란, 이를테면 농협과 같은 유통이란, 어떻게 하면 더 돈을 벌 수 있느냐 하는 대목이 아니라, 어떻게 하면 사람과 사람 사이를 더 즐겁고 아름답게 이을 수 있느냐 하는 대목을 생각해야지 싶다. 여행하는 남새장수 젊은이는 기쁜 마음으로 남새를 다루려 한다. 대규모 유통이 아니라 즐거운 이음고리가 되기를 바라고, 돈을 많이 버는 장사가 아니라 살림을 기쁘게 짓는 마을살이가 되기를 바란다.

좋은 인생 실험실

웬디 제하나라 트레메인, 샨티 펴냄, 2016.6.10.

《좋은 인생 실험실》을 읽다가 문득 생각한다. '좋은 삶'을 '실험'한다니, 말이 되는가 하고. 그러나 다시금 생각해 보면, 날마다 새롭게 배워서 짓는 살림은 '공부·연습'일 뿐 아니라 '실험'이기도 하다고 느낀다. 이를테면 아직 해 보지 못한 일을 해 보니까 '실험'이다. 무김치이든 열무김치이든 오이김치이든 갓김치이든 내 손으로 처음부터 끝까지 손수 담가 보는 일은 공부이자 연습이면서 실험이다. 이러면서 삶이고 살림이며 사랑이다. 우리는 저마다 '즐거운 삶'이 되기를 바라면서 날마다 새롭게 해 보려 한다. 새롭게 실험을 하는 셈이다. 문명에 기대거나 물질에 얽매이는 삶이 아니라, 문명도 물질도 그저 기쁨으로 누릴 수 있는 길을 스스로 새롭게 생각하면서 찾는 실험이요 공부이다.

화살표 곤충 도감

백문기, 자연과생태 펴냄, 2016.5.16.

아이들이 스스로 읽으면서 풀벌레를 찬찬히 찾아보도록 이끌 만한 도감을 헤아려 본다. 어린이책으로 꾸민 풀벌레 도감을 살피기도 했는데, 어린이책은 가짓수가 몇 없기도 하지만, 우리 집 마당이나 뒷밭에서 흔히 보는 풀벌레가 안 나오기 일쑤이다. 그런데 어쩔 수 없는 일이다. 온누리에 있는 풀벌레 가짓수는 어마어마하다. 이 모든 풀벌레를 도감에 담자면 천 쪽이 아닌 만 쪽으로도 모자랄 테지. 《화살표 곤충 도감》을 천천히 넘긴다. 552쪽에 이르는 야무진 도감이다. 사진으로 풀벌레를 보여주고, 화살표로 콕 짚으면서 풀벌레마다 어떻게 생김새가 다른가 하는 대목을 꼼꼼히 밝힌다. 아이한테 건네기 앞서 먼저 읽는 동안 이 책 참 좋네 하고 느낀다. 어느 모로 본다면 '고작 화살표를 넣었을 뿐'일 수 있으나, 바로 화살표로 콕 짚으면서 이야기를 보태니 한결 빠르게 헤아려 볼 만하구나 싶다. 아이가 책상맡에 둘 도감이 하나 늘었다.

눈송이의 비밀

케네스 리브레히트 · 퍼트리샤 라스무센, 나무심는사람 펴냄, 2003.12.30.

눈송이마다 무늬가 다르다고 한다. 어릴 적에 겨울에 눈을 맞으면서 이를 눈으로 지켜보고서 느끼곤 했다. 학교에서 가르치기에 알기도 하지만, 학교에서 안 가르쳐도 겨울이면 늘 눈놀이를 하면서 '어쩜 이렇게 눈마다 무늬가 다를까?' 하고 놀라면서 겨울방학 숙제로 눈송이를 그리곤 했다. 손바닥에 얹어서 지켜보다가 그리고, 천에 올려놓고 살펴보다가 그린다. 맨눈으로 보면서 그리고, 돋보기로 보면서 그린다. 어릴 적에는 인천에 살며 눈을 흔히 보았지만, 이제 우리 살림집이 있는 전남 고흥에서는 눈을 보기가 매우 어려워서 눈송이 무늬를 살피기는 어렵다. 그래도 《눈송이의 비밀》 같은 놀라운 책이 있어서 반갑다. 비록 판이 끊어진 책이지만 헌책방을 살펴서 만날 수 있으니 고맙다.

그리고, 또 그리고 3

히가시무라 아키코, 애니북스 펴냄, 2016.2016.6.15.

시골에서 만화가를 꿈꾸면서 그림을 그리고 또 그리던 히가시무라 아키코 님은 대학교를 마친 뒤 시골로 돌아와서 전화회사에서 일했다고 한다. 대학교까지 마쳤으나 마땅한 일자리를 얻지 못한 탓에 아버지랑 어머니가 시골에서 여러모로 일자리를 살피면서 겨우 얻었다고 한다. 만화가 아닌 전화회사 상담원이니까 몹시 괴로운 나날이었을 텐데, 바로 이 몹시 괴로운 나날을 보내야 했기 때문에 '이때 일을 만화로 그려서 첫 투고'를 했고, 이 괴로운 나날에서 반드시 벗어나겠다는 마음으로 밤을 잊으면서 만화를 그려서 드디어 '새내기 만화가로 첫선'을 보일 수 있었다고 한다. 우리 삶에서 우리가 꿈으로 가는 길은 '꿈으로만 곧장 달리'지는 않는다. 《그리고, 또 그리고》로 이녁 이야기를 들려주는 이 만화책은 '만화가라는 꿈을 짓는 길에서 배운 삶'이 어떠했는가를 찬찬히 보여주면서, 이 대목을 넌지시 드러내어 준다. 이밖에 셋째 권에 나오는 '후타미'라는 동무가 몹시 마음에 든다. 후타미라는 동무난 히가시무라 아키코 님이 새 작품을 선보일 적마다 '한복판을 푹 찌르는 날카로운 한 마디'를 들려주었다는데, 후타미가 히가시무라 아키코 님 만화를 보면서 든 느낌이나 생각은 내가 히가시무라 아키코 님 만화를 보면서 든 느낌이나 생각하고 비슷하다. 히가시무라 아키코 님이 이제껏 그린 다른 만화는 뭔가 한둘쯤 빠진 듯이 멍하거나 엉성하면서도 심심했다면, 《그리고, 또 그리고》는 아직 한둘쯤 빠진 느낌이 있으나 따사로운 사랑이 살포시 흐른다. 부디 이 결을 잘 살려서 앞으로 이 작품뿐 아니라 다른 작품도 새롭게 그리실 수 있기를 빈다.

기쁨의 정원

조병준, 샨티 펴냄, 2016.6.30.

내가 너한테 찾아가서 너희 집에서 마주하는 멋진 뜰은 너한테 "기쁜 뜰"이면서 나한테도 "기쁜 뜰"이 된다. 네가 나한테 찾아와서 우리 집에서 만나는 멋진 밭은 나한테 "기쁜 밭"이면서 너한테도 "기쁜 밭"이 된다. 다만, 우리는 서로서로 멋있어 보이게 꾸미려고 뜰이나 밭을 돌보지 않는다. 우리는 서로서로 즐겁게 살림을 지으면서 뜰이나 밭을 보살필 뿐이다. 조병준 님이 쓴 《기쁨의 정원》은 조병준 님 스스로 어머니한테서 물려받은 조그마한 텃밭을 가꾸는 기쁨을 비롯해서, 조병준 님을 둘러싼 이웃님이 가꾸는 어여쁜 뜰과 숲과 마을을 이야기한다.

분수의 비밀

루이제 린저, 책과콩나무 펴냄, 2010.6.30.

조그마한 동네에 분수가 있고, 이 분수에는 오래된 수수께끼가 있다. 수수께끼는 사백 해를 흘렀고, 사백 해 동안 사람들은 딱히 아무것도 느끼지 않았으나, 분수대에 선 조각상은 그동안 수많은 삶을 지켜보면서 곰곰이 생각했다. 왜 어른들은 아이들을 따사로이 사랑하지 않고 매질을 하거나 윽박지르거나 고된 일까지 시킬까 하고. 왜 어른들은 즐겁게 어울려 일하거나 사랑하지 못하면서 자주 다투거나 밥벌이 때문에 골머리를 앓을까 하고. 수수께끼를 푸는 동안 사람들은 마음이 달라진다. 수수께끼를 푸는 실마리를 하나둘 찾으면서 아이와 어른은 저마다 앞으로 가꿀 꿈과 사랑이 어디로 나아갈는지 환하게 깨닫는다. 삶을 여는 길이란 무엇인가. 삶을 가꾸면서 아끼는 길은 어디에 있는가. 먼 데서는 찾지 못한다. 바로 곁에서 찾을 수 있다. 남이 알려주지 못한다. 내가 스스로 찾는다. 루이제 린저 님은 어린이와 어른 모두한테 '생각하는 힘'을 선물하려고 《분수의 비밀》이라는 멋진 작품을 베풀었다. 1979년에 처음 한국말로 나온 이 책이 2010년에 다시 빛을 보았다.

- **반쪽달걀에서 나온 수탉**
  디안느 바바라 · 나탈리 라코스트, 제삼기획 펴냄, 2001.12.10.

반쪽짜리 달걀에서 병아리가 깨어나서 씩씩하게 자란다. 고작 반쪽짜리 달걀이라 할 테지만, 이 작은 알에도 고운 숨결이 있으니, 이 숨결을 알아채어 살뜰히 아끼는 손길이 있으면 얼마든지 깨어날 만하다. 생각해 보라. 알 하나에서 병아리가 둘 깨어나기도 하잖은가. 그러니 반쪽짜리 달걀에서 깨어난 병아리가 닭으로 씩씩하게 자랄 만하다. 우리 옛이야기에도 '반쪽이'가 있는걸. 그림책 《반쪽달걀에서 나온 수탉》은 갖가지 가시밭길을 헤치면서 한결 씩씩하고 튼튼하다. 어느 모로 보면 참으로 기운차면서 슬기롭다. 아직 어린 수탉이니 저를 태어나게 한 사람 곁에서 지내겠지만, 머잖아 홀로서기를 하면서 숲에서 살리라 느낀다.

- **비를 피할 때는 미끄럼틀 아래서**
  오카다 준 · 이세 히데코, 보림 펴냄, 2006.11.16.

놀고 싶은 아이들 마음을 읽을 수 있는가. 함께 놀려고 하는 아이와 손을 맞잡을 수 있는가. 여기 이곳에서 아이들 웃음소리를 들으면서 자동차를 세우거나 발전소를 멈추거나 공장과 학교를 닫거나 청와대와 법원을 없애거나 군대와 전쟁무기를 모두 녹일 수 있는가. 아이들은 공부를 바라지 않는다. 아이들은 삶을 바란다. 아이들은 대학교나 시험을 바라지 않는다. 아이들은 사랑과 꿈을 바란다. 그러나 어른들은 아이한테 공부와 대학교와 시험만 쑤셔넣으려 한다. 어른들은 아이한테 삶과 꿈과 사랑을 물려줄 생각을 그만 잊거나 잃는다. 어린이문학《비를 피할 때는 미끄럼틀 아래서》를 읽으며 생각한다. 아이들은 학교와 동네와 사회에 시달리면서도 씩씩하게 버티며 서로 모여서 오붓하게 노는데, 이 아이들이 놀 만한 빈터까지 모조리 빼앗거나 짓밟으려 하는 어른들 모습은 아닌지, 가만히 생각해 본다.

넌 동생이라 좋겠다

아이하라 히로유키·아다치 나미, 밝은미래 펴냄, 2009.11.5.

두 사람 가운데 하나는 동생이고 하나는 오빠이다. 오빠는 오빠이기 때문에 좋고, 동생은 동생이기 때문에 좋다. 오빠는 오빠라서 할 수 있는 일이 있고, 동생은 동생이라서 할 수 있는 일이 있다. 둘은 서로 다툴 때가 있을 테지만, 서로 아끼면서 헤아릴 때가 훨씬 길고 오래이리라 느낀다. 왜냐하면 둘 모두 사랑을 받아 이 땅에 태어나서 살아가니까. 어린이문학《넌 동생이라 좋겠다》는 어린 동생과 오빠가 서로 부딪히면서 앙금을 푸는 하루를 차근차근 들려준다. 둘 모두 사랑받는 하루를 누리고 싶고, 둘 모두 마음 가득 피어나는 사랑을 나누어 주고 싶으며, 둘 모두 어머니와 아버지 곁에서 언제까지나 사랑스러운 이야기를 꽃으로 피우고 싶다.

- **체브라시카의 첫 여행**

  에두아르트 우스펜스키, 어린이작가정신 펴냄, 2014.12.23.

체브라시카는 나들이를 간다. 살가운 동무와 즐겁게 나들이를 간다. 그런데 동무가 없는 할머니 한 분도 나들이를 가고 싶다. 할머니는 어떻게 하면 좋을까. 셋은 나들이 가는 길에 어떤 일을 만나고, 어떤 이야기를 엮으며, 어떤 노래와 웃음으로 삶을 지을 수 있을까. 러시아에서 태어난 '인형 영화'인 〈체브라시카〉를 바탕으로 엮어서 태어난 그림책 《체브라시카의 첫 여행》을 본다. 우리 집 아이들뿐 아니라 어른인 나 스스로 나들잇길에서 어떤 이야기를 누리거나 만나거나 엮을 때에 즐거울까 하고 생각하면서 그림책을 넘긴다. 집에 있든 다른 마을을 찾아다니든, 함께 어우러지는 하루가 즐겁다. 어디에서 누구를 만나든, 아니면 집에서 살붙이와 조용히 있든, 오늘 하루를 어떻게 맞이해서 누리려 하느냐에 따라 웃음꽃이 피기도 하고 노래잔치가 되기도 한다.

- **오키나와 노트**

  오에 겐자부로, 삼천리 펴냄, 2012.8.17.

'오키나와'나 '류큐'는 어떤 곳인가. 우리 집은 한 해에 한두 차례쯤, '오키나와 흑당'을 장만해서 먹는다. 값이 만만하지 않아 더 자주 장만하지 못하지만, 한국에서 나는 설탕이든 다른 유기농 설탕은 그리 믿을 수 없어서, 오키나와에서 자라는 사탕수수를 졸여서 빚은 '까만 덩어리'를 장만해서 쓴다. 우리 집에서 '오키나와 흑당'을 쓴다고 하니 '후쿠시마도 터졌는데 왜 일본 것을?' 하고 묻는 이웃이 있다. 그러면 나는 빙그레 웃으면서 '일본 지도를 보셨나요?' 하고 되묻는다. 오키나와라고 하는 곳은 '일본 본토'보다 '한국'이 더 가깝다. 다만, 오키나와에서 한국이든 '일본 본토'이든 멀기는 참 멀다. 그러니까 무슨 말인가 하면, 오키나와는 '일본하고 동떨어진 다른 나라'라는 뜻이다. 삶도 말도 사람도 이야기도 다르다. 오키나와 옛 문화와 발자취를 살피면, 한겨레하고 이어진 끈이 퍽 많다. 일본은 일본이지만 오키나와는 오키나와이다. 이러한 삶과 발자취가 있기 때문에, 오키나와는 오랫동안 '일본 본토 주민과 정치권력' 군홧발에 짓밟히기도 했다. 이러한 생채기는 아직 가시지 않았고, 앞으로도 좀처럼 수그러들지 못할 듯하다. 《오키나와 노트》를 읽는다고 해서 이 모든 실마리나 응어리나 앙금이나 생채기를 짚거나 알 수 없다. 책이름에도 나오듯이 '노트'일 뿐이니까. 그러나 이 책《오키나와 노트》는 일본에서 내로라하는 작가가 '일본이라는 나라는 무엇이고, 일본사람이란 누구인가?' 하고 스스로 묻고 다시 물으면서 거듭 캐묻기 때문에, 두 나라 '일본'과 '오키나와'를 살피는 길에 조그맣게 이야기벗이 될 만하리라 느낀다.

10대와 통하는 문화로 읽는 한국 현대사

이임하, 철수와영희 펴냄, 2014.11.13.

역사는 늘 우리 곁에 있다. 아니, 우리가 스스로 역사이다. 대통령이나 임금이나 지식인이나 권력자가 역사가 아니라, 바로 우리가 스스로 역사이다. 커다란 건물이나 궁궐이나 전쟁이 역사가 아니다. 우리가 먹는 밥과 우리가 입는 옷이 역사이다. 우리가 생각하는 이야기가 역사이고, 우리가 짓는 하루가 역사이다. 남이 만드는 역사가 아니라, 우리가 스스로 일구는 역사이다.《10대와 통하는 문화로 읽는 한국 현대사》라는 책을 읽는다. '남'이 만들거나 '위'에서 짜는 역사가 아닌, '우리'가 스스로 가꾸는 길에서 역사가 태어나는 흐름을 가만히 살핀다. 조금 더 '수수한 사람 곁'으로 스며들어서 역사를 읽고 말하면 훨씬 아름다운 책이 되었으리라 느끼는데, 이만큼 몸을 낮추어 역사를 들려주려고 한 책도 드물다고 느낀다. 정부 성명서나 신문 기사도 역사 가운데 하나로 들어갈 수 있지만, 우리가 제대로 살피면서 알아야 할 역사, 다시 말하자면 '우리가 걸어온 길'과 '우리가 남긴 발자국'은 너와 내가 어우러져 이룬 삶과 사랑과 꿈이어야지 싶다. '문화', 그러니까 '삶'을 바탕으로 읽을 때에, 역사나 사회나 정치나 경제 모두 슬기롭게 헤아릴 수 있다.

꼬마 도깨비 오니타

이와사키 치히로 · 아만 키미코, 베틀북 펴냄, 2002.11.20.

꼬마 도깨비는 작은 숨결이다. 작은 숨결인 꼬마 도깨비는 가난한 이웃하고 동무로 지내고 싶다. 그런데 가난한 이웃도 잘사는 이웃도 꼬마 도깨비를 동무로 여기거나 느끼지 못한다. 꼬마 도깨비인 오니타는 동무를 사귀고 싶지만 좀처럼 동무를 사귀지 못한다. 오니타는 어디로 가야 할까. 오니타가 갈 곳은 어디일까. 언제나 맑은 넋으로 착하고 아름다운 길을 걷고 싶은 오니타는 천천히 몸을 잃는다. 시나브로 몸을 잃고 잊으면서 어느새 바람으로 바뀐다. 살랑살랑 포근한 바람이 되고 눈이 되며 비가 되어, 온누리를 촉촉히 적시거나 달콤하게 어루만지는 숨결로 지구별에서 살아간다.

태일이 4

박태옥 · 최호철, 돌베개 펴냄, 2009.2.23.

부산마실을 하면서 조그마한 인형을 다섯 얻는다. 이 인형을 하나에 이천 원씩 받고 판다 했다. 인형은 공장에서 척척 찍듯이 만들 수 없다. 인형은 모두 누군가 바느질이나 재봉질을 해야 만든다. 모두 손을 써서 천을 오리고, 속을 채우고, 무늬를 박고, 마감질을 해야 비로소 인형 하나가 나온다. 한 사람이 인형 하나를 만들기까지 얼마나 걸릴까. 천값은 얼마나 들까. 조그마한 인형이지만 하나에 이천 원 받는 값은 얼마나 알맞을까. 요즈음, 이런 인형은 한국에서는 거의 안 만들고, 바다 건너 중국에서 만든다. 또는 중국보다 일삯을 적게 치러도 된다는 나라에서 만든다. 돌이켜 생각하면, 얼마 앞서까지 한국에서 이런 인형을 참으로 많이 만들었다. 다른 어느 곳보다 서울 청계천에서 이런 인형을 많이 만들었다. 옷이고 신이고 무엇이고, 한국에 있는 공장은 새벽부터 저녁까지 사람들이 일을 못 쉬게 하면서 온갖 물건을 뽑아내었다. 이런 모습을 놓고 누군가는 '경제개발'이나 '경제성장'이라 읊지만, 몸도 마음도 다칠 뿐 아니라 목숨까지 잃은 사람이 아주 많다. 한국에서 '저임금 노동착취 공장'이 중국이나 베트남이나 버마나 인도 같은 곳으로 옮겼다고 하더라도, 지구별 곳곳에 '저임금 노동착취 공장'이 있다면 아픔이나 슬픔이나 생채기는 안 가셨다는 뜻이다. 게다가 한국에는 '이주노동자 착취'와 '이주노동자 푸대접과 따돌림'이 드세다. 만화책 《태일이》는 '지나간 어제' 이야기가 아닌 '바로 오늘' 이야기이다.

우산 씌워 줄게요

하세가와 세스코 · 니시마키 카야코, 한림출판사 펴냄, 2003.3.30.

그림책 《우산 씌워 줄게요》에 나오는 아이는 모든 이웃한테 우산을 씌워 준다. 커다란 짐승이든 조그마한 벌레이든, 모두 살가운 이웃이나 동무로 여겨 우산을 내민다. 함께 비를 긋고, 함께 놀이를 하며, 함께 웃음을 나눈다. 우산을 함께 쓰는 아이는 늘 즐겁다. 우산을 함께 쓰듯이 사랑을 함께 나눈다. 참으로 마땅한 노릇이다. 이 지구별에서 사람과 사람은 모두 이웃이자 동무이고, 사람과 짐승도 모두 이웃이자 동무이며, 사람과 푸나무도 모두 이웃이나 동무이다. 이웃을 마주하면서 우산을 씌워 주는 어린이 마음을, 우리 모두 어른이 된 뒤에도 곱게 건사할 수 있으면 아름답고 사랑스레 하루를 누리리라 믿는다.

미카코 4

쿄우 마치코, 미우 펴냄, 2012.1.15.

아이들은 사랑을 먹고 자란다. 그리고 어른들은 사랑을 먹으면서 산다. 아이들은 사랑을 먹을 때에 무럭무럭 자란다. 그리고 어른들은 사랑을 먹어야 새로운 하루에 새롭게 기운을 내면서 산다. 사랑이란 돈도 얼굴도 몸매도 부동산도 자가용도 아니다. 사랑은 언제나 사랑이다. 돈은 언제나 돈이다. 얼굴이나 몸매는 언제나 얼굴이나 몸매이다. 사랑을 먹고 자라고픈 아이들은 무엇을 바랄까. 아주 마땅하지. 사랑을 바란다. 사랑을 먹으며 살아가려는 어른들은 무엇을 바라야 할까. 아주 마땅하지. 돈이나 부동산이 아닌 사랑을 바라야 살 수 있지. 만화책《미카코》넷째 권을 읽으면서 생각한다. 만화책에 나오는 아이들과 '만화책이 아닌 오늘 이곳에서 살아가는 아이들'을 이루는 빛이란 예나 이제나 똑같이 사랑 한 가지이다. 마음을 따스하게 덥히고 생각을 밝게 이끄는 사랑이 있을 때에 아이들이 싱그럽다. 마음을 포근하게 어루만지고 생각을 넓게 북돋우는 사랑이 있을 때에 아이들이 웃는다. 짝짓기는 사랑이 아닌 짝짓기이다. 아이들을 억지로 짝을 지어 놓지 말자. 아이들은 스스로 마음으로 서로를 읽고 느끼며 만난다. 어른들이 할 일은 언제나 꼭 한 가지뿐이다. 아이들 마음이 맑으면서 밝게 트이도록 마을과 집과 숲을 가꾸면 된다.

율곡 이이 평전

한영우, 민음사 펴냄, 2013.2.15.

조선이라고 하는 나라에서 임금 자리를 지킨 이들 이야기를 더러 책으로 엮기도 하지만, 몇 사람을 빼놓고는 거의 이야기가 없다고 할 만하다. 이와 달리, 임금 곁에서 나랏일을 돌본 사람들 이야기는 으레 책으로 나온다. 임금 자리에 있던 사람들 이야기는 실록이든 무엇이든 발자취가 무척 많이 남았는데, 발자취만으로는 오늘날 우리들한테 딱히 들려줄 수 있는 슬기라든지 넋이 드물기 때문일 테지. 《율곡 이이 평전》을 읽으면서 생각한다. 율곡 이이는 딱히 벼슬에 뜻이 없었다고 한다. 벼슬자리에 들어서서 임금한테 이런 말 저런 말 곰곰이 들려주어도 임금이 스스로 거듭나거나 깨어나지 않으면 부질없기 때문이다. 게다가 임금 스스로새로 깨어나려는 넋이 아니라면, 곁에서 훌륭하거나 아름다운 말을 들려주어도 달라질 일이 없다. 그러면 오늘날 대통령 곁에 있는 이들은 얼마나 아름답거나 훌륭한 말을 대통령한테 들려주려나. 앞으로 삼백 해나 오백 해쯤 지나서 이야기책 주인공이 될 만한 관료는 있을까 궁금하다. 우리 뒷사람이 널리 기리거나 섬길 만큼 훌륭하거나 아름답게 삶을 갈고닦은 행정관료나 정치관료가 있을는지 궁금하다. 오늘날 관료들은 선거철에만 반짝거리는 인기 연예인 노릇만 하지 싶다. 대통령도 똑같다.

농농 할멈과 나

미즈키 시게루, AK커뮤니케이션즈 펴냄, 2010.6.17.

어릴 적에 나를 키운 '책'이라면 아무래도 만화이다. 그리고 어린 나를 키운 만화 가운데 절반이라 할 만큼 크게 차지한 만화는 '미즈키 시게루'이다. 내 어릴 적에는 '미즈키 시게루'라는 이름은 없이 해적판으로만 나돌았는데, 참말 기적과도 같이 2009-2010년에 미즈키 시게루 님 작품 가운데 여덟 권이 한국말로 나왔다. 《게게게의 기타로》 일곱 권하고 《농농 할멈과 나》이다. 아이들한테 '요괴와 사람과 삶'이 서로 어떻게 맞물리는가를 보여주는 아주 대단한 작품으로, 이 만화책은 일본에서 수없이 만화영화로 만들고 또 만들고 다시 만들어서 태어난다. 미즈키 시게루 님 만화에는 '요괴'가 나오지만, 요괴는 하나도 안 무섭다. 아니, 요괴란 무서운 넋이 아니다. 요괴라는 이름이 붙었을 뿐, 언제나 사람들과 함께 살아가는 넋이다. 무섭다고 한다면, 착한 마음을 잃은 사람들이 무섭고, 참다운 넋을 버리는 사람들이 무서우며, 아름다운 길과 동떨어지거나 등지는 사람들이 무섭다. 어릴 적에 일본 요괴 만화를 보면서 내 마음에 드리운 이야기는 '삶을 어떻게 바라보면서 사랑하겠는가?'였다. 언제 다시 보아도 눈물겨우면서 애틋한 사랑이 숨쉬는《농농 할멈과 나》는 참으로 아름다운 만화책이라고 느낀다. 벌써 몇 권씩 사서 이웃한테 선물해 주었다.

푸른 넋으로 읽다 100

대구에서 중학교 국어교사로 일하는 이웃님이 문득 저한테 여쭈었어요. 중학교 푸름이한테 책을 100권 추천해 본다면 어떤 책을 들 만한가 하고요. 그래서 제 나름대로 백 가지 책을 골라 보기로 했습니다. 어떤 책을 골랐느냐 하면, 열네 살-열여섯 살 푸름이와 함께 읽으면 아름다우리라 생각하는 책을 모두 열 갈래로 나누어서 열 권씩 백 권을 추려 보았어요. 훌륭하거나 대단한 책이 아닌 '어른(어버이)하고 푸름이가 즐겁게 함께 읽으면서 서로 아름답게 생각을 북돋우도록 도울 만한 책'을 살폈어요. 이 책들을 열넷-열여섯 나이에 읽을 수 있으면 얼마나 아름다울까 하고도 생각해 봅니다. 여러 권으로 된 책이 있으니 꼭 백 권은 아니지만, 백 가지 책에 깃든 백 가지 이야기가 우리를 아름답게 살찌우리라 생각합니다.

시집

너를 부른다: 이원수, 창비

닮지 않는 손: 서정홍, 우리교육

마법에 걸린 전화기: 에리히 캐스트너, 시공주니어

하급반 교과서: 김명수, 창비

집은 아직 따뜻하다: 이상국, 창비

달을 가리키던 손가락: 조동례, 삶창

그 아저씨네 간이 휴게실 아래: 박남준, 실천문학사

꽃사과 꽃이 피었다: 황인숙, 문학세계사

감자꽃: 권태응, 창비

그러니 그대 사라지지 말아라: 박노해, 느린걸음

문학책 – 소설·산문

모비 딕: 허먼 멜빌, 작가정신

인간의 벽 1–3: 이시카와 다쓰조, 양철북

빌리 엘리어트: 리 홀·멜빈 버지스, 프로메테우스

케스, 매와 소년: 배리 하인즈, 녹색평론사

혼불 1–10: 최명희, 매안

공선옥 마흔살 고백: 공선옥, 생활성서사

아빠에게 말을 걸다: 신현림·신동환, MY

내 아이가 사랑한 학교: 강성미, 샨티

내 날개옷은 어디 갔지: 안미선, 철수와영희

나는 이렇게 나이들고 싶다: 소노 아야코, 리수

청소년문학 · 어린이문학

몽실 언니: 권정생, 창비

수경이: 임길택, 우리교육

안 뜨려는 배: 팔리 모왓, 양철북

노랑 가방: 리지아 보중가 누니스, 비룡소

로빙화: 종쟈오정, 양철북

마디타: 아스트리드 린드그렌, 문학과지성사

내 친구 비차: 니콜라이 노소프, 사계절

커피우유와 소보로빵: 캐롤린 필립스, 푸른숲주니어

진짜 도둑: 윌리엄 스타이그, 베틀북

미스 히코리: 캐롤린 베일리, 한림출판사

만화책

뚝딱뚝딱 인권짓기: 인권운동사랑방 · 윤정주, 책읽는곰

비천무 1-6: 김혜린, 대원문화사

내 어머니 이야기 1-4: 김은성, 새만화책

재일동포 리정애의 서울 체류기: 리정애 · 임소희, 보리

저 하늘에도 슬픔이: 이희재, 주니어김영사

불새 1-17: 데즈카 오사무, 학산문화사

블랙 잭 1-22: 데즈카 오사무, 학산문화사

나츠코의 술 1-12: 오제 아키라, 학산문화사

닥터 노구찌 1-9: 무츠 도시유키, 학산문화사

퐁퐁 1-3: 오자와 마리, 대원문화사

그림책

펠레의 새 옷: 엘사 베스코브, 비룡소

노라의 장미: 이치카와 사토미, 다산어린이

오키나와의 목소리: 마루키 도시 · 마루키 이리, 꿈교출판사

난 자전거를 탈 수 있어: 아스트리드 린드그렌 · 일론 비클란드, 논장

스미레 할머니의 비밀: 우에가키 아유코, 어린이작가정신

이웃에 온 아이: 이와사키 치히로, 프로메테우스 출판사

무지개 욕심 괴물: 김규정, 철수와영희

위층 할머니, 아래층 할머니: 토미 드 파올라, 비룡소

똑똑하게 사는 법: 고미 타로, 한림출판사

미스 럼피우스: 바버라 쿠니, 시공주니어

인문 – 환경

녹색세계사: 클라이브 폰팅, 그물코

모래 군의 열두 달: 알도 레오폴드, 따님

소로우의 강: 헨리 데이비드 소로우, 갈라파고스

회색곰 왑의 삶: 어니스트 톰슨 시턴, 지호

동네 숲은 깊다: 강우근, 철수와영희

돼지가 있는 교실: 쿠로다 야스후미, 달팽이

체르노빌의 아이들: 히로세 다카시, 프로메테우스

블루백: 팀 윈튼, 눌와

사과가 가르쳐 준 것: 기무라 아키노리, 김영사

한국 식물 생태 보감 1-2: 김종원, 자연과생태

인문 – 사회·역사

반세기의 신화: 리영희, 삼인

10대와 통하는 한국 전쟁 이야기: 이임하, 철수와영희

바보 만들기: 존 테일러 개토, 민들레

야누슈 코르착의 아이들: 야누슈 코르착, 양철북

꿈의 학교, 헬레네 랑에: 에냐 리겔, 착한책가게

내 이름은 욥비: 욥비 토나, 이후

수화가 꽃피는 마을: 자닌 테송, 한울림스페셜

일본군 위안부가 된 소녀들: 이시카와 이쓰코, 삼천리

지구를 구하는 경제책: 강수돌, 봄나무

9월이여 오라: 아룬다티 로이, 녹색평론사

인문 – 문화·삶

무엇을 어떻게 쓸까: 이오덕, 보리

숲에서 살려낸 우리말: 최종규, 철수와영희

박정희 할머니의 행복한 육아일기: 박정희, 걷는책

아나스타시아 1-8: 블라지미르 메그레, 한글샘

아이들은 놀이가 밥이다: 편해문, 소나무

잃어버린 육아의 원형을 찾아서: 진 리들로프, 양철북

흙에서 자라는 아이들: 아이카와 아키코, 호미

수작사계: 김소연, 모요사

처음 손바느질: 송민혜, 겨리

희망을 여행하라: 이매진피스·임영신·이혜영, 소나무

인문 – 철학·과학

우주의 눈으로 세상을 보다: 홍대용, 돌베개

열네 살의 철학: 이케다 아키코, 민들레

람타, 현실 창조를 위한 입문서: 람타·제이지 나이트, 아이커넥

니콜라 테슬라: 마가렛 체니, 양문

부분과 전체: 베르너 하이젠베르크, 지식산업사

물리 철학: 막스 플랑크, 전파과학사

숨어 있는 예수: 크리스토프 프리드리히 볼룸하르트, 달팽이

영원한 것을: 나가이 다카시, 바오로딸

티베트 승려가 된 히피 의사: 툽뗀 갸초, 호미

단순하고 소박한 삶, 아미쉬로부터 배운다: 임세근, 리수

사진·예술

유미네 집: 전몽각, 포토넷

골목안 풍경 전집: 김기찬, 눈빛

렘브란트 반 레인: 미하엘 보케뮐, 마로니에북스

음악가의 음악가, 나디아 불랑제: 브뤼노 몽생종, 포노

레니 리펜슈탈, 금지된 열정: 오드리 설킬드, 마티

빅토르 하라, 아름다운 삶 끝나지 않은 노래: 조안 하라, 삼천리

조선과 그 예술: 야나기 무네요시, 신구문화사

세상에서 가장 아름다운 편지: 빈센트 반 고흐, 아트북스

전쟁교본: 베르톨트 브레히트, 워크룸프레스

필립 퍼키스의 사진강의 노트: 필립 퍼키스, 안목

닫는 말

숲에서 노래하는 책

바람이 불어 숨을 쉽니다. 바람이 불어 드넓은 숲에서 마을을 거쳐 골골샅샅 싱그러운 숨결이 퍼집니다. 해가 나며 따스합니다. 겨울에도 여름에도 해님은 우리한테 따사로운 볕과 빛과 살을 베풉니다. 비가 오고 냇물이 흐르면서 시원합니다. 빗물을 머금은 풀과 나무가 우리 곁에서 짙푸른 노래를 들려줍니다.

책 한 권은 바람이기도 하고, 해님이기도 하며, 비와 냇물이기도 하다가는, 이윽고 숲이기도 하다고 느낍니다. 작은 시골마을에 깃든 보금자리에서 길어올리는 살림이 곱다라니 피어나는 이야기꽃이 됩니다. 도시에서 살림을 짓는 이웃님들한테 이 이야기꽃이 새로운 사랑꽃으로 노래꽃으로 살림꽃으로 웃음꽃으로 말꽃으로 손꽃으로 퍼질 수 있기를 비는 마음입니다. 고맙습니다.

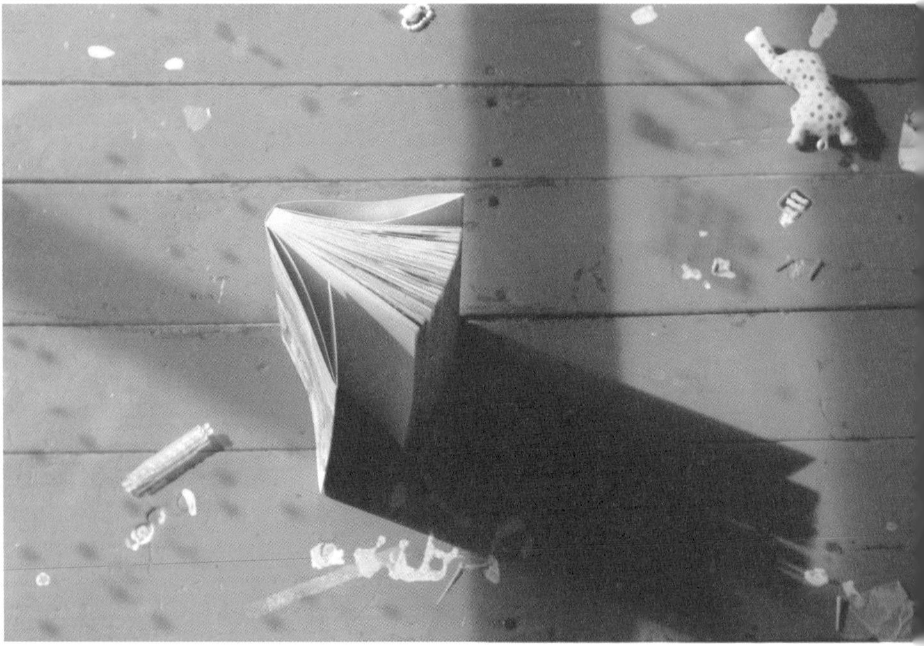

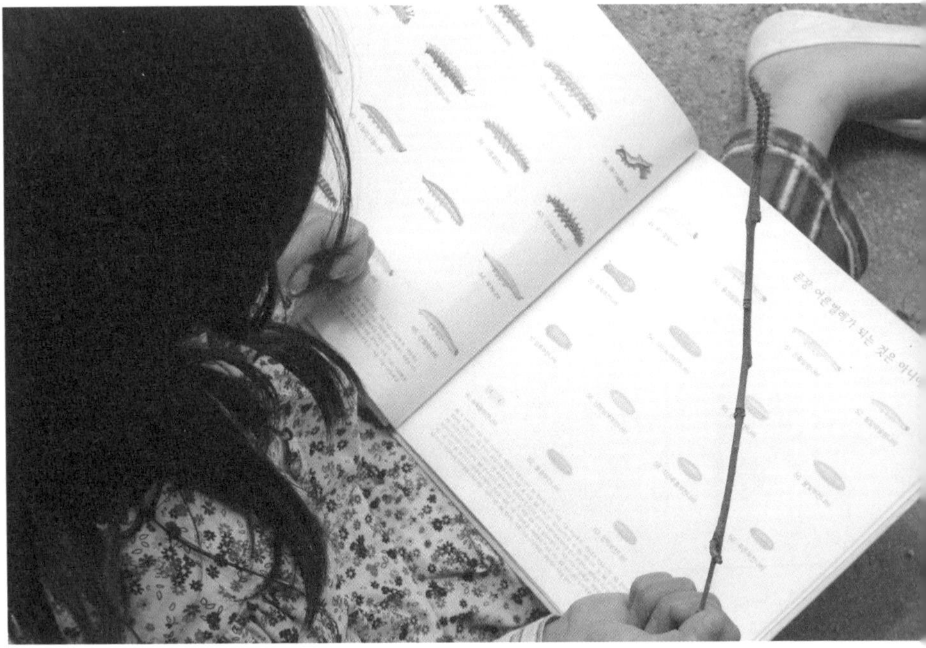

시골에서 책 읽는 즐거움

초판 1쇄 발행 | 2016년 12월 8일

지은이 최종규
펴낸이 이정하
디자인 정제소
그림 출처 숲에서 살려낸 우리말
(그림 강우근, 글 최종규, 철수와영희 펴냄) 중에서

펴낸곳 스토리닷
주소 서울시 서초구 방배동 934-3 203호
전화 010-8936-6618
팩스 0505-116-6618
ISBN 979-11-952457-7-2

홈페이지 www.storydot.co.kr
SNS www.facebook.com/storydot12
전자우편 story@storydot.co.kr
storydot@naver.com
출판등록 2013. 09. 12 제2013-000162

© 최종규, 2016
※ 이 책에 실린 내용 일부나 전부를 다른 곳에 쓰려면
반드시 저작권자와 스토리닷 모두한테서 동의를 받아야 합니다.

이 도서의 국립중앙도서관 출판예정도서목록(CIP)은 서지정보유통지원시스템 홈페이지(http://seoji.nl.go.kr)와 국가자료공동목록시스템(http://www.nl.go.kr/kolisnet)에서 이용하실 수 있습니다. (CIP제어번호: CIP2016027521)

스토리닷은 독자 여러분과 함께합니다.
책에 대한 의견이나 출간에 관심 있으신 분은 언제라도 연락주세요. 반갑게 맞이하겠습니다.